I'm Publishing.

I'm 我識出版社
I'm Publishing.

I'm 我識出版社
I'm Publishing.

連面試官
都讚嘆的

英語口試
應考大全

使用說明 User's Guide
參考下方說明，利用本書進行各主題模擬作答練習。

❶ 暖身操 Warm up

透過有趣的互動練習，預習各主題相關單字。在還沒有往下看之前，先進行腦力激盪，哪些單字跟該單元有關，適合用來增加話題的豐富性呢？

❷ 關鍵字彙 Vocabulary

快速看一下各單元精選的100個單字，並畫出你不認識的字。可以去查一下這些單字的用法，也可以之後再回來複習。聽MP3中外籍老師的正確發音，學會單字的正確念法。

❸ 交談祕訣 Tips

口試女王的交談祕訣，根據主題提出學習者與外國人溝通時應注意或是時常造成誤會的事物。

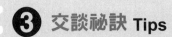

❹ 問答練習 Q&A

請先將下方三個人的答案遮住，並想想自己會怎麼回答。試著跟夥伴一起練習回答問題。自修時可以把你的答案錄下來。接下來，再讀一遍三個角色的答案，想想看你最同意哪個人的說法。聽MP3中三位老師示範作答，學習外國人的說話語調。

★ 畫線的重點單字、片語中英對照，快速學習。

★ 本書MP3收錄英國腔示範發音。

❺ 得分率預測 Score Prediction

根據三位角色示範的答案，預測各種回答的應考得分率。較另類的創意答案可能會讓雅思口試官眼睛一亮，但在大企業的面試場合也許不太得體。本書的預測標準僅供參考，上了考場還是得看主考官的態度及個性隨機應變喔！

不通。我不需要考

❻ 重點解析 Key Point

口試女王的作答方向分析。提出不同於三個角色，或是跟該主題相關的補充資訊。接下來請想想看，該如何改善你自己的答案，有哪些單字或片語可以加入？請再和你的夥伴練習一次，或再次錄下你的答案！完成之後，再進行下一題。

❼ 延伸問題 Questions

試著從三種角度思考問題，想像書中的三個角色會如何回答，再說出你最喜歡的答案。可以找幾個朋友一起角色扮演。預設一個場景（口試或是某社交場合），並互相模擬問答。

❽ 常用表達語 Phrases

Unit13列出前面十二個主題的實用片語。熟記這些片語，將能在各大口試場合中靈活運用，說得頭頭是道。

Introduction

三位性格迥異的人物角色，為您示範三種經典答題範例。

作答示範：小陳

與眾不同的高分答案

是個阿宅電腦工程師，跟父母同住。是個媽寶。目前單身，喜歡辣妹（雖然總是緊張到無法前往搭訕）跟電腦遊戲。他的答案較簡單、典型，但是有別於一般所謂的標準答案，從逆向思考的宅男角度，為您示範正確且有點搞笑的回答。

令人印象深刻的答案

作答示範：小劉

是個愛社交，自由自在，有點嬉皮風的藝術系學生。她熱愛音樂、旅行，當然還有藝術。她爸媽離婚了，她是獨生女。有交過幾個男友，但不算認真。她的回答示範了如何有創意、趣味而且完整。

作答示範：葉教授

安全過關的標準答案

一個有太太跟兩個小孩的教授。他受過高等教育，所以他的答案會有難度較高的單字。他的答案都偏向深思過的、有智慧的跟表達清晰的，雖然比較嚴肅，仍然有趣且具洞察力。

這是一本活潑的英語教學口說書，適用於需要應付各種英文口說測驗的考生，也適用於任何對於口說英語有興趣，想學會如何輕鬆、有趣但又不失深度的英語口語句型的讀者。

筆者有感於從事英語教學及研發十年來，一直苦於市面上找不到合適成人的口說教材。台灣一般英語教材中的口說答案，可能是為了要遷就兒童美語市場，總是太短又太簡單，而且沒有連貫性。對岸的英語口說書提供的答案則是太過刻意追求使用大字，難度高到一點都不自然，而且經常跟使用者的單字或文法程度不符。所以，當我在出版社任職期間認識了也在亞洲教英文多年的美國同事Amy之後，我們便決定要一起合寫一本充滿個性、妙語如珠的英語口說書。

本書共有十二個單元。每個單元由十個問題組成，這些問題都是各主題非常頻繁出現的考試題，或是一般英語系國家的人在社交場合常聊到的話題。書中設計有三個個性迴異的角色，每個問題都會有三種依照角色個性而設計的答案。

看過幾題Q & A，讀者們可以越來越瞭解三個角色的個性，甚至可以在看答案前預測三人分別會說出什麼樣的答案。我們希望可以藉由創造出一個自然的英語會話的流動感，加上從一而終連貫的角色安排，讓學習者可以更融入每個單元中，學習也較有意義感。

作者序 **Preface**
跟著 May 和 Amy，一起展開愉快的口說英語之旅。

　　本書的目標讀者群為任何想增進英語口說能力，想講出一口自然又有深度的英語的成人或國高中生。單字的難度約為初級－中級（單字量2000-4000字）。

　　Q & A前會根據主題提出學習者跟外國人溝通時應注意的細節。Q & A的後面，會針對該題，提出相關的補充資訊。每單元的結尾有三題跟該主題相關的延伸問題，讀者可以考考自己從該單元中學到的知識與句型，有沒有辦法舉一反三的回答這些問題。本書可自修用，也可用作教材。

May Lin

Amy Letard

目錄 Contents

十二個精選主題，完整掌握英語口說問與答。

使用說明 User's Guide ································ 002

人物簡介 Introduction ································ 004

作者序 Preface ································ 005

Unit **01** **食物** Food ································ 008

Unit **02** **旅遊** Travel ································ 034

Unit **03** **音樂** Music ································ 060

Unit **04** **電影** Movies ································ 086

Unit **05** **購物** Shopping ································ 112

Unit **06** **運動** Sports ································ 138

Unit **07** **健康** Health ································ 164

Unit **08** **職業** Career ································ 190

Unit **09** **關係** Relationships ································ 216

Unit **10** **環境** Environment ································ 242

Unit **11** **政治** Politics ································ 268

Unit **12** **科技** Technology ································ 294

Unit **13** **口試常用表達語** Special Phrases ································ 320

雅思、托福、新多益、全民英檢、各類面試，
面試官最常問的題目大公開！

Unit 01

食物
Food

內頁圖示說明：

適用考試項目一

雅 IELTS 雅思

托 TOEFL 托福

多 NEW TOEIC 新多益

檢 GEPT 全民英語能力分級檢定測驗

面 INTERVIEW 各大企業及入學考試英語面試

單字詞性標示一

n. 名詞　　　　　　int. 感嘆詞

v. 動詞　　　　　　prep. 介系詞

a. 形容詞　　　　　conj. 連接詞

ad. 副詞　　　　　phr. 片語

Warm up

透過下面的互動練習，進入本單元學習主題。

Match the food with the country it comes from. 請將食物跟它們的發源地配對。

spaghetti 義大利麵	•	•	England 英國
tom yum 泰式酸辣湯	•	•	Mexico 墨西哥
bratwurst 臘腸	•	•	Italy 義大利
fish and chips 炸魚薯條	•	•	Germany 德國
enchilada 辣椒肉餡玉米捲餅	•	•	Japan 日本
tempura 天婦羅	•	•	Thailand 泰國

 Vocabulary

聽 MP3，跟著外國老師一起朗讀並熟記這 100 個單字，以便在口試中活用。

01-00

❶ **necessity** [nə`sɛsətɪ] n.
必需品；必要的事物

❷ **takeout** [`tek͵aut] n.
外帶；外賣（食物）

❸ **instead** [ɪn`stɛd] ad. 反而；做為替代

❹ **burn down** phr v 燒掉；燒得精光

❺ **decent** [`disn̩t] a. 還不錯的；還蠻像樣的

❻ **grocery shopping** n. 買生活雜物

❼ **specialty** [`spɛʃəltɪ] n. 專長

❽ **curry** [`kɝɪ] n. 咖哩

❾ **impressed** [ɪm`prɛst] a.
給⋯極深的印象

❿ **admit** [əd`mɪt] v. 承認

⓫ **weird** [wɪrd] a. 奇怪的

⓬ **be fond of** phr v 喜歡

⓭ **bland** [blænd] a. 淡而無味的

⓮ **adventurous** [əd`vɛntʃərəs] a.
愛冒險的；大膽的

⓯ **burrito** [bɝ`rito] n. 墨西哥料理的一種
（以肉、乳酪、起士、豆泥做餡的麵餅捲）

⓰ **globalization** [͵globəlaɪ`zeʃn̩] n.
全球化

⓱ **cosmopolitan** [͵kɑzmə`pɑlətn̩] a.
世界性的；國際性的

⓲ **cuisine** [kwɪ`zin] n. 菜餚

⓳ **sample** [`sæmpl̩] v. 品嘗；體驗

⑳ **aboriginal** [ˏæbəˋrɪdʒənḷ] a. 原住民的
㉑ **testicle** [ˋtɛstɪkḷ] n. 睪丸
㉒ **several** [ˋsɛvərəl] a. 幾個
㉓ **chop** [tʃap] v. 切；剁
㉔ **jellybean** [ˋdʒɛlɪˏbin] n. 一種豆型糖果
㉕ **flavor** [ˋflevɚ] n. 味道；風味
㉖ **chili** [ˋtʃɪlɪ] n. 辣椒
㉗ **odd** [ad] a. 古怪的
㉘ **moldy** [ˋmoldɪ] a. 發霉的
㉙ **upbringing** [ˋʌpˏbrɪŋɪŋ] n. 教養
㉚ **tender** [ˋtɛndɚ] a. 嫩的；柔軟的
㉛ **drench** [drɛntʃ] v. 使濕透；浸濕
㉜ **food poisoning** n. 食物中毒
㉝ **be allergic to** a. 對…過敏的
㉞ **throw up** phr v. 嘔吐
㉟ **mayonnaise** [ˋmeəˏnez] n. 美乃滋
㊱ **diarrhea** [ˏdaɪəˋriə] n. 腹瀉
㊲ **yuck** [jʌk] int.
噁（表示反感、不快的擬聲）
㊳ **mild** [maɪld] a. 輕微的
㊴ **spice** [spaɪs] n. 香料
㊵ **cautious** [ˋkɔʃəs] a. 謹慎的
㊶ **vegetarian** [ˏvɛdʒəˋtɛrɪən] n. 素食者
㊷ **survive** [sɚˋvaɪv] v. 活下來；倖存
㊸ **picky** [ˋpɪkɪ] a. 吹毛求疵的；挑剔的
㊹ **pescetarian** [pɛsəˋtɛriən] n.
魚素者（只吃魚的素食者）
㊺ **protein** [ˋprotiɪn] n. 蛋白質
㊻ **strict** [strɪkt] a. 嚴格的；絕對的
㊼ **balanced** [ˋbælənst] a. 均衡的
㊽ **hormone** [ˋhɔrmon] n. 賀爾蒙
㊾ **organic** [ɔrˋgænɪk] a. 有機的
㊿ **mad cow disease** n. 狂牛症
(51) **chicken nugget** n. 雞塊
(52) **tasty** [ˋtestɪ] a. 美味的
(53) **option** [ˋapʃən] n. 選擇
(54) **fluorescent light** n. 日光燈
(55) **stand** [stænd] n. 攤子
(56) **appealing** [əˋpilɪŋ] a.
有魅力的；吸引人的
(57) **ingredient** [ɪnˋgridɪənt] n. 原料
(58) **chemical** [ˋkɛmɪkḷ] n. 化學製品
(59) **overweight** [ˋovɚˏwet] a. 過重的
(60) **avoid** [əˋvɔɪd] v. 避免
(61) **skip** [skɪp] v. 跳過；略過
(62) **leftovers** [ˋlɛftovɚz] n.
（複數）剩餘物；剩菜
(63) **colleague** [ˋkalig] n. 同事
(64) **oversleep** [ˋovɚˋslip] v. 睡過頭
(65) **dizzy** [ˋdɪzɪ] a. 頭暈目眩的
(66) **gossip** [ˋgasəp] v. 閒聊；八卦
(67) **occasionally** [əˋkeʒənḷɪ] ad. 偶爾
(68) **vital** [ˋvaɪtḷ] a. 極其重要的
(69) **disorder** [dɪsˋɔrdɚ] n. 紊亂；失調
(70) **cracker** [ˋkrækɚ] n. 餅乾
(71) **ferment** [fɝˋmɛnt] v. 發酵
(72) **crispy** [ˋkrɪspɪ] a. 酥脆的
(73) **rich** [rɪtʃ] a. 濃郁的
(74) **caffeine** [ˋkæfiɪn] n. 咖啡因
(75) **benefit** [ˋbɛnəfɪt] n. 益處
(76) **flavorful** [ˋflevɚfəl] a. 充滿味道
(77) **processed** [ˋprasɛst] a.
經過特殊加工的
(78) **slice** [slaɪs] n. 片
(79) **variety** [vəˋraɪətɪ] n. 多樣化
(80) **chain** [tʃen] n. 連鎖（店）

❽specialize [ˈspɛʃəˌlaɪz] **v** 專門從事

❽atmosphere [ˈætməsˌfɪr] **n** 氣氛

❽broth [brɔθ] **n** 高湯

❽overeat [ˈovəˈit] **v** 吃太多

❽anniversary [ˌænəˈvɝsərɪ] **n** 紀念日

❽elegantly [ˈɛləgəntlɪ] **ad** 高雅地

❽chandelier [ˌʃændlˈɪr] **n** 吊燈

❽gourmet [ˈgurme] **a** 高級（飲食）的

❽worth [wɝθ] **a** 值得的

❾recommend [ˌrɛkəˈmɛnd] **v** 推薦

❾tourist [ˈturɪst] **n** 觀光客

❾overrate [ˌovəˈret] **v** 高估

❾willing [ˈwɪlɪŋ] **a** 願意的

❾bubble [ˈbʌbl] **n** 泡泡

❾uniquely [juˈniklɪ] **ad** 獨特地

❾tapioca [ˌtæpɪˈokə] **n** 樹薯粉

❾suck [sʌk] **v** 吸吮

❾deter [dɪˈtɝ] **v** 阻止

❾squeamish [ˈskwimɪʃ] **a** 易感到嘔吐的

❿night market **n** 夜市

Tips for Discussion
釐清各種易混淆的觀念，掌握口試高分祕訣。

---

❶ 當有人請你吃很怪的東西時，為了表示出很有修養，你可以說，It's interesting/ unusual.（這東西真是有意思／真特別。）I've never had anything like this before.（我從來沒吃過這樣的東西。）或是It's <u>not</u> really <u>my thing.</u>（這<u>不</u>太合我<u>口味</u>。）或是I guess it's <u>an acquired taste.</u>（我想這是個需要適應的口味－這句話通常是地主熱情的請外國人吃當地食物，但因為味道太重或太臭，外國人一時無法接受時說出的禮貌回答。）

❷ 英文菜單通常會以上菜的先後，分為餐前的開胃菜appetizers，主菜entrées，最後才會上甜點。

❸ 點菜時可以說，I'll have the...或是I'd like the...（我想來個…）。

❹ 除了delicious這個字，你可以發揮創意，用連綴動詞taste，look，smell等加上連接詞來形容食物。例如，It tastes scrumptious.（這嚐起來真美妙。）It looks fantastic.（這看起來真棒。）It smells gross.（這聞起來很噁心。）

食物
Food

問答練習 **Questions and Answers**
練習從各種角度思考判斷，找到最適合自己的作答方式。

1. Are you a good cook?
你是個好廚師嗎？

MP3
01-01

與眾不同的高分答案

小陳——逆向思考的宅男角度，為您示範較簡單且有點搞笑的回答。

| 得分率 | 30 | 60 | 90 |

No, I don't know the first thing about cooking. It's not a **necessity** for me. My mom usually cooks for the whole family. She is a good cook and she knows what I like. I expect that my future wife will cook for me too. If she's not a good cook though, we'll just eat a lot of **takeout instead**!

不，我對做菜一竅不通。我不需要煮飯。我媽通常會煮給全家吃。她煮菜很好吃，而且她知道我喜歡什麼。我希望我未來的老婆也會做菜給我吃。但若她不會煮飯，我想我們只好就常常叫外賣吧！

令人印象深刻的答案

小劉——另類的作答方式，提供您各式充滿創意的絕妙好句。

| 得分率 | 30 | 60 | 90 |

I'm no chef, but I've been trying to learn. So far, I haven't cut myself or **burned down** my apartment, so that's pretty good! I made some **decent** fried rice last night. I often eat out during the week, though, because going **grocery shopping** and cooking takes so much time.

我不會做菜，但我一直有嘗試要學。到目前為止，我還沒有割到自己或燒掉我的公寓，所以還不錯吧！昨天晚上我炒了很好吃的炒飯。不過我週間常外食，因為買菜跟做菜實在太花時間了。

安全過關的標準答案

葉教授——充分展現自己的深度，用難度較高的單字，為您示範條理分明的應答。

| 得分率 | 30 | 60 | 90 |

I can cook a few things. My **specialty** is beef **curry**. I made some for my wife on one of our first dates and she was very **impressed**. I think it helped me win her over. But I have to **admit** that I haven't cooked for her in a long time.

我會做幾樣菜。我的專長是牛肉咖哩。我第一次跟我太太約會的時候做了咖哩，讓她留下了很深的印象。我想這讓我贏得美人心。但我必須承認我已經很久沒有煮飯給她吃了。

重點解析 Key Point
作答方向分析整理，讓你的談話內容更有深度。

---

1. 就算是你自認是阿基師或傅培梅，回答自己很會下廚會讓人覺得你有點自大。你可以說：

★ I enjoy cooking and my family seems to really enjoy what I make.
我很喜歡做菜。我家人也蠻喜歡我做的東西。

★ I spend a lot of time collecting recipes and I love trying them out. I like to discover new foods.
我花了很多時間收集食譜，也非常喜歡嘗試它們。我喜歡發掘新的食物。

★ I think so. I learned from my grandmother, and she is a fantastic cook.
我想是吧！我是跟我奶奶學的，她是個很棒的廚子！

2. 或者，你可以說說幾道你試著做過的菜，不管它們成不成功：

★ I baked a cake for the first time last week. It turned out really well! 我上星期第一次烤蛋糕。結果非常棒！

★ I tried to cook pasta once but it was too salty. I had to throw it out in the end.
我有煮過一次義大利麵，但是煮太鹹了。結果我只好倒掉。

★ One time, I spent a lot of money on some nice steaks but I totally overcooked them. They were so dry and tasteless!
有一次，我花了很多錢在幾塊很棒的牛排上，結果我整個煎得太老了！又乾又沒味道！

3. 必背片語= not know the first thing about 一竅不通

★ Before dating Zach, who's a motorcycle mechanic, Jenny didn't know the first thing about motorcycles.
在開始跟查克，一個機車技師約會之前，珍妮對摩托車完全不瞭解。

4. 必背片語= win somebody over 贏得…

★ I wasn't a Lady Gaga fan, but she really won me over when she came to Taiwan. 我並不是女神卡卡的粉絲，但她來台灣那次完全征服了我。

食物 Food

2. Do you often eat food from other countries or cultures? 你常常吃異國料理嗎？

 MP3 01-02

 與眾不同的高分答案
小陳——逆向思考的宅男角度，為您示範較簡單且有點搞笑的回答。

Not really. I don't like to eat anything too **weird** or too spicy. But I do like some American food such as hamburgers and hotdogs. My parents love Japanese food, so sometimes we go out for sashimi or ramen. I'**m** not so **fond of** it though. It's too **bland**.	沒有耶。我不喜歡吃太怪或太辣的食物。但是我蠻喜歡美式食物像是漢堡或熱狗。我爸媽喜歡日本料理，所以有時候我們會出去吃生魚片或拉麵。不過我沒有很喜歡說，太沒味道了。

 令人印象深刻的答案
小劉——另類的作答方式，提供您各式充滿創意的絕妙好句。

Yes! I often eat Vietnamese or Thai food. I'm pretty **adventurous** and I love trying new things. Last week I had Mexican food for the first time. I ordered a <u>veggie</u> **burrito**. It was spicy, but delicious!	是！我常吃越南或泰國菜。我很有冒險精神，而且很愛嘗試新事物。上星期我第一次吃墨西哥菜。我點了一個素的麵餅捲。很辣，但很好吃！

 安全過關的標準答案
葉教授——充分展現自己的深度，用難度較高的單字，為您示範條理分明的應答。

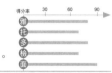

Yes, quite often. I think most people do these days, thanks to **globalization**. In a **cosmopolitan** city like Taipei, we have many types of **cuisine** to choose from and I enjoy **sampling** food from different countries. Even <u>so-called</u> Taiwanese food is highly influenced by various Chinese and **aboriginal** cultures.	是的，蠻常的。我想拜全球化之賜，現在的人都蠻常吃外國菜的。在一個像台北這樣的國際化城市，我們有很多料理可以選擇，我喜歡品嘗來自不同國家的食物。即便是所謂的「台灣菜」也是高度受到中國或原住民文化影響的。

重點解析 Key Point

作答方向分析整理，讓你的談話內容更有深度。

---

1. 常見的各國料理的英文：

★ **Japanese food**（日本料理）：**sushi** 壽司、**sashimi** 生魚片、**ramen** 拉麵、**shabu shabu** 涮涮鍋

★ **Mexican food**（墨西哥料理）：**enchilada** 辣椒肉餡玉米捲餅、**burrito** 麵餅捲、**taco** 炸玉米餅、**nachos** 烤乾酪辣味玉米片、**quesadilla** 墨西哥薄餅

★ **Korean food**（韓式料理）：**bibimbap** 韓式拌飯、**kimchi** 泡菜、**galbi** 韓式燒肉、**bulgogi** 韓國燒烤牛肉

★ **Italian food**（義式料理）：**pasta** 義大利麵、**lasagna** 千層麵、**pizza** 披薩、**polenta** 義式玉米餅

---

2. 必背單字= veggie是vegetarian（素食）的縮寫；veggies（通常是複數型）則是vegetables（蔬菜）的縮寫。

★ We got some veggie burgers for the barbecue because some of our friends don't eat beef.
我們買了一些素的漢堡要來烤肉，因為有一些朋友不吃牛肉。

★ If you eat your veggies, you'll grow up to be big and strong!
如果你把青菜吃掉，你就會長得又高又壯！

---

3. 必背片語= thanks to（類似 due to, because of） 由於；拜…所賜

★ Thanks to your laziness, we now have to stay up all night to write the group assignment!
拜你的懶惰所賜，我們現在得整晚熬夜寫小組作業了！

---

4. 必背片語= so-called 所謂的

★ I had to wait twenty minutes for my so-called fast food!
所謂的「速食」居然要我等上二十分鐘！

問答練習 **Questions and Answers**
練習從各種角度思考判斷，找到最適合自己的作答方式。

3. What is the strangest food you've ever eaten?
你吃過最怪的食物是什麼？

MP3
01-03

與眾不同的高分答案
小陳——逆向思考的宅男角度，為您示範較簡單且有點搞笑的回答。

I usually avoid anything that looks too strange, but once I ate chicken **testicles** by mistake. I was in a restaurant with some relatives and they ordered **several** dishes to share. The testicles were **chopped** up small with some other things in a stir-fry dish. I didn't know what I was eating until later. When I found out I was totally grossed out, but I guess they didn't taste that bad.

我通常會避免任何看起來很怪的食物，但是有一次我不小心吃到了雞佛仔。我跟一些親戚在餐廳吃飯，他們點了好幾道菜一起吃。那些雞佛被切成小塊跟其他的東西一起快炒。我一直到後來才知道我在吃什麼。我發現的時候，覺得超噁爛的！但我覺得沒那麼難吃。

令人印象深刻的答案
小劉——另類的作答方式，提供您各式充滿創意的絕妙好句。

I love trying different foods, but I'm not sure what would count as the strangest dish I've ever tried. My friend gave me some **jellybeans** that had some really strange **flavors**, like chicken and **chili**! Those were really **odd** because I was expecting something sweet. I also tried blue cheese once. Yuck! Who wants to eat **moldy** cheese?

我喜歡嘗試不同的食物，但我不確定哪一個是最古怪的。我朋友給我一些古怪口味的雷根糖，有雞肉跟辣椒口味！那吃起來真怪，因為我期待吃到甜的味道。我也嘗試過藍起士。噁！誰想吃發霉的起士？

安全過關的標準答案
葉教授——充分展現自己的深度，用難度較高的單字，為您示範條理分明的應答。

Whether a food is strange or not depends a lot on your culture and **upbringing**. I tried escargot when my wife and I went to France. They were very **tender**, and **drenched** in garlic butter. That was strange to me, but of course it would be ordinary to a French person. They would probably think it's strange that we eat chicken feet.

食物怪不怪是要看你的文化跟成長過程。我跟我太太去法國時吃過蝸牛。它們很嫩，浸泡在大蒜奶油裡。蝸牛對我來說有點怪，但對法國人來說當然很普通。他們大概也覺得我們吃雞腳是很古怪的。

重點解析 **Key Point**
作答方向分析整理，讓你的談話內容更有深度。

1. 就像葉教授的回答，每個人對於古怪食物的看法不同，請留意說話的場合。如果你實在不喜歡古怪食物，你可以用小陳的答案（本題第一個示範答案），或是講一些外國人會覺得奇怪的食物，譬如：

   ★ **chicken feet** 雞爪　　★ **stinky tofu** 臭豆腐

   ★ **intestines** 腸子

2. 不要在某些文化的人面前大聲批評某種食物很噁爛，這樣可能會不小心冒犯到其他文化的人。**insects**（昆蟲）是一個常被拿來討論的主題。有些文化的人會為了得到蛋白質而吃昆蟲。如果你沒吃過，你會嘗試嗎？你可以說你在電視上看過有人吃下列昆蟲：

   ★ **crickets** 蟋蟀　　　★ **silkworm larvae** 蠶蛹

   ★ **spiders** 蜘蛛　　　★ **bee** 蜜蜂

   ★ **scorpions** 蠍子

3. 必背單字= **stir-fry**　快炒、熱炒

   ★ Jack ordered a shrimp **stir-fry** for lunch.
   傑克點了一盤蝦子熱炒當午餐。

   ★ Dad **stir-fried** some vegetables to eat with the chicken.
   老爸炒了一些蔬菜跟雞肉一起吃。

4. 必背片語= **gross(ed) out**　讓人快吐出來／想到就噁爛

   ★ Leona <u>was</u> so <u>grossed out</u> when she saw the farmer kill the chicken.　里歐納看到農夫殺雞的時候，整個超噁爛的。

   ★ The video about spiders really <u>grossed</u> me <u>out</u>.
   那個蜘蛛的影片真讓我想吐。

5. 必背單字= **escargot**（法文的**snails**）　蝸牛料理（用法文稱呼似乎就沒那麼噁心了）

   ★ The <u>escargot</u> were delicious and juicy, cooked in a white wine sauce.　那用白酒醬料理的蝸牛好吃又多汁。

食物 Food

Questions and Answers

練習從各種角度思考判斷，找到最適合自己的作答方式。

4. Have you ever had **food poisoning**?
你有食物中毒過嗎？

MP3 01-04

與眾不同的高分答案

小陳——逆向思考的宅男角度，為您示範較簡單且有點搞笑的回答。

| 得分率 | 30 | 60 | 90 |

No, not exactly. But when I was younger, I went to Yilan with my family and we had a big seafood dinner. That was the night I found out that I **was allergic to** seafood! I **threw up** a few hours later, and every hour after that, all night long! It was terrible.

沒有耶。但是我小時候跟家人去宜蘭吃一頓豐盛的海鮮大餐。就在那晚我發現我對海鮮過敏！幾個小時後我吐了，接下來的一整晚每小時都吐。真是太糟了。

令人印象深刻的答案

小劉——另類的作答方式，提供您各式充滿創意的絕妙好句。

Yeah, I had food poisoning about a month ago. I think it was from a day-old sandwich I ate. It had **mayonnaise** on it and I hadn't put it in the refrigerator. I had **diarrhea** for two days. **Yuck!** I haven't eaten mayonnaise since then.

有，我差不多一個月前有過食物中毒。我想應該是我吃了一個放了一天的三明治。它裡面有美奶滋，而我沒把它放進冰箱裡。我拉肚子拉了兩天。嗯！我從那時候開始都沒再碰過美奶滋！

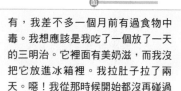

| 得分率 | 30 | 60 | 90 |

安全過關的標準答案

葉教授——充分展現自己的深度，用難度較高的單字，為您示範條理分明的應答。

I've had **mild** food poisoning a few times. Luckily it's usually gone after a day or two. It usually happens when I'm traveling because my stomach isn't <u>used to</u> the food or the **spices**. I've learned to be **cautious**, especially <u>when it comes to</u> meat and drinking water.

我有得過幾次輕微的食物中毒。幸運的是都只持續一兩天。通常都是在我旅行時發生的，因為我的胃不習慣那裡的食物或香料。我已經學會謹慎一點，尤其是涉及到肉跟飲用水時。

Key Point

作答方向分析整理，讓你的談話內容更有深度。

---

1. 很少人一輩子連一次食物中毒的經驗都沒有，描述一下你曾經肚子痛或上吐下瀉的經驗吧！如果真的想不出來，想想看身邊的人食物中毒的經驗。

---

2. 背幾個食物中毒常見的症狀，可以讓你描述得更順暢。但切記也不要太詳細的陳述細節，請考慮一下聽者的感受。記得搭配過去式的動詞。

★ **felt sick/ill/nauseous** 覺得不舒服／覺得反胃

★ **had diarrhea/had the runs** 腹瀉（俚語）

★ **threw up/vomit/barfed** 嘔吐（俚語）

★ **had a (terrible) stomachache/my stomach hurt (v.)**
肚子痛／我肚子痛

---

3. 必背片語= **be used to = be accustomed to** 習慣於

★ **After getting this office job, I'm now used to getting up early.**
在得到這份辦公室工作以後，我現在已經習慣早起了。

★ **I need a warmer jacket; I'm not used to such cold weather.**
我需要厚一點的夾克；我不習慣這麼冷的天氣。

---

4. 必背片語= **when it comes to** 當提及到…／涉及到…時

★ **When it comes to beaches, Boracay is the best.**
說到海灘，長灘島是最棒的。

★ **Jim never gets nervous except when it comes to meeting beautiful women.**
吉姆從來不會緊張，除了碰到美女這種時候之外。

問答練習 **Questions and Answers**
練習從各種角度思考判斷，找到最適合自己的作答方式。

5. Are you a **vegetarian**?
你吃素嗎？

MP3
01-05

 與眾不同的高分答案
小陳──逆向思考的宅男角度，為您示範較簡單且有點搞笑的回答。

| | | 得分率 | 30 | 60 | 90 |

No way! I like to have meat in every meal. I couldn't **survive** on just vegetables and rice. Once I went out for lunch with a vegetarian co-worker. He complained because the menu didn't have many vegetarian dishes. I just think vegetarians are too **picky**.

怎麼可能！我喜歡餐餐都有肉。光吃蔬菜和白飯我是活不下去的。有一次我跟一個吃素的同事去吃午餐，他抱怨菜單上沒有很多素菜。我覺得吃素的人實在太難搞了。

 令人印象深刻的答案
小劉──另類的作答方式，提供您各式充滿創意的絕妙好句。

I'm basically a **pescetarian**--I don't eat much meat, but I eat seafood for the **protein**. I don't like the idea of killing animals if we don't need to. But I'm not **strict** about it. If I'm at someone's house and they offer me something with meat in it, I'll eat a little to be polite.

我基本上是個魚素者──我不太吃肉，但是為了蛋白質，我吃海鮮。如果沒必要的話，我不喜歡殺動物這個想法。但我沒有絕對要吃素。如果我在某人家，他們請我吃裡面有肉的東西，為了表現禮貌，我還是會吃一點。

 安全過關的標準答案
葉教授──充分展現自己的深度，用難度較高的單字，為您示範條理分明的應答。

No. I think a healthy, **balanced** diet must include some meat. But you don't need a lot, and you should pay attention to where your meat comes from. It's best to buy **organic** meat, especially beef. These days, most cows are fed **hormones** to make them grow faster, but that's what led to **mad cow disease**!

不。我認為一個健康、均衡的飲食必須包含肉類。但你不需要很多肉，而且要關心你的肉品是來自哪裡。最好是購買有機肉品，尤其是牛肉。現在有些牛被餵食賀爾蒙，為了讓牠們長得更快，但那就導致了狂牛症！

Key Point
作答方向分析整理，讓你的談話內容更有深度。

---

1. 若你是個素食者，你應該有自己吃素的理由。常見的吃素原因有下列幾種：

★ **preventing animal cruelty** 少殺生

★ **religion** 宗教因素

★ **helping the environment** 幫助環境

★ **health** 健康因素

---

2. 若你吃肉，你可能沒有想過這個問題，你可以老實的說：

★ **Meat tastes good.** 肉很好吃。

★ **We need protein.** 我們需要蛋白質。

★ **It's my tradition.** 是我們的傳統。

★ **I've just always eaten meat and never thought about becoming a vegetarian.**
我一輩子都在吃肉，實在沒想過當一個素食者。

---

3. 素食者的種類：

★ **vegan (avoids all animal products)** 完全不碰任何動物製品

★ **pescetarian (eats seafood)** 魚素者——只吃海鮮

★ **ovo vegetarian (eats eggs)** 會吃蛋類

★ **lacto vegetarian (eats dairy)** 會吃奶類

★ **ovo-lacto vegetarian (eats eggs and dairy)** 蛋奶素

---

4. 必背片語= no way 怎麼可能

★ **Q: Can I borrow your new Mercedes?** 可以借你的新賓士車嗎？
　 A: No way! 門都沒有！

★ **There is no way we can catch the train; we've only got three minutes!** 我們不可能趕上火車的；我們只剩三分鐘了！

Questions and Answers

練習從各種角度思考判斷，找到最適合自己的作答方式。

6. Do you like fast food?
你喜歡速食嗎？

MP3
01-06

與眾不同的高分答案

小陳——逆向思考的宅男角度，為您示範較簡單且有點搞笑的回答。

I love McDonald's, especially their **chicken nuggets**. The best thing about McDonald's is that you know exactly what you're going to get. It's always fast and **tasty**. Plus, it's great for people-watching. I always see hot girls there.

我喜歡麥當勞，尤其是麥克雞塊。有關麥當勞最棒的一件事就是你知道你會吃到什麼東西。速度又快又好吃。加上可以在那裡看人，我總是在那裡看到很多辣妹。

令人印象深刻的答案

小劉——另類的作答方式，提供您各式充滿創意的絕妙好句。

It's OK, but fast food restaurants don't have many vegetarian **options**. Sometimes I go to Mos Burger if I need to study late at night. The coffee and the **florescent lights** keep me awake. But for a quick meal, I'm more likely to go to a food **stand** for some soup or noodles. It's fast, cheap, and delicious!

是還好，速食餐廳裡沒有很多素食的選擇。有時候我會去摩斯漢堡，如果我需要看書到晚上的話。咖啡跟明亮的照明可以讓我清醒。但是如果我需要快速吃頓飯，我比較常去路邊攤喝個湯或吃麵。又快、又便宜、又好吃！

安全過關的標準答案

葉教授——充分展現自己的深度，用難度較高的單字，為您示範條理分明的應答。

Well, it does taste good, but that's only because it's carefully designed to be **appealing**. The **ingredients** aren't fresh or natural, so they use **chemicals** to create the flavor. People who eat fast food are likely to become **overweight** and have other health problems, so I generally try to **avoid** it.

速食是還蠻好吃的，但是那是因為它是被特別設計成那麼有吸引力的。食材都不是新鮮或是自然的，所以他們用化學物質去創造味道。吃速食的人較容易體重增加以及有其他的健康問題，所以我一般來說都會避免速食。

重點解析 **Key Point**
作答方向分析整理，讓你的談話內容更有深度。

1. 或許這個題目回答no才是正確的，因為大部分的人都知道速食對身體不好。但是，你還是可以誠實的說出你對速食的感覺，或是解釋你的矛盾點在哪裡。譬如：

   ★ Actually, I think it's delicious but I try not to eat it too often because it's not very healthy.
   事實上我覺得它很好吃，但我試著不要太常吃，因為它不是很健康。

   ★ Sure I do. I try to fight the temptation to eat it, but I usually lose that battle.
   我當然喜歡速食。我有盡量對抗速食的誘惑，但我常常失敗。

2. 你也可以提幾個你喜歡或不喜歡的速食店還有他們的餐點。

3. 台灣有的速食連鎖店：

   ★ American chains（美式連鎖）：McDonald's 麥當勞、KFC 肯德基、Subway 潛艇堡、Burger King 漢堡王

   ★ Japanese chain（日式連鎖）：Mos Burger 摩斯漢堡

   ★ Taiwanese chain（台灣連鎖）：Sushi Express 爭鮮壽司（在維基百科上它也是速食的一種喔！）

4. 必背片語= people watching　打量別人

   ★ Alex passed the time by people watching while he was waiting to board the plane.
   在等著登機時，艾力克斯打量路人來打發時間。

問答練習 Questions and Answers

練習從各種角度思考判斷，找到最適合自己的作答方式。

7. Do you **skip** meals often? Why or why not?
你常跳過正餐沒吃嗎？為什麼（不）？

MP3
01-07

與眾不同的高分答案

小陳——逆向思考的宅男角度，為您示範較簡單且有點搞笑的回答。

Hmm… no. There's no reason for me to skip any meals. My mom always prepares breakfast and dinner for me at home, and she usually packs the **leftovers** for my lunch the next day. Sometimes I ask her not to. I say it's because I have a lunch meeting, but really I just want to go to McDonald's or join my cute **colleagues** for lunch.

嗯，不會。我沒有理由跳過任何一餐不吃。我媽總是會在家準備早餐跟晚餐，她通常也會把剩菜裝盒讓我隔天當午餐。有時候我會叫她不要裝。我會說是因為我有午餐會議，但是其實我只是想去吃麥當勞或者跟可愛的同事去吃午餐。

令人印象深刻的答案

小劉——另類的作答方式，提供您各式充滿創意的絕妙好句。

I sometimes **oversleep** so I don't have time for breakfast. But I try not to do that because then I feel **dizzy** and hungry in class. I don't skip lunch, because I usually eat with my classmates and listen to them **gossip**. But I have a part-time job in the evening so I **occasionally** skip dinner because I have only half an hour between school and work. I guess that's not very healthy.

我有時睡過頭會沒時間吃早餐。但我都盡量避免這樣，因為我在課堂上又暈又餓。我不會不吃午餐。我通常都跟同學一起吃，順便聽他們八卦。但我傍晚有打工，所以偶爾我會沒吃晚餐，因為學校跟工作之間我只有半小時。我想這樣不是很健康吧！

安全過關的標準答案

葉教授——充分展現自己的深度，用難度較高的單字，為您示範條理分明的應答。

Balanced and regular eating habits are **vital** if you want to feel energetic and good. Eating **disorders** can lead to serious health problems. My family and I value the importance of a good diet and always try to eat healthily. I never skip meals. Even when I have long meetings at work, I try to eat some **crackers** or a banana at <u>mealtimes</u>.

均衡跟規律的飲食習慣是重要的，若你想感到精力充沛跟精神好的話。飲食失調可能會導致嚴重的健康問題。我家人跟我很重視良好飲食的重要性並且總是盡量吃得健康。我從來不會跳過任何正餐。就算是工作時要開很長的會議，我也會在吃飯時間盡量吃一點餅乾或一根香蕉。

Key Point

作答方向分析整理，讓你的談話內容更有深度。

1. 你可以提出自己對於不吃正餐的看法。一般人不吃飯通常是因為忙碌或是他們正在節食減重。偶爾跳過一餐不吃不會怎麼樣，但太常這麼做可能會出現下列症狀：

★ **stomach ulcer** 胃潰瘍　　★ **low blood pressure** 低血壓

★ **anorexia** 厭食症　　★ **heartburn** 胃酸過多／胃食道逆流

2. 跳過正餐的理由：

★ **Some days I don't have time to go out and buy lunch. I just have a snack at my desk.**
有時候我沒時間出去買午餐，我就會在桌子上吃點心／快餐。

★ **I'm just not hungry first thing in the morning.**
剛起床的時候我就是不會餓。

★ **I'm too busy/lazy/tired to think about eating.**
我太忙／懶／累了，沒辦法想要吃什麼。

3. 餐餐都一定要吃的理由：

★ **It's healthiest to eat three balanced meals every day.**
天天都吃三頓均衡的飲食是最健康的。

★ **If I skip a meal, I feel hungry/dizzy/tired/irritable.**
如果跳過正餐不吃，我會餓／頭暈／疲勞／煩躁。

★ **Even if I don't have much time, I always get something for breakfast; it's the most important meal of the day.**
即便我沒有很多時間，我總是買點東西當早餐；早餐是一天中最重要的一餐。

4. 必背單字= mealtime　吃飯時間

★ **My parents don't allow us to watch TV or answer the phone during mealtimes.**　我爸媽不准我們在吃飯時間看電視或講電話。

5. 早午晚餐或其他名詞加到time的前面就變成～時間

★ **lunchtime** 午餐時間　　★ **dinnertime** 晚餐時間

★ **playtime** 玩耍時間　　★ **bedtime** 睡覺時間

問答練習

Questions and Answers

練習從各種角度思考判斷，找到最適合自己的作答方式。

8. What's your favorite food?
你最喜歡的食物是什麼？

 MP3
01-08

 與眾不同的高分答案

得分率 30 60 90
雅
托
多
檢
面

小陳——逆向思考的宅男角度，為您示範較簡單且有點搞笑的回答。

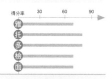

If I had to choose just one dish, I'd probably say stinky tofu. Stinky tofu is basically **fermented** tofu - that's why it's stinky! It can be fried, barbecued, or cooked in soup. My favorite kind is the fried one because it's **crispy** on the outside and soft on the inside. I like it hot and fresh with a lot of chili sauce. Just make sure you don't eat it before a date!

如果一定要選一道菜，我應該會說臭豆腐。臭豆腐基本上就是發酵的豆腐，這就是為什麼它很臭！它可以用炸的、用烤的，或是放在湯裡煮。我最喜歡的是炸的，因為它外酥內軟。我喜歡趁熱配著很多辣椒醬吃。只是要確定不要在約會前吃就是了！

 令人印象深刻的答案

得分率 30 60 90
雅
托
多
檢
面

小劉——另類的作答方式，提供您各式充滿創意的絕妙好句。

I'd have to say chocolate is my all-time favorite food. It's so **rich** and delicious! I really like all kinds—white chocolate, milk chocolate, and dark chocolate. Of course, you shouldn't eat too much of it because it contains **caffeine**, fat and sugar, but it also has health **benefits** and can even make you feel more relaxed.

我必須說巧克力一直是我這輩子的最愛。它又濃郁又好吃！我什麼種類都喜歡－白巧克力、牛奶巧克力跟黑巧克力。當然你不應該吃太多，因為它含有咖啡因、脂肪與糖。但是它有很多健康上的益處，甚至可以讓你更放鬆。

 安全過關的標準答案

得分率 30 60 90
雅
托
多
檢
面

葉教授——充分展現自己的深度，用難度較高的單字，為您示範條理分明的應答。

Cheese. When we went to Europe, my wife and I discovered some excellent, **flavorful** cheeses. Before that we had only eaten mozzarella or those **processed** cheese **slices**. I had no idea that there were so many **varieties** of cheese. I think my favorite kind is Brie. It is delicious on crackers with a glass of red wine.

乳酪。當我們去歐洲玩時，我太太跟我發現一些很好吃又很有味道的乳酪。在那之前，我們只有吃過義大利白乾酪或那種加工過的起士片。我完全不知道乳酪有那麼多種類。我想我最愛的是布里乾酪。放在餅乾上配上一杯紅酒很好吃。

重點解析 Key Point
作答方向分析整理，讓你的談話內容更有深度。

1. 用下面這些WH問句來幫助你延長答案：

★ **What is it?** 是什麼食物？

★ **What kind do you like?** 你喜歡哪一個種類？

★ **Where do you get it?** 可以在哪裡買到／得到？

★ **How do you like to eat it?** 你喜歡怎麼吃？

2. 食物的準備方式（通常以過去分詞來形容烹調方式）：

★ boiled 水煮	★ steamed 蒸煮	★ fried 油炸	★ sautéed 嫩煎
★ barbecued 火慢烤	★ grilled 高溫燒烤	★ stewed 燉	★ baked 烘焙
★ pickled 醃漬	★ fermented 發酵	★ processed 加工	

3. 形容味道的形容詞：

★ spicy 辣	★ mild 溫和不濃烈	★ salty 鹹	★ sour 酸
★ bitter 苦	★ rich 濃郁	★ sweet 甜	

4. 常見的乳酪種類：

★ **mozzarella** 義大利白乾酪（一種軟質的乳酪，可以加進沙拉，有一些也可以做成長條來焗烤或油炸）

★ **Brie** 布里乾酪（白黴起司，表面有一層白色的可食用黴菌，內裡軟滑，夠成熟的話還會像流出來一般，有一股奶油香味）

★ **blue cheese** 帶藍紋的乳酪（是一種利用青黴的繁殖，醞釀出獨特風味的乳酪，切口處可以看見如大理石花紋般的青色黴菌）

★ **cheddar** 切達乾酪（世界上產量最大的起司種類，熟成的切達起司顏色金黃帶有堅果香，因為容易融化，常刨絲放入菜，烤完後會味道香濃呈現深沉的金黃色澤，因此也常用於焗烤料理）

★ **Swiss** 瑞士乳酪（卡通中老鼠最愛攀爬的乳酪，有不規則的大小洞）

5. 必背單字= all-time　一直都是

★ **House prices in London are at an all-time high.**
倫敦的房價一直都在高點。

問答 練習 Questions and Answers
練習從各種角度思考判斷，找到最適合自己的作答方式。

9. What is your favorite restaurant? What's special about it?

MP3
01-09

你最喜歡的餐廳是哪一間？他們有什麼特色？

與眾不同的高分答案
小陳——逆向思考的宅男角度，為您示範較簡單且有點搞笑的回答。

My favorite restaurant is called Hooters. It's an American **chain** restaurant that **specializes** in chicken wings. All the waitresses wear sexy uniforms. The place has a really fun **atmosphere** - sometimes they have contests or games with the customers.

我最喜歡的餐廳叫Hooters。它是一間美式連鎖餐廳的雞翅專門店。所有女服務生都穿很辣的制服。這個地方的氣氛很歡樂－有時候他們會跟顧客競賽或玩遊戲。

令人印象深刻的答案
小劉——另類的作答方式，提供您各式充滿創意的絕妙好句。

There's a hot pot restaurant near my house that I've been going to for years. Taiwan has tons of hot pot places, but this one seems to have the tastiest **broth** and the freshest seafood and vegetables. Oh, and there's chocolate ice-cream for dessert! The only thing I don't like about the restaurant is that I always seem to **overeat**!

我家附近有一間火鍋店，我已經去好多年了。台灣有數不清的火鍋店，但是這間湯頭似乎是最棒的，海鮮跟蔬菜也是最新鮮的。噢！他們還有巧克力冰淇淋甜點！這間火鍋店唯一讓我不喜歡的是我好像總是吃太撐了！

安全過關的標準答案
葉教授——充分展現自己的深度，用難度較高的單字，為您示範條理分明的應答。

I took my wife to a French restaurant in a five-star hotel to celebrate our twentieth wedding **anniversary**. It was **elegantly** decorated with classic paintings and **chandeliers**. My wife loved the atmosphere. The chefs cook **gourmet** French-style dishes that are to die for. It's a little expensive but it's **worth** it.

我帶我太太到一間五星級法國餐廳去慶祝我們的結婚二十週年。這間餐廳以典雅的古典畫作以及水晶吊燈裝飾。我太太愛死那裡的氣氛了。廚師們煮的高級法式料理好吃得不得了。它有點貴，但真的很值得。

重點解析 Key Point

作答方向分析整理，讓你的談話內容更有深度。

---

1. 在社交場合中，人們對於好吃的餐廳興致很高。對於新的餐廳人們嘗試的意願很高，所以不妨多貢獻你知道的好地方。它的位置、氣氛、服務、食物還有價錢都是很好的延伸話題。你也可以描述你點的東西。

★ I went to a place listed in the "top 10 must-go restaurants in Taichung" and it was a major disappointment! The food was oily and too salty. I will never recommend it to anyone!

我去了一間列在「台中十大必去餐廳」的店，它真讓人失望！食物又油又太鹹。我絕對不會跟任何人推薦這間餐廳！

---

2. 形容餐廳氣氛或室內設計的形容詞：

★ chic 時尚　　　★ modern 現代　　　★ cozy 舒適

★ elegant 優雅　　★ lively/fun 生氣勃勃／有趣　　★ relaxed 放鬆

---

3. 餐廳受歡迎或有名常見的原因：

★ The food is cheap/delicious/authentic. 食物便宜／好吃／道地。

★ They make special/unique dishes. 他們的菜色很獨特。

★ The ingredients are fresh. 食材新鮮。

★ It's at a convenient location. 地點方便。

★ They hire hot waitresses and waiters. 雇用俊男美女服務生。

---

4. 必背單字= tons 字面上來講，一噸是2,000磅，但通常它是被用來指「爆多」的意思。

★ I can't go out at all this weekend. I have tons of homework to do. 我這個週末完全不能出去。我有一堆功課要做。

---

5. 必背片語= be to die for 死都要…

★ Patricia's living room is to die for. She has the nicest furniture I've ever seen. 派翠西亞的客廳實在是太讓人想要了。她的傢俱是我看過最棒的。

Questions and Answers

練習從各種角度思考判斷，找到最適合自己的作答方式。

10. What local or traditional foods would you recommend to tourists?

你會推薦什麼地方菜或傳統食物給觀光客？

MP3
01-10

與眾不同的高分答案

小陳——逆向思考的宅男角度，為您示範較簡單且有點搞笑的回答。

Most tourists go to Din Tai Fung. It's one of the most famous restaurants in Taiwan and every time I pass by the restaurant I can see a very long line of people outside, waiting to be seated. I've been there twice, but I actually think their food is **overrated**. I mean - it's good, but I'm not **willing** to wait more than 45 minutes for a table.

大部分的觀光客是去鼎泰豐。它是台灣最有名的餐廳之一，每次我經過都可以看到很長的隊伍在外面等位子坐。我有去過兩次，但我其實覺得它的東西評價被給得太高了。我的意思是，它很好吃，但我不願意花四十五分鐘等一張桌子。

令人印象深刻的答案

小劉——另類的作答方式，提供您各式充滿創意的絕妙好句。

I'd say **bubble** milk tea, because it's delicious and it's **uniquely** Taiwanese. I don't think other cultures have anything like it. It's usually made from black tea with sugar and milk. Then they add **tapioca** balls. You drink it through a big straw so that you can **suck** up the balls, too. It's like a drink and a snack, all in one.

我會說珍珠奶茶，因為它很好喝，而且是台灣特有的。我不認為別的文化有像這樣的東西。它通常是用紅茶、糖還有牛奶做成的。然後他們加入樹薯粉做的珍珠。你用一根大吸管喝才可以吸到珍珠。它很像飲料跟點心綜合在一起。

安全過關的標準答案

葉教授——充分展現自己的深度，用難度較高的單字，為您示範條理分明的應答。

The most famous local Taiwanese dish is stinky tofu but I'm afraid that the smell of it may **deter** people from trying it. *Zhu xie gao* is also unique to Taiwan. But once again, some foreigners may be too **squeamish** to try it because it's made from pig's blood. However, I've taken a few foreign friends to Shi Lin **night market** to try these foods and they actually enjoyed them very much!

台灣最有名的地方小吃是臭豆腐，但它的味道恐怕會阻止很多人去嘗試它。豬血糕也是台灣特有的。但還是一樣，因為它是用豬的血做的，有些外國人可能會覺得它太血腥而不敢吃。不過，我有帶過幾位外國朋友去士林夜市吃這些東西，他們事實上還蠻喜歡的！

重點解析

Key Point
作答方向分析整理，讓你的談話內容更有深度。

---

1. 在討論台灣的地方小吃時，直接講中文的說法就好了，然後大概解釋一下是用什麼東西做的。不要把台灣小吃翻成四不像的英文，外國人根本看得一頭霧水。

★I like to eat *zhongzi*. They're a triangle-shaped dumplings made from rice with pork or nuts in the middle, wrapped in a bamboo leaf.

我喜歡吃粽子。那是一種三角型的飯糰，用米把豬肉或花生包在中間，然後用竹葉包起來。

2. 一些常見的台灣美食譯音跟簡單的解釋方式：

★*Er a zhen*（蚵仔煎 oyster omelet）：
It's made of eggs that are beaten with a little starch and fried with small oysters in the middle. You can put soy sauce or spicy sauce on top.

它是用打蛋加上一點澱粉漿製成，加上牡蠣用煎的。你可以在上面淋上醬油或辣醬。

★*Mian hsian*（麵線 Chinese noodle soup）：
It's a salty noodle soup made of very thin wheat noodles, and sometimes served with pig's intestines.

它是一種鹹麵羹，用非常細的麵條煮的，有時會加入豬腸。

★*Ba wan*（肉丸 Taiwanese meatball）：
It has a see-through dough on the outside, and a meat filling: usually pork with bamboo shoots and mushrooms.

它是一種外面透明的麵糊，裡面有肉餡：通常是豬肉、竹筍跟香菇。

延伸問題 Extended Questions

想想看，下列問題你會如何回答？試著從三種角度思考問題，並找身邊的外國朋友練習一下吧！

Q1 Do you mind eating alone?

你討厭一個人吃飯嗎？

 與眾不同的高分答案　　 令人印象深刻的答案　　 安全過關的標準答案

Q2 Are you picky about what you eat? What foods do you avoid?

對於吃的你很挑嗎？你會避免哪些食物？

 與眾不同的高分答案　　 令人印象深刻的答案　　 安全過關的標準答案

Q3 What foods do you eat on holidays or special occasions?

節日或特殊場合你們都吃些什麼？

 與眾不同的高分答案　　 令人印象深刻的答案　　 安全過關的標準答案

Unit 02

旅遊
Travel

內頁圖示說明：

適用考試項目一

雅 IELTS 雅思

托 TOEFL 托福

多 NEW TOEIC 新多益

檢 GEPT 全民英語能力分級檢定測驗

面 INTERVIEW 各大企業及入學考試英語面試

單字詞性標示一

n. 名詞　　　　　　int. 感嘆詞

v. 動詞　　　　　　prep. 介系詞

a. 形容詞　　　　　conj. 連接詞

ad. 副詞　　　　　　phr. 片語

Warm up

透過下面的互動練習，進入本單元學習主題。

How do you choose where to go on vacation? Rank the following in order of importance.

你如何選擇度假的地方? 請將以下因素排序：

☐ I know someone who lives there.
我認識住在那裡的人。

☐ Someone recommended it to me.
有人推薦我去。

☐ The flight is affordable.
機票不貴。

☐ I'm interested in the culture.
我對文化有興趣。

☐ The men/women there are known for being good-looking.
那裡的人是以漂亮好看聞名的。

☐ There is a lively nightlife.
夜生活很活躍。

☐ I like the traditional food there.
我喜歡那裡的傳統食物。

☐ I can speak the language.
我會說那裡的語言。

☐ I want to see a specific tourist landmark or festival.
我想看特定的觀光地標或慶典。

☐ Other: _____
其他

 Vocabulary

聽 MP3，跟著外國老師一起朗讀並熟記這 100 個單字，以便在口試中活用。

 MP3 02-00

❶ recently [`risn̩tlɪ] ad. 最近

❷ high speed rail n. 高鐵

❸ venue [`vɛnju] n. 會場

❹ sleeping bag n. 睡袋

❺ guesthouse [`gɛst͵haʊs] n.
（比hotel規模小的）旅館

❻ conference [`kɑnfərəns] n. 研討會

❼ unfortunately [ʌn`fɔrtʃənɪtlɪ] ad.
很不幸地

❽ schedule [`skɛdʒʊl] n. 日程表；行程表

❾ explore [ɪk`splor] v. 探索

❿ sightseeing [`saɪt͵siɪŋ] n. 觀光

⓫ all-expenses-paid
[`ɔlɪk`spɛnsɪs͵ped] a. 支付全額的

⓬ electronics [ɪlɛk`trɑnɪks] n. 電子產品

⓭ backpack [`bæk͵pæk] v. 自助旅行

⓮ continent [`kɑntənənt] n. 大陸；洲

⓯ romantic [rə`mæntɪk] a. 羅曼蒂克的

⓰ daydream [`de͵drim] v. 做白日夢；幻想

⓱ café [kə`fe] n. 咖啡館

⓲ fascinating [`fæsn̩͵etɪŋ] a.
極美的；極好的

⓳ ruins [`rʊɪnz] n. 遺跡

⓴ glacier [`gleʃɚ] n. 冰河

㉑ convenience store n. 便利商店

㉒ suitable [`sutəbl̩] a. 合適的

㉓ apply for phr v. 申請

㉔ scholarship [`skɑlɚ͵ʃɪp] n. 獎學金

㉕ **competitive** [kəm`pɛtətɪv] a. 很競爭的

㉖ **opportunity** [ˌapɚ`tjunɪtɪ] n. 機會

㉗ **intriguing** [ɪn`trigɪŋ] a. 好奇的；被迷住的

㉘ **creativity** [ˌkrie`tɪvətɪ] n. 創造力

㉙ **memorization** [ˌmɛmərɪ`zeʃən] n. 熟記；背

㉚ **arise** [ə`raɪz] v. 產生；出現

㉛ **recommend** [ˌrɛkə`mɛnd] v. 推薦

㉜ **landmark** [`lænd͵mark] n. 地標

㉝ **earthquake** [`ɝθ͵kwek] n. 地震

㉞ **journey** [`dʒɝnɪ] n. 旅程

㉟ **gorge** [gɔrdʒ] n. 峽谷

㊱ **spectacular** [spɛk`tækjəlɚ] a. 壯觀的

㊲ **campground** [`kæmp͵graund] n. 營地

㊳ **aboriginal** [ˌæbə`rɪdʒənl̩] a. 原住民的

㊴ **canoe** [kə`nu] n. 獨木舟

㊵ **custom** [`kʌstəm] n. 習俗

㊶ **destination** [ˌdɛstə`neʃən] n. 目的地

㊷ **tour** [tʊr] n. 遊覽

㊸ **discount** [`dɪskaunt] n. 折扣

㊹ **efficiently** [ɪ`fɪʃəntlɪ] ad. 有效率地

㊺ **significant** [sɪg`nɪfəkənt] a. 重要的；值得注意的

㊻ **senior citizen** n. 老年人

㊼ **definitely** [`dɛfənɪtlɪ] ad. 絕對地；一定

㊽ **spontaneous** [span`tenɪəs] a. 隨性的

㊾ **varied** [`vɛrɪd] a. 多樣的

㊿ **detail** [`ditel] n. 細節

(51) **accommodations** [ə͵kamə`deʃənz] n. 住宿

(52) **rude** [rud] a. 無禮的；粗暴的

(53) **exchange rate** n. 匯率

(54) **unfamiliar** [ˌʌnfə`mɪljɚ] a. 不熟悉的

(55) **downside** [`daun͵saɪd] n. 缺點

(56) **frustrating** [`frʌstretɪŋ] a. 令人沮喪的

(57) **communicate** [kə`mjunə͵ket] v. 溝通

(58) **suitcase** [`sut͵kes] n. 小型行李箱；手提箱

(59) **physical** [`fɪzɪkl̩] a. 身體上的

(60) **discomfort** [dɪs`kʌmfɚt] n. 不適；不舒服

(61) **promote** [prə`mot] v. 推廣

(62) **tourism** [`turɪzəm] n. 觀光

(63) **visa** [`vizə] n. 簽證

(64) **vandalize** [`vændl̩͵aɪz] v. 破壞公物

(65) **invest** [ɪn`vɛst] v. 投資

(66) **recognize** [`rɛkəg͵naɪz] v. 認出；識別

(67) **economy** [ɪ`kanəmɪ] n. 經濟

(68) **development** [dɪ`vɛləpmənt] n. 發展

(69) **conservation** [ˌkansɚ`veʃən] n. 保育

(70) **eco-tourism** [`iko`turɪzəm] n. 生態觀光

(71) **memorable** [`mɛmərəbl̩] a. 值得懷念的；難忘的

(72) **snorkeling** [`snɔrkl̩ɪŋ] n. 浮潛

(73) **coral** [`kɔrəl] n. 珊瑚礁

(74) **stage** [stedʒ] n. 舞台

(75) **firefly** [`faɪr͵flaɪ] n. 螢火蟲

(76) **eco-park** [`iko͵park] n. 生態公園

(77) **adventurous** [əd`vɛntʃərəs] a. 充滿冒險性的

(78) **exotic** [ɛg`zatɪk] a. 異國情調的（通常用在熱帶地區的人事物）

(79) **safari** [sə`farɪ] n. 狩獵

(80) **unforgettable** [ˌʌnfɚ`gɛtəbl̩] a. 難忘的

(81) **sight** [saɪt] n. 景點

(82) **souvenir** [`suvə͵nɪr] n. 紀念品

(83) **upload** [ʌp`lod] v. 上傳（照片或檔案）

❽❹ **ambitious** [æm`bɪʃəs] a. 野心勃勃的

❽❺ **potentially** [pə`tɛnʃəlɪ] ad. 有可能地;有潛力地

❽❻ **unwind** [ʌn`waɪnd] v. 放鬆

❽❼ **quality** [`kwɑlətɪ] a. 優質的

❽❽ **rushed** [rʌʃt] a. 匆忙的

❽❾ **barely** [`bɛrlɪ] ad. 幾乎不行;幾乎沒有

❾⓪ **drawback** [`drɔˌbæk] n. 缺點

❾❶ **luggage** [`lʌgɪdʒ] n. 行李

❾❷ **laptop** [`læptɑp] n. 筆記型電腦

❾❸ **minimal** [`mɪnəməl] a. 最小的;極簡的

❾❹ **toiletries** [`tɔɪlɪtrɪs] n. 盥洗用品

❾❺ **entire** [ɪn`taɪr] a. 一整個

❾❻ **wardrobe** [`wɔrdˌrob] n. 衣櫃

❾❼ **accessory** [æk`sɛsərɪ] n. 配件

❾❽ **streamline** [`strimˌlaɪn] v. 簡化

❾❾ **necessity** [nə`sɛsətɪ] n. 必需品

⓵⓪⓪ **first aid kit** n. 急救箱

交談祕訣 Tips for Discussion

釐清各種易混淆的觀念,掌握口試高分祕訣。

❶ 如果你沒有什麼旅行的經驗,你還是可以說說你有興趣的地方。想出一些有趣的國家或地方,最重要的是,學會這些地名的英文怎麼念。譬如,「大阪」要念 Osaka,Edinburgh要念 [`ɛdṇˌbɝo]。

❷ 談論旅行最棒的就是分享資訊(而不光是炫耀你去過哪裡、去過幾次)。若你在計劃一趟旅行,可以問問去過的人哪裡有好康的吃喝玩樂。同理可證,你也可以提供這樣的資訊給想要去的人。

❸ 討論一個地方的優缺點永遠是延伸答案的好方法。從你的旅遊經驗中找一些難忘的跟不愉快的記憶來增加這個話題的豐富性!

❹ 談論未來旅行時,英文較常以現在進行式表達,"I'm taking a trip."/"I'm going on a trip."(我要去旅行。)或是"I'm going to Japan."(我要去日本。)而不要用未來式will這個字。Journey這個字並不適用於談論出遊,它其實較常用在寫作中,而且意思通常是指一個特定的、較長的或困難的旅程。小心別誤用到它。

❺ 談論旅行時常用的文法:

★ 用現在完成式來談論「有沒有」去過某一個地方。

I've never been to South America, but I've traveled around North America.(我沒去過南美洲,但我有去過北美。)

★ 但若是談論過去某一次特定的旅遊經驗,則要用簡單過去式:

I've been to the beach three times this summer. I went to Fulong beach last weekend. It was fun.(我今年夏天去過海邊三次。上週末我去福隆。很好玩。)

問答練習 Questions and Answers

練習從各種角度思考判斷，找到最適合自己的作答方式。

1. Where have you traveled to **recently**?
你最近有去哪裡旅行嗎？

與眾不同的高分答案

小陳——逆向思考的宅男角度，為您示範較簡單且有點搞笑的回答。

Let's see... I went to my grandparents' house in Changhua for Chinese New Year. It was boring, as usual, but I didn't really have a choice because we always spend Chinese New Year together as a family. Then, a few months ago, I went to a friend's wedding in Taichung. I took the **high speed rail**, so it was really quick and easy to get there. I didn't see much of Taichung besides the wedding **venue**, though.

讓我想一下…我過年的時候去我在彰化的祖父母家。跟往常一樣無聊，但是我根本沒有選擇的餘地，因為過農曆年我們總是要跟家人在一起。還有，幾個月前我去了朋友在台中的婚禮。我搭高鐵去，所以到那裡又快又容易。不過除了婚禮會場之外我沒有看到台中什麼地方。

令人印象深刻的答案

小劉——另類的作答方式，提供您各式充滿創意的絕妙好句。

Three friends and I recently went to Kenting for a long weekend. We decided to rough it, so we brought tents and **sleeping bags** and camped out on the beach. It was fun, but not very comfortable, and the sand got into everything. After that, we all really wanted to take a shower, so we got a room in a **guesthouse** for the second night.

我的三個朋友跟我最近去墾丁度了一個長週末。我們決定要走不豪華的極簡風格，所以帶了帳篷跟睡袋在沙灘上露營。很好玩，但不是很舒服，沙子全都跑進來了。過了第一晚，我們全都很想洗澡，所以我們第二晚就住進一間旅館了。

安全過關的標準答案

葉教授——充分展現自己的深度，用難度較高的單字，為您示範條理分明的應答。

Well, I went to Hong Kong a couple of months ago for a **conference**. The university I work for paid for the trip, which was great. **Unfortunately**, the **schedule** was so full that we didn't have any time to **explore** Hong Kong. I'd like to go back again one day, and actually do some **sightseeing** this time.

嗯，幾個月前我去了趟香港參加研討會。我服務的大學支付所有的旅行費用，真不錯。只可惜日程表排得很滿，我們根本沒時間探索香港。有一天我想再回去，這次要真正的來點觀光了。

重點解析 **Key Point**
作答方向分析整理，讓你的談話內容更有深度。

---

1. 旅行的方式有下列幾種：

★ **fly** 飛行，但我們較常使用 **go by plane** 或者是 **take an airplane**

★ **ride a motorcycle/scooter** 騎摩托車（motorcycle是指打檔的那種機車）

★ **get a ride** 搭別人的便車　　　　★ **drive** 開車

★ **take the bus** 搭公車　　　　　　★ **take the HSR** 搭高鐵

★ **take the train** 搭火車　　　　　★ **go on a cruise** 坐渡輪

---

2. 住的地方有下列幾種：

★ **hotel** 旅館　　　　　　　　　　★ **hostel** 青年旅館

★ **motel** 汽車旅館　　　　　　　　★ **cabin** 小木屋

★ **guesthouse** 比 hotel 規模小的旅館　★ **campsite** 營地

★ **homestay** 住在當地／外國人家

★ **bed and breakfast (B&B)** 民宿／住宿加早餐的家庭式旅館

---

3. 必背片語= Let's see 是常見的片語，用在思考要講什麼或是邊講邊在查東西的時候。幫助你在思考時不要有尷尬空檔時的其他句型還有：

★ **Let me see/think/check.** 讓我想想／看看。

★ **That's a good/difficult/interesting question.**
這真是個好／困難的／有趣的問題。

---

4. 必背片語= not have a choice/have no choice 沒有選擇的餘地

★ **Blake didn't want to take this job, but he had no choice. He had to make a living.** 布雷克不想接這份工作，但他沒有選擇。他總得討生活。

---

5. 必背片語= rough it 有點不方便，或用有點艱難的方式進行某件事

★ **Mom hates roughing it. She can't survive without air conditioning.** 媽媽很不喜歡不舒服的環境。沒有冷氣她活不下去。

---

2. If you could have an **all-expenses-paid** vacation anywhere in the world, where would you go?

Unit 02

旅遊 Travel

如果有人包吃包住付全額讓你去旅行，你會想要去哪裡？

與眾不同的高分答案

小陳——逆向思考的宅男角度，為您示範較簡單且有點搞笑的回答。

I'd probably choose Tokyo. First I'd go shopping in Akihabara Electric Town, which is the biggest **electronics** market in the world. That's the only kind of shopping I like! Then I'd check out Tokyo Disneyland. I think Japan would be a wise choice for a trip like this because it's expensive and I doubt I could ever go there if I had to pay for it myself. Plus, Japanese girls are hot!

我應該會選東京。首先我會去秋葉原電氣街，那是全世界最大的電子產品市場。那是我唯一喜歡的血拼！然後我會去東京迪斯奈樂園。我想一趟免錢的旅行，日本是個明智的選擇，因為很貴，如果是要自己付錢去，我懷疑我去得成。加上日本女生又超辣的！

令人印象深刻的答案

小劉——另類的作答方式，提供您各式充滿創意的絕妙好句。

There are a lot of places that I would like to visit, but Europe is at the top of my list. I would take the train from city to city and **backpack** across the whole **continent**. I've never been there before, but I've heard that it's very beautiful and **romantic**, especially Paris. Sometimes I **daydream** about meeting a handsome stranger at a French **café**.

有很多地方是我想去的，但是歐洲是我第一個選擇。我想搭火車去不同的城市，背著行李橫跨整個歐陸。我從來沒去過，但我聽說它非常漂亮，也非常浪漫，尤其是巴黎。有時候我會做白日夢，在法國的咖啡店遇見陌生帥哥。

安全過關的標準答案

葉教授——充分展現自己的深度，用難度較高的單字，為您示範條理分明的應答。

Well, I've done quite a bit of traveling already, so I would choose some place I've never been before, like South America. I think it would be **fascinating** to see the **ruins** of Machu Picchu in Peru. I'd also love to visit Patagonia in southern Argentina, to see the **glaciers** up close and personal.

嗯，我已經旅行過很多地方，所以我會選擇從來沒去過的地方，譬如南美洲。我想能看到祕魯的馬丘比丘一定很棒。我也很想造訪阿根廷南方的巴塔哥尼亞，個人去親自近距離的觀看冰河。

Key Point

作答方向分析整理，讓你的談話內容更有深度。

---

1. 作答方向分析整理，讓你的談話內容更有深度。

記得要提到為什麼你想要去一個特定的地方，或是你想要看到什麼。要明確一點，不要只說 I want to go to France because it's beautiful.（我想去法國，因為那裡很漂亮。）你應該說：

★ **I want to go to France to see the Eiffel Tower, and try real French cuisine.**

我想去法國看艾菲爾鐵塔，還有嘗試真正的法國料理。

---

2. 一些著名外國景點的英文說法：

★ **Japan**（日本）- **Mount Fuji** 富士山

★ **Thailand**（泰國）- **The Floating Market** 水上市場

★ **Korea**（韓國）- **Jeju Island** 濟州島

★ **The U.S.**（美國）- **The Statue of Liberty** 自由女神

★ **England**（英格蘭）- **Big Ben** 大笨鐘

★ **The Philippines**（菲律賓）- **Boracay Island** 長灘島

★ **Australia**（澳洲）- **The Sydney Opera House** 雪梨歌劇院

★ **Dubai**（杜拜）- **Burj Al Arab Hotel** 帆船飯店

---

3. 必背片語= up close and personal　親眼看到

★ On *Celebrity News*, our reporters get <u>up close and personal</u> with your favorite stars.

在《名流新聞》裡，我們的記者與您最喜歡的明星們<u>貼身接觸</u>。

Questions and Answers

練習從各種角度思考判斷，找到最適合自己的作答方式。

3. Would you ever like to study or work abroad?
你會想要在外國念書或工作嗎？

02-03

與眾不同的高分答案

小陳——逆向思考的宅男角度，為您示範較簡單且有點搞笑的回答。

No. I think living abroad would be difficult. I know a guy who agreed to move to Germany for his job, and he hates it there now. He says it's really cold, and they don't have any 24-hour **convenience stores**. He doesn't speak much German and he hasn't found anyone **suitable** to date either. Needless to say, he really misses Taiwan.

不會，我覺得住在外國應該很困難。我認識一個人，他接受一份在德國的工作，現在他恨死那裡了。他說那裡很冷，又沒有二十四小時的便利商店。他會說的德文不多，也找不到適合約會的對象。不用說了，他超想台灣的。

令人印象深刻的答案

小劉——另類的作答方式，提供您各式充滿創意的絕妙好句。

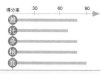

Yes! I'd really love to go to Europe to study art. I just **applied for** a **scholarship** to study in Italy! It's a really **competitive** program, but I'm keeping my fingers crossed. It would be an amazing **opportunity** to be in a place with so much beauty and history. Not to mention the food!

會！我很想去歐洲讀藝術。我剛申請了去義大利的獎學金！這是個很競爭的課程，但我祈求好運了。能夠在一個有那麼多美景與歷史的地方會是一個很棒的機會。更別提美食了！

安全過關的標準答案

葉教授——充分展現自己的深度，用難度較高的單字，為您示範條理分明的應答。

I was a visiting professor in the U.S. for a year. Living abroad makes you see your home country in a new light. It was **intriguing** to be able to compare our society with theirs, especially when it comes to education. They focus a lot more on **creativity** and problem solving, rather than just on **memorization**. I would definitely like to live abroad again one day, if the opportunity **arises**.

我曾經在美國當過一年的客座教授。旅居國外可以讓你從新的角度看自己的國家。能夠將自己的社會跟他們的相比真的很有趣，尤其是談到教育的時候。他們很注重創造力跟解決問題，而不是背誦。如果機會出現，我絕對想再次住在國外。

重點解析 Key Point
作答方向分析整理，讓你的談話內容更有深度。

1. 如果你在讀這本書，那你一定對學英文有興趣，或許有一天你也有機會出國留學或出國工作！胸懷大志，想想看你想居住的國家吧！

2. 住在外國可能的好處：

★ **great life experience** 很棒的生活經驗　★ **make new friends** 交新朋友

★ **improve language skills** 改善語言技巧

★ **more career opportunities** 更多職場機會

3. 住在外國可能的壞處：

★ **the language barrier** 語言隔閡　　★ **homesickness** 想家

★ **high cost of living** 生活支出高　　★ **culture shock** 文化衝擊

4. 必背片語= **needless to say**　別提了；不用說了

★ I was out drinking with my friends until three o'clock in the morning. <u>Needless to say</u>, I'm not feeling very well today.
我跟朋友出去喝酒到早上三點才回家。<u>不用說了</u>，我今天有點不舒服。

5. 必背片語= **keep one's fingers crossed**　（說這句話時，食指跟中指會交叉）祈求好運

★ I'm going to ask Diane out on a date. I'm <u>keeping my fingers crossed</u> that she'll say yes!　我要約黛安去約會。我在<u>祈求</u>她會說好！

6. 必背片語= **not to mention**　更別提…了

★ The meal was delicious, <u>not to mention</u> the fantastic cake we had for dessert.　那頓飯很美味，<u>更別說</u>我們吃到的那個美妙的蛋糕甜點了。

7. 必背片語= **in a new light**　用全新的角度看待事物

★ Lana was always just a childhood friend of Greg's, but when they grew up, he began to see her <u>in a new light</u>.
拉娜一直都是葛雷格的童年好友，但他們長大以後，他開始用<u>全新的角度</u>看她。

Questions and Answers

練習從各種角度思考判斷，找到最適合自己的作答方式。

4. Which place in Taiwan would you **recommend** to tourists?　你會推薦台灣的哪些地方給觀光客？

MP3
02-04

與眾不同的高分答案

小陳——逆向思考的宅男角度，為您示範較簡單且有點搞笑的回答。

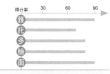

I think Taipei 101 is really cool. It's an important **landmark** that puts Taiwan on the map. Not only is it one of the tallest buildings in the world, it won't fall down even if we have a strong **earthquake**. Plus, it's in a nice part of town, and you don't have to go through a long and difficult **journey** to get there.

我覺得台北101很酷。它是一個讓台灣知名度提升的重要地標。它不只是全世界最高的建築物之一，就算是有大地震它也不會倒。還有，它位在一個不錯的區域，你也不需要歷經又久又困難的旅程才能到那裡。

令人印象深刻的答案

小劉——另類的作答方式，提供您各式充滿創意的絕妙好句。

I would definitely recommend a trip to Taroko Gorge. It's a <u>must-see</u> for anyone who comes to Taiwan. The high mountains and deep **gorges** are **spectacular**. It's a great place to go hiking or take pictures. You can stay in a hotel or just bring a tent and camp at the free **campground**.

我絕對會推薦一趟太魯閣之旅。這是任何一個到台灣的人都必須去拜訪的地方。那裡的高山跟深谷很壯觀。是個健行跟拍照的勝地。你可以住旅館或是帶帳蓬在免費的營地露營。

安全過關的標準答案

葉教授——充分展現自己的深度，用難度較高的單字，為您示範條理分明的應答。

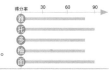

Taiwan has a lot to offer, but I think my favorite place to visit is Orchid Island, because it is so unique. <u>It's home to</u> the Yami people, who have a rich and interesting **aboriginal** culture. They still make beautiful **canoes** by hand and practice their traditional dances and other **customs**. If beaches and oceans <u>are your thing</u>, Orchid Island is a great tourist **destination**!

台灣有很多東西可以滿足觀光客，但我想我最喜歡的地方是蘭嶼，因為它真的很獨特。它是雅美族人的家，他們有豐富有趣的原住民文化。他們至今仍用手工製做獨木舟以及跳傳統舞蹈跟奉行其他習俗。如果沙灘跟海洋是你喜歡的東西，蘭嶼是個很棒的觀光目的地！

Key Point
作答方向分析整理，讓你的談話內容更有深度。

1. 選一個你喜歡的地方，說說你為什麼喜歡這個地方。小心中文地名跟英文譯法常會有出入。多瞭解幾個台灣地名的英文拼字和發音是很實用的。譬如：

   ★ **Sun Moon Lake** 日月潭

   ★ **Taroko Gorge** 太魯閣

2. 台灣熱門的觀光景點：

   ★ **Yangmingshan National Park** 陽明山國家公園

   ★ **Jade Mountain (Yushan)** 玉山

   ★ **Kenting** 墾丁

   ★ **National Palace Museum** 故宮博物館

   ★ **Chiang Kai-shek Memorial Hall** 中正紀念堂

   ★ **Yuanshan Grand Hotel** 圓山飯店

   ★ **Fort San Domingo** 紅毛城

   ★ **Green Island** 綠島

   ★ **Alishan National Scenic Area** 阿里山國家風景區

   ★ **Northern/Central/Southern Cross-Island Highway**
   北橫／中橫／南橫公路

3. 必背片語= put (a place) on the map　可以在地圖上找到= 讓某個地方出名

   ★ **Our town's new water park has really put us on the map.**
   我們這個鎮的新水上樂園真的讓我們有名了。

4. 必背片語= be home to　是（某人／物）的家

   ★ **This forest is home to a large deer population.**
   這片森林是大群鹿群的家。

5. Would you prefer backpacking or going on a group **tour**?　你比較喜歡當背包客還是跟團？

MP3
02-05

Unit 02

旅遊 Travel

與眾不同的高分答案

小陳——逆向思考的宅男角度，為您示範較簡單且有點搞笑的回答。

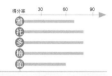

I would choose to go on a group tour. It's safer, easier, and you can usually get a group **discount**. The tour guide will plan your time **efficiently,** and take you to all of the most **significant** places. The only problem is, sometimes those group tours are filled with **senior citizens**. I'd like to be on a tour with some young, cool girls!

我會選跟團。它比較安全，簡單，而且還可以有團體折扣。導遊會很有效率的幫你計劃時間，帶你去所有最重要的地方。唯一的問題是有時這種團裡全是老人。我想跟年輕的酷妹們出遊！

令人印象深刻的答案

小劉——另類的作答方式，提供您各式充滿創意的絕妙好句。

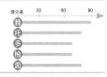

Definitely backpacking! My favorite way to travel is to plan each day as I go along, because I'm quite **spontaneous**. If I ever get to go backpacking through Europe, I'll just have a general idea of the places I want to go to and then play it by ear. That way, my trip will be more **varied** and filled with surprises.

當然是背包客！我最喜歡的是沿路計劃每一天的行程，因為我蠻隨性的。如果我真的去歐洲自助旅行，我會只大略知道我要去的地方，然後見機行事。這樣一來，我的旅程就會是多樣化並且充滿驚喜的。

安全過關的標準答案

葉教授——充分展現自己的深度，用難度較高的單字，為您示範條理分明的應答。

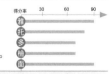

I used to like backpacking, but these days I don't have time to plan the **details** of a trip myself. Booking a group tour means you don't have to worry about the language barrier or where you're going to eat or sleep. Particularly when I travel with my family, I like to know that we will have comfortable **accommodations** every night.

我以前喜歡自助旅行，但現在我沒有時間自己計劃一趟旅程的細節。跟團旅行代表你不用擔心語言隔閡或是你要去哪裡吃飯跟過夜。尤其是當我跟家人旅行時，我喜歡先知道我們每晚都會有舒服的住宿。

重點解析 Key Point
作答方向分析整理，讓你的談話內容更有深度。

1. 自助旅行的好處：

★ **freedom and adventure** 有自由跟冒險　　★ **affordable** 負擔得起

★ **try local foods and restaurants** 嘗試地方食物跟餐廳

★ **choose your own travel companions** 選你自己的旅伴

2. 跟團的好處：

★ **easy, no planning necessary** 容易，不需要計劃

★ **comfortable hotels** 舒服的旅館

★ **tour guide can help solve problems** 導遊可以幫忙解決問題

3. 其他形式的旅遊：

★ **a package tour** 套裝行程　　　　★ **a weekend getaway** 週末小旅行

★ **a graduation trip** 畢業旅行　　　★ **a road trip** 公路旅行

★ **a honeymoon** 蜜月旅行　　　　★ **a business trip** 出差

★ **a volunteer holiday** 志工假期　　★ **a family vacation** 全家旅行

★ **a luxury cruise** 豪華郵輪　　　　★ **a time-share** 暫時物產使用權

★ **a pilgrimage** 朝聖（大甲媽祖繞境也算這種）

4. 必背單字= book　預訂

★ **Rachel booked a table for two at her favorite restaurant.**
瑞秋在她最喜歡的餐廳訂了兩個人的位子。

5. 必背片語= play it by ear　隨機應變；見機行事

★ **Let's play it by ear in the meeting. We'll see what they say and just go from there.**
我們開會時見機行事吧！我們看他們怎麼說，然後那時候再來決定。

6. 必背片語= language barrier　語言隔閡

★ **To get around the language barrier, she had to use actions and drawings.** 為了要克服語言隔閡，她必須用動作跟畫圖。

問答練習 Questions and Answers

練習從各種角度思考判斷，找到最適合自己的作答方式。

6. What do you dislike about traveling?
關於旅行，你不喜歡哪個部分？

MP3
02-06

與眾不同的高分答案

小陳——逆向思考的宅男角度，為您示範較簡單且有點搞笑的回答。

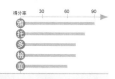

Mainly, I just don't like being <u>out of my comfort zone</u>. You have to deal with strange customs, **rude** people, dirty streets, uncomfortable beds, and weird food. You have to get used to the **exchange rate** and learn how to get around. Everything is ten times more difficult when you're in an **unfamiliar** place.

主要就是我不喜歡離開我熟悉自在的地方。你必須應付奇怪的習俗、無理的人群、骯髒的街道、不舒服的床跟古怪的食物。你必須習慣匯率，學習如何到處去。當你身處不熟悉的地方時，每件事都是十倍的困難。

令人印象深刻的答案

小劉——另類的作答方式，提供您各式充滿創意的絕妙好句。

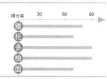

I really love traveling, but I guess there are some **downsides** to it too. I enjoy trying new things, but sometimes it's hard to find food I like when I'm in a new place. When I was in Canada for a summer camp when I was younger, I had to eat cold sandwiches every day. I really didn't enjoy them. I also find it **frustrating** when I can't read the signs or **communicate** with the locals.

我熱愛旅行，但我想旅行也有缺點。我喜歡嘗試新事物，但有時候在新的地方很難找到我喜歡的食物。我更年輕時曾去加拿大參加夏令營，每天都得吃冷的三明治。我真的很不喜歡。當我看不懂招牌及無法跟當地人溝通時也覺得很沮喪。

安全過關的標準答案

葉教授——充分展現自己的深度，用難度較高的單字，為您示範條理分明的應答。

It can be difficult to <u>live out of</u> a **suitcase** or <u>find your way</u> around a new place. But what I like least are the **physical discomforts**. The older I get, the less I like sitting on a bus or a plane for long periods of time, and the more important a comfortable bed and a clean bathroom are to me.

旅居外地或是在新的地方找到方向可以是困難的。我最不喜歡的是身體上的不舒服。我年紀越大，就越不喜歡長時間搭巴士或是飛機，一張舒適的床跟一個乾淨的浴室就越顯得重要。

Key Point

作答方向分析整理，讓你的談話內容更有深度。

---

1. 有關旅行，人們不喜歡的事物有：

★ Some vendors charge tourists higher prices than they do the locals.　有些小販賣給觀光客的價錢比當地人高。

★ Toilets at popular tourist spots can be quite dirty, especially in less developed countries or areas.
熱門觀光景點的廁所可能很髒，尤其是在較不發達的國家或區域。

★ I like to check my email every day and I get frustrated if I can't find a good Internet connection when I'm traveling.
我喜歡每天收發電郵，旅行時若我找不到好的網路收訊就會很鬱卒。

★ In some countries, you have to be really careful not to fall victim to a scam or a robbery. You're more vulnerable when you're a tourist.　在某些國家，你必須很小心不要成為詐騙或搶案的受害人。當你是觀光客的時候，較容易受害。

---

2. 必背片語= out of one's comfort zone　離開一個人覺得安逸的地方 = 覺得緊張，不自在

★ Evan is quite a shy man, so giving a speech to a hundred people was totally out of his comfort zone.
伊凡是個很害羞的男生，所以在一百個人面前要演講他很不自在。

---

3. 必背片語= live out of (a suitcase/boxes)　靠（行李箱／箱子）裝物品過活；旅居外地

★ Kate and Ryan just moved into their new apartment. They're still living out of boxes.
凱特跟雷恩才剛搬進他們的新公寓，他們連箱子都還沒打開（所以很不方便）。

---

4. 必背片語= find one's way　找到路／找到方向

★ Ben was late for dinner because he got lost. He finally found his way to the restaurant, just in time for dessert.
班晚餐遲到因為他迷路了。他終於在上甜點時及時找到餐廳的路。

7. Do you think the Taiwanese government should do more to **promote tourism**?

你覺得台灣政府應該更努力推廣觀光嗎？

 與眾不同的高分答案
小陳——逆向思考的宅男角度，為您示範較簡單且有點搞笑的回答。

No. I don't even think tourist **visas** should be free. Our tourist spots are already crowded enough. Some tourists **vandalize** our historic buildings and natural landmarks. I think our government should **invest** in technology and business instead of tourism.

不需要。我也不覺得觀光簽證應該免費。我們的觀光景點已經夠擠了。有些觀光客破壞我們的古蹟跟天然景觀地標。我覺得我們的政府應該多投資在科技跟商業上，而不是觀光業。

 令人印象深刻的答案
小劉——另類的作答方式，提供您各式充滿創意的絕妙好句。

Yes. I don't think enough people know about Taiwan. Taiwan is not **recognized** by many countries and some people even confuse us with Thailand! I would like to see more tourists come here, and see what a beautiful place this is. I think tourism would be good for our **economy,** too.

要。我不覺得夠多人知道台灣。很多國家都不認識台灣，有些人還把我們跟泰國搞混！我想看到更多觀光客來到台灣看看這個地方有多漂亮。我認為觀光業也可以對經濟是好的。

 安全過關的標準答案
葉教授——充分展現自己的深度，用難度較高的單字，為您示範條理分明的應答。

No. A little tourism is good, but too much is harmful to the environment. More tourists would mean more **development**. Imagine the area around Sun Moon Lake or Kenting with twice as many hotels! The government should first promote **conservation**, and maybe after that Taiwan could become an **ecotourism** destination.

不需要。一點點觀光是好的，但太多就會對環境有害。更多觀光客會代表更多發展。想想看日月潭或墾丁附近有比現在多兩倍的旅館！政府要先推動保育，或許之後台灣就可以成為一個生態觀光目的地。

重點解析 Key Point
作答方向分析整理，讓你的談話內容更有深度。

---

1. 觀光業的增加有好處跟壞處。主要推廣觀光的原因是 **economic** （經濟上的），觀光客會帶來收入以及增加工作機會。而限制觀光主要的原因是為了 **preserve the historical sites and protect the environment** （保存古蹟和保護環境）。想想看你覺得哪個重要，並提出為什麼。

2. 你也可以這樣回答：

★ Sure! I would love more opportunities to meet people from different countries and practice my English.
當然！我會想有更多機會可以遇見來自不同國家的人，好好練習我的英文。

★ No, unless it's to promote more domestic tourism. Some Taiwanese people haven't traveled much within the country, and I think that's a shame. There are enough Taiwanese people to keep the tourism industry alive without spending money abroad.
不要，除非是推廣國內觀光。有些台灣人在自己國內沒去過哪裡旅遊，我覺得很可惜。光台灣人就夠讓觀光業生存了，不需要去國外花錢。

3. 必背片語= instead of　取代；而不要

★ Esther ordered the chicken sandwich, but she asked for a salad instead of fries.
艾詩特點了雞肉三明治，但她要沙拉而不要薯條。

4. 必背片語= confuse A with/for B　把 A 跟 B 搞混

★ I always confuse Amada with/for her sister. They look like twins!
我總是把阿曼達跟她妹妹搞混。她們長得好像雙胞胎！

5. 必背單字= eco-（ecology的字首）生態的，環境的

★ ecotourism 生態觀光

★ eco-friendly 對生態友善的

★ ecosystem 生態系統

★ ecopark 生態公園

8. Describe your most **memorable** trip.
描述你最難忘的旅程。

MP3
02-08

與眾不同的高分答案
小陳——逆向思考的宅男角度，為您示範較簡單且有點搞笑的回答。

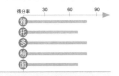

When I was thirteen, we went to Thailand for a family vacation. We went **snorkeling** and rode on a glass-bottom boat to see the fish and **coral** under the sea. I think the most memorable part was when our tour guide took us to see a ladyboy show in Bangkok. I couldn't believe that the beautiful ladies on **stage** were really men!

我十三歲時，我們全家去泰國出遊。我們去浮潛，也有坐玻璃船去看海底的魚跟珊瑚礁。我想最難忘的部分是在曼谷，我們的導遊帶我們去看人妖秀，我不敢相信台上那些漂亮的小姐們其實是男的！

令人印象深刻的答案
小劉——另類的作答方式，提供您各式充滿創意的絕妙好句。

The first time I traveled somewhere without my parents was on a high school class trip. We went to Jiayi to see **fireflies**. We stayed in an **eco-park**, where we saw thousands of fireflies at night. It was amazing and beautiful. The natural scenery was so unique that I felt like I was on another planet!

我第一次不是跟父母出去旅行是高中的班級旅遊。我們去嘉義看螢火蟲。我們住在一個生態公園，晚上我們看到了幾千隻螢火蟲。真的很讓人驚訝，很漂亮。那大自然的景觀實在太特別了，我以為我在另一個星球上咧！

安全過關的標準答案
葉教授——充分展現自己的深度，用難度較高的單字，為您示範條理分明的應答。

I'd have to say that my most memorable trip was my honeymoon. We decided to be **adventurous,** so we went to Kenya for an **exotic** vacation. We went on a **safari** because my wife is an animal-lover. We saw giraffes, zebras, hippos, and a lot of other animals. Being able to be so close to the animals was the most **unforgettable** experience of our lives.

我得說我人生最難忘的旅程是我們的蜜月。我們決定要充滿冒險性，所以我們去了肯亞，來了一趟充滿異國情調的假期。我們去狩獵，因為我太太是個愛動物的人。我們看到長頸鹿、斑馬、河馬還有很多別的動物。能夠如此靠近的看到動物是我們人生中最難忘的經驗。

重點解析 Key Point
作答方向分析整理，讓你的談話內容更有深度。

1. 任何地方的經驗都可以是難忘的，沒有人說一定要是去國外或是很特別的地方（像雨林或冰山）才能夠稱得上難忘。

2. 如果你實在想不出什麼特別好玩或特別刺激的旅程，想想看一些有點不幸或是驚險的事。有時候悲劇在事後想想也可以是很好的回憶！譬如說：

★ We got lost in (Barcelona/the forest/the middle of nowhere) for two hours and it was terrifying! I thought we would never find our way back! After trying several different routes, we finally found our way back to our (hotel/campsite), exhausted and hungry. What a trip!
我們迷路在（巴塞隆納／森林裡／荒野中）兩小時，真的嚇死人了！我以為我們永遠都找不到回家的路了！在試了好幾條路以後，我們總算找到回（旅館／營地）的路，又累又餓。好一趟旅行！

★ I got really sick on the second day of my trip to (India). I stayed in the hotel for two days and couldn't get out of bed. Fortunately, my friends found a doctor who could speak (Chinese/English) and after taking the medicine he gave me, I started to feel better.
去（印度）的第二天我就生病很厲害了。我整整待在旅館兩天，沒辦法下床。幸好我朋友們找到一個會說（中文／英文）的醫生，在服用他給我的藥之後，我開始覺得好一點了。

3. 喜歡…的人，可以這樣說：

★ animal-lover 動物愛好人士

★ music-lover 愛好音樂的人

★ pizza-lover 喜歡吃披薩的人

★ Jonah is such an animal-lover. He spends more time with his pets than with his friends!
喬納是個十足的動物愛好者。他花在他寵物上的時間比花在朋友身上還多！

9. Do you try to see as much as you can while traveling, or do you prefer a relaxing holiday?

02-09

旅行的時候你喜歡盡量造訪很多地方，還是偏好輕鬆的行程？

與眾不同的高分答案
小陳——逆向思考的宅男角度，為您示範較簡單且有點搞笑的回答。

When I'm on holiday, I prefer to quickly see all the **sights**, take some pictures of them, buy some **souvenirs**, and then go back home to relax and put my pictures up on the Internet. Actually, **uploading** my pictures and getting comments on them from my friends is my favorite part of traveling!

我去旅遊的時候，偏好快速的看完所有景點，拍照，買紀念品，然後回家休息，把照片放上網。事實上，上傳照片跟看朋友們留的評論是我最愛的旅行的一部分。

令人印象深刻的答案
小劉——另類的作答方式，提供您各式充滿創意的絕妙好句。

A bit of both, really. I usually make **ambitious** plans because I get so excited about all the different things that I could **potentially** see or do. So, at the beginning of my trip I always do a lot of sightseeing. Then, towards the end of my trip, I'm just ready to relax and **unwind**. I hate getting home from a vacation feeling so exhausted that all I need is another vacation!

兩者都有耶。我通常都會野心勃勃的做很多計劃，因為有那麼多可以看跟可以做的事。所以行程一開始我總是會觀光很多。但是隨著尾聲來到，我通常都已經準備好要休息跟放鬆了。我很討厭旅遊回家時累到覺得我需要另一個假期！

安全過關的標準答案
葉教授——充分展現自己的深度，用難度較高的單字，為您示範條理分明的應答。

Rather than seeing many things, I like to spend **quality** time seeing just a few special things, and learning about the culture and history of a place. I don't like to feel too **rushed**. If you try to squeeze in too much, you **barely** scratch the surface. For me, that's one major **drawback** of package tours. Sometimes they drop you off at a tourist spot for only five minutes to take a few pictures, before rushing you off to the next one, then the next, and then the next!

與其看很多東西，我喜歡花有品質的時間去看少數幾樣特別的東西，學習一個地方的文化跟歷史。我不喜歡趕鴨子上架那種感覺。如果你擠進太多東西，那你根本無法深入，只看到表面。對我來說，這是套裝行程的主要缺點。有時他們把你放在一個觀光景點五分鐘，讓你拍幾張照片，又帶你去下一個，然後下一個，又再一個！

Key Point
作答方向分析整理，讓你的談話內容更有深度。

---

1. 即便你沒有很多旅行的經驗，也可以以你的個性為出發點，想想你適合快速的，還是較輕鬆的旅行方式。

---

2. 你也可以這樣回答：

★ If I've planned to do and see many things, I'm really disappointed if I don't manage to check every item off my list.
如果我計劃要做很多跟看很多東西，我可能會很失望，如果我沒辦法全部都做到。

★ I try to see as much as possible. What's the point of going to a foreign country if you're not going to see everything they have to offer?
我盡量去看最多的東西。去了國外卻沒看到他們所有的東西，那有什麼意思？

★ I try to find a balance. For example, if I'm traveling for a week, I might spend four days on sightseeing and activities, and the next three days relaxing.
我盡量找到平衡點。譬如，如果我去旅行一星期，我可能會花四天觀光做活動，接下來三天就是放鬆。

★ I work hard and I don't have a lot of vacation time. When I use my vacation time to travel, the last thing I need is a busy, stressful trip. I'm just looking for a peaceful new place to relax!
我工作努力而且沒有很多假期。當我用假期去旅行時，我最不需要的就是一個忙碌緊張的行程。我只想找一個平靜的新地方來放鬆！

---

3. 必背片語= squeeze in　擠入

★ All ten of us squeezed into the tiny elevator.
我們全部十個人擠進那台小小的電梯。

---

4. 必背片語= scratch the surface　從表面刮過；無法深入

★ This house is so dirty! I've been cleaning for an hour already, and I've barely even scratched the surface.
這房子實在有夠髒！我已經打掃了一小時，但只掃過表面而已！

Questions and Answers

練習從各種角度思考判斷，找到最適合自己的作答方式。

10. Do you usually carry a lot of **luggage** when you travel? Or do you prefer to travel light?

你旅行時總是帶很多行李嗎？還是你偏好輕裝旅行？

02-10

與眾不同的高分答案

小陳——逆向思考的宅男角度，為您示範較簡單且有點搞笑的回答。

I always bring my **laptop** with me so that I can surf the Internet or watch videos when I get bored. Other than that, I just bring a **minimal** amount of clothes and **toiletries**. I don't understand how my sister always packs her **entire wardrobe** into her luggage when she goes on a little three-day holiday. Generally speaking, guys pack much lighter than girls.

我總是會帶著我的筆電，以便無聊時可以上網或看影片。除此之外，我只會帶極少的衣服跟盥洗用品。我不懂為何我姊老是把整個衣櫃裝進她的行李，才去個三天的旅行。一般來說，男生的行李都比女生輕。

令人印象深刻的答案

小劉——另類的作答方式，提供您各式充滿創意的絕妙好句。

I'm not a high maintenance type of girl. I prefer to travel light. I usually pack a pair of jeans and a few casual T-shirts. I do like a lot of **accessories,** but luckily those don't take up too much space. I like to be able to carry everything easily, in the event that I have to walk around a lot looking for a hotel or something.

我不是那種很難搞的女生。我喜歡輕便旅行。我通常都帶一條牛仔褲跟幾件輕便的T恤。我是喜歡很多配件，但幸好它們不會佔太多空間。我喜歡可以容易的提著東西，如果我必須走來走去找飯店的話。

安全過關的標準答案

葉教授——充分展現自己的深度，用難度較高的單字，為您示範條理分明的應答。

I used to pack too much, but I've learned how to **streamline** now. I usually pack at least a day before I leave, and then I live out of my suitcase for a day. That way, I can be sure that I've remembered all the **necessities**. Traveling with my family is a different story. Because of our children, we now have to pack extra clothes, some games and the **first aid kit,** just in case.

我以前都會帶太多，但我現在已經學會如何簡化了。我通常都在離開前一天打包好，然後就用這個行李生活一天。這樣可以確保所有的必須品我都帶了。跟家人一起旅行則又是另外一回事了。因為我們有小孩，現在得帶更多衣物，一些遊戲跟急救箱，以防萬一。

Key Point

作答方向分析整理，讓你的談話內容更有深度。

---

1. 必背片語= travel light/pack light 便裝旅行（東西帶少少的）

★ It's harder for girls to travel light. We just need more things, like makeup and hair dryers!

女生要便裝旅行比較難。我們就是需要很多東西，像是化粧品跟吹風機！

---

2. 必背片語= generally speaking = in general 大致上來說

★ Generally speaking, I'm not a fan of country music, but I do like Carrie Underwood.

一般來說，我不喜歡鄉村音樂，但我喜歡凱莉·安德伍德。

---

3. 必背片語= high/low maintenance 很難／容易伺候

★ My girlfriend is very high maintenance. I always have to send her text messages and tell her how beautiful she is.

我女朋友超難伺候。我永遠都要傳簡訊給她，告訴她她有多美。

★ I prefer a low maintenance hairstyle--something where I can just wash my hair and let it dry naturally.

我偏好可以輕鬆搞定的髮型－我可以洗好然後讓它自然乾那種。

---

4. 必背片語= in the event that 如果

★ In the event that my meeting is cancelled, I'll join you for lunch.

如果我的會議被取消，那我會跟你吃午餐。

---

5. 必背片語= a different story 那又是另外一回事了

★ My room is always neat and clean, but my brother's room is a different story.

我的房間總是整齊又乾淨，但我弟房間就是另外一回事了。

---

6. 必背片語= just in case 以防萬一

★ I don't know if there will be any cute boys at the party, but I want to look my best, just in case.

我不知道派對上會不會有可愛的男生，但為了以防萬一，我要自己看起來非常正。

延伸
問題

Extended Questions

想想看，下列問題你會如何回答？試著從三種角度思考問題，並找身邊的外國朋友練習一下吧！

Q1 **What do you like most about traveling?**

你最喜歡旅行的什麼部分？

Q2 **If a tourist visits your hometown, what would you recommend they see?**

如果有觀光客造訪你的故鄉，你會推薦他們什麼？

Q3 **Do you agree that a year of traveling is more educational than a year of classroom instruction?**

你同意行萬里路勝讀萬卷書嗎？

Unit 03

音樂
Music

內頁圖示說明：

適用考試項目一

　　雅 IELTS 雅思

　　托 TOEFL 托福

　　多 NEW TOEIC 新多益

　　檢 GEPT 全民英語能力分級檢定測驗

　　面 INTERVIEW 各大企業及入學考試英語面試

單字詞性標示一

n. 名詞　　　　　　int. 感嘆詞

v. 動詞　　　　　　prep. 介系詞

a. 形容詞　　　　　conj. 連接詞

ad. 副詞　　　　　 phr. 片語

暖身操 Warm up

透過下面的互動練習，進入本單元學習主題。

Match these artists with the type of music they create. 請將藝人及他們所屬的音樂類型連起來。

Britney Spears
小甜甜布蘭妮　　•　　•　reggae
　　　　　　　　　　　　　雷鬼

Lisa Ono
小野麗莎　　•　　•　classical
　　　　　　　　　　　古典樂

Eminem
阿姆　　•　　•　hip hop
　　　　　　　　嘻哈音樂

Bob Marley
鮑勃馬力　　•　　•　rock
　　　　　　　　　　搖滾樂

Nirvana
超脫合唱團　　•　　•　jazz
　　　　　　　　　　　爵士樂

Beethoven
貝多芬　　•　　•　pop
　　　　　　　　流行樂

關鍵字彙 Vocabulary

MP3
03-00

聽 MP3，跟著外國老師一起朗讀並熟記這 100 個單字，以便在口試中活用。

❶ **opinionated** [ə`pɪnjən͵etɪd] a.
意見很多

❷ **fussy** [`fʌsɪ] a. 不是很確定；模糊

❸ **pop music** n. 流行音樂

❹ **chill** [tʃɪl] v. 放輕鬆（俚語）

❺ **ballad** [`bæləd] n. 情歌

❻ **fan** [fæn] n. 樂迷

❼ **passion** [`pæʃən] n. 熱情

❽ **limited edition** n. 限量版

❾ **classical music** n. 古典音樂

❿ **jazz** [dʒæz] n. 爵士樂

⓫ **channel** [`tʃænl] n. 頻道

⓬ **headphone** [`hɛd͵fon] n. 頭戴式耳機

⓭ **commute** [kə`mjut] v. 通勤

⓮ **earphone** [`ɪr͵fon] n. 耳機

⓯ **battery** [`bætərɪ] n. 電池

⓰ **boredom** [`bordəm] n. 無聊

⓱ **orchestra** [`ɔrkɪstrə] n. 交響樂團

⓲ **performance** [pɚ`fɔrməns] n. 表演

⓳ **chamber orchestra** n. 室內樂團

⓴ **concert hall** n. 音樂廳

㉑ **concert** [`kɑnsɚt] n. 音樂會；演奏會

㉒ **insane** [ɪn`sen] a. 瘋狂的

㉓ **close-up** [`klos͵ʌp] n. 特寫鏡頭

㉔ **afford** [ə`ford] v. 負擔

㉕ **stadium** [`stedɪəm] n. 體育館

㉖ **sound system** n. 音響系統
㉗ **numerous** [ˋnjumərəs] a. 無數的
㉘ **willing** [ˋwɪlɪŋ] a. 願意的
㉙ **pricey** [ˋpraɪsɪ] a. 高價的
㉚ **unforgettable** [͵ʌnfɚˋgɛtəbḷ] a. 難忘的
㉛ **karaoke** [͵kɑrɑˋoke] n. 卡拉OK
㉜ **lyric** [ˋlɪrɪk] n. 歌詞
㉝ **tone deaf** a. 音癡
㉞ **KTV = karaoke + TV** n. 有包廂的卡拉OK
㉟ **socialize** [ˋsoʃə͵laɪz] v. 交際
㊱ **normally** [ˋnɔrmḷɪ] ad. 通常；正常來說
㊲ **tune** [tjun] n. 歌曲
㊳ **leisure** [ˋliʒɚ] a. 空閒的
㊴ **volume** [ˋvɑljəm] n. 音量
㊵ **according to** prep. 根據
㊶ **compulsory** [kəmˋpʌlsərɪ] a. 必修的
㊷ **recorder** [rɪˋkɔrdɚ] n. 直笛
㊸ **musical note** n. 樂譜
㊹ **benefit** [ˋbɛnəfɪt] v. 對…有益
㊺ **force** [fors] v. 強迫
㊻ **variety** [vəˋraɪətɪ] n. 各式各樣
㊼ **well-rounded** [ˋwɛlˋraʊndɪd] a. 面面俱到的
㊽ **enrich** [ɪnˋrɪtʃ] v. 使豐富
㊾ **instruction** [ɪnˋstrʌkʃən] n. 教育
㊿ **academic** [͵ækəˋdɛmɪk] a. 學業的；學術上的
(51) **pirated** [ˋpaɪrətɪd] a. 盜版的
(52) **download** [ˋdaʊn͵lod] n. v. 下載
(53) **profit** [ˋprɑfɪt] n. 利潤
(54) **overpriced** [͵ovɚˋpraɪst] a. 定價過高的
(55) **record company** n. 唱片公司
(56) **rip off** phr v. 剝削
(57) **Pirate Kingdom** n. 盜版王國
(58) **ashamed** [əˋʃemd] a. 羞愧的
(59) **intellectual property** n. 智慧財產權
(60) **crack down on** phr v. 制裁
(61) **deserve** [dɪˋzɝv] v. 應得
(62) **proportion** [prəˋporʃən] n. 比例
(63) **input** [ˋɪn͵pʊt] n. 投入
(64) **extravagance** [ɪkˋstrævəgəns] n. 奢侈品
(65) **sacrifice** [ˋsækrə͵faɪs] n. v. 犧牲
(66) **original** [əˋrɪdʒənḷ] a. 原創的
(67) **paparazzi** [͵pɑpəˋrɑtsɪ] n. 狗仔隊
(68) **stressful** [ˋstrɛsfəl] a. 壓力很大的
(69) **privacy** [ˋpraɪvəsɪ] n. 隱私權
(70) **perform** [pɚˋfɔrm] v. 表演
(71) **concentrate** [ˋkɑnsɛn͵tret] v. 專注
(72) **brain** [bren] n. 腦袋
(73) **automatically** [͵ɔtəˋmætɪkḷɪ] ad. 自動地
(74) **distract** [dɪˋstrækt] v. 打擾；使分心
(75) **background** [ˋbæk͵graʊnd] n. 背景
(76) **productive** [prəˋdʌktɪv] a. 生產性的
(77) **assignment** [əˋsaɪnmənt] n. 作業
(78) **require** [rɪˋkwaɪr] v. 需要
(79) **undivided** [͵ʌndəˋvaɪdɪd] a. 專心的
(80) **unwind** [ʌnˋwaɪnd] v. 放鬆
(81) **inborn** [ɪnˋbɔrn] a. 與生俱來的
(82) **excel** [ɪkˋsɛl] v. 擅長
(83) **acknowledge** [əkˋnɑlɪdʒ] v. 承認
(84) **master** [ˋmæstɚ] n. 大師
(85) **ability** [əˋbɪlətɪ] n. 能力
(86) **exhibit** [ɪgˋzɪbɪt] v. 顯現出
(87) **convinced** [kənˋvɪnst] a. 使確信的

88 process ['prɑsɛs] **n.** 過程

89 competently ['kɑmpətəntlɪ] **ad.**
能夠勝任的

90 entertainment [ˌɛntə'tenmənt] **n.**
娛樂

91 facilitate [fə'sɪləˌtet] **v.** 促進

92 mate [met] **v.** 使配對；交配

93 musical ['mjuzɪkl̩] **n.** 音樂劇

94 noise [nɔɪz] **n.** 聲響；喧鬧聲

95 entertain [ˌɛntə'ten] **v.** 娛樂

96 measure ['mɛʒə] **v.** 評估；測量

97 effect [ɪ'fɛkt] **n.** 影響

98 mood [mud] **n.** 心情

99 exist [ɪg'zɪst] **v.** 存在

100 conflict ['kɑnflɪkt] **n.** 衝突

Tips for Discussion
釐清各種易混淆的觀念，掌握口試高分祕訣。

❶ 如果你要和外國人或口試官談論你喜歡的亞洲歌手，請說他／她的英文名字（如果他們有英文名字）。譬如楊丞琳的英文名字是Rainie Yang，濱崎步的日文／英文發音為Ayumi Hamaski。用中文告訴外國人或口試官你喜歡蘇打綠是不太有幫助的。

❷ 除非真的非常有名，否則外國人通常不會知道很多亞洲藝人。如果你想談論的歌手是亞洲人，你需要想出這個人的特色來形容他。

❸ 當你要描述你喜歡的某事或某人時，不要說像It's good.（因為它很好。）或是She's beautiful.（因為她很漂亮。）這種膚淺的答案，因為這種答案讓別人很難接話。講一些可以突顯出特別處的答案，譬如Her voice is clear/soft/sexy/unique.（她的聲音很清徹／柔軟／性感／特別。）His songs are romantic/touching.（他的歌都很浪漫／感人。）或是His lyrics are very funny but sharp.（他的歌詞非常搞笑但是又很犀利。）

❹ 如果你喜歡的歌手是西方人，請確認你可以說得出幾條熱門單曲的英文名。如果你說你非常愛Beyoncé，卻又說不出半條歌，這樣又很難跟你接話了。千萬要記幾條歌名以便跟外國人討論或比較大家的愛好。

❺ 聊音樂是打開話匣子最好的方法。若你發現你跟外國朋友喜歡類似的音樂，可以問問他們能不能recommend（推薦）一些新的歌手或專輯給你。這會是個開拓新音樂的好方法。

❻ 在描述你喜歡的歌手或音樂時，不妨多使用形容詞子句。譬如，I like any music that makes me want to dance.（我喜歡「任何可以讓我想跳舞的」音樂。）I like singers who write their own songs.（我喜歡「會自己寫歌的」歌手。）或She's a singer who's really popular among teenagers in Taiwan.（她是個「在台灣非常受青少年歡迎的」歌手。）

Questions and Answers

練習從各種角度思考判斷，找到最適合自己的作答方式。

1. Do you like music?

你喜歡音樂嗎？

MP3
03-01

與眾不同的高分答案

小陳——逆向思考的宅男角度，為您示範較簡單且有點搞笑的回答。

Yeah, but I'm not very **opinionated** about what makes music good or bad – I'm not **fussy** about what I listen to. I mainly like to listen to **pop music** when I'm **chilling** at home or out with friends. I like some singers from Taiwan, Japan and Korea, especially their **ballads**.

喜歡啊，但我對於什麼是好音樂或壞音樂不太有意見－我不是很懂就是了。當我在家沒事做或跟朋友在一起時，我大部分是聽流行音樂。我喜歡一些來自台灣、日本跟韓國的歌手，尤其是他們的情歌。

令人印象深刻的答案

小劉——另類的作答方式，提供您各式充滿創意的絕妙好句。

Yes, I love music. I'm someone who can't live without music. I listen to all kinds of music, but mainly I'm a big **fan** of Brit pop. I've been listening to *The Verve, Blur, Radiohead* and *Oasis* since I was in high school.

喜歡，我熱愛音樂。我是個沒有音樂就不能活的人。我所有種類的音樂都聽，但我特別是英式搖滾的大粉絲。從高中開始，我就一直都有在聽神韻合唱團、布勒、電台司令跟綠洲合唱團的音樂。

安全過關的標準答案

葉教授——充分展現自己的深度，用難度較高的單字，為您示範條理分明的應答。

Music has always been one of my **passions** in life. I have more than a hundred CDs and some of them are **limited editions**. I listen to a lot of **classical music** and **jazz**. I listen to Chinese songs too, but usually from older singers. I don't care for the new music I hear on the radio.

音樂一直是我生命中的摯愛之一。我有超過一百張CD，有些還是限量版的。我很常聽古典樂跟爵士樂。我也聽中文歌，但通常是比較老的歌手。我不太喜歡收音機上聽到的新東西。

Key Point 重點解析

作答方向分析整理，讓你的談話內容更有深度。

1. 當被問到跟音樂有關的話題時，可以提到自己喜歡的音樂類型、你擁有多少音樂、你多常聽音樂跟何時聽音樂來延伸答案的長度。

2. 常見的音樂的種類：

   ★ pop 流行樂　　　　　　　　★ classical 古典

   ★ jazz 爵士　　　　　　　　　★ rock 較重的搖滾

   ★ opera 歌劇　　　　　　　　★ rock and roll 搖滾

   ★ hip hop 嘻哈　　　　　　　★ rap 繞舌

   ★ R & B 節奏藍調　　　　　　★ dance/electro 舞曲

   ★ punk 龐克　　　　　　　　★ alternative rock 另類搖滾

   ★ lounge 沙發音樂　　　　　★ easy listening 輕音樂

   ★ traditional music 傳統音樂　★ Brit pop 英式搖滾

3. 英式搖滾是一種起源自英國的另類搖滾。在1990年代達到全盛時期。跟搖滾一樣，英式搖滾是一種以吉他為主的音樂。最有名的樂團有：

   ★ The Verve 神韻合唱團　　　★ Blur 布勒合唱團

   ★ Suede 麂皮合唱團　　　　　★ Oasis 綠洲合唱團

   ★ Pulp 果醬合唱團　　　　　★ Elastica 橡皮筋合唱團

4. 必背片語= not care for　不是很喜歡

   ★ Steve tried stinky tofu, but he didn't care for it.
     史帝夫嘗試了臭豆腐，但他不是很喜歡。

問答練習 Questions and Answers
練習從各種角度思考判斷，找到最適合自己的作答方式。

2. When do you listen to music?
你都什麼時候聽音樂？

MP3
03-02

得分率 30 60 90
雅
托
多
檢
面

與眾不同的高分答案
小陳——逆向思考的宅男角度，為您示範較簡單且有點搞笑的回答。

Sometimes, when there's nothing interesting on TV, I turn to the music **channels** and watch music videos instead. At work, I occasionally listen to music with my **headphones** on. I don't listen to music all the time though. If I am bored or have nothing to do, I usually prefer playing computer games to listening to music.

有時候當沒有有趣的節目時，我會轉到音樂頻道看音樂錄影帶。上班時，我偶爾會用耳機聽音樂。不過我不是一直都在聽音樂。如果我無聊或沒事做，我通常寧願打電動，而不是聽音樂。

得分率 30 60 90
雅
托
多
檢
面

令人印象深刻的答案
小劉——另類的作答方式，提供您各式充滿創意的絕妙好句。

I listen to music whenever I can! I have a smartphone and I fill it with music. Right now I've got about five hundred songs on it and I change the songs on a weekly basis! I listen to music when I **commute**. Sometimes when I forget to bring my **earphones** or the **battery** dies, I feel like I could die of **boredom**!

我隨時都在聽音樂！我有一支智慧型手機，我把它裝滿了音樂。現在我有大概五百首歌在裡面，而且我週週都換新歌！我通車的時候聽音樂。有時候我忘了帶耳機或電池沒電時，我覺得我可以無聊到死！

得分率 30 60 90
雅
托
多
檢
面

安全過關的標準答案
葉教授——充分展現自己的深度，用難度較高的單字，為您示範條理分明的應答。

During the week, my family and I like to listen to music after dinner. My two children are taking piano and violin lessons, so we listen to CDs of symphony **orchestras** together. Once a month, on the weekend, I take them to a concert. We just went to see a wonderful **performance** of a **chamber orchestra** at the National Theatre **Concert Hall**.

我家人跟我在週間的晚餐後喜歡聽音樂。我的兩個小孩都有上鋼琴跟小提琴課，所以我們一起聽交響樂團的CD。我一個月一次週末帶他們去演奏會。我們才剛去國家音樂廳看了一場很棒的室內樂團表演。

Key Point

作答方向分析整理，讓你的談話內容更有深度。

---

1. 聽音樂的頻率因人而異，但千萬別用國中教的那種**once a week**或**twice a day**的句型來回答這題。這樣的答案既不自然又古怪。盡量用較活潑的方式來回答。頻率副詞**always, never**是很好的選擇。或者也可以說 **I listen to music when I _____ (v.)** 小陳說的「沒電視看才會聽音樂」，小劉說的「隨時隨地都要聽」，或葉教授這樣的音樂愛好者說的特定答案，平時聽什麼，假日時聽什麼，絕對可以得到高分！

---

2. 常見的古典音樂種類：

   ★ **(piano/violin) recital** 獨奏會

   ★ **(string/brass) quartet/ensemble concert**
   弦樂／銅管四重奏／樂團演奏會

   ★ **chamber orchestra concert** 室內樂團（約五十位表演者以下）

   ★ **orchestra concert** 交響樂團（約一百位表演者）

---

3. 常見聽音樂的地方：

   ★ **pub/bar** 酒吧　　　★ **nightclub** 夜店　　　★ **stadium** 體育館

   ★ **opera house** 歌劇院　★ **piano bar** 鋼琴酒吧　★ **jazz bar** 爵士酒吧

   ★ **Taipei Arena** 台北小巨蛋　★ **amphitheater** 圓型露天劇場

---

4. 必背片語= **prefer A to B** 喜歡A不喜歡B

   ★ **I much prefer warm and sunny summer days to cold and rainy winter days.**
   我偏愛溫暖晴天的夏日而不愛又冷又多雨的冬天。

---

5. 必背片語= **on a (daily/weekly/monthly/yearly/regular) basis**
   每天／週／月／年／規律一次

   ★ **Angie gets her nails done on a monthly basis.**
   安琪每個月做一次指甲。

Questions and Answers

練習從各種角度思考判斷，找到最適合自己的作答方式。

3. Have you ever been to a **concert**? When was it? Whose concert was it?

你有去過演唱／演奏會嗎？什麼時候？誰的演唱／演奏會？

 與眾不同的高分答案

小陳——逆向思考的宅男角度，為您示範較簡單且有點搞笑的回答。

| | | | |

No, I haven't. I'm not that into music, so I think it's a waste of money to go to an expensive concert. Some concert tickets cost a fortune! A friend of mine said she spent NT$8,000 to go and see Wang Fei, but I think that's **insane**. I would rather just watch the concert on TV. That way you can see **close-ups** of the dancers too!

沒有，我沒去過。我沒有那麼熱愛音樂，所以我覺得去一場昂貴的演唱會是浪費錢。有些演唱會的票搶搶很大耶！我一個朋友說她花了八千塊去看王菲，我覺得那實在太瞎了。我寧願在電視上看演唱會。那樣你也可以看到舞者們的特寫鏡頭！

 令人印象深刻的答案

小劉——另類的作答方式，提供您各式充滿創意的絕妙好句。

I can't **afford** to go to a real concert at a **stadium** or concert hall because I'm a student. But I've certainly seen a few free concerts at the concert hall at my university. I saw a performance by *May Day*, a local Taiwanese band, with my friends last month. I guess it was alright. But the **sound system** wasn't very good, so my ears hurt after the concert!

我付不起在體育館或音樂廳的真正的演唱會，因為我是學生。但是我當然有在大學裡面看過幾場免費的演唱會。上個月跟我朋友們看了五月天，一個台灣團的表演。我覺得還好。音效不太好，所以聽完我耳朵很痛！

 安全過關的標準答案

葉教授——充分展現自己的深度，用難度較高的單字，為您示範條理分明的應答。

I've been to **numerous** concerts. Actually, I go to two or three concerts every year. Music is an important part of my life, and I'm **willing** to spend money on it. I actually saw Yo-Yo Ma perform when he came to Taiwan. The tickets were **pricey** but it was definitely one of the most **unforgettable** experiences of my life.

我去過無數場演唱會。事實上，我每年會去兩三場。音樂是我人生重要的一部分，而且我很願意花錢在上面。馬友友來台灣的時候我有去看他。票價是天價，但是這絕對是我人生最難忘的經驗之一。

重點解析 **Key Point**
作答方向分析整理，讓你的談話內容更有深度。

1. 跟concert有關的話題很容易延伸，別因為沒有去過演唱會而詞窮。你可以說演唱會的票很**pricey**，也可以聊聊你在電視上看過的演唱會。可以提到你看過的藝人或團體名稱，並用一些形容詞－**unforgettable**（難忘），**terrific**（棒透了），甚至是**lame**（超悶的）來描述演唱會的好壞。如果可能的話，提出原因來支持你的感覺。譬如：

★ There were too many people. I couldn't breathe.
人太多了，我不能呼吸。

★ The air conditioner was off and some people fainted.
冷氣壞了，有些人昏倒了。

★ The sound system was broken. I could barely hear the singer.
音響壞了。我幾乎都聽不到歌手。

★ The special effects were fantastic. I loved it!
特效棒透了！我很喜歡！

★ The singer performed beautifully. His/Her voice was amazing!
歌手唱得美妙極了！他／她的音色真的太讓人驚訝了！

2. 必背片語= be into something　對某事非常熱衷／有興趣

★ I was really into action movies when I was in high school.
我在高中時非常喜歡動作片。

3. 必背片語= cost a fortune = cost an arm and a leg　花掉一大筆錢

★ Ken's new suit really cost him a fortune!
肯的新西裝真的是所費不貲！

★ The trip to Japan will cost me an arm and a leg. I have to eat instant noodles this month to save money.
日本之行將花掉我一大筆錢。我這個月要吃泡麵來省錢了。

4. Have you ever been to a **karaoke** bar?
你有去過KTV唱歌嗎？

MP3
03-04

Unit 03

音樂 Music

與眾不同的高分答案

小陳——逆向思考的宅男角度，為您示範較簡單且有點搞笑的回答。

Sure. My co-workers like to go and sing karaoke on the weekends. I go with them sometimes and we always have a good time. I don't know many songs, but it's easy to follow along with the **lyrics** on the screen. My friends make fun of my singing because I'm **tone deaf**, but I don't care. I think it's a great place to hang out with friends and relax.

當然。我同事們喜歡週末時上KTV。我有時候跟他們去，我們總是玩得很開心。我知道的歌不多，但是螢幕上有歌詞還蠻容易跟著唱的。我朋友都取笑我唱歌，因為我是音痴，但我不在乎。我覺得這是個跟朋友打混放鬆的好地方。

令人印象深刻的答案

小劉——另類的作答方式，提供您各式充滿創意的絕妙好句。

I like singing but I don't feel comfortable singing in front of people. At least, not until I've had a few drinks! I sometimes go to **KTV** with my friends just to **socialize**, but it's not something I **normally** do. I much prefer to play the guitar and sing a few **tunes** in my own room.

我喜歡唱歌，但是在別人面前唱歌會讓我感到有一點不自在。至少，在喝下幾杯酒以前是這樣！我有時候跟朋友去KTV只是去交際，那不是我一般會做的事。我比較偏好在我自己的房間彈吉他，唱幾條歌。

安全過關的標準答案

葉教授——充分展現自己的深度，用難度較高的單字，為您示範條理分明的應答。

Karaoke is not my cup of tea. It's one of the most popular **leisure** activities for Taiwanese people, so of course I've been a few times, but the loud **volume** of the music and the smelly rooms put me off. Besides, **according to** the local news, some young people go there just to do drugs. I would prefer to stay away from it all.

KTV不是我的菜。它是最受台灣人喜歡的休閒活動之一，所以我當然去過幾次，但是巨大的音量跟難聞的包廂很讓我倒胃口。還有，新聞說有些年輕人專門去那裡瞌藥。我寧可敬而遠之。

重點解析 **Key Point**
作答方向分析整理，讓你的談話內容更有深度。

1. 幾乎每個人都有去過**karaoke**的經驗，可以盡量多描述自己的**KTV**經驗。喜歡去的人可以講講為什麼：

★ **I go there to relax and socialize/hang out with my friends.**
我去那裡放鬆還有交際／跟朋友一起打發時間。

★ **I'm quite good at singing.** 我蠻會唱歌的。

★ **The food and the service are good.** 那裡的食物跟服務都很好。

2. 不喜歡去的人也可以提出特定原因：

★ **It's too noisy in there.** 那裡太吵了。

★ **Many people smoke in there and the air quality is terrible.**
很多人在裡面抽煙，空氣很糟。

3. 必背片語= **make fun of** 取笑

★ **I used to make fun of my cousin for being short, but then he grew up and became taller than me!**
我以前常取笑我的表弟很矮，但他長大後居然變得比我高了！

4. 必背片語= **hang out** 跟朋友在某處一起做些活動打發時間

★ **Many people like to hang out at the department store on the weekend.** 很多人喜歡週末在百貨公司閒晃。

5. 必背片語= **be sb.'s cup of tea** 是某人喜歡的東西

★ **Of course Jill enjoyed the concert. That kind of music is really her cup of tea.** 吉兒當然很享受那場演唱會。那種音樂完全是她的最愛。

6. 必背片語= **put sb. off** 讓人卻步／讓人倒胃口

★ **One time I drank too much whiskey and got really sick. That put me off whiskey forever!**
有一次我喝太多威士忌，搞得我超難受的。這件事讓我從此對威士忌倒胃口！

5. Do you think schools should make music class compulsory? 你覺得學校應該把音樂列為必修課嗎？

Unit 03

音樂 Music

與眾不同的高分答案
小陳——逆向思考的宅男角度，為您示範較簡單且有點搞笑的回答。

When I was a student, I hated music classes. We all had to learn how to play the **recorder**, sing boring songs, and learn to read and write **musical notes**. I think it's a complete waste of time. I don't think I **benefited** from it at all. Not everyone needs to learn music and I would rather spend my time doing something else.	我還是學生的時候很恨音樂課。我們全都得學吹直笛，唱無聊的歌還有學會讀寫樂譜。我覺得這完全是浪費時間。我一點都不覺得我從中學到什麼東西。不是每個人都有必要學音樂，我寧願把時間花在其他事上。

令人印象深刻的答案
小劉——另類的作答方式，提供您各式充滿創意的絕妙好句。

I've always enjoyed learning about music and <u>didn't mind</u> music class, but some of my classmates <u>couldn't stand</u> it. Maybe music class should only be compulsory for younger kids. Junior high and high school students should have some freedom to choose what they want to learn. **Forcing** people to learn something that they hate is never a good idea.	我一直都很喜歡學音樂，而且也不討厭音樂課。但我班上有幾個同學無法忍耐音樂課。或許音樂課只應該列為小朋友的必修。國中生跟高中生應該要有一點自由去選擇他們想學的東西。強迫人學他們討厭的東西絕對不是一件好事。

安全過關的標準答案
葉教授——充分展現自己的深度，用難度較高的單字，為您示範條理分明的應答。

Yes. I think children should be introduced to <u>a variety of</u> subjects at school in order to become **well-rounded** adults. I believe that being able to understand and appreciate music has really **enriched** my life. I've also read that there is a link between musical **instruction** and **academic** performance - children who study music are often better at math, too.	是，我認為兒童在學校應該接觸到各種各樣的學科才能成為面面俱到的成人。我認為瞭解以及欣賞音樂的能力真的豐富了我的人生。我也讀到過音樂教育跟學業表現之間有連結－學音樂的小孩通常數學較好。

Key Point
作答方向分析整理，讓你的談話內容更有深度。

1. 被問到這樣的題目時，可以拿自身的經驗來支持你的反對或支持立場。描述你小時候對音樂課的感覺。可以是覺得無聊，也可以是有趣。但記得最後要回答到問題，也就是音樂課是不是要是必修的。

2. 常見的學校音樂活動：

★ **learn to read (musical) notes** 學讀樂譜

★ **play an instrument** 彈奏樂器

★ **play in a band** 玩樂團

★ **sing in the choir** 唱合唱團

★ **have a singing contest** 歌唱比賽

3. 必背片語= **not mind** 不介意

★ **I don't mind Jenny—it's that friend of hers that really annoys me.**
我不討厭珍妮，是她那個朋友我受不了。

4. 必背片語= **can't stand** 受不了

★ **Larry can't stand it when his sister leaves a mess in the bathroom.**
賴瑞無法忍耐他姊姊把浴室弄得一團糟。

5. 必背片語= **a variety of** 各種各樣的

★ **I have to deal with a wide variety of people in my job.**
我的工作必須要面對各種各樣不同的人。

問答練習 Questions and Answers

練習從各種角度思考判斷，找到最適合自己的作答方式。

6. What do you think about **pirated** CDs and free **download** websites?

MP3
03-06

你對盜版CD以及免費下載網站的看法為何？

與眾不同的高分答案

小陳——逆向思考的宅男角度，為您示範較簡單且有點搞笑的回答。

Well, I think it's OK provided you don't make a **profit** from it. CDs are way **overpriced**. **Record companies** have been **ripping us off** for a long time. I think it's only fair that now the shoe is on the other foot. I usually download the music I want from the Internet. It's free and easy.

嗯，我覺得只要你不拿去賣錢就沒問題。CD賣得實在是太貴了。唱片公司剝削我們很久了。我覺得現在情況不同了。我通常從網路上下載我想要的音樂。免費又簡單。

令人印象深刻的答案

小劉——另類的作答方式，提供您各式充滿創意的絕妙好句。

Taiwan and China have been called the **Pirate Kingdom** for a long time and I'm **ashamed** of that title. As they say, "money makes the world go around." Musicians will have to stop making music if no one is willing to buy it. I try to support the artists I like by buying their music. I rarely use those free download sites.

台灣跟中國一直以來都被稱做海盜王國，我覺得臉丟大了。有人說，「金錢讓世界轉動」。如果沒有人願意付錢購買，那音樂家就得停止做音樂了。我盡量買他們的音樂來支持他們。我很少使用免費下載網站。

安全過關的標準答案

葉教授——充分展現自己的深度，用難度較高的單字，為您示範條理分明的應答。

In a way, it's stealing. We shouldn't be copying someone's **intellectual property**. If I were the artist, I would hope that people buy my music, not copy it. Some governments are starting to **crack down on** music-sharing websites, but it seems like downloading free music is still very common.

在某種程度上，這是偷竊。我們不應該複製別人的智慧財產權。如果我是藝術家，我會希望人們買我的音樂，而不是用複製的。有些政府開始制裁音樂分享網站，但是下載免費音樂仍然相當常見。

重點解析 **Key Point**

作答方向分析整理，讓你的談話內容更有深度。

---

1. 描述自己偏好的音樂來源或如何取得音樂。如果你覺得下載無罪，講幾句話來為自己抗辯。如果你覺得我們不應該盜版，也提出原因來支持你的看法。

---

2. 和版權相關的單字：

★ blacklist 黑名單 ★ exclusive rights 獨家使用權

★ copyright 版權 ★ royalties 版稅

---

3. 必背片語= provided (that) = as long as = only if 只要

★ I'll wear my new bikini this summer, provided (that) I lose some weight first!
只要我減掉一些體重，這個夏天我一定會穿我的新比基尼！

---

4. 必背片語= rip off 剝削

★ Tourists complain of being ripped off by local shop clerks.
觀光客抱怨被當地的店員坑錢。

---

5. 必背單字= rip-off 剝削

★ NT$3,000 for a T-shirt! What a rip-off!
三千塊一件T恤！簡直是坑人嘛！

---

6. 必背片語= the shoe is on the other foot 風水輪流轉／情勢不同了

★ The popular kids made fun of Jack when they were in high school. Now that he's a powerful businessman, the shoe is on the other foot.
那些受歡迎的小孩在高中時取笑傑克。現在他是個成功的商人，情況可是不同了。

---

7. 必背片語= Pirate Kingdom 海盜王國（常用來描述中國跟台灣，未經許可就盜版各種音樂或電影等產品販賣牟利）

---

8. 必背片語= intellectual property 智慧財產

★ 常見的智慧財產包含copyright（版權）、trademark（商標）、patent（專利）、industrial design rights（工業設計權）等

7. Do you think pop singers **deserve** to make millions of dollars each year?

你認為流行樂手應該每年進帳數百萬元嗎？

MP3
03-07

Unit 03

音樂 Music

與眾不同的高分答案

小陳——逆向思考的宅男角度，為您示範較簡單且有點搞笑的回答。

No, I don't think so. They're just doing their jobs like anyone else, and their jobs don't seem that difficult! Their income is out of **proportion** to their **input**. Besides, they seem to spend all of their money on **extravagances** like expensive clothes and sports cars.

不，我不覺得。他們只是跟任何一個人一樣做好自己的工作，而且他們的工作看起來又沒有那麼難！他們的收入跟投入根本就不成比例。而且，他們似乎都把錢花在很貴的衣服跟跑車這類奢侈品上。

令人印象深刻的答案

小劉——另類的作答方式，提供您各式充滿創意的絕妙好句。

Well, pop singers do make a lot of money, but they make a lot of **sacrifices** too. They have to create **original** music, practice their dancing for hours on end, and deal with the **paparazzi** every day. I can't imagine how **stressful** it must be to sacrifice your **privacy** like that. I guess that's the price you have to pay for being famous.

嗯，流行歌手的確是賺很多錢，但是他們也做出很多犧牲。他們必須創作原創音樂、連續幾個小時練舞，還有每天要對付狗仔隊。我沒辦法想像要那樣犧牲你的隱私壓力有多大。我想那就是成名的代價。

安全過關的標準答案

葉教授——充分展現自己的深度，用難度較高的單字，為您示範條理分明的應答。

Yes, why not? They have the talent, and they **perform** so well that they make the world a more interesting place to live in. If you can produce something that many people want, you can become successful. That's the way our system works.

應該啊，有何不可？他們有天分可以表演得那麼好，讓世界變得有趣多了。如果你也可以做出某個很多人想要的東西，那你就會成功。事情就是這樣的。

重點解析 **Key Point**
作答方向分析整理，讓你的談話內容更有深度。

1. 如果你覺得流行歌手真的賺太多，那你可以提出為何他們沒資格有這麼多收入。如果你對於他們賺多少錢沒什麼意見，你可以有兩個方向回答這個問題，譬如描述他們為了工作需要做出的努力與犧牲(sacrifice)，也可以聊聊他們特有的天分 (talent)。

2. 你也可以這樣回答：

★ Pop stars can make a lot of money because they are like heroes or heroines to their fans. Some singers have millions of these supporters who are more than willing to spend money to go to the concerts and buy the albums. They will also buy products endorsed by their favorite celebrity. Celebrity worship is a part of modern culture and it isn't likely to change. Therefore, the music industry is likely to keep growing, giving popular singers bigger and bigger incomes.

流行樂明星可以賺很多錢，因為他們對於粉絲來說，就像英雄一樣。有些歌手有幾百萬個支持者非常願意花錢去看演唱會跟購買專輯。他們也會買他們最喜歡的名人所背書的產品。哈名人症候群是現代文化的一部分，而且也不太可能改變。因此，音樂產業可能會繼續成長，帶給流行樂手們更多更多的收入吧！

3. 記得唷！名人們並不是只從表演中賺錢。他們的收入來源還有：

★ album sales 專輯銷售　★ endorsements 為產品背書　★ royalties 版稅
★ investments 投資　　　★ side businesses 副業

4. 必背片語= out of proportion　不成比例

★ Her long legs are <u>out of proportion</u> to her body.
她的長腿跟身體<u>不成比例</u>。

5. 必背片語= for (hours/days) on end　連續好幾（小時／天）

★ *The Office* is my favorite show. I can watch it <u>for hours on end</u>.
《辦公室風雲》是我最喜歡節目。我可以<u>連續看好幾個小時</u>。

6. 必背單字= paparazzi　（義大利文）狗仔隊

★ The <u>paparazzi</u> surrounded the star as soon as she stepped out of her car.　女明星一踏出車門，<u>狗仔隊</u>立即包圍她。

8. Do you like to have music playing when you're working or studying?

MP3
03-08

你喜歡邊聽音樂邊工作或邊讀書嗎？

 與眾不同的高分答案

小陳──逆向思考的宅男角度，為您示範較簡單且有點搞笑的回答。

It doesn't make any difference to me. When I **concentrate** on my work, my **brain automatically** shuts everything else out. I don't make a habit of listening to music at work, though. I worry that others can hear the music even through my headphones and I don't want to **distract** anyone.

對我來說沒差。當我專注在工作上時，我的頭腦會自動將所有事情擋在外面。不過我沒有在上班時聽音樂的習慣。我擔心別人就算隔著耳機還是會聽到音樂。我不想打擾到任何人。

 令人印象深刻的答案

小劉──另類的作答方式，提供您各式充滿創意的絕妙好句。

Yes, I like to have music playing in the **background** and I'm actually more **productive** that way. I especially like to listen to music when I'm doing art because it inspires me. My mom thinks I'm weird. She says that she can only concentrate in a quiet environment. I guess everyone is different.

是，我喜歡有音樂當背景，而且這樣我更有生產力。我在創作藝術時特別喜歡聽音樂，因為它可以啟發靈感。我媽覺得我很奇怪。她說她只有在安靜的環境下才能專心。我想每個人都不一樣吧！

 安全過關的標準答案

葉教授──充分展現自己的深度，用難度較高的單字，為您示範條理分明的應答。

It really depends on what kind of work I'm doing. If I'm marking students' **assignments**, I sometimes put on some classical music. But if I'm preparing for my teaching or writing a report, it **requires** my <u>undivided attention</u>. Sometimes when I listen to music, I feel too relaxed. I prefer to use music as a way to **unwind** after I finish work.

那要看我在做什麼樣的工作。如果是在改學生的作業，我有時會放一點古典樂。但如果我是在準備教案或是寫報告，那就需要完全的專注力。聽音樂時，我覺得太放鬆了。我比較喜歡把音樂當成我下班後放鬆的方式。

重點解析 Key Point
作答方向分析整理，讓你的談話內容更有深度。

1. 這個問題並不容易立刻回答出來，可以朝三個方向來回答：有聽、沒聽、沒差別。不喜歡邊聽音樂邊工作可能是比較容易的回答。你可以說：

★ Music distracts me.
音樂使我分心。

★ I always end up listening to music instead of working.
我總是搞到只有在聽音樂，沒有在工作。

★ I only listen to music without lyrics so that I can concentrate.
我只聽沒有歌詞的音樂才能專心。

★ I get a lot more work done when I listen to upbeat music. It really motivates me.
當我聽快節奏的音樂時，我可以完成很多工作。它真的會激勵我。

★ I find that music helps me focus my attention. Without music, I tend to find other distractions.
我發現音樂可以幫我集中注意力。沒有音樂，我傾向去找其他會讓我分心的事物。

★ Interestingly, I just read an article saying music may impair cognitive abilities and harm your studying, regardless of whether you like that music. I guess it's time for me to turn of my music!
有趣的是，我才剛讀到一篇文章說音樂會削減認知能力並且危害學習，不管你喜不喜歡那個音樂。我想，該是我關掉音樂的時候了！

2. 科學證明聽音樂有下列功能：

★ reduce stress and blood pressure　減輕壓力跟血壓

★ enhance memory and intelligence　增強記憶力與智能

★ improve concentration and productivity　改善專注力與生產力

3. 必背片語 = undivided attention　不可分割的專注力

★ What I'm going to teach you guys today is really important and I need your undivided attention.
今天我要教你們的東西非常重要，我需要你們全神貫注。

9. Do you think musical talent is **inborn** or something that can be learned?
你覺得音樂天分是與生俱來的，還是你可以學習成為音樂達人？

03-09

Unit 03

音樂 Music

與眾不同的高分答案
小陳——逆向思考的宅男角度，為您示範較簡單且有點搞笑的回答。

It's clear to me that I wasn't born with any musical talent, which is why I can't sing or play any instruments. We were all taught to sing or play some sort of musical instrument when we were young, but I just didn't enjoy it, so I didn't **excel** at it either. I think it's better to **acknowledge** that you're not good at something early on so that you don't waste your time trying to learn how to do it!

很明顯的我天生就沒有音樂天分，這就是為什麼我不會唱歌或彈奏任何樂器。我們小時候都有學唱歌或彈樂器，但我就是不喜歡，所以我也沒什麼了不起的表現。我想早點承認你不擅長某事所以可以不用再浪費時間繼續嘗試比較好吧！

令人印象深刻的答案
小劉——另類的作答方式，提供您各式充滿創意的絕妙好句。

Hmm… it's a difficult question to answer because I actually believe that you need both. Even if you have the talent, if you don't work hard you probably won't become a **master**. On the other hand, if you put in a lot of effort, I believe that you can become quite good even without having much natural **ability**. So I'd say both talent and effort count.

嗯，這真是一個困難的問題，因為我相信兩者都要。即便你有天分，但如果不努力的話，你也不會成為大師。相反的，如果你投入很多的努力，我相信就算沒有天分，你也可以表現蠻好的。所以我認為天分跟努力都重要。

安全過關的標準答案
葉教授——充分展現自己的深度，用難度較高的單字，為您示範條理分明的應答。

Some children **exhibit** talent at a very young age, but few go on to become true masters. If someone has musical talent, I'm sure he or she can learn music faster but it still requires effort. I'm also **convinced** that anyone can enjoy the **process** of learning music and learn to play **competently**, if not perfectly.

有些小朋友在早期展現出天才，但很少有人繼續下去進而成為真正的大師。如果某人有音樂上的天分，我想他／她當然學起音樂比別人快，但還是需要投入努力。我也相信任何人都可以享受學音樂的過程而且彈得蠻好的，就算不完美。

081

重點解析 Key Point
作答方向分析整理，讓你的談話內容更有深度。

1. 有天分的人學東西比較快，但不代表沒有天分就一定不能把東西學好。這種要求你二選一答案的問題不一定真的要二選一。你可以提出理由來解釋為何兩者缺一不可。

2. 你也可以這樣回答：

   ★ Some people do seem to have more musical skills than others, but I believe you can do almost anything if you really put your mind to it. Find an instrument you really love and devote a lot of time and effort to it. With practice, anyone can become a musician!

   有些人似乎較其他人更有音樂能力，但是我相信你如果下定決心，你幾乎任何事都可以做好。找個你真的很喜愛的樂器，奉獻很多時間跟努力在上面。有練習，任何人都可以成為音樂家！

   ★ Musical talent is inborn, but I think everyone is born with at least a little. We can't all be Mozart or Michael Jackson, but you can do the best with the talent you're given. Of course, taking lessons and practicing a lot are important too.

   音樂的天分是與生俱來的，但我想每個人生下來都至少有一點天分。我們不可能全都是莫札特或麥克‧傑克森，但你可以善用你被賦與的天分。當然，上課跟大量練習也很重要。

3. 想強烈表達你的想法時，可以說：

   ★ It's clear to me (that)... 很明顯的…

   ★ I definitely think (that)... 我完全認為…

   ★ I am confident (that)... 我很確定…

   ★ I'm convinced (that)... 我確信…

   ★ I believe (that)... 我相信…

   ★ I'm sure (that)... 我很肯定…

4. inborn talent「天分」的同義字：

   ★ natural ability, god-given talent, skill, gift

10. If we no longer had music, do you think the world would be a different place?
如果音樂消失了，你覺得這個世界會不一樣嗎？

Unit 03

音樂 Music

 與眾不同的高分答案
小陳──逆向思考的宅男角度，為您示範較簡單且有點搞笑的回答。

Hmm… I wouldn't worry too much about it. There is a variety of **entertainment** in the world such as movies, computer games, comic books, and so on. I enjoy those more than music. Besides, I remember reading something in a science magazine that said that music serves no purpose but to **facilitate mating**.

嗯，我不會太擔心耶。世界上有各種各樣的娛樂，像電影、電腦遊戲、漫畫等。跟音樂比起來，我還比較喜歡那些。此外，我記得在一本科學雜誌上讀到，音樂除了幫助男女吸引彼此成為伴侶之外就沒什麼用途。

 令人印象深刻的答案
小劉──另類的作答方式，提供您各式充滿創意的絕妙好句。

If music disappeared, I would die! I can't imagine a world without music. How boring it would be! People would have to find new ways to enjoy life. There would be no concerts, no **musicals** and no pop singers. Movies, TV and radios would only have talking and **noises**. I would need to find another way to **entertain** myself.

如果音樂消失了，我會死！我不能想像沒有音樂的世界。那會多麼無聊！人們將必須找到新的方法來享受人生。將不會有演唱會、沒有音樂劇，也沒有流行樂手。電影、電視及電台都只會有講話及聲音而已。我將需要找另一個方法來娛樂自己了。

 安全過關的標準答案
葉教授──充分展現自己的深度，用難度較高的單字，為您示範條理分明的應答。

We would lose an important part of our culture, and perhaps some people wouldn't be able to express themselves as well. It's hard to **measure** the **effects** of music, but it definitely has the power to change someone's **mood**. Music makes people happy and helps them to calm down. Therefore, if music didn't **exist**, I believe that there would be more **conflict** in the world.

我們會失去部分文化，有些人將沒辦法表達自己了。要評估音樂的影響很困難，但它絕對有力量改變一個人的心情。音樂讓人們快樂，也幫助人們平靜。因此，如果音樂不存在，我相信世界上將會有更多衝突。

重點解析 **Key Point**
作答方向分析整理，讓你的談話內容更有深度。

---

1. 如果你想不出沒有音樂的世界是什麼樣子，那就像小陳一樣回答世界不會有所不同。但喜愛音樂的人則可以像小劉和葉教授一樣，提出具體的事實，描述世界會如何變糟糕。

2. 你也可以這樣回答：

★ Music is a big part of my day. My alarm clock plays my favorite song, and my cell phone ringer plays another song I love. I sing in the shower and while I'm driving my scooter. I listen to music on my ipod when I'm walking somewhere or shopping. I love going dancing or going to a concert on weekends. Music makes me happy. Without it, life would be sad and boring.

音樂是我一天中很重要的部分。我的鬧鐘是我最喜歡的歌，我的手機鈴聲是另一首我愛的歌。我洗澡跟騎車的時候會唱歌。當我在路上走路或購物時，我會聽我ipod上的音樂。週末我喜歡去跳舞或是去看演唱會。音樂讓我快樂。沒有它，人生將是又悲哀又無聊。

★ I'm not a big music lover, and I find some pop songs these days really annoying. So in some ways it would be more peaceful. But I guess I would miss not having music for movie soundtracks and not having anyone sing to me on my birthday!

我不是個熱愛音樂的人，而且我覺得有些現在的流行歌曲真的很煩！所以，在某方面來說，（沒有音樂）將會變得比較安寧吧！但我想電影原聲帶若沒有音樂，還有我生日時沒有人唱歌給我聽，我會想念它的！

3. 用假設性的口氣來描述跟現在事實相反的事物時，需要用到假設語氣第二型：

If + 主詞 + 過去式動詞（如were, had），主詞 + would/could + 原形動詞

★ If I <u>were</u> you, I <u>would do</u> it.
如果我<u>是</u>你，我<u>會去做</u>。

★ If we <u>had</u> a time machine, we <u>could travel</u> to the future.
如果<u>有</u>時光機，我們就<u>可以到未來旅行</u>。

★ If you <u>didn't need</u> to leave now, we <u>could order</u> another pizza.
若你<u>不需要</u>現在離開，我們可以<u>再點</u>一個披薩。

延伸問題

Extended Questions

想想看,下列問題你會如何回答?試著從三種角度思考問題,並找身邊的外國朋友練習一下吧!

Q1 Who is your favorite musician or band, and why?

你最喜歡的音樂家或樂團是誰?為什麼?

Q2 How have your tastes in music changed since you were a teenager?

從青少年到現在,你的音樂偏好有什麼改變?

Q3 Who (or what) has had the strongest influence on your musical tastes?

誰/什麼最影響你的音樂偏好?

雅思、托福、新多益、全民英檢、各類面試，
面試官最常問的題目大公開！

Unit 04

電影
Movies

內頁圖示說明：

適用考試項目一

雅 IELTS 雅思

托 TOEFL 托福

多 NEW TOEIC 新多益

檢 GEPT 全民英語能力分級檢定測驗

面 INTERVIEW 各大企業及入學考試英語面試

單字詞性標示一

n. 名詞	int. 感嘆詞
v. 動詞	prep. 介系詞
a. 形容詞	conj. 連接詞
ad. 副詞	phr. 片語

Warm up

透過下面的互動練習，進入本單元學習主題。

Match these English movie titles with the Chinese ones. 請將英文片名跟中文片名連接。

Armageddon	•		•	《臨門湊一腳》
Ocean's Eleven	•		•	《天生一對》
You Are the Apple of My Eye	•		•	《瞞天過海》
Due Date	•		•	《全面啟動》
The Parent Trap	•		•	《那一年我們一起追的女孩》
Inception	•		•	《世界末日》

 Vocabulary

聽 MP3，跟著外國老師一起朗讀並熟記這 100 個單字，以便在口試中活用。

 MP3 04-00

❶ **pointless** [`pɔɪntlɪs] a. 無意義的

❷ **download** [`daʊnˌlod] v. 下載

❸ **spoil** [spɔɪl] v. 搞糟；毀掉

❹ **film** [fɪlm] n. 電影

❺ **cinema** [`sɪnəmə] n. 電影院

❻ **occasionally** [ə`keʒənlɪ] ad. 偶爾

❼ **appropriate** [ə`proprɪˌet] a. 適當的

❽ **violence** [`vaɪələns] n. 暴力

❾ **swearing** [`swɛrɪŋ] n. 詛咒

❿ **nudity** [`njudətɪ] n. 裸露

⓫ **animated** [`ænəˌmetɪd] a. 動畫的

⓬ **comedy** [`kɑmədɪ] n. 喜劇

⓭ **special effects** n.（電影）特效

⓮ **home entertainment system** n. 家庭影音系統

⓯ **horror** [`hɔrə] n. 恐怖

⓰ **predictable** [prɪ`dɪktəbl] a. 可預料的

⓱ **blockbuster** [`blɑkˌbʌstə] n. 賣座片

⓲ **documentary** [ˌdɑkjə`mɛntərɪ] n. 紀錄片

⓳ **historical** [hɪs`tɔrɪkl] a. 歷史的

⓴ **insight** [`ɪnˌsaɪt] n. 深刻的理解；洞悉

㉑ **distract** [dɪ`strækt] v. 使分心

㉒ **exception** [ɪk`sɛpʃən] n. 例外

㉓ **fellow** [`fɛlo] a. 同類的；同伴的

㉔ **afterward** [`æftəwəd] ad. 之後

㉕ **perception** [pə`sɛpʃən] n. 觀念；看法

㉖ **wonder** [`wʌndə] v. 納悶；想知道

㉗ **interaction** [ˌɪntə`rækʃən] n. 互動

㉘ **discourage** [dɪs`kɝɪdʒ] v. 不允許

㉙ **plot** [plɑt] n. 情節

㉚ **reaction** [rɪ`ækʃən] n. 反應

㉛ **entertainment** [ˌɛntəˈtenmənt] n. 娛樂；消遣

㉜ **dialogue** [ˈdaɪəˌlɔg] n. 對話；（戲劇中的）對白

㉝ **quote** [kwot] v. 引用

㉞ **unique** [juˈnik] a. 獨特的

㉟ **educational** [ˌɛdʒuˈkeʃən] a. 教育的

㊱ **filmmaking** [ˈfɪlmˌmekɪŋ] n. 電影製作

㊲ **somewhat** [ˈsʌmˌhwɑt] ad. 稍微

㊳ **subjective** [səbˈdʒɛktɪv] a. 主觀的

㊴ **creativity** [ˌkrieˈtɪvətɪ] n. 創造力

㊵ **cinematography** [ˌsɪnəməˈtɑgrəfɪ] n. 電影藝術

㊶ **escape** [əˈskep] n. 逃脫

㊷ **mundane** [ˈmʌnden] a. 世俗的；平淡的

㊸ **pure** [pjur] a. 純粹的

㊹ **relatively** [ˈrɛlətɪvlɪ] ad. 相對地

㊺ **diversity** [daɪˈvɜsətɪ] n. 多樣性

㊻ **powerful** [ˈpauəfəl] a. 強大的

㊼ **enjoyable** [ɪnˈdʒɔɪəbl] a. 令人享受的

㊽ **pastime** [ˈpæsˌtaɪm] n. 娛樂；消遣

㊾ **bond** [bɑnd] n. 結合力

㊿ **provocative** [prəˈvɑkətɪv] a. 挑撥的

(51) **bear** [bɛr] v. 忍耐；承受

(52) **setting** [ˈsɛtɪŋ] n. 環境；背景

(53) **element** [ˈɛləmənt] n. 要素；成分

(54) **appeal** [əˈpil] v. 吸引

(55) **explosion** [ɪkˈsploʒən] n. 爆炸

(56) **scene** [sin] n. 場面

(57) **specifically** [spɪˈsɪfɪklɪ] ad. 明確地；特別是

(58) **market** [ˈmɑrkɪt] v. 對準…銷售

(59) **taste** [test] n. 愛好；興趣

(60) **violent** [ˈvaɪələnt] a. 暴力的

(61) **witty** [ˈwɪtɪ] a. 風趣的；機靈的

(62) **convincing** [kənˈvɪnsɪŋ] a. 有說服力的

(63) **intense** [ɪnˈtɛns] a. 強烈的；劇烈的

(64) **role** [rol] n. 角色

(65) **prove** [pruv] v. 顯示

(66) **talented** [ˈtæləntɪd] a. 有才華的

(67) **capable** [ˈkepəbl] a. 有…的能力

(68) **performance** [pəˈfɔrməns] n. 演出

(69) **narrator** [næˈretə] n. 敘事者

(70) **deserve** [dɪˈzɜv] v. 該得的

(71) **criticize** [ˈkrɪtɪˌsaɪz] v. 批評

(72) **cliché** [kliˈʃe] n. 陳腔濫調；老套

(73) **twist** [twɪst] n. 轉折點

(74) **groundbreaking** [ˈgraundˌbrekɪŋ] a. 開創性的

(75) **technique** [tɛkˈnik] n. 技術

(76) **artistic** [arˈtɪstɪk] a. 唯美的；藝術的

(77) **prison** [ˈprɪzn] n. 監獄

(78) **fascinating** [ˈfæsnˌetɪŋ] a. 極棒的

(79) **theme** [θim] n. 題材

(80) **justice** [ˈdʒʌstɪs] n. 正義；公平

(81) **effect** [ɪˈfɛkt] n. 作用；影響

(82) **industry** [ˈɪndəstrɪ] n. 工業；產業

(83) **advance** [ədˈvæns] n. 發展；進步

(84) **shame** [ʃem] n. 憾事

(85) **go overboard** phr.v. 超過

(86) **productive** [prəˈdʌktɪv] a. 有生產力的

(87) **moderation** [ˌmɑdəˈreʃən] n. 適度；節制

(88) **discretion** [dɪˈskrɛʃən] n. 謹慎；考慮周到

(89) **image** [ˈɪmɪdʒ] n. 影像；圖像

⑨⓪ **supervision** [ˌsupɚˋvɪʒən] n.

　　管理；監督

⑨① **decade** [ˋdɛked] n. 十年

⑨② **drastically** [ˋdræstɪkl̩ɪ] ad.

　　徹底地；大大地

⑨③ **believable** [bɪˋlivəbl̩] a. 可信的

⑨④ **standard** [ˋstændɚd] n. 標準

⑨⑤ **budget** [ˋbʌdʒɪt] n. 預算

⑨⑥ **obscure** [əbˋskjur] a. 晦澀的；難解的

⑨⑦ **access** [ˋæksɛs] n. 可進入／接觸的機會

⑨⑧ **fast-paced** [ˋfæstˌpest] a. 快節奏的

⑨⑨ **action** [ˋækʃən] n. 動作

⑩⓪ **classic** [ˋklæsɪk] a. 古典的

交談祕訣 **Tips for Discussion**
釐清各種易混淆的觀念，掌握口試高分祕訣。

❶ 電影是個又時尚又新穎，永遠不會退燒的安全話題。但是要跟老外聊電影，第一個就是要拓展你的電影知識，得隨口可以說上幾個演員跟導演的名字才行。上網查一些演員或導演的小知識吧！IMDb（電影資料庫網站）是個很好的開始，或者試試維基百科。譬如說，Shrek（史瑞克）的聲音是誰錄的？Avatar（阿凡達）是在哪裡拍的？Daniel Craig（丹尼爾克雷格）拍了哪些電影？Russell Crowe（羅素克洛）是哪一國人？這些話題聊起來輕鬆又有趣，有時候你還會很驚訝這些問題的答案呢！

❷ 中文的翻譯片名經常跟英文片名扯不上邊。列一張清單把你喜歡的外國片名登記並且念熟，以便可以隨時很溜的說出來。

❸ 你喜歡的電影不見得是英語片，但是電影市場畢竟是以英文片佔較大的比例，所以大部分的老外當然會對洋片比較熟悉。所以英語學習者一開始學習討論電影時，盡量先以英文片為主。等到你英文變得好一點了，再來討論你真正喜歡的外語片比較好。

❹ 你喜歡的演員英文名字怎麼念？有些中文的演員譯名跟英文也是差別很大的，譬如說Gwyneth Paltrow（葛妮斯・派特羅）、Reese Witherspoon（瑞絲・威瑟斯彭）跟Robert Downey Jr.（小勞伯道尼）等，如果你用中文的發音講，洋人有可能會不知道你在說誰。中籍演員的英文名字也是很傷腦筋的，除非他們很有名，譬如像Jackie Chan（成龍）、Chow Yun Fat（周潤發）跟Jay Chou（周杰倫）等人，否則你說出一個台灣本土演員，外國人可能會，「蛤？」如果只是為了英文口試可以得高分，那讓自己的日子好過一點，隨便找個好講的英美澳演員講一講就可以了。

❺ 在描述電影的故事時，即使故事發生在過去，我們還是會用「現在式」來說故事。譬如，In *P.S. I Love You*, Holly <u>loses</u> her husband suddenly because of a brain tumor.（在《P.S. 我愛你》片中，荷莉的先生得到腦部腫瘤，她突然之間<u>失去</u>了他。）

Questions and Answers

練習從各種角度思考判斷，找到最適合自己的作答方式。

1. How often do you <u>go to the movies</u>?
你多常去<u>看電影</u>？

與眾不同的高分答案

小陳——逆向思考的宅男角度，為您示範較簡單且有點搞笑的回答。

I only go to the movie theatre if I want to see a film in <u>IMAX</u> or <u>3D</u>, or if I'm taking a girl out on a date. Otherwise, it's **pointless** to pay that much money for something that you might not enjoy. I usually just **download** movies from the Internet for free! I don't mind waiting a while to watch a movie - unless my friends see it first and **spoil** the ending for me!

我只有在想看大影像或立體電影時，或者是要跟女生約會的時候，才會去電影院。否則花這麼多錢在一個你可能不會很享受的東西上是毫無意義的。我通常會直接在網路上下載免費的電影！我不介意有時候要等一陣子才能看到電影－除了我朋友先看過以後把結局告訴我，破壞我的心情！

令人印象深刻的答案

小劉——另類的作答方式，提供您各式充滿創意的絕妙好句。

I'm a real movie <u>buff</u>. I go to the movies almost every weekend. I like to go to a <u>second-run theater</u> with my friends, and I also go to **film** festivals whenever I can. When I go to a film festival, I sometimes watch three movies in a day!

我是一個真正的電影狂。我幾乎每個禮拜都去看電影。我喜歡和朋友去二輪電影院，有空的時候也會去電影節。我去電影節的時候，有時候一天之內會看到三部片！

安全過關的標準答案

葉教授——充分展現自己的深度，用難度較高的單字，為您示範條理分明的應答。

Not very often, but I enjoy taking my family to the **cinema occasionally**. Lately, though, it's been hard to find good movies that my wife and I are interested in and that are **appropriate** for my children to watch. So many of them have too much **violence**, **swearing**, or **nudity**.

沒有常常去，但是我偶爾喜歡帶家人去電影院。不過最近要找到一部我和我老婆都感興趣而且還要適合我的小孩一起看的好電影很難。很多電影中都有太多的暴力、咒罵或裸露。

重點解析 **Key Point**
作答方向分析整理，讓你的談話內容更有深度。

1. 電影院的英文在美國是movie theater或theater，在英國是cinema。但現在這兩個字已經經常混用在英美國家中了。

2. 必背片語= go to the movies　上電影院
（注意：movies會加s喔！因為它是泛指所有電影）

★ Frank loves <u>going to the movies</u> on a rainy day.
法蘭克喜歡在下雨天去電影院看電影。

3. Go to the movies指的是去電影院看電影，跟watch DVDs at home在家看影帶意思不同。有人很喜歡在家看電影，卻很少去電影院。所以針對這題，你可以說說你喜不喜歡電影，還有你都在哪裡看，一年上幾次電影院呢？

4. 必背單字= IMAX　大影像電影（Image MAXimum的縮寫）

5. 必背單字= 3D　立體（電影）（three-dimensional的縮寫）

6. 必背片語= (movie) buff　（電影）狂
（著迷於某種事物，對於這件事擁有巨大知識的人）

★ Sandra is a huge Harry Potter <u>buff</u>. She's read all the books at least three times.
珊卓是個哈利波特<u>迷</u>。所有的書她都至少讀過三遍了。

5. 必背片語= second-run theater　二輪片電影院（在美國是叫discount theaters，dollar theaters或者是sub-run theaters）

★ To save money, we went to the <u>second-run theater</u> and brought our own snacks.
為了省錢，我們去<u>二輪電影院</u>，還買了我們自己的零食。

2. What kind of movies do you like?
你喜歡什麼種類的電影？

MP3
04-02

與眾不同的高分答案

小陳——逆向思考的宅男角度，為您示範較簡單且有點搞笑的回答。

I watch every **animated** movie that comes out, and lots of **comedies** too. I also like action movies with cool **special effects**. I have a great **home entertainment system** with HDTV. I love watching these movies on full blast so I feel like I'm right in the action, but my parents usually complain about the noise.

每部新出的動畫電影我都會看，還有很多喜劇。我也喜歡有很酷電影特效的動作片。我有一個很棒的家庭娛樂系統還有高畫質電視。我喜歡把音量開到最大聲看這些電影，感覺就好像身歷其境一樣，但是我爸媽常常抱怨噪音。

Unit 04

電影 Movies

令人印象深刻的答案

小劉——另類的作答方式，提供您各式充滿創意的絕妙好句。

I like all kinds of movies, except **horror** movies. They give me bad dreams! I guess I watch comedies and independent films the most. I also like art movies. I get bored with **predictable** Hollywood **blockbusters**.

我喜歡各種電影，除了恐怖片之外。恐怖片會讓我做惡夢！我想我看最多的是喜劇跟獨立製片的電影。我也喜歡藝術片。我覺得好萊塢那些可預測的賣座片很無聊。

安全過關的標準答案

葉教授——充分展現自己的深度，用難度較高的單字，為您示範條理分明的應答。

Hmm... I prefer **documentaries**, or at least movies set in a real **historical** time and place. I enjoy learning about a particular time in history or getting some **insight** into a different culture. Fantasy movies can be entertaining, but they just don't have the same value.

嗯，我喜歡記錄片，或者是某個以真實歷史時間或地點為場景拍攝的電影。我喜歡學習特定時間點的歷史或者是洞悉不同的文化。奇幻電影是很富有娛樂性質沒錯，但是他們沒有相同的價值。

重點解析 Key Point
作答方向分析整理，讓你的談話內容更有深度。

---

1. 常見的電影種類：

★ drama 劇情片　　　　　　　★ animation 動畫

★ documentary 記錄片　　　　★ comedy 喜劇片

★ thriller 驚悚片　　　　　　★ horror 恐怖片

★ musical 歌舞片　　　　　　★ western 西部片

★ fantasy 奇幻片　　　　　　★ independent 獨立製片

★ science fiction 科幻片（或縮寫成 sci-fi）

★ romantic comedy 愛情浪漫喜劇（或縮寫成 rom-com）

★ action/adventure 動作／冒險片（包含 disaster 災難片，crime 犯罪，war 戰爭，或是 superhero 超級英雄片等）

★ pornography 色情片／A片

---

2. 必背單字= HDTV　高畫質電視（high-definition television 的縮寫）

★ After watching movies on <u>HDTV</u> at my friend's house, I can never go back to my old standard TV.
在我朋友家用高畫質電視看過電影以後，我再也沒辦法回去看我那老舊的傳統電視。

---

3. 必背片語= on full blast　（將電器）開到最大

★ Jayne listened to her favorite CD <u>on full blast</u> while she got ready for the party.
潔恩一邊準備要去參加派對，一邊把她最喜歡的唱片開到最大聲。

Questions and Answers
練習從各種角度思考判斷，找到最適合自己的作答方式。

3. Do you prefer to watch movies alone or with friends?

你喜歡一個人看電影還是跟朋友一起？

與眾不同的高分答案
小陳——逆向思考的宅男角度，為您示範較簡單且有點搞笑的回答。

I don't like to watch movies with a group of people because sometimes they talk during the movie and that really **distracts** me. Of course, I make an **exception** for girls. In fact, a movie theater is a great place for a date. I don't have to worry about making small talk and I'll probably even get to hold her hand.

我不喜歡和一大群人去看電影，因為有時候他們會在電影播放時講話，那真的會讓我分心。當然，我可以為了女生們破例。事實上，電影院是一個超棒的約會場所。我不用擔心要怎樣和她閒話家常，而且我甚至還可以牽到她的手。

令人印象深刻的答案
小劉——另類的作答方式，提供您各式充滿創意的絕妙好句。

I have some friends who are **fellow** movie-lovers, so I usually go to the movies with them. I like to discuss the movie **afterwards** and find out what other people thought about it. Sometimes their **perceptions** of the movie are so different from mine that I **wonder** if we watched the same film!

我有一些和我一樣喜歡看電影的朋友，所以我通常和他們一起去電影院。我喜歡看完電影後跟別人討論，聽聽他們的看法。有時候，他們對於一部片的看法和我的可以差到十萬八千里，讓我懷疑我們看的到底是不是同一部片！

安全過關的標準答案
葉教授——充分展現自己的深度，用難度較高的單字，為您示範條理分明的應答。

Either way is fine. Watching a movie isn't a very social activity because **interaction** with others is **discouraged**. I get wrapped up in the **plot** anyway and I never talk during a movie. But of course I do enjoy sitting with my family and watching my kids' **reactions** when something exciting happens.

兩種都好。看電影不是一個非常社交型的活動，因為跟別人不能有互動。反正我會沉浸在劇情裡，從不會在看電影的時候講話。但是當然我享受和我家人坐在一起，有刺激場面時也喜歡看我小孩們的反應。

Unit 04

電影 Movies

重點解析 **Key Point**
作答方向分析整理，讓你的談話內容更有深度。

1. 你也可以這樣回答：

★ I don't mind watching a movie alone at home, but going to the theater by myself would be depressing and lonely.
我不介意一個人在家看電影，但是自己一個人去電影院看電影有點讓人沮喪與孤單耶！

★ The more, the merrier! I usually go with a big group of friends. We have dinner before the movie and then go out for drinks afterwards. It's a great way to spend an evening.
越多越好！我通常是跟一大票朋友去看電影。我們在電影開演前會先吃晚餐，之後再去喝酒。這是個共度夜晚的好方法。

★ It's fun to watch comedies with friends. You can laugh together and quote the jokes later. But I prefer to watch sad or romantic movies alone. I always end up crying, and I don't like crying in front of people!
跟朋友們一起看喜劇很好玩。大家可以一起笑，之後也可以引用片中的玩笑話。但我比較喜歡自己一個人看悲傷或浪漫的電影。我總是會看到哭，而我不喜歡在別人面前哭！

2. 必背片語= make small talk　閒話家常

★ I have been learning English for years but I still don't know how to make small talk with native speakers!
我已經學英文好多年了，但我還是不知道怎麼跟老外閒話家常！

3. 必背片語= wrapped up in　沈浸在…

★ Matt was so wrapped up in his novel that he didn't even hear us come in.
麥特整個人沈浸在小說的世界裡，沒有聽到我們進來了。

4. What makes a movie good, in your opinion?
你認為什麼樣的電影是好的電影？

04-04

與眾不同的高分答案
小陳——逆向思考的宅男角度，為您示範較簡單且有點搞笑的回答。

Movies are created for **entertainment**, so they should be exciting or funny. I think *The Hangover* is a good example of what I like in a movie. The **dialogue** is so funny! I've seen it so many times that I can **quote** almost every single sentence.

電影是為了娛樂創造的，所以它們應該要刺激或者好笑。我想《醉後大丈夫》是我喜歡電影類型的好例子。對白超級好笑的！我已經看過好幾次了，我幾乎可以背出每一個句子了。

Unit 04

電影 Movies

令人印象深刻的答案
小劉——另類的作答方式，提供您各式充滿創意的絕妙好句。

In my opinion, a powerful, **unique** plot is the most important part of a movie. And, of course, good acting is a <u>strong selling point</u> too. I think the best movies are funny, inspiring, or **educational**; so if a movie makes me laugh, think, or cry, I know it's good!

在我看來，一個有力、獨特的劇情是一部電影最重要的一部分。當然，好的演技也是一個強力賣點。我想最好的電影是好玩、激勵人心或者有教育性。所以如果電影使我笑、思考或者哭，我知道那就是一部好電影！

安全過關的標準答案
葉教授——充分展現自己的深度，用難度較高的單字，為您示範條理分明的應答。

Filmmaking is an art. Just like any other art, judging a movie is **somewhat subjective**. But I look for things like **creativity**, acting skills and beautiful **cinematography**. I pay attention to the <u>Academy Awards</u> when I'm looking for a movie to watch, but I don't always agree with the Academy's opinions!

拍電影是一種藝術。就像任何其他藝術一樣，評論一部電影是蠻主觀的。但是我會尋找有創造力的、動作技巧和美麗的電影拍攝手法的電影。當我在找電影時，我會注意奧斯卡金像獎，但我不是永遠都同意那個協會的意見的！

重點
解析
Key Point
作答方向分析整理，讓你的談話內容更有深度。

1. 想想看你最喜歡的電影是哪幾部，你為什麼喜歡它們？一定有一些原因讓你特別記得這些電影。說說它們的特色是什麼。你可以說**Good movies are unique/well-directed.**（好的電影是導得很特別／很好）或是**To me, a good movie must have...**（對我來說，好的電影要有…）：

★ **talented actors/good acting** 有天分的演員／好的演技

★ **sexy or attractive actors/actresses** 性感／吸引人的演員

★ **humor/funny one-liners** 幽默／好笑的短笑話或妙語

★ **excitement/action** 刺激／動作

★ **an interesting plot/storyline** 有趣的情節／故事線

★ **beautiful scenery/cinematography** 美麗的風景／拍攝手法

★ **a great soundtrack** 很棒的電影原聲帶

★ **cool/high-tech special effects** 很酷／高科技的特效

★ **educational/social value** 教育／社會價值

★ **good reviews from respected movie critics** 有受人尊崇的評論家的好評

2. 必背片語= **strong selling point** 大賣點

★ **Actually, the main reason I asked Molly out on a date is because she has a cool car. It's a strong selling point!**
事實上，我邀茉莉去約會主要的原因是因為她有一台很酷的車。這是一個很吸引人的原因！

3. 必背片語= **Academy Awards** 奧斯卡金像獎（也稱作**Oscars**）

★ **Natalie Portman won an Academy Award for her role in** *Black Swan.*
娜塔莉·波曼以她在《黑天鵝》中的角色得到了奧斯卡金像獎。

5. Why are movies so popular?
為什麼電影這麼受歡迎？

MP3
04-05

與眾不同的高分答案
小陳——逆向思考的宅男角度，為您示範較簡單且有點搞笑的回答。

得分率 30 60 90
雅
托
多
檢
面

For many people, <u>myself included</u>, watching movies can be an **escape** from your regular, **mundane** life. It's **pure** entertainment - you don't have to do anything but watch. Also, watching movies it's **relatively** cheap or even free.

對很多人來說，包括我自己，看電影可以逃離規律平淡的生活。它是一項很純粹的娛樂－你什麼事都不必做，只要看就好。而且，相對來說，看電影很便宜，甚至根本不用錢。

Unit 04

電影 Movies

令人印象深刻的答案
小劉——另類的作答方式，提供您各式充滿創意的絕妙好句。

得分率 30 60 90
雅
托
多
檢
面

Movies are an easy and interesting way for people to relax and enjoy themselves. There is such **diversity** out there that anyone can find a movie that they like. I think filmmaking is one of the most **powerful** art forms because movies can be seen by so many people.

電影是可以讓人們放鬆和享受的一種簡單又有趣的方法。其多樣性讓每個人可以找到他們喜歡的電影。我想電影製作是最有影響力的藝術形式之一，因為電影可以讓那麼多的人看到。

安全過關的標準答案
葉教授——充分展現自己的深度，用難度較高的單字，為您示範條理分明的應答。

得分率 30 60 90
雅
托
多
檢
面

Aside from being an **enjoyable pastime**, movies allow people to see the world without going anywhere. Two people who are otherwise very different can often find <u>common ground</u> by talking about movies; so in this way, movies actually help us to form **bonds**. They can also help to <u>open our minds</u>, since many movies are **provocative** or educational.

撇開它是一個很令人享受的消遣不說，電影讓人們哪裡都不用去就可以看到這個世界。兩個在其他方面非常不同的人可以在談論電影時找到共同點；所以如此一來，電影確實幫我們形成人與人間的聯繫。也可以讓我們打開心胸，因為許多電影是很挑起情緒和富有教育性的。

重點解析 **Key Point**
作答方向分析整理，讓你的談話內容更有深度。

---

1. 如果你跟你周遭的人都蠻常看電影的話，說說為什麼。

★ Movies are great for lazy people. Watching a movie is easier than reading a book or playing a computer game.
對懶人來說電影很棒。看電影比讀一本書或是打電動輕鬆多了。

2. 如果你沒有特別喜歡電影，也真的不知道為什麼週末的電影院總是擠滿了人，你的答案也可以很無厘頭：

★ I don't actually care much about movies, but my boyfriend often asks me to go with him. I'm sure one reason movies are popular is just because movie-lovers drag their friends to the theater with them.
我事實上不在乎電影，但我男朋友常常要我跟他去。我很肯定電影會這麼受歡迎的其中一個理由是因為電影咖會拖他們的朋友跟他們去電影院。

★ Watching movies is what people do when they can't think of anything else to do. Even if the movie isn't that good, it's an OK way to pass the time.
看電影是一件當人們想不到要幹嘛的時候會做的事。即便那部電影沒那麼好看，但是用來打發時間也是個不錯的方式。

3. 必背片語= myself included　包含我自己

★ Most girls I know, <u>myself included</u>, think Johnny Depp is hot.
我認識的很多女生，<u>包含我自己</u>，都覺得強尼戴普很性感。

4. 必背片語= common ground　共同點

★ The two politicians finally found <u>common ground</u> on trying to improve the economy.
這兩個政客終於在嘗試解決經濟問題上找到了<u>共同點</u>。

5. 必背片語= open somebody's mind　打開心胸；開拓視野

★ Traveling really <u>opened my mind</u> to different lifestyles and cultures.
旅行真的讓我<u>開拓了</u>對於不同生活方式以及文化的<u>視野</u>。

Questions and Answers

練習從各種角度思考判斷，找到最適合自己的作答方式。

6. Do you think that men and women like the same kind of movies?

04-06

你覺得男人跟女人喜歡同一種電影嗎？

與眾不同的高分答案

小陳——逆向思考的宅男角度，為您示範較簡單且有點搞笑的回答。

No, I don't think so. Most of my female friends and both of my ex-girlfriends like chick flicks, while I can't **bear** to watch them. I get bored after five minutes! Those movies seem like the same story over and over again, just in different **settings**.

不，我不這麼覺得。我大多數的女性朋友和我的前女友喜歡言情片，可是我無法忍受看這種電影。我看了五分鐘後就無聊了！這些電影看起來就像是同一個故事重複一直播放，只是換了不同的場景而已。

令人印象深刻的答案

小劉——另類的作答方式，提供您各式充滿創意的絕妙好句。

Certain movie **elements** might **appeal** mostly to men or mostly to women. For example, an action movie might not have a great plot, but a lot of guys will still watch it for the **explosions** and the fighting **scenes** because they find it exciting.

某些電影元素可能會吸引大多的男性或大多的女性。例如，動作片可能不會有很棒的劇情，但是很多男生還是為了爆破或戰鬥場面而看，因為他們覺得很刺激。

安全過關的標準答案

葉教授——充分展現自己的深度，用難度較高的單字，為您示範條理分明的應答。

Of course some films are **specifically marketed** to men or to women. But my wife and I actually have similar **tastes** in movies. We both like documentaries and dramas. However, she doesn't like it when I watch war movies like *Saving Private Ryan* because they're so **violent**.

當然有些電影是特定鎖定給男性或女性看的。但是我太太和我事實上在電影上有相同的偏好。我們都喜歡記錄片和劇情片。然而，她不喜歡我看《搶救雷恩大兵》這種電影，因為那太殘暴了。

重點解析 Key Point
作答方向分析整理，讓你的談話內容更有深度。

---

1. 給男生看的電影 (Movies for him)：

★ *Rambo (series)* 《藍波（系列）》

★ *Die Hard (series)* 《終極警探（系列）》

★ *The Godfather (series)* 《教父（系列）》

2. 給女生看的電影 (Movies for her)：

★ *Bridget Jones (series)* 《BJ單身日記（系列）》

★ *The Day after Tomorrow* 《明天過後》

★ *Sex & the City (series)* 《慾望城市（系列）》

3. 給大家看的電影 (Movies for both)：

★ *The Fifth Element* 《第五元素》

★ *Pride & Prejudice* 《理性與感性》

★ *The Hobbit* 《魔界前傳－哈比人》

4. 你也可以這樣回答：

★ For the most part. Movie studios try to make movies for everyone so that they can make as much money as possible!
大部分是。電影公司會盡量把電影拍成給每個人看（的口味），這樣他們才可以賺到最多錢！

5. 必背片語= chick flick 給小姐看的電影或言情片

★ Dan agreed to watch the <u>chick flick</u> with Christine if they could watch an action movie next time.
丹同意跟克莉絲汀去看<u>言情片</u>，只要下次他們可以看動作片的話。

Questions and Answers

練習從各種角度思考判斷，找到最適合自己的作答方式。

7. Do you have a favorite actor?
你有喜歡的演員嗎？

MP3
04-07

與眾不同的高分答案

小陳——逆向思考的宅男角度，為您示範較簡單且有點搞笑的回答。

I like Gwyneth Paltrow a lot. She's really beautiful and **witty**. I especially love her in the *Iron Man* movies. She played "Pepper" so well with her sexy high heels. I really wouldn't mind having a girlfriend like her. She seems like a lot of fun!

我超喜歡葛妮絲·派特羅。她真的很漂亮又很機靈。我特別喜歡她在《鋼鐵人》電影裡的表現。她把穿著性感高跟鞋的小辣椒演得超好的。我真的不介意有個像她一樣的女朋友。她看起來是一個很有趣的人！

令人印象深刻的答案

小劉——另類的作答方式，提供您各式充滿創意的絕妙好句。

No, I don't really have a favorite, but at the moment I'm into Javier Bardem, from Spain. He is **convincing** and **intense** in whatever **role** he plays. Sometimes he really creeps me out, but that just **proves** how **talented** he is!

沒有，我並沒有最喜愛的演員，但是現在我很迷西班牙的哈維耶·巴登。他不管演什麼角色都很有說服力也很有張力。有時候，他真的把我嚇瘋了，不過那也顯示出他多麼的有才華！

安全過關的標準答案

葉教授——充分展現自己的深度，用難度較高的單字，為您示範條理分明的應答。

Morgan Freeman is an actor who is always **capable** of moving me with his **performance**. His voice is deep and powerful and I think he's an excellent **narrator**. He played a dying cancer patient in *The Bucket List* which reminded me of my late father. He really **deserves** all the awards that he's won.

摩根·費里曼是一個總是可以用演技感動我的演員。他的聲音很低沉而且很有影響力，我覺得他是一個很棒的敘述者。他在《一路玩到掛》裡飾演一個快要死掉的癌症病人，讓我想起我去世的父親。所有他得的獎都是他應得的。

Unit 04

電影 Movies

Key Point

作答方向分析整理，讓你的談話內容更有深度。

1. 如果你有喜歡的演員，除了描述他／她吸引你的特質之外，說出幾部他／她有演出的電影來延展你的答案。你可以針對某部電影中最讓你印象深刻的畫面來描述你對他／她的印象。

2. 如果你有喜歡的演員，但就是一時想不出他／她的名字，或是你知道中文怎麼說，但就是不確定英文的發音。那你可以用下面這些方法描述這個演員：

★ I really like the American actress in a movie called *Legally Blonde*. She plays a blond woman that no one takes very seriously. But actually she's really funny and clever and eventually proves that she's not just a pretty face.

我很喜歡一個演一部叫做《金法尤物》的美國女演員。她演一個沒有人在乎的金髮妹。但事實上她很好笑又很聰明，最後她證明自己不是只靠一張臉。

★ I love that action star from the *Terminator* movies. His job is to kill people and the movies are all very exciting. His famous line is, "I'll be back!"

我喜歡那個演《魔鬼終結者》的男演員。他的工作就是殺人，那系列的電影都很刺激。他最有名的口頭禪就是「我會回來的」！

3. 必背片語= high heels　高跟鞋

★ Amy rarely wears <u>high heels</u> because they make her taller than her boyfriend.

艾咪很少穿<u>高跟鞋</u>，因為她一穿上就比她男朋友高了。

4. 必背片語= creep somebody out　把某人嚇死（俚語）

★ David's ghost story <u>creeped us all out</u>. I had to sleep with the light on!

大衛的鬼故事把我們都<u>嚇死了</u>。我得開燈才能睡！

5. 必背單字= late　過世的

★ This house was built by my <u>late</u> grandfather.

這間房子是我<u>過世的</u>爺爺蓋的。

8. What is your favorite movie?
你最喜歡的電影是？

MP3
04-08

與眾不同的高分答案
小陳──逆向思考的宅男角度，為您示範較簡單且有點搞笑的回答。

得分率 30 60 90
雅
托
多
檢
面

I'd say *Avatar* is my favorite movie. Some people **criticized** it because the story is a bit of a **cliché**, but I think it was a new **twist** on an old plot. The main reason it's my favorite is because of the **groundbreaking** technology and **techniques** James Cameron used to film it. It was really amazing to see it in IMAX 3D.

我大概會說《阿凡達》是我最喜歡的電影。有些人批評它因為故事有點陳腔濫調，但是我想它是老劇情加新發展。我最喜歡這部片的主要原因是因為詹姆斯‧卡麥隆在拍片時用的開創性科技和技術。在大螢幕IMAX看3D立體電影真的讓人覺得很了不起。

Unit 04

電影 Movies

令人印象深刻的答案
小劉──另類的作答方式，提供您各式充滿創意的絕妙好句。

得分率 30 60 90
雅
托
多
檢
面

There are tons of movies that I like so it's difficult to name just one, but the French movie *Amelie* has always been one of my favorites. Amelie brings people together and helps many people, but finding love and happiness for herself isn't as easy. I really like the story and the **artistic** coloring and cinematography.

我喜歡太多電影了，所以很難去講一部，但是法國電影《愛蜜莉的異想世界》一直是我最喜歡的電影之一。愛蜜莉讓人們聚在一起，而且幫忙許多人，但是幫她自己找到愛與快樂卻不是那麼容易。我真的喜歡這個故事和充滿藝術感的色調與拍攝手法。

安全過關的標準答案
葉教授──充分展現自己的深度，用難度較高的單字，為您示範條理分明的應答。

得分率 30 60 90
雅
托
多
檢
面

One of my favorite movies is The *Shawshank Redemption*. Both the acting and the plot are excellent. The movie is about a man who is put in **prison** for killing his wife, which he didn't do. It's a **fascinating** look at life behind bars, and it explores the **theme** of **justice** in an interesting way. It inspires me to never give up hope, even when things seem hopeless.

我最愛的電影之一叫《刺激1995》，演員和劇情都非常精彩。這部電影是關於一個男人因為殺了老婆的罪名而被關進監獄，但是他其實沒有殺人。這部電影處理監獄生活的角度非常棒，而且它用一個有趣的方式去探討正義這個題材。這部電影激勵我永遠不要放棄希望，就算是事情看起來很絕望的時候。

重點解析 **Key Point**
作答方向分析整理，讓你的談話內容更有深度。

1. 當你想描述一部電影的情節時，只要摘要式的在十句話內講完。不要講得太詳細又沒重點，讓聽的人聽到晃神。還有，不要把精彩大結局講出來，有人可能會因為這樣而跟你翻臉的。

2. 如果在口試時，你一時想不起你最喜歡的電影的名字，沒關係，嘗試簡短的描述一下劇情，說說有哪些演員：

★ Oh, I forgot the name, but it's such a good movie. It stars Ben Stiller and Jennifer Aniston. They play two old classmates who run into each other and fall in love after Ben Stiller's character finds out that his new wife is cheating on him. It's a comedy, but it's emotional too. That's why I love it.

噢，我忘了片名，但那是部好片。是班‧史提勒跟珍妮佛‧安妮斯頓主演的。他們演一對老同班同學，在班‧史提勒發現她老婆偷吃以後遇上並墜入情網。這是部喜劇，但也有感人的地方。這就是為什麼我喜歡它。

★ One of my favorites is that movie with Leonardo DiCaprio that came out a couple years ago. I can't remember the title, but in the movie he can travel through people's minds and dreams and they can create entire cities with their minds. The first time I watched it, I was kind of confused, but after I watched it again, I fell in love with it. It's so cool!

我最喜歡的電影之一有李奧納多‧迪卡皮歐，是幾年前放映的。我不記得片名，但在片中他可以穿梭在人們的頭腦跟夢境中，他們可以在腦中創造整個城市。我第一次看這部片時蠻困惑的，但我看了第二遍以後，我就愛上它。它真的很酷！

3. 必背片語= tons of 數量龐大

★ I'm afraid I can't go shopping with you. I've got tons of homework to do this weekend.
我恐怕沒辦法跟你去血拼了。我這個週末有爆多功課要做。

4. 必背片語= behind bars = in jail/prison 坐牢

★ Nick tried to cheat his company out of some money and ended up behind bars.
尼克企圖從他公司騙錢，結果被抓去坐牢了。

9. Is movie-watching a healthy pastime, or do you think it may have some negative **effects** too?

看電影是個健康的消遣，還是你認為它也可能會有些負面的影響？

與眾不同的高分答案

小陳——逆向思考的宅男角度，為您示範較簡單且有點搞笑的回答。

I don't see anything wrong with watching movies. It's a great hobby! The movie **industry** has made many **advances** in recent years - it would be a **shame** not to see the great things that they're doing. Plus, it gives you something to talk about with your co-workers and friends.

我不覺得看電影有什麼不好的地方。它是一個很棒的嗜好！這幾年來，電影工業有長足發展－不去看看他們做出來的好東西很可惜耶！再來，它讓我們跟同事朋友有話可以聊。

令人印象深刻的答案

小劉——另類的作答方式，提供您各式充滿創意的絕妙好句。

Hmm… I definitely think of watching movies as a positive thing, but I guess some people could **go overboard**. If you spend too much time watching movies, you won't have a healthy lifestyle. You can't be active or **productive** while sitting in front of a movie screen. As they say, everything in **moderation**.

嗯，我絕對認為看電影是一件正面的事情，但是我想有些人可能做得太過火。如果你花太多時間看電影，你不會有一個健康的生活型態。坐在電影螢幕前，你是不可能有活動或有生產力的。就像人們說的，凡事都要適度節制。

安全過關的標準答案

葉教授——充分展現自己的深度，用難度較高的單字，為您示範條理分明的應答。

Watching movies is generally a good way to spend your free time. Of course, you need to use **discretion** when deciding which movies to watch. Some movies are a waste of time or put too many negative **images** into your mind. Children, especially, need careful **supervision** when choosing what movies to watch.

看電影一般來說是打發時間的一個好方法。當然，你要慎選電影。有些電影只是浪費你的時間，或者會灌輸太多不好的影像到你頭腦裡。在選擇電影的時候，小朋友尤其更需要謹慎的監督。

Key Point
作答方向分析整理，讓你的談話內容更有深度。

---

1. 想想看電影會有什麼被人擔心的地方？沒有判斷力的小孩看了太暴力的電影會有什麼影響？太膽小的人看了恐怖片會有什麼影響？太煽情的電影會對某些人帶來什麼影響？

★ **If you love movies too much, you might neglect your responsibilities or lose sleep in order to watch them.**

如果你太喜歡看電影，你可能就會忽略你的責任或者為了看電影而損失睡眠的時間。

★ **Scary scenes may cause nightmares or anxiety in both adults and children.**

恐怖的畫面可能會帶給大人和小孩惡夢跟焦慮。

★ **Some movies reinforce negative stereotypes. For example, if you watch a crime movie set in New York, you may think that all Italian-Americans are in the mafia.**

有些電影強調負面的刻板印象。譬如說，如果你看一部場景設在紐約的犯罪電影，你有可能會以為義大利籍美國人全都是黑手黨。

★ **Violent images on screen may lead to violent actions in reality. Children may think that the inappropriate behavior which they see in movies is acceptable in life.**

螢幕上的暴力畫面可能會導致真實世界的暴力。小孩可能會覺得他們在電影中看到的不當行為在生活中是可被接受的。

---

2. 大部分的國家電影都有分級制，以便讓人幫兒童或青少年選擇恰當的電影。 MPAA（Motion Picture Association of America 美國電影協會）建議的分級制度如下：

★ **G - General**（大眾級）：一般觀眾皆可觀賞

★ **PG - Parental Guidance**（普通輔導級）：兒童須父母、師長或成年親友陪伴輔導觀賞

★ **PG 13**（特別輔導級）：13歲以下兒童須父母、師長或成年親友陪伴輔導觀賞

★ **R - Restricted**（限制級）：17歲以下必須由父母或者監護陪伴才能觀看

★ **NC - 17/No Children under 17 allowed**（17歲或者以下不可觀看）：該級別的影片被定為成人影片，未成年人堅決被禁止觀看

10. How have movies changed over the past few decades?

在過去幾十年，電影如何改變了？

與眾不同的高分答案
小陳——逆向思考的宅男角度，為您示範較簡單且有點搞笑的回答。

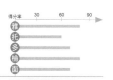

I think that they've improved **drastically**, especially in the area of technology! The special effects are much more **believable**. When I see old movies now, they really seem terrible by today's **standards**.

我想電影已經大大的進步了，特別是在科技的領域上！特效做得更逼真了。現在當我看舊片時，以現今的標準來看，它們看起來很糟糕。

令人印象深刻的答案
小劉——另類的作答方式，提供您各式充滿創意的絕妙好句。

I guess the main difference is that we just have a lot more to choose from now. You can watch big-**budget** action movies or **obscure** dramas. The Internet and film festivals provide us with **access** to independent films from all over the world. There's something for everyone.

我想主要的不同是現在我們有更多的選擇了。你可以看高預算的動作片或艱澀難懂的劇情片。網路和電影節讓我們有辦法看到來自全世界的獨立電影。每個人都可以找得到自己喜歡的。

安全過關的標準答案
葉教授——充分展現自己的深度，用難度較高的單字，為您示範條理分明的應答。

In my opinion, movies nowadays are too **fast-paced**. Instead of emotional dialogue, they're full of **action** and explosions. It's enough to make your eyes and ears hurt! I love watching **classic** films that tell a great story in a very simple way. Not many filmmakers can do that these days.

我意見是，現今電影步調都太快了。沒有訴諸感情的對白，全充斥著動作跟爆破場面。這些真的夠讓你的眼睛跟耳朵受傷了！我喜歡看經典的老電影，它們用非常簡單的方式訴說一個很棒故事。現在不是所有的導演都可以做到這一點。

Unit 04

電影 Movies

重點解析 Key Point

作答方向分析整理，讓你的談話內容更有深度。

1. 你也可以從下列角度來比較現今電影跟過去電影的差別：

★ **style** 風格

★ **actors** 演員（比較演員數量的多寡）

★ **technology** 科技

★ **pace** 速度

★ **violence** 暴力（比較暴力的程度）

★ **themes** 主題（比較題材恰當性）

★ **sex** 性愛（比較性愛的畫面）

★ **music** 音樂（比較配樂的不同）

★ **cinematography** 電影藝術（拍攝手法）

2. 你也可以這樣回答：

★ Hmm... modern movies certainly have a lot more sex in them. You might find yourself in an awkward situation if you don't pay attention to what movie you choose to watch on a first date!
嗯…現在的電影絕對有太多的性愛場景了。你可能會發現自己處在一個很詭異尷尬的情況，如果你跟第一次約會的對象沒有好好慎選電影的話！

★ Every decade has had great movies and not-so-great ones, so I wouldn't say that modern movies are better or worse, just different. Nowadays it seems like computers do more of the work than people do.
每十年都有很棒的電影跟很不怎麼樣的電影，所以我不會說現代的電影比較好或比較差，它們只是不一樣而已。現在似乎電腦做的工作比人多就是了。

3. 必背單字= filmmaker 電影製作人；導演

★ I would argue that Quentin Tarantino is the best filmmaker of our time, but my father thinks his movies are too weird and violent.
我會說昆汀‧塔倫堤諾是我們這世代最棒的電影製作人，但我爸覺得他的電影太奇怪也太暴力了。

Extended Questions

想想看，下列問題你會如何回答？試著從三種角度思考問題，並找身邊的外國朋友練習一下吧！

 What movie have you seen recently that you would recommend?

你最近看過什麼你會推薦的電影？

 與眾不同的高分答案　　 令人印象深刻的答案　　 安全過關的標準答案

 Do you think that movie ratings really prevent children from seeing inappropriate movies?

你覺得電影分級制真的可以阻止兒童看到不恰當的電影嗎？

 與眾不同的高分答案　　 令人印象深刻的答案　　 安全過關的標準答案

 Do you prefer going to the movie theater or watching a movie at home?

你喜歡去電影院還是在家看電影？

 與眾不同的高分答案　　 令人印象深刻的答案　　 安全過關的標準答案

Unit 04

電影 Movies

Unit 05

購物
Shopping

內頁圖示說明：

適用考試項目一

雅 IELTS 雅思
托 TOEFL 托福
多 NEW TOEIC 新多益
檢 GEPT 全民英語能力分級檢定測驗
面 INTERVIEW 各大企業及入學考試英語面試

單字詞性標示一

n. 名詞　　　　　int. 感嘆詞
v. 動詞　　　　　prep. 介系詞
a. 形容詞　　　　conj. 連接詞
ad. 副詞　　　　 phr. 片語

Warm up

透過下面的互動練習，進入本單元學習主題。

Are you a shopaholic? 你是購物狂嗎？

1. How many pairs of shoes do you own? 你有幾雙鞋？
   a. 1-5　　b. 5-10　　c. more than 10

2. How many pairs of jeans do you own?　你有幾條牛仔褲？
   a. 1-5　　b. 5-10　　c. more than 10

3. How often do you go to department stores or malls?
   你多常去百貨公司或購物中心？
   a. less than 5 times a year
   b. once or twice a month
   c. approximately every week

4. How much money do you spend on clothing and accessories per month?
   你每個月花多少錢買衣服跟其他配件？
   a. less than 1,000 NT
   b. between 1,000 NT and 10,000 NT
   c. more than 10,000 NT

選項a得 1分，選項b得 2分，選項c得 3分

總計10-12分：你是個嚴重的購物狂！你需要把信用卡全部剪掉！

總計7-9分：你有輕微購物狂傾向。為了安全起見，你需要開一個存款帳號，每個月一領薪水就直接扣固定的金額強迫儲蓄。

總計4-6分：你離購物狂的世界很遠啦！不過，要不要趁著有折扣時，考慮一下增添幾件新衣呢？

關鍵字彙 **Vocabulary**

聽 MP3，跟著外國老師一起朗讀並熟記這 100 個單字，以便在口試中活用。 05-00

❶ **browse** [brauz] v 東看西看；四處瀏覽

❷ **surround** [sə`raund] v 包圍

❸ **mood** [mud] n 心情；心境

❹ **retail therapy** n 以購物來撫慰心靈

❺ **intend** [ɪn`tɛnd] v 想要；打算

❻ **resist** [rɪ`zɪst] v 抵抗；抗拒

❼ **temptation** [tɛmp`teʃən] n 引誘；誘惑

❽ **electronic** [ɪlɛk`trɑnɪk] a 電子的

❾ **gadget** [`gædʒɪt] n （小巧的）器具；小玩意兒

⑩ **razor** [ˋrezɚ] n. 剃刀；刮鬍刀
⑪ **product** [ˋprɑdəkt] n. 產品
⑫ **brand** [brænd] n. 品牌
⑬ **fraction** [ˋfrækʃən] n. 一小部分；幾分之幾
⑭ **bargain** [ˋbɑrgɪn] n. 特價商品；便宜貨
⑮ **boutique** [buˋtik] n. 精品店
⑯ **decent** [ˋdisn̩t] a. 像樣的；還不錯的
⑰ **afford** [əˋford] v. 買得起
⑱ **advantage** [ədˋvæntɪdʒ] n. 好處
⑲ **disadvantage** [ˌdɪsədˋvæntɪdʒ] n. 壞處
⑳ **quality** [ˋkwɑlətɪ] a. 優良的；高級的
㉑ **online** [ˋɑnˌlaɪn] ad. 線上地
㉒ **essential** [ɪˋsɛnʃəl] a. 必要的；不可或缺的
㉓ **purchase** [ˋpɝtʃəs] v. 購買
㉔ **commute** [kəˋmjut] v. 通勤
㉕ **discount** [ˋdɪskaunt] n. 折扣
㉖ **clothing** [ˋkloðɪŋ] n. （總稱）衣服；衣著
㉗ **conventional** [kənˋvɛnʃən̩l] a. 傳統的
㉘ **retail** [ˋritel] a. 零售的
㉙ **goods** [gudz] n. 商品
㉚ **consumer** [kənˋsjumɚ] n. 消費者
㉛ **item** [ˋaɪtəm] n. 物品
㉜ **frustrating** [ˋfrʌstretɪŋ] a. 令人洩氣的；使人沮喪的
㉝ **resent** [rɪˋzɛnt] v. 怨恨
㉞ **obligated** [ˋɑblɪgetɪd] a. 有義務的；被強迫的
㉟ **exchange** [ɪksˋtʃendʒ] v. 交換
㊱ **suit** [sut] v. 適合
㊲ **budget** [ˋbʌdʒɪt] n. 預算
㊳ **appreciation** [əˌpriʃɪˋeʃən] n. 感謝
㊴ **rewarding** [rɪˋwɔrdɪŋ] a. 有價值的；有報酬的
㊵ **anniversary** [ˌænəˋvɝsərɪ] n. 週年紀念
㊶ **jewelry** [ˋdʒuəlrɪ] n. 珠寶；首飾
㊷ **laptop** [ˋlæptɑp] n. 筆記型電腦
㊸ **research** [rɪˋsɝtʃ] v. 調查；研究
㊹ **salary** [ˋsælərɪ] n. 薪資；薪水
㊺ **bear** [bɛr] v. 承受；忍受
㊻ **investment** [ɪnˋvɛstmənt] n. 投資
㊼ **backpack** [ˋbækˌpæk] n. 登山、遠足用的後背包
㊽ **gear** [gɪr] n. 工具；裝備
㊾ **trek** [trɛk] v. （長途而辛苦的）旅行；登山；健行
㊿ **mortgage** [ˋmɔrgɪdʒ] n. （房）貸
(51) **real estate** n. 不動產
(52) **urgency** [ˋɝdʒənsɪ] n. 緊急性；迫切性
(53) **spontaneous** [spɑnˋtenɪəs] a. 隨性的
(54) **wealthy** [ˋwɛlθɪ] a. 富裕的
(55) **materialistic** [məˌtɪrɪəlˋɪstɪk] a. 拜金的；物質主義的
(56) **penny** [ˋpɛnɪ] n. 一小筆錢
(57) **frugal** [ˋfrug̩l] a. 節儉的
(58) **priority** [praɪˋɔrətɪ] n. 優先考慮的人事物
(59) **set aside** phr v. 留下；撥出
(60) **emergency** [ɪˋmɝdʒənsɪ] n. 緊急情況
(61) **debt** [dɛt] n. 借款；負債
(62) **stuff** [stʌf] n. 東西
(63) **warranty** [ˋwɔrəntɪ] n. 保證書；保固
(64) **risky** [ˋrɪskɪ] a. 冒險的
(65) **auction** [ˋɔkʃən] n. 拍賣
(66) **original** [əˋrɪdʒən̩l] a. 本來的；最初的
(67) **edition** [ɪˋdɪʃən] n. 版本

68 reduce [rɪ`djus] v. 減少

69 natural resource n. 天然資源

70 view [vju] n. 看法；觀點

71 remain [rɪ`men] v. 保持；仍是

72 overflow [ˏovɚ`flo] v. 滿（或多）得溢出

73 accessory [æk`sɛsərɪ] n. 配件

74 shopaholic [ˏʃɑpə`hɔlɪk] n.
　 購物成癖的人

75 outfit [`aʊtˏfɪt] n. 全套服裝

76 trend [trɛnd] n. 時尚

77 stereotype [`stɛrɪəˏtaɪp] n. 刻板印象

78 cater to phr.v. 迎合；照顧到

79 specifically [spɪ`sɪfɪklɪ] ad.
　 特別地；明確地

80 target [`tɑrgɪt] v. 瞄準

81 insecurity [ˏɪnsɪ`kjʊrətɪ] n.
　 不安全感；心神不定

82 stingy [`stɪndʒɪ] a. 吝嗇的；小氣的

83 coupon [`kupɑn] n. 優待券；折價券

84 automatically [ˏɔtə`mætɪklɪ] ad.
　 自動地

85 transfer [`trænsfɝ] v. 轉帳

86 transportation [ˏtrænspɚ`teʃən] n.
　 運輸工具

87 discount [`dɪskaʊnt] n. 折扣

88 impulse buy 衝動型購買

89 occasion [ə`keʒən] n. 場合

90 expenditure [ɪk`spɛndɪtʃɚ] n. 消費

91 overdraft [`ovɚˏdræft] n. 透支

92 commercial [kə`mɝʃəl] n.（電視）廣告

93 review [rɪ`vju] n. 評論

94 irresistible [ˏɪrɪ`zɪstəbl] a. 無法抵抗的

95 admit [əd`mɪt] v. 承認

96 nail polish n. 指甲油

97 claim [klem] v. 宣稱

98 persuade [pɚ`swed] v. 說服

99 brainwash [`brenˏwɑʃ] v. 對（人）洗腦

100 subtle [`sʌtl] a. 狡猾的

Tips for Discussion
釐清各種易混淆的觀念，掌握口試高分祕訣。

❶ 當我們談到 shopping（血拼）時，通常指的是買衣服或買配件。買生鮮雜物時，要說 go grocery shopping（美式英文）或 do the shopping（英式英文）。如果你是為了某個特定的物品去購物，你可以說，I'm going (computer/shoe/Christmas)-shopping。

❷ 一些購物時實用的句子：

★ Check this out!（你看！）

★ Can I try these on?（我可以試穿這些嗎？）

★ What is this made of?（這是什麼質料做的？）

★ How much is this?（這件多少？）

★ What's the best price you can give me?（你能給我最好的價錢是多少？）

★ Will you give me a discount if I buy two?（如果我買兩件，你可以給我折扣嗎？）

Questions and Answers

練習從各種角度思考判斷，找到最適合自己的作答方式。

1. How often do you go shopping?
你多常購物？

05-01

與眾不同的高分答案

小陳——逆向思考的宅男角度，為您示範較簡單且有點搞笑的回答。

I only go shopping two or three times a year, when I'm really in need of something. I just go straight to the store, get whatever I need, and leave. I don't like to **browse**. I hate being in a crowded night market or department store **surrounded** by thousands of people walking at a snail's pace.

我一年只會購物兩到三次，當我真的需要某樣東西的時候。我會直接走進店裡，拿我需要的東西，然後離開。我不喜歡東看西看。我討厭去擁擠的夜市和擠滿人潮的百貨公司，被以蝸牛速度走路的人圍繞。

令人印象深刻的答案

小劉——另類的作答方式，提供您各式充滿創意的絕妙好句。

It depends on my **mood**. I don't go shopping very often but every girl needs some **retail therapy** once in a while! Sometimes I tag along with my friends, not **intending** to buy anything, and then I see something I like and can't **resist** the **temptation** to buy it.

那要看我的心情。我不常逛街，但是每個女孩偶爾都需要用購物來撫慰一下心靈！有時候我會跟著朋友去逛街並沒有打算要買什麼，但當我看到喜歡的東西時，我會無法抵擋誘惑想買下。

Unit 05

購物 Shopping

安全過關的標準答案

葉教授——充分展現自己的深度，用難度較高的單字，為您示範條理分明的應答。

I'm not a regular shopper. The only time I go shopping is when my wife and children need something. Even if I do go with them, I usually prefer to wait for them in the electronics section. I like to check out the latest **electronic gadgets**, such as cameras, computers, and even electric **razors**.

我不是經常購物的人。唯一會購物的時候就是我老婆和小孩需要東西的時候。即便我跟他們一起去，我通常還是偏愛在電子區等他們。我喜歡看看最新的電子產品像是相機、電腦甚至是電動刮鬍刀。

Key Point

作答方向分析整理，讓你的談話內容更有深度。

---

1. 被問到多常去購物時，頻率副詞像 sometimes，often，rarely，occasionally 跟 seldom 這時就可以派上用場。

---

2. 如果你很少購物，也可以這樣回答：

★ **I really don't have time to shop at all. I'm always too busy with work. I only go shopping once or twice a year at most.**
我真的一點都沒時間去買東西。我通常工作很繁忙。我一年最多只去購物一到兩次。

★ **Not often at all. The credit card bills I get after a shopping spree scare me and the guilt always lasts a while.**
一點也不常。一次瘋狂大血拼後收到的信用卡帳單通常都嚇到我，那個罪惡感會持續蠻久的。

★ **I don't mind shopping, but I don't like the shop clerks who watch me like hawks and try to pressure me into buying something.**
我不介意購物，但是我不喜歡店員像老鷹一樣的看著我，嘗試給我壓力買東西。

---

3. 必背片語= **in need of** 需要

★ **This party is** in need of **some better music!**
這個派對需要一些更好的音樂！

---

4. 必背片語= **at a snail's pace** 龜速

★ **Sorry I'm late. Traffic was moving** at a snail's pace **on the highway.**
抱歉我遲到了，高速公路上的車開得跟蝸牛一樣。

---

5. 必背片語= **once in a while** 偶爾；三不五時

★ **I'm usually quite aware of my finances, but** once in a while **I lose track of my spending.**
我通常都蠻注意我的財務的，但是偶爾我還是會對我的支出摸不著頭緒。

---

6. 必背片語= **tag along** 跟著

★ **Vera loves to** tag along **with her older brother and his friends, but he doesn't always want her around.**
薇拉喜歡跟在他哥哥和他哥的朋友後頭，但她哥哥可不想要她一直在旁邊。

2. Do you prefer to shop in markets or department stores?

MP3
05-02

你偏好去夜市購物，而較不喜歡去百貨公司嗎？

與眾不同的高分答案
小陳──逆向思考的宅男角度，為您示範較簡單且有點搞笑的回答。

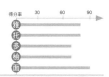

I prefer markets. I usually buy the cheapest **products** I can find. I don't really care about what **brand** I buy or what kind of place I buy it from. I certainly won't spend 3,000NT on a shirt when I can get something for a **fraction** of the price.

我比較喜歡去夜市。我通常會找最便宜的產品買。我不太在意東西的品牌或者是我在什麼樣的地方買東西。我絕對不會花三千塊錢在一件襯衫上面，當我可以用幾分之幾的價格買到的時候。

令人印象深刻的答案
小劉──另類的作答方式，提供您各式充滿創意的絕妙好句。

Well, I usually go to night markets because they're fun and I can find good **bargains**. Sometimes, if I want something that will last longer, I might go to department stores or **boutiques**. But then I have trouble finding something **decent** that I can actually **afford**!

嗯，我通常去夜市，因為很好玩，而且我可以找到好康的東西。有時候，如果我要可以持續用比較久的東西，我可能會去百貨公司或精品店。不過到那時我又很難找到又高級但我又付得起的東西了！

Unit 05

購物 Shopping

安全過關的標準答案
葉教授──充分展現自己的深度，用難度較高的單字，為您示範條理分明的應答。

Markets and department stores each have their own **advantages** and **disadvantages**. I usually shop in department stores, but it depends on what kind of things I need and how much money I want to spend. Night markets are cheap, but department stores have better **quality** products.

市場和百貨公司各有他們的優缺點。我通常會在百貨公司購物，但這要看我需要哪種東西和我的預算。夜市很便宜，但百貨公司的產品品質比較好。

重點解析 Key Point

作答方向分析整理，讓你的談話內容更有深度。

---

1. 針對這一題，你可以從百貨公司跟夜市中二選一來回答。但是別忘了，你也可以回答都不喜歡。還有很多別的地方可以買東西：

   ★ outlet store（美式英文）過季店　★ street vendors 街上小販；路邊攤

   ★ flea market 跳蚤市場　★ high street（英式英文）商店街

---

2. 百貨公司的優點，你可以這樣說：

   ★ They are air-conditioned in the summer. 夏天有冷氣可以吹。

   ★ You can usually get anything you want. 你通常可以買到任何你想要的東西。

   ★ There are clean public restrooms there. 廁所很乾淨。

   ★ Merchandise quality is consistent. 商品的品質很穩定。

   ★ You can get a refund if necessary. 如果必要可以退錢。

   ★ You can try on the clothes. 可以試穿衣服。

---

3. 精品店的優點，你可以這樣說：

   ★ You can find unique items. 可以找到獨特的商品。

   ★ Merchandise quality is high. 商品品質高。

   ★ You get personal service. 可以得到個人化的服務。

---

4. 夜市的優點，你可以這樣說：

   ★ Everything is cheap. 什麼都很便宜。

   ★ You can enjoy the fun of bargaining. 可以享受討價還價的樂趣。

   ★ You can enjoy various snacks while you shop. 可以邊買邊享受各種餐點。

---

5. 必背單字＝ last　持續一段時間

   ★ The campfire lasted most of the night, but it went out before dawn.
   營火幾乎燒了整晚，但在黎明前熄滅了。

Questions and Answers

問答練習 練習從各種角度思考判斷，找到最適合自己的作答方式。

3. Which is better, going out shopping or shopping **online**?

去店裡購物比較好，還是線上購物比較好？

MP3
05-03

與眾不同的高分答案

小陳——逆向思考的宅男角度，為您示範較簡單且有點搞笑的回答。

Internet shopping has become an **essential** part of my life. I've **purchased** everything from socks to DVDs online. It's easier than looking for what I want in a shop, and I usually get whatever I order within three days. I think it's great!

線上購物已經變成我生活中不可或缺的一部分了。我從襪子到影片什麼都買過了。這比在店裡尋找我要的東西更加簡單，而且我通常可以在三天內收到我訂購的東西。我覺得實在是太棒了！

令人印象深刻的答案

小劉——另類的作答方式，提供您各式充滿創意的絕妙好句。

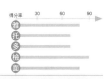

Hmm, I like both actually. Shopping in stores is fun because you get to look around and try on the things you like, while shopping online saves you time spent **commuting** and sometimes offers more **discounts**. I guess I prefer to buy **clothing** in shops, and books and music online.

嗯，事實上我兩個都喜歡。在店裡購物很有樂趣，因為你可以到處看然後試穿你喜歡的東西，但是線上購物幫你節省了交通的時間而且有時還提供更多的折扣。我想我偏愛在店裡買衣服，在網路上買書和音樂。

安全過關的標準答案

葉教授——充分展現自己的深度，用難度較高的單字，為您示範條理分明的應答。

I'm a little old-fashioned, so I prefer **conventional retail** shopping. I feel more comfortable shopping when I can see and feel the **goods**, and I've heard stories about credit card numbers being stolen through the Internet. But shopping online allows **consumers** to compare prices more easily and to find rare **items**, so I can see why online shopping is popular.

我是比較老派的人，所以我偏愛傳統的零售購物。當我可以看到和感受商品時，我感覺比較自在一點，而且我有聽過許多信用卡號碼經由網路被竊取的故事。但是線上購物讓消費者可以更容易的比較價格和找到稀有的東西，所以我可以瞭解為何線上購物會如此的受歡迎。

Unit 05

購物 Shopping

121

重點解析 Key Point
作答方向分析整理，讓你的談話內容更有深度。

1. 可敘述一下常見的上網購物理由：

★ **You don't need to leave the house.** 不用離開家。

★ **You can shop 24 hours a day.** 一天二十四小時都可以購物。

2. 上網購物有可能產生下列問題：

★ **You have to wait for the item to be delivered.** 東西送到要等一段時間。

★ **If you need to return something, it's much harder and takes longer.**
換貨比較困難，也會花比較久的時間。

3. 現在購物的方式越來越多了：

★ **home/TV shopping** 電視購物

★ **online shopping** 線上購物

★ **bidding on auction websites** 在拍賣網站上出價

4. 必背片語= **everything from A to B**　從A到B應有盡有

★ **The buffet was amazing. There was** <u>everything from</u> **sushi** <u>to</u> **roast beef.**
這個自助餐真驚人。從壽司到烤牛肉應有盡有。

5. 必背片語= **try (something) on**　試穿

★ **This dress looks a little too small, but I'll** <u>try it on</u> **anyway.**
這件洋裝看起來有一點點小，但我還是要試穿看看。

6. 必背單字= **old-fashioned**　舊式的；過時的

★ **I really can't stand my boss's** <u>old-fashioned</u> **management style! This company needs change!**
我真的不能忍受我老闆老派的管理作風！這間公司需要改變！

問答練習 Questions and Answers

練習從各種角度思考判斷，找到最適合自己的作答方式。

4. Do you enjoy buying gifts for others?
你喜歡買禮物給別人嗎？

05-04

與眾不同的高分答案

小陳——逆向思考的宅男角度，為您示範較簡單且有點搞笑的回答。

I don't enjoy any kind of shopping, but shopping for others is extra **frustrating**. I never know what to get, and I **resent** feeling **obligated** to buy a gift. My friends and I don't really **exchange** gifts. I couldn't even think of anything to get my ex-girlfriend for her birthday. In the end, I just bought her a gift card online.

我不喜歡任何一種購物，但是買東西送人更是令人洩氣。我從來不知道要買什麼，而且我討厭被強迫去買禮物。我朋友和我不太交換禮物。我根本連要買什麼送我前女友當生日禮物都想不出來。最後，我只好在網路上買了一張禮物卡給她。

令人印象深刻的答案

小劉——另類的作答方式，提供您各式充滿創意的絕妙好句。

Unit 05

購物 Shopping

Yes! My three closest friends and I buy each other Christmas presents every year. We're not Christian - we just like that part of the tradition. It's exciting when I find something that will really **suit** one of my friends. Unfortunately, my shopping **budget** is pretty small, so I can't always buy the gifts I'd really like to give.

喜歡！我三個最親近的朋友和我每年都會替對方互相買耶誕禮物。 我們不是基督徒，我們只是喜歡交換禮物的那個傳統。 發現某個真的很適合我朋友的東西時感覺很讓人興奮。遺憾的是，我的購物預算很低，所以我沒辦法買我真的想要送的禮物。

安全過關的標準答案

葉教授——充分展現自己的深度，用難度較高的單字，為您示範條理分明的應答。

As they say, "It's better to give than to receive." Buying gifts for others is a way to show love and **appreciation** and it can be very **rewarding**. I don't buy gifts for many people, but I often buy gifts for my wife. For our **anniversary** last month, I bought her some **jewelry** that I had seen her admire in a store window.

就像前人所說的，「施比受有福」。買禮物給他人是一種表現愛和感謝的方法，而且很值得這麼做的。我沒有買禮物給很多人，但是我常常買禮物給我老婆。上個月我們的結婚週年慶，我買了珠寶給她，那是我看到她在商店櫥窗前看了很喜歡的珠寶。

123

重點解析 **Key Point**
作答方向分析整理，讓你的談話內容更有深度。

---

1. 可以想想看你最後一次買禮物給別人是買什麼？買給誰？是什麼樣的場合？
   說說你對於買禮物給別人的感覺。但不要連花了多少錢也講出來囉！心意比
   較重要的。

---

2. 買、送禮物的動詞send，**give**跟**buy**，會根據後面的受詞不同而產生不同的
   用法：

   ★ I send some flowers to my girlfriend.
   我送了一些花給我女朋友。

   ★ I sent my girlfriend some flowers.
   我送我女朋友一些花。

   ★ Don't forget to buy some eggs for me.
   別忘了買些雞蛋給我！

   ★ Don't forget to buy me some eggs.
   別忘了買給我一些雞蛋！

---

3. 必背片語= gift card　禮物卡（就像台灣的百貨公司禮券。外國人不喜歡直
   接送人現金，所以會有這種產品）

   ★ To thank them for their hard work, Mr. Wang gave his employees
   each a gift card for a coffee shop.
   為了感謝他們如此辛苦的工作，王先生給他的員工每人一張咖啡店的禮物卡。

---

4. 必背諺語= It's better to give than to receive.　施比受更有福
   （源自《聖經》）

   ★ I don't think it's better to give than to receive. I love getting
   presents!
   我不覺得施比受更有福。我喜歡收到禮物！

Questions and Answers

練習從各種角度思考判斷，找到最適合自己的作答方式。

5. What's the most expensive thing you've ever bought?

MP3
05-05

你買過最貴的東西是什麼？

與眾不同的高分答案

小陳——逆向思考的宅男角度，為您示範較簡單且有點搞笑的回答。

The most expensive thing I've ever bought is my **laptop**. I **researched** it carefully and spent almost a month's **salary** on it. I'm a computer engineer and I can't **bear** slow computers. I think it's a good **investment** even though it cost me a fortune. When I decide to get a new one, I can probably sell this one online and get some of my money back.

我買過最貴的東西是我的筆電。我研究得很仔細，而且花了將近一個月的薪水在上面。我是一個電腦工程師，我無法忍受龜速的電腦。雖然它燒了我很多錢，但我想這是一筆好投資。當我決定要買新電腦時，我大概會在網路上賣掉這一台，拿一點錢回來。

令人印象深刻的答案

小劉——另類的作答方式，提供您各式充滿創意的絕妙好句。

Last year my aunt gave me some department store gift certificates on my birthday. I used them to get myself an expensive **backpack** and some other **gear** for traveling and **trekking**. I'm hoping to go traveling after I graduate and those purchases made my dreams one step closer to coming true!

去年我生日時，我阿姨給我百貨公司的禮券。我用這些禮券買了一個很貴的後背包和一些旅行跟登山用的裝備。我希望畢業後可以去旅行，購買這些東西讓我離實現夢想又更進一步了！

Unit 05

購物 Shopping

安全過關的標準答案

葉教授——充分展現自己的深度，用難度較高的單字，為您示範條理分明的應答。

That would be my home. We bought our current apartment four years ago. We paid a large down payment, but we're still paying off the **mortgage**, so we don't fully own it yet. I think **real estate** is generally a wise investment in Taiwan because housing prices are on the rise.

那就是我的房子了。我們幾年前買了現在的公寓。我們付了一大筆的頭期款，但我們現在還在付房貸，所以我們不算完全擁有它。我想房地產在台灣是一個聰明的投資，因為房價一直在上漲。

重點解析 Key Point

作答方向分析整理，讓你的談話內容更有深度。

---

1. 想想看你買過什麼最貴的東西，跟上一題的概念一樣，不需要說出多少錢，以免讓人覺得你在炫耀。你可以說：

★ It was a major investment/purchase. 那是一筆大投資／購入。

★ It cost me <u>an arm and a leg</u>. 它花了我<u>一大筆錢</u>。（成語）

2. 很貴的東西不一定要是物品，它可以是抽象的東西：

★ gym membership 健身房的會員 ★ education 教育

★ plastic surgery 整形手術 ★ a holiday to Europe 一趟歐洲之行

3. 必背片語= cost (somebody) a fortune 所費不貲

★ I'm broke because my last holiday in Europe <u>cost a fortune</u>.
我破產了，因為我上次的歐洲假期花掉了我一大筆錢。

4. 必背片語= gift certificate（美式英文） gift voucher（英式英文）現金禮券

★ My father is difficult to shop for, so we usually just give him <u>gift certificates</u>.
我爸是個很難替他買東西的人，所以我們通常直接給他禮券。

5. 必背片語= (dream/wish) come true 美夢成真

★ Katherine's dreams of finding a husband finally <u>came true</u> last year.
凱瑟琳想找到一個丈夫的夢想終於在去年實現了。

6. 必背片語= down payment 頭期款

★ Heidi is saving her money for a <u>down payment</u> on a new car.
海蒂正在為新車存<u>頭期款</u>。

7. 必背片語= on the rise 增加中

★ Robberies are <u>on the rise</u> in this neighborhood. Be sure to lock your door.
搶案在這個社區增加中。確定你有鎖門。

Questions and Answers

練習從各種角度思考判斷，找到最適合自己的作答方式。

6. Do you usually buy whatever you want, or are you more likely to <u>save for a rainy day</u>?

你通常想買什麼就買什麼，還是比較傾向<u>未雨綢繆</u>？

與眾不同的高分答案

小陳——逆向思考的宅男角度，為您示範較簡單且有點搞笑的回答。

It really depends on the importance or the **urgency** of the thing I want to buy. If I can <u>do without</u> it, I don't buy it right away. I <u>shop around</u> online until I find a good deal, or I just don't buy it at all. I don't make a lot of money and I don't think I can be that **spontaneous** about my spending.

那真的要看我要買的東西的重要性或急迫性。如果<u>沒有</u>它也沒關係，我就不會馬上買。我會在網路上看看比價能不能找到好康，或者我根本就不會買。我賺的錢不多，我不認為我可以如此隨意的花錢。

令人印象深刻的答案

小劉——另類的作答方式，提供您各式充滿創意的絕妙好句。

I'd love to be able to buy anything I want, but I'm not that **wealthy**! Even if I had more money, I wouldn't buy too many things. I don't like to waste money and I'm not **materialistic**. There are so many things I want to do in the future and they all cost money, so I need to save every **penny**.

我真希望有有能力買任何我想要的東西，但是我沒那麼有錢！即使我有比較多的錢，我也不會買太多東西。我不喜歡浪費錢，而且我並不敗家。我未來還有好多事情想要做，而且每件事都會花到錢，所以任何一點小錢我都要省下來。

安全過關的標準答案

葉教授——充分展現自己的深度，用難度較高的單字，為您示範條理分明的應答。

My wife and I have always been quite **frugal**. We have two children, so providing for them is our top **priority**, and that includes saving money for their college education. I think it's important to not only <u>live within your means</u>, but also to **set** some money **aside** for **emergencies**. These days, too many people have huge **debts**.

我太太跟我一直都很節儉。我們有兩個小孩，所以提供他們所需是我們的第一要務，而且那些包括了要存他們的大學學費。我想很重要的不是只是<u>量入為出</u>，而且還要為了緊急情況留點錢。現在人太多都負債累累。

Key Point

作答方向分析整理，讓你的談話內容更有深度。

---

1. 只要想想你每個月是入不敷出，還是你已經是個小資女／男，就可以輕鬆回答這個問題了。你是impulsive shopper（衝動型血拼狂）嗎？

2. **Being frugal is a virtue**（節儉是一種美德）沒有錯，但如果你賺很多，想買什麼就買什麼，很享受人生，或是你的父母親都會幫你付信用卡帳單，這都是答案的可能性，你可以誠實回答。只是要注意，不要又讓人覺得你在炫耀了。

3. 必背片語= **save for a rainy day**　未雨綢繆；做某事以備不時之需

　★ Linda's scooter was stolen, so she used the money she'd been saving for a rainy day to buy a new one.
　琳達的摩托車被偷了，所以她用那筆她存的救命錢去買了一台新的。

4. 必背片語= **do without**　不要也沒關係

　★ I skip breakfast sometimes, but I can't do without my morning cup of coffee.
　我有時沒吃早餐，但是早上我沒辦法不要喝咖啡。

5. 必背片語= **shop around**　看看；逛逛

　★ I've shopped around, and this is the comic book store with the best variety and prices.
　我已經在這附近逛街比價過了，這家漫畫店有最多種類的書和價格。

6. 必背片語= **live within your means**　量入為出

　★ Using cash instead of credit cards might help you to learn how to live within your means.
　用現金而不要用信用卡可能會幫你學習怎樣量入為出。

問答練習 Questions and Answers

練習從各種角度思考判斷，找到最適合自己的作答方式。

7. Are second-hand goods popular in Taiwan?
二手商品在台灣受歡迎嗎？

MP3
05-07

與眾不同的高分答案

小陳——逆向思考的宅男角度，為您示範較簡單且有點搞笑的回答。

No. Most people I know prefer to buy new **stuff**, especially electronic products. I might consider buying a used car, but I would never shop in a second-hand store. You never know who used those things or how old they really are. Plus, second-hand things don't come with a **warranty**, so it's a little **risky** to buy them.

不。我認識的大多數人偏愛買新的東西，特別是電子產品。我可能會考慮買一台二手車，但是我絕對不會在二手商店買東西。你永遠不知道誰用過這些東西或他們實際上有多舊。此外，二手的東西不會附上保固，所以買它們會有一點風險。

令人印象深刻的答案

小劉——另類的作答方式，提供您各式充滿創意的絕妙好句。

Oh, I love second-hand products! Many of my clothes are from **auction** websites. They only cost half or even a third of the **original** price and a lot of them are still in great condition. I also bought a second-hand guitar from a friend of a friend. If you know where to look, you can always find good quality second-hand things!

噢，我愛買二手商品！我有很多的衣服都是從拍賣網站上買的。他們只有原價的一半或甚至三分之一的價格，而且很多的衣服的狀況都很好。我也跟我朋友的朋友買了一個二手吉他。如果你知道在哪裡買，你總是可以找到好品質的二手商品！

Unit 05

購物 Shopping

安全過關的標準答案

葉教授——充分展現自己的深度，用難度較高的單字，為您示範條理分明的應答。

I know a few places that sell used CDs and books and I sometimes find some rare **editions** there. Buying used products **reduces** waste and saves **natural resources**, so perhaps we should do it more often. However, most Taiwanese people have a negative **view** of used goods, so second-hand shops **remain** quite unpopular.

我知道一些地方有在賣二手唱片還有書，而且我有時候會在那找到一些珍貴的版本。買二手產品減少浪費而且節省天然資源，所以或許我們應該要更常買二手產品。然而，大多的台灣人對於使用過的產品有負面的觀感，所以二手店一直相當不受歡迎。

129

重點解析 **Key Point**
作答方向分析整理，讓你的談話內容更有深度。

---

1. 如果你有買過二手的東西，說說是什麼樣的物品還有你在哪裡買到的。如果你從來沒買過，也可以說說你的理由。你從來沒想過買二手的東西，還是你不喜歡這個想法？

2. 在歐美，除了拍賣網站之外，二手商品或商店是相當常見也很受歡迎的。去這些地方逛逛就算什麼都不買也很有趣：

★ **yard/garage sale** 庭院／車庫舊貨出售
（若你常看美國影集，或許有看過有人在自己家的前院或車庫裡販賣不再需要的東西。通常很多東西的狀況都還很好。）

★ **thrift store** 二手商店

★ **charity shop** 慈善商店

★ **flea market** 跳蚤市場

3. 必背片語= **a third of** 三分之一（三分之二則是**two thirds**）

★ **Jeff was so bored during the movie that he slept through about a third of it.**
看電影時傑夫很無聊，有三分之一的時間他睡著了。

4. 必背片語= **in great/good/mint condition** 狀況良好（狀況不好則是**in poor condition**）

★ **Danielle's old coat was still in great condition, so she gave it to her sister.**
丹尼艾兒的舊大衣仍然保有很好的狀態，所以她把它給妹妹了。

Questions and Answers

練習從各種角度思考判斷，找到最適合自己的作答方式。

8. Do you think women shop more than men?
你覺得女人購物比男人多嗎？

05-08

與眾不同的高分答案

小陳——逆向思考的宅男角度，為您示範較簡單且有點搞笑的回答。

For sure! My sister's closet is **overflowing** with clothes, shoes, and all kinds of **accessories**. She often comes home carrying lots of shopping bags from boutiques and she tries to hide them before my mom sees them. I don't understand why women need so many pairs of shoes when they only have one pair of feet!

當然！我姊姊的衣櫃塞滿了衣服、鞋子和各式各樣的配件。她常常提著許多精品店的袋子回家，而且她在我媽看到之前試著把袋子藏起來。我不瞭解為何女人需要這麼多雙鞋子，她們只有一雙腳而已！

令人印象深刻的答案

小劉——另類的作答方式，提供您各式充滿創意的絕妙好句。

I guess so. Some of my girlfriends are **shopaholics**. All they talk about is <u>designer</u> bags, shoes and **outfits**. I feel that women are under more pressure to keep up with the **trends** than men. A lot of them <u>buy into</u> the idea that they have to spend money to be beautiful and fashionable.

我猜應該是吧！我有一些女性朋友是購物狂。她們講的東西全是設計師品牌的包包、鞋子和衣服。我覺得女人比男人有更大的壓力要跟上潮流。她們之中很多人接受這個她們就是要花錢變漂亮跟時尚的觀念。

Unit 05

購物 Shopping

安全過關的標準答案

葉教授——充分展現自己的深度，用難度較高的單字，為您示範條理分明的應答。

Well, it's one of the **stereotypes** about women and it seems to be true in general. Many department stores only **cater to** women, and many companies have clever <u>marketing strategies</u> that **specifically target** women and their **insecurities**. But of course men shop too. And when men buy things, they often spend much more money!

嗯，那是對女人的刻版印象之一，而且大致上來說似乎也是真的。許多百貨公司專門提供女人服務，而且許多公司有聰明的<u>行銷策略</u>，特定鎖定女性和他們的不安全感。但是當然，男人也會購物，而且當然男人買東西的時候，他們通常花更多錢！

Key Point

作答方向分析整理，讓你的談話內容更有深度。

---

1. 想想看你身邊的女性朋友們有沒有這種購物狂的傾向。人們會有這種 stereotype（刻板印象）可能不是沒有原因的。你也可以這樣回答：

★ No, I think men shop just as much as women. You may not see many men in a boutique or department store, but just look around the next time you're in a video game store! Men like to buy different things than women, but many of them love shopping too!

不，我覺得男人跟女人購物一樣多。你可能不會在精品店或百貨公司裡看到很多男人，但下次你去電腦遊戲店時，記得看一看。男人喜歡買的東西跟女人不一樣，但他們有很多人也很愛買東西！

★ I know some women shop a lot, but I'm a woman and I hate shopping! I only go when I really need something. I don't like grocery shopping either, so I usually eat out. My boyfriend, on the other hand, loves looking around in sports stores.

我知道有些女人超愛血拼，但我是女生，可是我恨購物！我只有在真的需要什麼的時候去買東西。我也不喜歡買生鮮雜貨，所以我通常都外食。相反的，我男朋友超愛在體育用品店裡閒晃。

---

2. 必背片語= designer labels/shoes/bags　設計師品牌／鞋子／包包

★ Lisa can't afford <u>designer</u> bags, so she buys fake ones.

麗莎買不起<u>設計師品牌</u>的包包，所以她買冒牌貨。

---

3. 必背片語= buy into　接受某觀念

★ My brother says that men are better singers than women, but I don't <u>buy into</u> that at all.

我哥哥說男人比女人唱歌更好聽，但我完全無法<u>接受</u>這個說法。

---

4. 必背片語= marketing strategy　市場行銷策略

★ An effective <u>marketing strategy</u> for food companies is to give out free samples in supermarkets.

一個有效的食品公司<u>市場策略</u>就是在超市裡發送免費的試吃樣品。

9. What advice would you give people who have trouble saving money?

你會給無法存錢的人什麼建議？

與眾不同的高分答案

小陳——逆向思考的宅男角度，為您示範較簡單且有點搞笑的回答。

I don't think I'm **stingy**, but I am quite careful with money. I usually collect **coupons** from stores. Sometimes they have buy-one-get-one-free deals. But I think the most effective way of saving money is to have part of your income **automatically transferred** to a saving account as soon as you get paid.

我不覺得我是個小氣鬼，但是我用錢蠻小心的。我常從店裡收集折價券。有時候他們會有買一送一的優惠。但我想最有效的省錢方式是，當你一收到薪水時，就將你一部分的收入自動地轉入你的存款戶頭。

令人印象深刻的答案

小劉——另類的作答方式，提供您各式充滿創意的絕妙好句。

There are many ways to cut down on your spending. I eat cheaply, buy second-hand goods, and take public **transportation**. I also look for sales and **discounts** and try to avoid **impulse buys** (but not always successfully!) Of course, you also need to create some income if you want to start saving money.

有很多方式可以減少你的花費。我吃東西很省、買二手產品，而且還搭大眾交通工具。我也會尋找特賣會和折扣，也盡量避免一時衝動買東西（但不是每次都成功！）當然，如果你想要開始存錢的話，你也需要增加一些收入。

Unit 05

購物 Shopping

安全過關的標準答案

葉教授——充分展現自己的深度，用難度較高的單字，為您示範條理分明的應答。

I think first of all, they should think about their lifestyle and find some things they could do without. For example, instead of going to a fine-dining restaurant every week, they can just go on special **occasions**. Secondly, paying by cash will help them keep track of their **expenditures** and thus avoid **overdrafts**.

我想第一，他們應該思考一下他們的生活方式，找出一些生活中不需要的東西。例如，他們可以只在特別的場合去高級餐廳吃飯，而不是每個禮拜都去。第二，付現會幫他們追蹤他們的花費，因此可以避免透支。

133

重點解析 Key Point

作答方向分析整理，讓你的談話內容更有深度。

1. 也可以談談其他的省錢妙招，譬如：

★ Make a list before you go shopping and stick to it.
出門血拼前先列張清單，並且堅守原則。

★ Make your own coffee and tea. Don't go to coffee/tea shops.
自己泡咖啡或茶。不要去咖啡店或茶舖。

★ Don't use your heater or air conditioner if you don't really need it.
不要開暖氣或空調，如果不是必要的話。

★ Exercise at a park instead of paying monthly gym fees.
在公園運動，而不要付健身房的月費。

★ Ride your bike or walk if possible.
如果可能的話，騎腳踏車或走路。

2. 必背片語= buy one, get one free　買一送一（有時也會寫作2-for-1）

★ These T-shirts were buy-one-get-one-free, so I bought a black one and a red one. 這些T恤是買一送一，所以我買了一件黑色跟一件紅色。

3. 必背單字= lifestyle　生活方式

★ He has been living a millionaire's lifestyle ever since he won the grand prize in the lottery.
自從贏得彩券頭獎後，他就過著百萬富翁的生活方式。

4. 必背單字= fine-dining　正式的（高級餐廳）；美食

★ You'd better change your outfit. We're going to a fine-dining place for dinner and they don't allow shorts and sandals.
你最好換一下你的服裝。我們要去高級餐廳吃晚餐，他們不允許短褲跟涼鞋的。

★ I enjoy fine dining, but sometimes I just want a quick burger instead. 我喜歡美食，但有時我想要快速來個漢堡。

5. 必背片語= keep track of　追蹤

★ Steve always seems to have a new girlfriend. I can't keep track of them all!　史蒂芬好像總是有新的女友。我都完全記不住他換的女友了。

10. How much does <u>advertising</u> influence your shopping decisions?

MP3
05-10

廣告對你的購物決定有多大的影響力呢？

與眾不同的高分答案
小陳——逆向思考的宅男角度，為您示範較簡單且有點搞笑的回答。

I don't really pay attention to advertising. I mean, I do notice it sometimes, like if it's a funny TV **commercial** or a beautiful girl on a poster. But I don't think it ever makes me buy the products. Independent product **reviews** have more of an influence.

我不太注意廣告。我是說，我有時候會注意到他們，就像是如果有好笑的電視廣告時，或有正妹海報時。但是我不認為它們會使我去購買任何產品。單獨的產品評論有更大的影響力。

令人印象深刻的答案
小劉——另類的作答方式，提供您各式充滿創意的絕妙好句。

A good <u>ad</u> can really make a product look **irresistible**. I **admit**, sometimes ads for beauty products can make me consider buying them. I recently bought some **nail polish** that I saw advertised in a magazine. The colors just looked so pretty, and they **claimed** that it was very quick-drying. I had to have it!

一個好的廣告可以真的讓一個產品看起來無法抗拒。我承認，有時候美容產品的廣告會讓我想要買它們。我最近買了幾瓶有在雜誌裡廣告的指甲油。它們的顏色看起來超漂亮，而且廣告宣稱它是速乾的。我一定要擁有它們！

Unit 05

購物 Shopping

安全過關的標準答案
葉教授——充分展現自己的深度，用難度較高的單字，為您示範條理分明的應答。

Companies spend a lot of time and money on advertising, hoping to **persuade** people to buy their products. Some of them are so clever that they amount to **brainwashing**, in my opinion. For example, <u>product placement</u> in movies and TV shows is a really **subtle** way to try and make you think about their product <u>in a positive light</u>. I try to be aware of all those tricks and not let advertising influence me too much.

企業們花很多時間和錢在廣告上，希望說服人們購買他們的產品。我認為有些公司聰明到他們變成在洗腦。例如，在電影和電視節目中的產品置入性行銷是一個很狡猾的方法，讓你用正面的態度去看待他們的產品。我盡量去察覺這些花招，不要讓廣告影響我太多。

Key Point

作答方向分析整理，讓你的談話內容更有深度。

---

1. 你也可以這樣回答：

★ Not much. I find much of today's advertising silly or annoying. Some ads are so bad, they make me decide not to buy their product!
不大，我覺得今天的廣告大多數都很愚蠢又惱人。有些廣告還糟到讓我決定不要購買他們的產品！

★ Advertisements probably affect me more than I'd like to admit. I love buying name brand clothes and shoes. In part I do it because it's good quality, but it's also because I think it's cool or it's what celebrities wear. I wonder if I would still buy Nike shoes if they had never advertised.
廣告影響我的部分可能比我願意承認的還多。我喜歡買知名品牌的衣服跟鞋子。一部分是因為它品質比較好，但也是因為我覺得它很酷，或者是名人有在穿。我也在想如果耐吉的鞋子沒有被廣告，我還會不會穿。

---

2. 必背單字= ad（advertisement的縮寫） 廣告

★ Fashion magazines have more <u>ads</u> than articles.
時尚雜誌的<u>廣告</u>比文章多。

---

3. 必背片語= amount to 產生…樣的結果

★ Not telling the truth <u>amounts to</u> lying!
不說實話<u>等同於</u>說謊！

---

4. 必背片語= product placement 置入性行銷

★ The main character in this TV show always drinks that one specific brand of soda. It's clearly an example of <u>product placement</u>.
這個電視節目主要的角色總是喝著某一個特定品牌的蘇打。很明顯的，這是一個<u>置入性行銷</u>的例子。

---

5. 必背片語= in a positive/good light 用正面／好的態度

★ Try to think about the rain <u>in a more positive light</u> - at least it's good for your dirty car!
試著<u>用正面的態度</u>來看待下雨啦 – 至少它對你的髒車來說是好的！

Extended Questions

想想看，下列問題你會如何回答？試著從三種角度思考問題，並找身邊的外國朋友練習一下吧！

Q₁ Do you usually shop with a credit card or cash?

你通常都用信用卡還是付現？

 與眾不同的高分答案　　 令人印象深刻的答案　　 安全過關的標準答案

Q₂ What do you spend most of your money on?

你最多的錢是花在什麼上面？

 與眾不同的高分答案　　 令人印象深刻的答案　　 安全過關的標準答案

Q₃ Do you prefer to shop alone or with other people?

你喜歡自己一個人去買東西還是跟別人一起？

 與眾不同的高分答案　　 令人印象深刻的答案　　 安全過關的標準答案

Unit 05

購物 Shopping

Unit 06

運動
Sports

內頁圖示說明：

適用考試項目一

- 雅 IELTS 雅思
- 托 TOEFL 托福
- 多 NEW TOEIC 新多益
- 檢 GEPT 全民英語能力分級檢定測驗
- 面 INTERVIEW 各大企業及入學考試英語面試

單字詞性標示一

n. 名詞	int. 感嘆詞
v. 動詞	prep. 介系詞
a. 形容詞	conj. 連接詞
ad. 副詞	phr. 片語

Warm up

透過下面的互動練習，進入本單元學習主題。

Match the sports and athletes. 請將下列運動跟代表的運動員連起來。

tennis 網球	• •	Yani Tseng 曾雅妮
cycling 自行車	• •	Chien-Ming Wang 王建民
swimming 游泳	• •	Lance Armstrong 藍斯·阿姆斯壯
baseball 棒球	• •	Michael Phelps 麥可·菲爾普斯
golf 高爾夫球	• •	Rory McIlroy 羅瑞·麥克羅伊

關鍵 字彙 **Vocabulary**

聽 MP3，跟著外國老師一起朗讀並熟記這 100 個單字，以便在口試中活用。

06-00

❶ virtual [`vɝtʃʊəl] a. 虛擬的

❷ boxing [`bɑksɪŋ] n. 拳擊

❸ athletic [æθ`lɛtɪk] a.
運動員的；體格強壯的

❹ sweat [swɛt] v. 流汗

❺ cycle [`saɪkl̩] v. 騎自行車

❻ equipment [ɪ`kwɪpmənt] n. 裝備

❼ efficient [ɪ`fɪʃənt] a. 有效率的

❽ enjoyable [ɪn`dʒɔɪəbl̩] a. 令人享受的

❾ fit [fɪt] a. 健康的

❿ bond [bɑnd] n. 結合力；連結

⓫ fanatic [fə`nætɪk] n. 狂熱者

⓬ bore [bor] v. 使人感到無聊

⓭ track [træk] n. 軌道；跑道

⓮ sophisticated [sə`fɪstɪˌketɪd] a.
精巧的；做工精美的

⓯ gymnastics [dʒɪm`næstɪks] n. 體操

⓰ figure skating n. 花式溜冰

⓱ wrestling [`rɛslɪŋ] n. 摔角

⓲ match [mætʃ] n. 比賽

⓳ stage [stedʒ] v. 事先安排

⓴ regardless [rɪ`gɑrdlɪs] ad. 不管如何

㉑ generation [ˌdʒɛnə`reʃən] n. 一個世代

㉒ opposite [`ɑpəzɪt] n. 相反

㉓ tai chi n. 太極拳

㉔ limber [`lɪmbɚ] a. 柔軟的；靈活的

㉕ professional [prə`fɛʃənl̩] n. 專業人士

㉖ encourage [ɪn`kɝɪdʒ] v. 鼓勵

㉗extremely [ɪkˋstrimlɪ] ad. 極度地
㉘variance [ˋvɛrɪəns] n. 變化；變動
㉙sedentary [ˋsɛdn̩ˏtɛrɪ] a. 久坐不動的
㉚recreational [ˏrɛkrɪˋeʃənl̩] a. 消遣的；娛樂的
㉛athlete [ˋæθlit] n. 運動員
㉜tournament [ˋtɝnəmənt] n. 錦標賽；聯賽
㉝supermodel [ˋsupɚˏmadl̩] n. 超級名模
㉞tae kwon do n. 跆拳道
㉟injury [ˋɪndʒərɪ] n. 受傷
㊱bronze medal n. 銅牌
㊲determination [dɪˏtɝməˋneʃən] n. 堅定；決心
㊳legend [ˋlɛdʒənd] n. 傳奇
㊴defeat [dɪˋfit] v. 打敗
㊵compromise [ˋkamprəˏmaɪz] v. 妥協
㊶benefit [ˋbɛnəfɪt] n. 益處
㊷enjoyment [ɪnˋdʒɔɪmənt] n. 享受；樂趣
㊸impress [ɪmˋprɛs] v. 給人很深的印象
㊹communicate [kəˋmjunəˏket] v. 溝通
㊺spirit [ˋspɪrɪt] n. 精神
㊻physical [ˋfɪzɪkl̩] a. 體能上的
㊼mental [ˋmɛntl̩] a. 精神上的；心智上的
㊽competition [ˏkampəˋtɪʃən] n. 競賽
㊾hormone [ˋhɔrmon] n. 賀爾蒙
㊿release [rɪˋlis] v. 釋放出…
(51)live [laɪv] a. 現場的
(52)preferably [ˋprɛfərəblɪ] ad. 最好
(53)overpriced [ˏovɚˋpraɪst] a. 定價過高的
(54)strategy [ˋstrætədʒɪ] n. 策略
(55)atmosphere [ˋætməsˏfɪr] n. 氣氛
(56)chant [tʃænt] n. 歌曲
(57)commentator [ˋkamənˏtetɚ] n. 實況播音員
(58)stadium [ˋstedɪəm] n. 體育館；運動場
(59)struggle [ˋstrʌgl̩] v. 使勁；費力
(60)parking [ˋparkɪŋ] n. 停車
(61)extreme sport n. 極限運動
(62)conceive [kənˋsiv] v. 想像
(63)appeal [əˋpil] v. 吸引
(64)bungee jumping n. 高空彈跳
(65)thrill [θrɪl] n. 刺激
(66)convince [kənˋvɪns] v. 說服
(67)rush [rʌʃ] n. 一陣突來的興奮
(68)parachuting [ˋpærəʃutɪŋ] n. 跳傘
(69)terrify [ˋtɛrəˏfaɪ] v. 嚇壞
(70)risky [ˋrɪskɪ] a. 有風險的
(71)accomplishment [əˋkamplɪʃmənt] n. 成就
(72)memory [ˋmɛmərɪ] n. 記憶
(73)community [kəˋmjunətɪ] n. 社區
(74)cheerleader [ˋtʃɪrˏlidɚ] n. 啦啦隊長
(75)train [tren] v. 訓練
(76)sophomore [ˋsafmor] n. （大學或高中）二年級學生
(77)marathon [ˋmærəˏθan] n. 馬拉松
(78)exhilarating [ɪgˋzɪləˏretɪŋ] a. 振奮人心的
(79)autograph [ˋɔtəˏgræf] n. 親筆簽名
(80)jersey [ˋdʒɝzɪ] n. 球衣
(81)force [fors] v. 強迫
(82)ladylike [ˋledɪˏlaɪk] a. 淑女的；有貴婦氣質的
(83)nowadays [ˋnaʊəˏdez] ad. 現在；現今
(84)opportunity [ˏapɚˋtjunətɪ] n. 機會

㉟encouragement [ɪnˋkɝɪdʒmənt] **n.**
鼓勵

㊱macho [ˋmɑtʃo] **a.** 有男子氣概的

㊲martial arts **n.** 武術

㊳originally [əˋrɪdʒənḷɪ] **ad.** 本來

㊴warfare [ˋwɔr͵fɛr] **n.** 戰爭

㊵naturally [ˋnætʃərəlɪ] **ad.** 自然地；當然

㊶passionate [ˋpæʃənɪt] **a.** 熱情的

㊷riot [ˋraɪət] **n.** 暴動

㊸surveillance [səˋveləns] **n.** 監視；監控

㊹arrest [əˋrɛst] **v.** 逮捕

㊺hooligan [ˋhulɪgən] **n.** 流氓

㊻ban [bæn] **n.** 禁令

㊼severe [səˋvɪr] **a.** 嚴重的

㊽penalty [ˋpɛnḷtɪ] **n.** 處罰

㊾alcohol [ˋælkə͵hɔl] **n.** 酒精（飲料）

㊿violent [ˋvaɪələnt] **a.** 暴力的

交談祕訣 **Tips for Discussion**
釐清各種易混淆的觀念，掌握口試高分祕訣。

❶ 如果你沒有特別喜歡某種運動，可以說說你較感興趣的類別：team sports（團隊運動／雙人運動）**vs.** individual sports（個人運動）；summer sports（夏季運動）**vs.** winter sports（冬季運動）；outdoor sports（戶外運動）**vs.** indoor sports（室內運動）；land sports（陸上運動）**vs.** water sports（水上運動）。

❷ 台灣受歡迎的運動：Team sports（團隊運動）：baseball（棒球）、basketball（籃球）、softball（壘球）；Martial arts（武術）：tae kwon do（跆拳道）；Individual sports（個人運動）：table tennis/ping pong（桌球／乒乓球）、billiards（撞球）、cycling（自行車）、golf（高爾夫球）、running（跑步）、badminton（羽毛球）。

❸ 做運動的英文會根據不同的項目而搭配不同的動詞。例如，球類運動或團隊運動的前面通常會用動詞play。武術跟個人運動的前面用動詞do。有些個人活動像是hiking的前面會用go。

動詞用 play	動詞用 do	動詞用 go
baseball（棒球）	exercise（運動）	skiing（滑雪）
basketball（籃球）	judo（柔道）	swimming（游泳）
soccer（英式足球）	karate（空手道）	hiking（健行）
football（美式足球）	tae kwon do（跆拳道）	rollerblading（直排輪）
tennis（網球）	aerobics（有氧舞蹈）	skateboarding（滑板）
volleyball（排球）	track and field（田徑）	jogging（慢跑）
badminton（羽球）		kayaking（獨木舟）
golf（高爾夫球）		bowling（保齡球）

Questions and Answers

練習從各種角度思考判斷，找到最適合自己的作答方式。

1. Do you do any sports?
你有做任何競賽型運動嗎？

MP3
06-01

與眾不同的高分答案

小陳——逆向思考的宅男角度，為您示範較簡單且有點搞笑的回答。

Yes, I do - **Virtual** sports, on my computer! I have a baseball game and a **boxing** game. But in real life, I don't really do any sports. I'm not very **athletic** and I don't like to **sweat**. Once in a blue moon I go hiking, if you can call that a sport.

有，電腦上虛擬的運動！我有棒球遊戲跟拳擊遊戲。但在真實生活裡，我沒有真的做什麼運動。我不是很有運動細胞而且我不喜歡流汗。我難得會去健行，如果你稱它為運動的話。

令人印象深刻的答案

小劉——另類的作答方式，提供您各式充滿創意的絕妙好句。

I used to **cycle** a lot when I was in college. I still have all the **equipment**, but I ride less often now that I live in the city. It's quite dangerous to ride through traffic. In high school, I used to run cross-country and I still jog regularly. It's the most **efficient** exercise for burning fat and all you need is a good pair of sneakers!

我在大學時有在騎自行車。我還是有所有的裝備，但是我現在住在城市裡，比較少騎了。在車陣中穿梭是蠻危險的。在高中的時候，我跑過越野長跑，現在我還是固定去慢跑。這是燃燒脂肪最有效率的運動，而且你需要的只是一雙好的運動鞋！

Unit 06

運動 Sports

安全過關的標準答案

葉教授——充分展現自己的深度，用難度較高的單字，為您示範條理分明的應答。

Yes, I play badminton. My wife and I joined a badminton club in our neighborhood and now we play twice a week. It's **enjoyable** and it helps keep us **fit**. Our children sometimes come to play with us. I think playing sports together helps to build strong family **bonds**.

有，我打羽毛球。我太太跟我有參加我們社區的羽毛球俱樂部，我們一個禮拜打兩次。這又好玩又可以強身。我們的孩子有時候會跟我們去。我認為一起做運動可以幫助我們強化家庭關係。

重點解析 **Key Point**
作答方向分析整理，讓你的談話內容更有深度。

1. 一般來說，進入社會以後的成年人做運動的機會立刻就比學生時代少很多，所以應付這個問題最好的句型，就是 **I used to...**（我以前會…），用它來比較過去與現在的運動習慣。

★ **I used to be on a volleyball team.**
我以前是排球隊的。

2. 如果你完全不喜歡任何運動也沒有關係，你可以像小陳一樣，解釋為什麼不喜歡（**not athletic**）。或者你也可以這麼說：

★ **I know it's not a very good excuse, but I'm just too busy to do any sports.**
我知道這不是個好藉口，但我忙到沒時間做任何體育競賽活動。

3. 必背片語= **once in a blue moon** 久久一次；難得一次

★ **I usually just get take-out food for dinner, but once in a blue moon I actually cook a healthy meal.**
我通常晚餐都吃外賣，但久久一次我會煮一餐健康的飯菜。

4. 必背片語= **if you can call** 如果稱得上是…的話

★ **The only thing Dana can cook is instant noodles, if you can call that cooking.**
戴娜唯一會煮的東西是泡麵，如果那也稱得上是煮飯的話。

5. 必背單字= **cross-country** 越野長跑（**long distance running**）

★ **Andy joined the cross-country team in order to be with the girl he likes, but he actually really enjoyed it!**
安迪加入越野長跑隊是為了跟他喜歡的女生在一起，但他事實上還真的蠻喜歡越野長跑的。

Questions and Answers
練習從各種角度思考判斷，找到最適合自己的作答方式。

2. What sports do you like to watch?
你喜歡看哪一種競賽型運動？

MP3
06-02

與眾不同的高分答案
小陳——逆向思考的宅男角度，為您示範較簡單且有點搞笑的回答。

I'm not really a sports **fanatic**, but some of my friends are. Sometimes I go to a bar with them to watch golf or Formula One racing. Golf **bores** me, but I do enjoy watching racecars speed around the <u>track</u>. <u>Man</u>, they're really **sophisticated** machines!

我不是個運動狂，但我有一些朋友是。有時候我會跟他們去酒吧看高爾夫或一級方程式賽車。高爾夫球讓我無聊，但我還蠻喜歡看賽車手在車道上加速。<u>哇靠</u>！它們真的是很精密的機器！

令人印象深刻的答案
小劉——另類的作答方式，提供您各式充滿創意的絕妙好句。

I don't watch sports regularly, but I love watching <u>the Olympics</u>. I'll watch anything that "Chinese Taipei" is competing in because I love cheering for my country. I especially like **gymnastics** and **figure skating** because they are beautiful to watch, like dancing.

我沒有規律的在看運動比賽，但我很喜歡看<u>奧運</u>。只要是「中華台北」有比的我什麼都看，因為我喜歡幫我的國家加油。我特別喜歡體操跟花式溜冰，因為他們看起來好優美，像跳舞一樣。

安全過關的標準答案
葉教授——充分展現自己的深度，用難度較高的單字，為您示範條理分明的應答。

I love to watch boxing. I have a TV channel that only shows boxing and **wrestling**. Some say that the **matches** are **staged**, but it's fun to watch, **regardless**. Actually, I find American football interesting, too. When I lived in the US, I was amazed by how crazy people are about the <u>Super Bowl</u>!

我喜歡看拳擊。我家有一個頻道只播出拳擊跟摔角。有人說那些比賽都是事先安排好的，但不管怎樣觀賞起來還是很有樂趣。事實上我也覺得美式足球很有趣。我住在美國的時候，看到人們對於<u>超級盃</u>的瘋狂讓我很驚訝！

Unit 06

運動 Sports

重點解析 Key Point
作答方向分析整理，讓你的談話內容更有深度。

1. 在口試中，你可以說你一點都不喜歡看運動，但你必須提出一些理由。為了讓話題可以延續下去，盡量想出一些你不介意看的運動比賽。

2. 世界上最受歡迎的觀眾型運動：

★ football 足球　　　　　　　★ cricket 板球

★ baseball 棒球　　　　　　　★ basketball 籃球

★ field hockey 曲棍球　　　　★ ice hockey 冰上曲棍球

★ American football 美式足球　★ tennis 網球

★ rugby 英式橄欖球（在美國以外的地方如英國、歐洲、南非、紐澳等地非常受歡迎的一種contact sports－身體接觸型運動。）

3. 必背單字= man　哇靠！（北美用語，用來表示驚呀、興奮或狂怒等情緒）

★ <u>Man</u>! That was such an amazing performance!
哇靠！那真是一場讓人讚嘆的演出！

4. 必背片語= the Olympics = the Olympic games　奧林匹克運動賽

★ London has hosted <u>the Olympics</u> three times now. The first time was in 1908, more than a hundred years ago!
倫敦已經舉辦三次奧運了。第一次是在1908年，超過一百年前的事了！

5. 必背片語= Super Bowl　NFL（職業美式足球）聯會每年舉辦的超級盃，每年有超過十一億人觀賞球賽

★ Everyone is going to Andrea's house to watch the <u>Super Bowl</u> because she has the biggest HDTV!
大家都要去安德莉亞家看<u>超級盃</u>，因為她有最大的高畫質電視！

Questions and Answers

練習從各種角度思考判斷，找到最適合自己的作答方式。

3. Do the younger **generation** get more exercise than the older generation?

MP3
06-03

年輕的一代比上一代的人運動更多嗎？

與眾不同的高分答案

小陳——逆向思考的宅男角度，為您示範較簡單且有點搞笑的回答。

No, I think the **opposite** is true. I always see old men doing **tai chi** and middle-aged ladies having dance classes in the park. I think older people need to exercise more to stay **limber**, and they do it as a social activity. Besides, they have more time to exercise than us young **professionals**.

沒有，我覺得相反耶！我永遠都是在公園裡看到老阿公在打太極拳、歐巴桑在跳舞。我覺得老人需要更多的運動來保持靈活，而且他們是把運動當成一種社交活動。此外，他們比年輕的專業人士有更多時間可以運動。

令人印象深刻的答案

小劉——另類的作答方式，提供您各式充滿創意的絕妙好句。

Hmm… I think so. My mother hates exercising, and she says she was never **encouraged** to play sports or exercise when she was younger. These days, we're taught that exercise is **extremely** important. I grew up being active and so did most of my friends.

嗯，我想是吧。我媽痛恨運動，她說她小時候從來沒有被鼓勵過從事競賽型運動或做運動。現在，我們被教導運動是非常重要的。我成長過程是很活躍的，我朋友們也是。

安全過關的標準答案

葉教授——充分展現自己的深度，用難度較高的單字，為您示範條理分明的應答。

I don't think there is much **variance** between the age groups. Sadly, perhaps the most **sedentary** group is teenagers. High school students don't have much time for **recreational** sports – they're too busy studying and preparing for their college entrance exams.

我不覺得不同年齡層間有很大的變動。很遺憾的，或許最習慣久坐的一群人是青少年。高中生沒有很多時間可以做休閒運動。他們太忙著讀書跟準備大學入學考了。

重點解析 **Key Point**
作答方向分析整理，讓你的談話內容更有深度。

---

1. 想想看印象中是哪些人運動比較多，然後再試著想想你覺得為什麼這個族群的人比較常運動。別擔心，這種問題是很主觀並且沒有正確答案的。

2. 你也可以這樣回答：

★ Of course more young people exercise because they're fitter and probably more interested in sports.
當然比較多年輕人運動，因為他們比較健康，而且也可能對體育競技活動較有興趣。

★ No, I think the older generation probably gets more exercise. When you get older, you realize how important it is to stay active. As they say, "Use it or lose it!"
不，我覺得老一輩的人可能運動比較多。當你變老時，你就瞭解到保持活躍的重要性。就像人們說的，「不用則廢」！

★ I don't think you can make a generalization like that. It really depends on the individual and how much he or she cares about their body.
我不覺得你可以像那樣歸納耶。這真的要看個人，還有他們多麼注意身體。

3. 必背單字= middle-aged　中年的（通常是指40-60歲的人）

★ Oh no! That <u>middle-aged</u> man shouldn't wear hip-hop style clothes!
噢不！那個<u>中年人</u>真不該穿著嘻哈風格的衣服！

4. 必背片語= college entrance exams　大學入學測驗

★ Tim couldn't sleep because he was nervous about his <u>college entrance exams</u>.
提姆睡不著，因為<u>大學入學測驗</u>讓他太緊張了。

問答練習 Questions and Answers

練習從各種角度思考判斷，找到最適合自己的作答方式。

4. Who is your favorite famous **athlete** and why are they your favorite?

06-04

你最喜歡的運動員是誰？為什麼你最喜歡他們？

與眾不同的高分答案

小陳——逆向思考的宅男角度，為您示範較簡單且有點搞笑的回答。

Hmm…oh, I know. I like that tennis player from Russia. I think her name is Maria Sharapova. She's a great tennis player. She's won Wimbledon before and maybe some other **tournaments**. Of course, the main reason I like her is because she looks more like a **supermodel** than an athlete!

嗯…噢，我知道。我喜歡那個來自俄羅斯的網球選手。我想她的名字是瑪麗亞·沙拉波娃。她是個很棒的網球選手。她之前有贏過溫布頓網球賽，或是一些其他的錦標賽。當然，我喜歡她的主要原因是因為與其說她長得像運動員，她更像超級模特兒！

令人印象深刻的答案

小劉——另類的作答方式，提供您各式充滿創意的絕妙好句。

Since I saw the 2008 Beijing Olympic Games, I've become a big fan of Su Li Wen, who was on Taiwan's **tae kwon do** team. She fell seventeen times and had a couple of serious **injuries**, but she kept fighting anyway. In the end, she managed to win the **bronze medal**. I really admire her **determination**!

自從我看了2008年的北京奧運以後，我就成為蘇麗文的大粉絲，她是台灣的跆拳道隊員。她跌倒了十七次而且受了好幾次嚴重的傷，但她仍然繼續奮戰。最後，她終於贏得了銅牌。我真的很欽佩她的決心！

Unit 06

運動 Sports

安全過關的標準答案

葉教授——充分展現自己的深度，用難度較高的單字，為您示範條理分明的應答。

I'd say my favorite athlete is the boxing **legend** Muhammed Ali. He was called "The Greatest," and he really was. He had his own style of fighting and **defeated** everyone else in his weight class. I also admire him because he had strong values, which he never **compromised**.

我會說我最喜愛的運動員是拳擊傳奇人物穆罕默德·阿里。他被稱為「最偉大的拳擊手」，而他真的當之無愧。他有他自成一格的打法，而且打敗了所有跟他一樣重量級別的選手。我也很佩服他，因為他有堅定的價值觀，也就是他永不妥協。

重點解析 **Key Point**
作答方向分析整理，讓你的談話內容更有深度。

---

1. 就算是你不是某個運動員的大粉絲，還是可以快速動腦看能不能想起誰的名字。描述一下為何這個運動員讓你印象深刻：他們的長相、他們在運動場上的表現、他們得過什麼獎項、他們的人生態度等。你甚至可以喜歡某個運動員，就只因為他／她是台灣人。**Being patriotic**（愛國），幫自己國家的運動員加油是很正常又合理的。

---

2. 有名的運動員：

★ **baseball**（棒球）：**Chien-Ming Wang**（王建民）、**Hong-Chih Kuo**（郭泓志）、**Derek Jeter**（德瑞克·基特）

★ **basketball**（籃球）：**Jeremy Lin**（林書豪）、**LeBron James**（勒布朗·詹姆斯）、**Dirk Nowitzki**（德克·諾維斯基）

★ **billiards**（撞球）：**Jennifer Chen**（陳純甄）、**Liu Xinmei**（柳信美）

★ **golf**（高爾夫球）：**Yani Tseng**（曾雅妮）、**Tiger Woods**（老虎·伍茲）、**Rory McIlroy**（羅瑞·麥克羅伊）

★ **tennis**（網球）：**Lu Yen-hsun**（盧彥勳）、**Rafael Nadal**（拉斐爾·納達爾）、**Serena Williams**（莎蓮娜·威廉絲）

★ **taekwondo**（跆拳道）：**Chen Shih-hsin**（陳詩欣）、**Su Li Wen**（蘇麗文）

★ **American football**（美式足球）：**Eli Manning**（伊萊·曼寧）、**Drew Brees**（德魯·布里斯）、**Tim Tebow**（提姆·提伯）

★ **soccer**（足球）：**David Beckham**（大衛·貝克漢）、**Wayne Rooney**（韋恩·魯尼）、**Lionel Messi**（里昂內爾·梅西）

---

3. 必背片語= **weight class** 重量級別（在像拳擊跟摔角這樣的運動中，運動員會跟屬於自己重量級別的人比賽。重量級別的名稱依各運動項目而有所不同。在拳擊中，重量級別有：

★ **heavyweight** 重量級　　　　★ **middleweight** 中量級

★ **welterweight** 次中量級　　　★ **featherweight** 羽量級

★ **flyweight** 輕量級

Questions and Answers

練習從各種角度思考判斷，找到最適合自己的作答方式。

5. What are the **benefits** of doing sports?
做體育競技活動有哪些好處？

MP3
06-05

與眾不同的高分答案

小陳——逆向思考的宅男角度，為您示範較簡單且有點搞笑的回答。

I guess if you're one of those people who love sports, you can get lots of **enjoyment** out of it. You might think that doing sports is fun or helps you to stay in shape. If you're good at sports, it's a good way to **impress** girls. But for me, it's just a way to make a fool of myself.

我想若你是那些熱愛運動的人之一，你可以從當中得到很大的樂趣。你可能會認為做競賽型運動很好玩，或者是可以幫你保持健康。如果你很擅於運動，這是個讓女孩們印象深刻的好方法。但對我來說，這只是個讓我出糗的方式而已。

令人印象深刻的答案

小劉——另類的作答方式，提供您各式充滿創意的絕妙好句。

Well, of course there are many health benefits. But I think that doing sports is also a great way to meet people. If you take a yoga class or go to the gym, you might not talk to anyone, but if you play a team sport you have to **communicate**, because that's how you build a sense of team **spirit**.

嗯，當然有很多健康上的益處。但我認為做競賽型運動是個認識別人的好方法。如果你去上瑜伽課或上健身房，你可能不會跟任何人說到話，但如果你去參加團隊運動的話就需要交際了，因為那正是建立團隊精神的方式。

Unit 06

運動 Sports

安全過關的標準答案

葉教授——充分展現自己的深度，用難度較高的單字，為您示範條理分明的應答。

Getting involved in sports has **physical**, **mental** and even social benefits. But the main reason that I play sports is to relax. Also, a healthy spirit of **competition** is a good way to relieve stress or anger. And I read that exercise burns up the **hormones** that stress **releases** into your body. I don't feel any more stress after I do sports.

參與競賽型運動有身體上的、精神上的甚至社交上的好處。但是我做運動的主要原因是為了放鬆。此外，健康的競賽精神是個解放壓力或怒氣的好方法。而且我還讀到運動會燃燒掉壓力帶給身體的賀爾蒙。運動完我就再也不會感到壓力了。

Key Point
作答方向分析整理，讓你的談話內容更有深度。

1. 競賽型運動的好處多多，應該不難想出幾個，但記得要全方位的思考，像葉教授一樣從不同的角度來回答，不是只有減肥的功能而已喔！

2. 其他做體育競技活動的理由：

   ★ **maintain fitness** 維持健康

   ★ **lose weight** 減重

   ★ **strengthen bones and muscles** 強化骨骼與肌肉

   ★ **reduce blood pressure and blood sugar** 降低血壓與血糖

   ★ **improve balance and coordination** 改善平衡感與協調

   ★ **increase concentration** 增加專注力

   ★ **practice strategic thinking** 練習策略思考

   ★ **gain confidence** 增加自信

   ★ **meet people** 認識朋友

   ★ **build teamwork or leadership skills** 建立團隊或領導技能

   ★ **learn to accept both victory and defeat well** 學習適當地接受成功與失敗

   ★ **reduce anxiety, depression or stress** 降低焦慮、沮喪或壓力

3. 必背片語= **make a fool of** 被耍；出糗；裝笑維

   ★ **Beth** made a fool of **Nick by agreeing to be his date for the dance, then showing up with someone else.**
   貝絲把尼克耍得團團轉，她答應要當他舞會的約會對象，但居然跟別人一起出現。

4. 必背片語= **burn up** 燃燒

   ★ **If you eat too many calories, your body won't be able to** burn **them all** up **and you might get fat!**
   如果你吃入太多卡路里，你的身體將沒辦法全部燃燒掉，你就可能會發胖！

問答練習 Questions and Answers

練習從各種角度思考判斷，找到最適合自己的作答方式。

6. Do you prefer to watch sports **live** or on TV?
你比較喜歡看現場運動還是在電視上看？

06-06

與眾不同的高分答案

小陳——逆向思考的宅男角度，為您示範較簡單且有點搞笑的回答。

I would rather watch sports on TV (if at all), and **preferably** at home so that I can channel surf if I get bored. I don't want to go to a stadium and have to stand in line for the bathroom or buy **overpriced** snacks. Like I said, I'm not a big sports fanatic, so I'm not interested in discussing **strategy** or yelling out loudly when something happens.

如果真的要選，我寧願在電視上看體育競賽，而且最好是在家裡以便無聊時可以轉台。我不想去到體育館要排隊等廁所或是買貴鬆鬆的食物。就像我說的，我不是個運動狂，所以我對於討論戰略或是看到什麼發展就大聲鬼叫沒興趣。

令人印象深刻的答案

小劉——另類的作答方式，提供您各式充滿創意的絕妙好句。

I'd rather watch it live, especially if it's the finals or another important game. I went to an SBL game recently, and the **atmosphere** was amazing. Unlike watching on TV, you can really feel the energy when the crowd gets hyped up. You can make up cheers and **chants** and take pictures. Even if you're not really into the game, it's a fun environment for hanging out with your friends!

我寧願看現場，尤其如果是總決賽或是其他重要的比賽的話。我最近去過一次超級籃球聯賽，氣氛實在是棒透了。不像看電視，當觀眾嗨起來時，你可以真的感受到那股能量。大家可以想隊呼跟歌曲，還有拍照片。即便你對球賽沒那麼有興趣，這還是個跟朋友消磨時間的歡樂場子！

Unit 06

運動 Sports

安全過關的標準答案

葉教授——充分展現自己的深度，用難度較高的單字，為您示範條理分明的應答。

I usually prefer watching at home. It's more convenient, and it's interesting to hear what the **commentators** say. You don't have to drive to the **stadium** or **struggle** to find **parking**. Of course, it can be fun to go to a live sporting event as well. About once a year, I take the whole family to a baseball game.

我通常偏好在家看。這樣比較方便，聽到球評們說些什麼也很有意思。你不需要開車去體育館或是辛苦的找停車位。當然，去看現場球賽也可以很好玩。差不多一年一次，我會帶全家人去看場棒球賽。

重點解析 Key Point

作答方向分析整理，讓你的談話內容更有深度。

1. 在現場看運動比賽的優點，也可以這樣說：

★ **There is a (slight) chance of meeting the players or getting an autograph.**
有（微小的）機會可以見到球員們或是要到一個簽名。

★ **It can be a good date or social event.** 可以是約會或社交的場合。

★ **There is a more exciting atmosphere.** 氣氛比較刺激。

★ **There are no commercials.** 沒有廣告。

2. 在家看比賽轉播的優點，也可以這樣說：

★ **You can see replays and close-ups.** 你可以看重播跟特寫。

★ **It's not noisy or crowded.** 不會很吵或很擠。

★ **You don't have to pay for tickets, transportation, or parking.**
你不用花錢買票、坐車或停車。

3. 必背片語= channel surf 轉電視頻道

★ **Please stop channel surfing and just pick something to watch!**
請不要一直轉台，選一台看！

4. 必背片語= hyped up 非常興奮；嗨翻天

★ **The children heard that Santa is bringing them presents. Now they're really hyped up for Christmas!**
孩子們聽到聖誕老人會帶禮物給他們。現在他們真的為耶誕節興奮到快翻掉了！

5. 必背片語= hang out 消磨時間；閒晃

★ **Some of my co-workers like to hang out at the bar for a couple of hours after work.**
我有一些同事喜歡在下班後去酒吧消磨幾個小時。

Questions and Answers

練習從各種角度思考判斷，找到最適合自己的作答方式。

7. Have you ever tried an **extreme sport**? If not, do you want to?

MP3
06-07

你有試過極限運動嗎？如果沒有，你會想嗎？

與眾不同的高分答案

小陳——逆向思考的宅男角度，為您示範較簡單且有點搞笑的回答。

No, I haven't and I never plan to! I can't **conceive** of jumping out of an airplane or anything like that. I don't even like regular sports much, so extreme sports don't **appeal** to me at all. The only thing that I would try that could perhaps be called extreme is driving a racecar. I'd love to get behind the wheel of a Formula One car!

沒有，我從沒想過，也永遠不打算做！我不能想像從飛機上往下跳或類似的事情。我連一般的體育活動都不喜歡了，所以極限運動對我一點吸引力都沒有。我唯一會想嘗試的可以被稱做極限的事或許是開賽車吧！我很樂意開開看一級方程式的賽車！

令人印象深刻的答案

小劉——另類的作答方式，提供您各式充滿創意的絕妙好句。

Yeah, I recently tried **bungee jumping** in Taoyuan. I have a group of friends who are real **thrill** seekers. At first I said no, but my friend **convinced** me to go with her. It freaked me out, but in a good way! What a **rush**!

有，我最近去桃園跳了高空彈跳。我有一群愛追求刺激的朋友。一開始我說不，但我朋友說服我跟她一起跳。我快嚇死了，但是是好玩的那種！好一個刺激啊！

安全過關的標準答案

葉教授——充分展現自己的深度，用難度較高的單字，為您示範條理分明的應答。

I'm not a fan of extreme sports. When I was in the army in my early twenties, we had to practice **parachuting** a few times and I must admit that it **terrified** me! Before jumping, I always felt ill and couldn't breathe. Now that I have a family, I'm even less likely to do anything so **risky**.

我不是個極限運動的愛好者。我二十歲初在當兵時得要練習跳傘幾次，我必須承認那把我嚇壞了！在跳下去之前，我總是感到噁心跟不能呼吸。現在我有了家庭，更不會願意去做任何冒險的事了。

Unit 06

運動 Sports

重點解析 **Key Point**
作答方向分析整理，讓你的談話內容更有深度。

1. 背幾個極限運動的英文，並說說你對這項運動的感覺。如果你實在是沒有半點興趣，記得要說說為什麼。

2. 極限運動跟冒險型運動這幾年在台灣有越來越受歡迎的趨勢，有越來越多地方可以讓人們練習這些活動。最受歡迎的有：

★ **skateboarding** 滑板

★ **rollerblading** 直排輪

★ **freestyle biking** 特技腳踏車

★ **paragliding** 滑翔傘

3. 更多極限運動：

★ **BASE jumping** 定點跳傘	★ **kiteboarding** 風箏衝浪
★ **parachuting/skydiving** 跳傘	★ **parkour** 跑酷；飛躍道
★ **scuba diving** 水肺潛水	★ **mountain climbing** 登山
★ **windsurfing** 風帆	★ **skateboarding** 滑板
★ **whitewater rafting** 泛舟	★ **parasailing** 水上滑翔傘

4. 必背片語= behind the wheel　駕駛

★ **Gary feels younger when he's sitting <u>behind the wheel</u> of his new sports car.**
蓋瑞<u>開</u>他的新跑車時，覺得自己變年輕了。

5. 必背片語= freak somebody out　把某人嚇死

★ **This scary Halloween costume will really <u>freak people out</u> tonight!**
這件可怕的萬聖節戲服今晚真的會<u>把</u>人們<u>嚇死</u>！

8. What is your greatest sports-related accomplishment or memory?

你跟運動有關最偉大的成就是什麼？

MP3
06-08

與眾不同的高分答案

小陳——逆向思考的宅男角度，為您示範較簡單且有點搞笑的回答。

Hmm…I don't think I've ever done anything great in sports, but I do have one good memory. My mother made me join a **community** basketball team one summer when I was around fourteen years old. During our last game, the ball hit me right on my nose. The good thing was, I got to sit out the rest of the game while a pretty **cheerleader** took care of me!

嗯…我不覺得我有做任何了不起的運動，但我的確是有一個美好的回憶。差不多我十四歲那年，有一個夏天我媽叫我加入社區的籃球隊。在最後一場比賽時，球打中我的鼻子。好事是，我得以坐在一邊看剩下的比賽，一邊讓可愛的啦啦隊長照顧我！

令人印象深刻的答案

小劉——另類的作答方式，提供您各式充滿創意的絕妙好句。

I was actually quite active in high school. I was in the cross-country team and we used to **train** by running five kilometers every morning! In my **sophomore** year, we had one competition that was a half **marathon** - 21 kilometers. I got third place overall and my team won the whole competition!

我在高中時其實蠻活躍的。我參加了越野長跑隊，每天早上都要訓練跑五公里！在我二年級時，我們比了一場二十一公里的半馬拉松。我個人得到第三名，我們的隊則贏了冠軍！

Unit 06

運動 Sports

安全過關的標準答案

葉教授——充分展現自己的深度，用難度較高的單字，為您示範條理分明的應答。

That's easy. In 2001, the Asian Baseball Championships were held in Taipei. A good friend of mine got tickets for the finals and invited me to go. It was **exhilarating** to be there, especially when Chinese Taipei won! Afterwards, we were able to meet a few of the players and get their **autographs**. I recently gave my signed **jersey** to my son and he was really happy!

這題很好答。在2001年時，亞洲棒球錦標賽在台北舉行。我一個好朋友拿到總決賽的票，邀請我去看。能夠到現場真是令人興奮，尤其是當中華台北贏的時候！之後，我們有機會見到幾個球員，拿到他們的簽名！我最近把我那件有簽名的球衣送給我兒子，他好開心！

Key Point
作答方向分析整理，讓你的談話內容更有深度。

1. 如果你參加過體育競賽，說說看是哪一種，就算沒有得名次也沒有關係，**sportsmanship**（運動家的精神）本來就跟輸贏無關。

2. 如果你本身沒有任何經驗，也可以說說你在電視上或球場上看到的任何比賽：哪一年？什麼樣的比賽？是哪個運動員？為何你會記得這場比賽？

3. 英文的年級說法：

   ★ **freshmen** 大一新鮮人

   ★ **sophomores** 大二生

   ★ **juniors** 大三生

   ★ **seniors** 大四生

4. 必背單字= marathon　馬拉松（指的是**42.2**公里的長跑運動。有人把這個字用來當成任何長度的長跑，但真正的馬拉松可一定要是**42.2**公里喔！）其他長跑距離：

   ★ **21 kilometers= half marathon** 半馬

   ★ **10 kilometers** 或稱10 K

   ★ **5 kilometers** 或稱5 K

   ★ **ultramarathon** 超級馬拉松（超過42.2公里的長跑）

5. 必背片語= be held　被舉辦

   ★ **The meeting <u>will be held</u> in the conference room on the third floor.**
   這場會議將在三樓的會議室<u>舉辦</u>。

問答練習 Questions and Answers

練習從各種角度思考判斷，找到最適合自己的作答方式。

9. Do you think boys are encouraged to do sports more than girls? If so, why?

MP3 06-09

你覺得男孩比女孩更常被鼓勵做競賽型運動嗎？如果是，為什麼？

與眾不同的高分答案

小陳——逆向思考的宅男角度，為您示範較簡單且有點搞笑的回答。

Yes. When I was younger, I wasn't just encouraged to do sports; I was **forced** to. I mean, everyone had to take P.E. classes, but my parents also made me take swimming lessons and play basketball too! My sister didn't have to do any of that. I was so jealous!

是。我小時候不只是被鼓勵要做體能競技活動，根本就是被強迫的。我指的是，每個人都一定要上體育課，但我爸媽要叫我去上游泳課跟打籃球！我姊什麼都不必做。我好妒嫉！

令人印象深刻的答案

小劉——另類的作答方式，提供您各式充滿創意的絕妙好句。

In the past, girls weren't really encouraged to do sports. It wasn't considered **ladylike**. But **nowadays** I think it's pretty equal in terms of **opportunity** and **encouragement**. More boys play sports on the whole, but I think that's because more boys show a strong interest in sports, or maybe they want to show how **macho** they are!

在過去，女生沒有被真的鼓勵做競賽型運動。那樣被認為不太淑女。但現在，我認為就機會跟鼓勵方面來說還蠻平等的。整體上是比較多男生做競賽型運動，但我覺得那是因為比較多男生對體育有強烈的興趣，或者是因為他們想炫耀他們多麼有男子氣概！

Unit 06

運動 Sports

安全過關的標準答案

葉教授——充分展現自己的深度，用難度較高的單字，為您示範條理分明的應答。

Many sports, especially **martial arts**, were **originally** developed with **warfare** in mind; soldiers learned how to fight and how to work as a team. So **naturally**, boys were more likely to get involved than girls. But in most modern societies, boys and girls are both encouraged to be active and play sports. My daughter plays more sports than my son.

很多競賽型運動，尤其是武術，最初都是由戰爭的想法發展出來的。士兵們學會如何戰鬥以及如何團隊合作。所以很自然的，男孩們比女孩們更容易參與。但是在現代的社會，男生跟女生都被鼓勵要活躍並從事競賽運動。我女兒就比我兒子做更多競賽運動。

Key Point

作答方向分析整理，讓你的談話內容更有深度。

1. 你也可以這樣回答：

★ When I was in junior high school, many of the girls made up excuses about why they couldn't participate in P.E. Our teachers always let them get away with it, so I guess it's true that girls are less encouraged to be active.

我在高中的時候，很多女生都會找藉口不參加體育課。我們的老師總是讓她們得逞，所以我覺得女生是真的比較沒有被鼓勵要活躍一點。

★ Not at all! That's an old-fashioned idea. Look how many famous Taiwanese athletes you can see now! I can easily name a handful of female players.

一點也不！那真是個老套的想法。看看你現在可以看到多少有名的台灣運動員！我隨便都可以講出一堆女性的選手。

2. 必背單字= P.E.（Physical Education的縮寫） 體育課

★ P.E. is my favorite class because we don't have to study for any difficult exams!

體育課一直是我最愛的課，因為我們不用為了困難的考試而念書！

3. 必背片語= in terms of 就…而言

★ The service isn't great here, but it's the best place for brunch <u>in terms of</u> the food.

這裡的服務不怎麼好，但就食物來說，這裡是吃早午餐最棒的地方。

4. 必背片語= in mind 心存；心中（的想法）

★ I have an idea <u>in mind</u> for the party. I'll tell you about it later.

我心中對這場派對有些想法。我晚一點再告訴你。

問答練習 Questions and Answers

練習從各種角度思考判斷，找到最適合自己的作答方式。

10. Some sports fans are so **passionate** that they start fights or **riots**. What can be done to solve this problem?

MP3
06-10

有些球迷熱情到會打架鬧事。如何才能解決這個問題？

與眾不同的高分答案

小陳——逆向思考的宅男角度，為您示範較簡單且有點搞笑的回答。

I really can't understand why people get that passionate about sports. I think they just need more police at sporting events and near the stadiums. They should also have video **surveillance** so that they can easily **arrest** anyone who starts a fight or a riot.

我真的不能瞭解為什麼有人會為了運動比賽熱情到那種境界。我覺得體育賽事跟體育館附近需要更多警力。他們也應該裝監視攝影機以便可以容易的抓到引起打架或暴動的人。

令人印象深刻的答案

小劉——另類的作答方式，提供您各式充滿創意的絕妙好句。

First of all, more girls should go to sporting events. It may sound like a silly idea, but girls are less likely to start fights and I think boys are less likely to fight when girls are around. Secondly, parents should take their children to sporting events and show them how to be good fans who show respect to both teams.

首先，應該有更多女生去看運動比賽。這聽起來可能是個愚蠢的想法，但女生比較不容易打架，我認為有女生在附近男生比較不容易打起來。第二，父母親應該帶孩子去看運動競賽，讓他們看看如何當一個尊重兩方隊伍的好粉絲。

Unit 06

運動 Sports

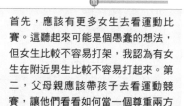

安全過關的標準答案

葉教授——充分展現自己的深度，用難度較高的單字，為您示範條理分明的應答。

In England, where football **hooligans** have caused many problems, stadiums have started giving lifetime **bans**. Anyone involved in a fight or a riot is no longer allowed to see his favorite team play. It's a **severe penalty**, but it works. They can also do away with selling **alcohol** in stadiums. It seems to make people more **violent**.

在有很多會製造問題的足球流氓的英格蘭，體育館已經開始進行終生禁入的禁令。任何參與打架或暴動的人再也不准進入觀賞他們最愛的球隊比賽。這是個很嚴重的處罰，但它有效。他們也可以在體育館內停止販賣酒類。酒精好像讓人變得更暴力。

Key Point

作答方向分析整理，讓你的談話內容更有深度。

1. 幾乎任何有觀眾型運動比賽的地方，就一直存在有球迷暴力的問題。可能是因為nationalism（國家主義）或是fanaticism（狂熱），甚至是酒精都可能引發這些問題。當然，在league championship game（冠軍聯賽）時，這種情況會更常見。

2. 你也可以這樣回答：

★ Hum... I'm very unfamiliar with any sports event so I actually didn't know sports fans could create problems! At least I've never heard of it in Taiwan. Well, whoever causes trouble in public should be treated as a law breaker so I guess putting them in jail can solve the problem.

嗯，我對任何運動活動都不太熟，所以我根本不知道球迷們可以製造出問題！至少在台灣我沒有聽過。嗯，任何在公共場合製造麻煩的人都應該被當成是犯法的人，所以我想把他們關進牢裡可以解決問題。

3. 最惡名昭彰的觀眾暴力形式就是football hooliganism（足球流氓）行為了。最常發生在英國，從1970年代甚至更早，英國的球迷們就常出現脫序的破壞性行為，例如打群架或vandalism（破壞公物）。比賽前或比賽後，在足球場或任何地方都有可能發生。

4. 必背單字= lifetime = lifelong　終身的

★ Diana Ross was given a <u>Lifetime</u> Achievement Award at the 2012 Grammys.

戴安娜‧蘿絲在2012年的葛萊美獎上被頒發了「<u>終生</u>成就獎」。

5. 必背片語= do away with = get rid of　廢除；擺脫

★ The couple <u>did away with</u> their plans for a big wedding and decided to get married on the beach instead.

這對愛侶<u>捨棄</u>辦大婚禮的計劃，決定在沙灘上結婚了。

Extended Questions

想想看，下列問題你會如何回答？試著從三種角度思考問題，並找身邊的外國朋友練習一下吧！

Q₁ What sporting event would you most like to attend?

你最有可能參加的體育活動是什麼？

 與眾不同的高分答案　　 令人印象深刻的答案　　 安全過關的標準答案

Q₂ Do you prefer team sports or individual sports?

你偏好團隊運動還是個人運動？

 與眾不同的高分答案　　 令人印象深刻的答案　　 安全過關的標準答案

Q₃ What's your opinion about Taiwan having to use the name "Chinese Taipei" to compete in international sporting events?

你對於台灣必須使用「中華台北」參加國際型體育賽事有什麼看法？

 與眾不同的高分答案　　 令人印象深刻的答案　　 安全過關的標準答案

Unit 06

運動 Sports

Unit 07

健康
Health

內頁圖示說明：

適用考試項目一

雅 **IELTS** 雅思

托 **TOEFL** 托福

多 **NEW TOEIC** 新多益

檢 **GEPT** 全民英語能力分級檢定測驗

面 **INTERVIEW** 各大企業及入學考試英語面試

單字詞性標示一

n. 名詞　　　　　　int. 感嘆詞

v. 動詞　　　　　　prep. 介系詞

a. 形容詞　　　　　conj. 連接詞

ad. 副詞　　　　　 phr. 片語

Warm up

透過下面的互動練習，進入本單元學習主題。

All of the following can help you live a long and healthy life. Choose the 5 that you think are most important. 請選出五個你覺得最重要的健康生活要素。

___ Eating lots of fruit and vegetables 吃很多蔬果

___ Avoiding junk food 避免垃圾食物

___ Not smoking 不要抽煙

___ Exercising every day 每天運動

___ Not being overweight 體重不要過重

___ Having friends and family 擁有家人跟朋友

___ Not being depressed or angry 不要憂鬱或生氣

___ Not drinking too much alcohol 不要喝太多酒精

___ Drinking a lot of water 多喝水

___ Getting enough sleep 睡眠充足

關鍵字彙 **Vocabulary**

聽 MP3，跟著外國老師一起朗讀並熟記這 100 個單字，以便在口試中活用。
07-00

❶ **work out** phr v. 健身

❷ **lift weights** phr v. 舉重

❸ **pump up** phr v. 增大（肌肉）

❹ **muscle** [ˋmʌsl̩] n. 肌肉

❺ **vain** [ven] a. 虛榮的；愛炫耀的

❻ **overweight** [ˌovəˋwet] a. 體重過重的

❼ **yoga** [ˋjogə] n. 瑜伽

❽ **motivated** [ˋmotɪˌvetɪd] a. 積極的；有動力的

❾ **disease** [dɪˋziz] n. 疾病

❿ **diabetes** [ˌdaɪəˋbitiz] n. 糖尿病

⓫ **soymilk** [ˋsɔɪˌmɪlk] n. 豆漿

⓬ **vitamin** [ˋvaɪtəmɪn] n. 維他命

⓭ **overall** [ˌovəˋɔl] ad. 整體上來說

⓮ **grab** [græb] v. 匆忙抓起

⓯ **greasy** [ˋgrisɪ] a. 油膩的

⓰ **balanced** [ˋbælənst] a. 均衡的

⓱ **carbohydrate** [ˋkɑrbəˋhaɪdret] n. 碳水化合物

⓲ **protein** [ˋprotin] n. 蛋白質

⓳ **junk food** n. 垃圾食物

⓴ **indulge** [ɪnˋdʌldʒ] v. 沈迷於

㉑ **stress** [strɛs] n. 壓力

㉒ **relaxed** [rɪˋlækst] a. 放鬆的

㉓ **distract** [dɪˋstrækt] v. 使分心；分散注意力
㉔ **awkward** [ˋɔkwɚd] a. 不熟練的；古怪的
㉕ **unwind** [ʌnˋwaɪnd] v. 使心情輕鬆
㉖ **breath** [brɛθ] n. 呼吸
㉗ **situation** [ˏsɪtʃuˋeʃən] n. 情況；處境
㉘ **figure out** phr v. 想出
㉙ **deal with** phr v. 處理；對付
㉚ **journal** [ˋdʒɝnḷ] n. 日記；手記
㉛ **unhealthy** [ʌnˋhɛlθɪ] a. 不健康的
㉜ **be supposed to** phr v. 本來應該；理應
㉝ **average** [ˋævərɪdʒ] n. 平均
㉞ **doze off** phr v. 打瞌睡
㉟ **cavity** [ˋkævətɪ] n. 牙齒的蛀洞
㊱ **alcohol** [ˋælkəˏhɔl] n. 酒精（飲料）
㊲ **cigar** [sɪˋgɑr] n. 雪茄
㊳ **cigarette** [ˏsɪgəˋrɛt] n. 香煙
㊴ **inhale** [ɪnˋhel] v. 吸入氣體
㊵ **risk** [rɪsk] n. 風險
㊶ **Chinese medicine** n. 中藥
㊷ **Western** [ˋwɛstɚn] a. 西方的（歐美的）
㊸ **prescription** [prɪˋskrɪpʃən] n. 處方箋
㊹ **cure** [kjʊr] v. 治療
㊺ **herb** [hɝb] n. 香草；藥草
㊻ **side effect** n. 副作用
㊼ **prevent** [prɪˋvɛnt] v. 預防
㊽ **over-the-counter** [ˋovɚðəˋkaʊntɚ] a.（不用處方箋的）成藥
㊾ **pharmacy** [ˋfɑrməsɪ] n. 藥局
㊿ **suspect** [səˋspɛkt] v. 懷疑
(51) **allergy** [ˋæ] n. 過敏
(52) **allergic** [ɚˋlɝdʒɪk] a. 過敏的
(53) **hay fever** n. 花粉症
(54) **pollen** [ˋpɑlən] n. 花粉
(55) **sneeze** [sniz] v. 打噴嚏
(56) **sting** [stɪŋ] n. 蚊蟲叮咬
(57) **swollen** [ˋswolən] a. 腫起來的
(58) **reaction** [rɪˋækʃən] n. 反應
(59) **breathe** [brið] v. 呼吸
(60) **swallow** [ˋswɑlo] v. 吞嚥
(61) **principle** [ˋprɪnsəpḷ] n. 原則
(62) **pill** [pɪl] n. 藥片
(63) **fad** [fæd] n.（最新的；一時的）流行
(64) **skinny** [ˋskɪnɪ] a. 極瘦的；皮包骨的
(65) **anyway** [ˋɛnɪˏwe] ad. 無論如何
(66) **obsess** [əbˋsɛs] v. 沈迷；煩擾
(67) **basically** [ˋbesɪkḷɪ] ad. 基本上
(68) **frequently** [ˋfrikwəntlɪ] ad. 經常地
(69) **lifestyle** [ˋlaɪfˏstaɪl] n. 生活方式
(70) **affect** [əˋfɛkt] v. 影響
(71) **checkup** [ˋtʃɛkˏʌp] n. 健康檢查
(72) **hypochondriac** [ˏhaɪpəˋkɑndrɪˏæk] n. 憂鬱症患者
(73) **shocked** [ʃɑkt] a. 驚嚇的
(74) **blood pressure** n. 血壓
(75) **normal** [ˋnɔrmḷ] n. 正常（值／範圍）
(76) **contagious** [kənˋtedʒəs] a. 傳染性的
(77) **thorough** [ˋθɝo] a. 徹底的
(78) **ounce** [aʊns] n. 盎斯（計量單位）
(79) **prevention** [prɪˋvɛnʃən] n. 預防
(80) **annual** [ˋænjuəl] a. 每年的
(81) **relieved** [rɪˋlivd] a. 放心的
(82) **symptom** [ˋsɪmptəm] n. 症狀
(83) **spread** [sprɛd] v. 散播
(84) **outbreak** [ˋaʊtˏbrek] n. 爆發
(85) **agriculture** [ˋægrɪˏkʌltʃɚ] n. 農業

86 **panic** [`pænɪk] v. 驚慌

87 **seasonal** [`siznl] a. 季節性的

88 **headline** [`hɛdˏlaɪn] n. 頭條新聞

89 **expert** [`ɛkspɚt] n. 專家

90 **precaution** [prɪ`kɔʃən] n. 預防措施

91 **asthma** [`æzmə] n. 氣喘

92 **lung** [lʌŋ] n. 肺

93 **respiratory** [rɪ`spaɪrəˏtorɪ] a. 呼吸道的

94 **obesity** [o`bisətɪ] n. 肥胖

95 **heart attack** n. 心臟病發作

96 **cervical** [`sɝvɪkl] a. 子宮頸的

97 **liver** [`lɪvɚ] n. 肝

98 **treatment** [`tritmənt] n. 治療

99 **reduce** [rɪ`djus] v. 減少

100 **detect** [dɪ`tɛkt] v. 察覺

交談祕訣 **Tips for Discussion**
釐清各種易混淆的觀念,掌握口試高分祕訣。

---

① 雖然誠實是一種美德,但是除了去看醫生之外,跟西方人聊到某些身體不適的話題時,還是不要講得太細節比較好。譬如說,不要提到你現在肚子痛並且有拉肚子的症狀。你只要簡單說 I have a stomachache.(我肚子痛)。女孩們被邀請去海邊玩或喝冷飲時,不要提到 I'm on my period.(我月經來)所以不能去。簡單的說 I'll pass. Maybe next time.(我放棄,下次吧)就可以了!

② 健康不只包含physical health(身體上的健康),也包含mental health(心智上的健康)。在討論健康時,不妨朝這兩個方向延伸你的答案。

③ 一些可以描述身體問題的實用句型:

★ I have a ___.

cold(感冒)/cough(咳嗽)/fever(發燒)/sore throat(喉嚨痛)/headache(頭痛)/stomachache(胃痛)

★ I have the ___.

flu(流感)/H1N1 virus(新型流感)

★ I have ___.

allergies(過敏)/cancer(癌症)/tuberculosis(肺結核)/arthritis(關節炎)/measles(麻疹)/chicken pox(水痘)

★ I feel ___.

tired(累)/congested(鼻塞)/nauseous(想吐)/sick(不舒服)/awful(極不舒服)

Questions and Answers

練習從各種角度思考判斷，找到最適合自己的作答方式。

1. How often do you exercise?
你多常運動？

07-01

與眾不同的高分答案

小陳——逆向思考的宅男角度，為您示範較簡單且有點搞笑的回答。

Sometimes I go hiking on the weekends, but not very often. I've never been one to **work out** at the gym. I think guys who **lift weights** to **pump up** their **muscles** are just being **vain**. Besides, I'm not **overweight**, so I don't think I need to exercise a lot.

我週末有時候會去健行，但沒有很常。我從不是會去健身房的人。我覺得那些用舉重機鍛鍊出肌肉的男生只是為了炫耀。而且，我又沒有體重過重，我不覺得我需要做很多運動。

令人印象深刻的答案

小劉——另類的作答方式，提供您各式充滿創意的絕妙好句。

I joined the gym last month, but I've only been there three times so far, and that was just for some **yoga** classes. It was my New Year's resolution to exercise more, but it's hard to stay **motivated**. At least I walk to the bus stop every day, and I go dancing almost every weekend. That's a form of exercise too!

上個月我加入健身房了，不過到目前為止我只去了三次，而且只是為了瑜伽課。我的新年新希望是多運動，但要維持那麼有動力很難。至少我每天走路去公車站，而且我幾乎每週末都去跳舞。那也是另一種形式的運動！

安全過關的標準答案

葉教授——充分展現自己的深度，用難度較高的單字，為您示範條理分明的應答。

I play badminton twice a week and I usually go for a walk with my wife in the evenings. People my age tend to put on weight easily, and your chances of getting **diseases** such as **diabetes** and cancer increase as you get older, so I need to stay active and watch my health.

我每週打兩次羽毛球，而且我跟我太太通常每天傍晚都會去散步。像我這個年紀的人容易變胖，一旦年紀變大，得到糖尿病跟癌症這種疾病的機會也跟著增加，所以我必須保持活力，注意我的健康。

Unit 07

健康 Health

Key Point
作答方向分析整理，讓你的談話內容更有深度。

---

1. 如果你有運動的習慣，說說是什麼運動，你多喜歡這個運動，描述一下這個運動。喜歡跟誰一起？還是喜歡自己運動？你都什麼時候運動？你為什麼想要運動的理由，都可以延展你的答案。

★ I like to look fit, so I try to go to the gym as often as possible.
我想要看起來有好的體態，所以我盡可能常去健身房。

★ My friend and I are taking a belly-dancing class together.
我跟我朋友正在一起上肚皮舞課。

2. 如果你沒有運動的習慣，也可以描述不運動的原因：

★ I hate the feeling of being out of breath, with my heart pounding in my chest.
我討厭喘不過氣來的感覺，心臟快要跳出來了。

★ I just don't enjoy exercising. It's not for me.
我就是不喜歡運動。它就不是我會做的事。

3. 必背片語= I've never been one to/for = I'm not one to　我不是會做⋯的人

★ I've never been one to complain, but this food is terrible.(美式)

★ I've never been one for complaining, but this food is terrible.(英式)
我從來都不是愛抱怨的人，但是這食物也太難吃了吧！

4. 必背片語= New Year's resolution　新年新希望

★ Mike's New Year's resolution is to quit smoking.
麥克的新年願望是戒煙。

5. 必背片語= put on weight = gain weight　變胖

★ Barbara put on a little weight when she went to Italy.
芭芭拉去義大利的時候有一點變胖。

Questions and Answers

練習從各種角度思考判斷，找到最適合自己的作答方式。

2. Are you a healthy eater?
你吃得健康嗎？

07-02

與眾不同的高分答案
小陳——逆向思考的宅男角度，為您示範較簡單且有點搞笑的回答。

I usually am. My mother always cooks healthy meals with meat and vegetables and she'll get ticked off at me if I don't eat the vegetables. I drink milk or **soymilk** every morning, and I take **vitamins**. I guess my lunch and snacks aren't always healthy, but I think **overall**, my diet is fine.

我通常是。我媽總是煮有肉有菜的健康餐點，如果我不吃某些蔬菜，她就會不高興。我每天早上都喝牛奶或豆漿，而且我也吃維他命。我想我的午餐跟零食不是永遠都那麼健康，但總體上來說，我的飲食還算不錯。

令人印象深刻的答案
小劉——另類的作答方式，提供您各式充滿創意的絕妙好句。

It depends. I like to eat fruit and vegetables, and I almost never eat red meat. But sometimes I get so busy that I don't really think about what I'm eating. I just **grab** whatever is most convenient. For example, yesterday I bought some noodles for lunch. They were really **greasy**, with hardly any vegetables in them.

不一定。我喜歡蔬菜水果，而且我幾乎從來都不吃紅肉。但有時候我實在太忙了，沒辦法顧到我在吃什麼。我只能隨便拿個方便的東西吃。例如昨天我買了麵當午餐。那些麵條實在很油膩，而且幾乎沒有任何蔬菜在裡面。

安全過關的標準答案
葉教授——充分展現自己的深度，用難度較高的單字，為您示範條理分明的應答。

Yes. I always try to eat **balanced** meals with **carbohydrates**, **proteins** and vegetables. I rarely eat **junk food** like chips and candy. Of course I do **indulge** in treats now and then, like a good steak or a piece of tiramisu. But I think that's fine as long as you don't eat too much.

是的，我總是試著吃均衡飲食，包含碳水化合物、蛋白質跟青菜。我幾乎不吃洋芋片或糖果之類的垃圾食物。當然我偶爾會放縱自己一下享受美食，吃一塊好牛排或一塊提拉米蘇。但我想只要不吃太多都無妨。

Unit 07

健康 Health

重點
解析

Key Point
作答方向分析整理，讓你的談話內容更有深度。

---

1. 說說幾樣你常吃的健康食物，或你盡量避免哪些不健康的食物。解釋一下為什麼你認為它們健康／不健康。你也可以解釋為什麼維持良好的飲食習慣十分困難，或是你計劃如何改善你的飲食習慣。

---

2. 必背片語= **ticked off** = **angry/annoyed**　生氣，被激怒

★ **Jenny was** ticked off **when all her friends were late to her birthday dinner.**
珍妮因為所有的朋友在她的生日派對都遲到而感到不爽。

★ **Ron was so** ticked off **that Debbie told everyone his secret.**
朗對於黛比告訴大家他的祕密感到非常生氣。

---

3. 必背片語= **red meat**　紅肉（通常指牛肉或豬肉，但也包含那些煮熟之前看起來紅色的肉類，例如羊肉）

★ **People with heart problems shouldn't eat too much** red meat.
有心臟疾病的人應該少吃紅肉。

---

4. 必背片語= **now and then** = **now and again** = **occasionally**　偶爾

★ **Emily usually only dates rich guys, but every** now and then **she goes out with a poor guy if he's handsome.**
艾蜜莉通常只跟有錢男約會，但她偶爾也跟英俊的窮小子出去。

---

5. 必背片語= **as long as**　只要

★ **Kylie doesn't care whom she marries,** as long as **he's a doctor.**
凱莉不在乎結婚的對象是誰，只要對方是醫生就可以。

★ **As long as you pay me back, I can get the concert ticket for you.**
只要你還我錢，我可以幫你買演唱會的票。

3. What do you do when you're under a lot of **stress**?
你在壓力很大的時候會做些什麼？

07-03

與眾不同的高分答案
小陳──逆向思考的宅男角度，為您示範較簡單且有點搞笑的回答。

| | 得分率 | 30 | 60 | 90 |

I just go home and sleep. I always feel more **relaxed** when I'm in my bed. If I can't sleep, I watch an action movie or a funny TV show with the sound turned up loud. That always cheers me up, or at least **distracts** me.

我會回家睡覺。躺在床上總讓我覺得比較放鬆。如果我睡不著的話，我會看動作片或好笑的電視節目，而且把音量開得很大。那會讓我比較開心，或是至少分散我的注意力。

令人印象深刻的答案
小劉──另類的作答方式，提供您各式充滿創意的絕妙好句。

Lately, I've been trying out some yoga classes. I think yoga is a good way to relax. The problem is, I'm still new to it, so I find it more **awkward** and difficult than relaxing. To be honest, my favorite way to **unwind** is to go dancing and a have a few drinks with my friends. I can forget about everything else when I'm on the dance floor.

我最近開始去上了幾堂瑜伽課。我覺得瑜伽是很好的放鬆方式。但問題是，我才剛開始學瑜伽，所以我覺得很笨拙多過於覺得放鬆。老實說，我最喜歡的紓壓方式是跟朋友去跳舞還有小酌幾杯。在舞池裡，我可以忘記一切煩心的事情。

安全過關的標準答案
葉教授──充分展現自己的深度，用難度較高的單字，為您示範條理分明的應答。

First of all, I try to take a deep **breath** and think about the **situation** that's causing the stress. I **figure out** the best way to **deal with** it and make a plan. I believe in facing a problem head-on, not running away from it. If I have done everything I can, I go for a walk or write in my **journal** while listening to classical music.

首先，我會先深呼吸，思考造成壓力的情況。想出最好的解決方法並且訂定計畫。我認為人要迎頭面對問題，而不是逃避它們。如果我已經盡力了，我會去散步，或是一邊聽古典音樂一邊寫日記。

Unit 07

健康 Health

173

重點解析 **Key Point**
作答方向分析整理，讓你的談話內容更有深度。

1. 你上次覺得壓力大、忙碌，或很擔心，是什麼時候？你如何處理那個情況？可以說說你一般的紓壓方法來延展答案。

★ They say meditation is helpful, but I can't sit still when I'm stressed!
大家說冥想對紓壓幫助很大，但我在壓力大的時候就是坐不住！

2. 你也可以承認自己不擅長對付壓力很大的狀況：

★ I don't know what to do when I'm stressed out. I'm terrible at stress management.
在我壓力大的時候，我實在不知道該怎麼辦。我對壓力管理完全沒轍。

3. 你我皆凡人，答案不需要永遠都像醫生提出的標準答案。當人有壓力的時候，偶爾也會做些負面的事情：

★ I know it's not the best thing to do, but sometimes I (get drunk) when I'm stressed.
我知道這不是最好的解決方法，但有時壓力大的時候，我會把自己灌醉。

4. 必背片語= cheer somebody up　使某人高興起來

★ We all went to visit Danny in the hospital to try and cheer him up.
我們去醫院看丹尼，並試著讓他開心一點。

5. 必背片語= stress(ed) out　感到壓力很大／抓狂

★ Mom got really stressed out when she heard Dad had invited ten more people for dinner.
當我媽聽到我爸多邀請了十個人來吃飯的時候，她的壓力變得很大。

★ All this traveling is stressing me out. Can't we just relax on the beach for a few days?
這些舟車勞頓實在讓我覺得壓力很大。難道我們就不能只在海灘上好好放鬆幾天嗎？

6. 必背片語= face something head on　正視（問題）

★ Passing this test is a big challenge, but I'm going to face it head on and study hard!
要通過這個考試是個大挑戰，但我會迎頭面對它，並且努力用功！

4. Do you have any **unhealthy** habits?
你有任何不健康的習慣嗎？

MP3
07-04

與眾不同的高分答案
小陳——逆向思考的宅男角度，為您示範較簡單且有點搞笑的回答。

They say you**'re supposed** to get eight hours of sleep every night, but I often stay up late to play online games or watch DVDs. I sleep a lot on weekends, but I only sleep six hours on **average** during the week. Sometimes I **doze off** at work and get myself in trouble! Once, I fell asleep during a meeting and didn't even wake up until after everyone had left the meeting room already!

大家都說人每天要睡八小時，但我經常熬夜打電動或看影片。我在週間一天平均只睡六小時，所以我在週末補眠。有時候我在上班的時候打瞌睡，給自己惹上麻煩！有一次我在會議中打瞌睡，直到大家都離開會議室了，我才醒過來！

令人印象深刻的答案
小劉——另類的作答方式，提供您各式充滿創意的絕妙好句。

I have a sweet tooth, and I especially love chocolate. I eat it almost every day. I'm afraid it's going to make me fat. Also, I have bad teeth, and eating sweet foods could give me **cavities**! I don't have too many other bad habits. I drink **alcohol**, but not that much compared to some people! I think a little bit of alcohol is OK.

我嗜吃甜食，特別是巧克力。我幾乎每天都吃。我擔心這會讓我變胖。而且我的牙齒很不好，吃甜食會造成蛀牙！我沒有太多壞習慣。我會喝一點酒，但跟某些人比起來我沒喝那麼多。我想小酌是沒問題的。

安全過關的標準答案
葉教授——充分展現自己的深度，用難度較高的單字，為您示範條理分明的應答。

Unit 07

I think I'm healthy for the most part, but I do enjoy **cigars** sometimes. A Spanish friend of mine introduced me to them. Like **cigarettes**, any smoking can cause cancer. However, cigars are safer than cigarettes because you don't **inhale** the smoke. There are also fewer **risks** if you only smoke once a week or so.

大部分來說，我覺得我是健康的，但我有時享受抽根雪茄。我一個西班牙朋友介紹的。就像香菸一樣，任何抽菸的行為都可能導致癌症。不過雪茄要比香菸安全得多，因為你並不用吸入那些煙霧。如果你每週只抽一次左右的話，風險又小得多。

健康 Health

Key Point

作答方向分析整理，讓你的談話內容更有深度。

---

1. 大部分的人多或多或少有些不健康的習慣。你可以說說是哪些習慣：

★ **drinking too much coffee or soda** 喝太多咖啡或汽水

★ **eating meals "on the run"** 吃飯總是很趕

★ **eating fast/junk/processed food** 吃速食／垃圾食物／加工食品

★ **working overtime** 工作超時

★ **exercising too little, being inactive** 運動過少，不活躍

★ **not brushing your teeth enough or not flossing**
刷牙次數不夠多或不使用牙線

★ **being a "worry wart"** 是個杞人憂天的人

★ **being addicted to video games, television (soap operas), Facebook, MSN or your smartphone**
對某些事物成癮，例如電玩遊戲、電視連續劇、臉書、即時通或你的智慧型手機

---

2. 必背片語= sweet tooth　嗜吃甜食

★ I don't have a <u>sweet tooth</u>, but I often crave salty foods like potato chips.
我並不嗜吃甜食，但我經常很想吃鹹的食物，例如洋芋片。

---

3. 必背片語= compared to　相較於

★ <u>Compared to</u> Westerners, Taiwanese people go to the doctor more frequently.
相較於西方人，台灣人看醫生的頻率高出很多。

---

4. 必背片語= for the most part　大致上來說

★ It was a fun vacation <u>for the most part</u>, but I wish the weather had been better.
大致上來說，這是很好玩的假期，但我希望天氣能夠再好一點。

Questions and Answers

練習從各種角度思考判斷，找到最適合自己的作答方式。

5. What do you do when you catch a cold? Do you prefer to take **Chinese medicine** or **Western** medicine?

07-05

你感冒的時候會怎麼辦？你偏好使用中藥或西藥？

與眾不同的高分答案

小陳——逆向思考的宅男角度，為您示範較簡單且有點搞笑的回答。

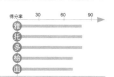

Ugh. I hate having a cold. I go to the doctor right away and I usually get a **prescription** for Western medicine. If you take it when the cold starts, it won't get worse or last for too long. I always get my mom to make me some chicken soup too. I don't know if it can really **cure** a cold, but it tastes good!

呃，我討厭感冒。我會直接去看醫生，並且拿西藥的處方箋。如果你在感冒初期就吃藥的話，病情就不會惡化，也不會持續太久。我總是也會叫我媽煮一點雞湯。我不知道雞湯對感冒有沒有療效，但起碼它很好喝！

令人印象深刻的答案

小劉——另類的作答方式，提供您各式充滿創意的絕妙好句。

When it first starts I just drink lots of warm water, go to bed early, and hope for the best. If it doesn't go away in a couple of days, I take some Chinese medicine. I know Western medicine might work faster, but I believe that the natural **herbs** are better for your body and have fewer **side effects**.

當我一覺得要感冒了，我就喝大量的溫水，早點上床睡覺，並希望自己趕快好。如果幾天內沒有痊癒的話，我會吃一些中藥。我知道西藥的藥效比較快，但我相信天然的草藥對身體比較好，副作用也比較少。

安全過關的標準答案

葉教授——充分展現自己的深度，用難度較高的單字，為您示範條理分明的應答。

I don't get colds very often. I think you can **prevent** them by eating lots of fruit and other vitamin-rich food. If I do catch a cold, I just get some **over-the-counter** cold medicine from the **pharmacy**. I don't bother going to the doctor unless I **suspect** I have something more serious than a cold.

我不太常感冒。我想吃很多水果或其他富含維他命的食物有助於預防感冒。如果我真的感冒了，我會去藥局買成藥。除非我懷疑自己得到比感冒更嚴重的病，否則我不會去看醫生。

Unit 07

健康 Health

177

重點解析 Key Point
作答方向分析整理，讓你的談話內容更有深度。

---

1. 你身邊有沒有一些人，對於感冒或疾病有超乎常人的反應？閱讀以下的片段，並想想看哪一種人跟你比較像？

★ **"Germaphobes"**（細菌恐慌症型）：
只要有任何症狀，他們就會立刻衝去醫院瘋狂拿很多藥。他們會put on extra layers of clothing（穿好幾層衣服），到哪裡都戴著mask（口罩）。他們會隨身攜帶anti-bacterial hand wash（乾洗手），並且吃很多的水果。

★ **"Chinese grandmas"**（中國阿嬤型）：
他們會喝燉雞湯跟薑茶，也會洗很燙的熱水澡。他們相信流汗有助於感冒康復。也會狂擦Tiger balm（萬金油）或其他natural ointments（天然藥膏）。有時候他們甚至會吃廟裡的香灰並相信那有神奇的療效。

★ **"Hippies"**（嬉皮型）：
他相信nature（大自然）、spiritual realm（靈界）及positive thinking（正面思考）的力量。除非病得很嚴重，否則他們不信任現代醫學。相反地，他們會休息、祈禱、冥想，以及多喝水來對抗感冒。他們也會使用某些herbs（藥草）或natural remedies（自然療法）。

---

2. 必背片語= get somebody to do something　叫／指使某人去做某事

★ Many girls like to <u>get</u> their boyfriends <u>to carry</u> their bags when they go out.
很多女孩喜歡在約會的時候<u>叫</u>男朋友<u>幫</u>她們背包包。

---

3. 必背片語= hope for the best　做最好的打算

★ We've sent in our university applications. Now all we can do is <u>hope for the best</u>!
我們已經把大學的申請文件寄出了。現在能做的就是<u>期待好結果</u>。

---

4. 必背單字= vitamin-rich　富含維他命的

★ If you have a <u>vitamin-rich</u> diet, you don't need to take vitamin supplements.
如果你的飲食已經<u>富含維他命</u>，就不需要再吃維他命補充品。

Questions and Answers

練習從各種角度思考判斷，找到最適合自己的作答方式。

6. Do you have any **allergies**?
你是否對任何東西過敏？

07-06

與眾不同的高分答案

小陳——逆向思考的宅男角度，為您示範較簡單且有點搞笑的回答。

Yeah, I'm **allergic** to seafood. The doctor says I can still eat fish, but I just prefer to avoid all seafood. Better safe than sorry! Sometimes I tell people I'm allergic to watermelon, but I don't think I really am. I just hate it so much that it makes me ill to even think about it.

是，我對海鮮過敏。醫生說我還是可以吃魚類，但我寧願避開所有海鮮。安全至上！有時候我會跟別人說我對西瓜過敏，但其實我不是真的這樣。我只是想到西瓜就討厭。

令人印象深刻的答案

小劉——另類的作答方式，提供您各式充滿創意的絕妙好句。

I'm not allergic to any food, but sometimes I get **hay fever**. I think I'm allergic to **pollen** and also to cats. My friend's cat always makes me **sneeze**. It's too bad, because I really love cats, and I would hang out at her house a lot more if that didn't happen.

我沒有對任何食物過敏，但有時候我有花粉症。我想我對花粉以及貓過敏。我朋友的貓總是讓我打噴嚏。這實在很糟，因為我真的很喜歡貓。如果不是這樣的話，我真想多去她家玩。

安全過關的標準答案

葉教授——充分展現自己的深度，用難度較高的單字，為您示範條理分明的應答。

No, at least none that I've discovered. I once got a bee **sting** on my foot and my whole lower leg was **swollen**. I thought I was having an allergic **reaction**, but the doctor said it was normal. People who are allergic to bee stings actually have difficulty **breathing** or **swallowing**.

沒有，至少我目前還沒發現任何過敏。有一次我被蜜蜂螫了一個包，結果整隻小腿都腫起來了。我以為我有過敏反應，但醫生說這是正常的。真的對蜜蜂螫過敏的人會有呼吸跟吞嚥困難的症狀。

Unit 07

健康 Health

重點
解析

Key Point
作答方向分析整理，讓你的談話內容更有深度。

1. 這個問題對有過敏症狀的人來說很容易回答。只要說出一些例子，描述事情的經過跟你如何發現你對哪些東西過敏。如果你沒有過敏的毛病，想想你身邊有沒有人有過敏症。

★ I have a friend who is allergic to mangoes, which I think is very strange.
我有個朋友對芒果過敏，我覺得很奇怪。

2. 常見的食物過敏原：

★ fish 魚類　　　　　　　　★ shellfish 甲殼類

★ peanuts 花生　　　　　　★ nuts 堅果類

★ eggs 蛋類　　　　　　　★ soy 黃豆

★ wheat 小麥　　　　　　　★ milk (dairy products) 牛奶（乳製品）

3. 常見的過敏症狀：

★ sneezing 打噴嚏　　　　　★ runny nose 流鼻涕

★ rash 起疹子　　　　　　　★ swelling 腫起來

★ diarrhea 腹瀉　　　　　　★ vomiting 嘔吐

★ itchy, watery eyes 眼睛癢；流眼淚　★ hives 蕁麻疹

4. 必背片語= better safe than sorry = better to err on the side of caution
　　　　防患未然

★ Take an umbrella just in case. Better safe than sorry!
把傘帶著以備不時之需。防患未然。

5. 必背片語= at least　至少

★ The weather was a little too cold, but at least it didn't rain.
天氣有點冷，但至少沒有下雨。

★ There were at least a hundred people in line for concert tickets.
至少有一百人在為演唱會的票排隊。

7. What advice would you give to someone who wanted to lose weight?

MP3
07-07

你會給想減重的人什麼建議？

與眾不同的高分答案
小陳——逆向思考的宅男角度，為您示範較簡單且有點搞笑的回答。

I don't see what's so difficult about that. It's a simple **principle**: eat less and exercise more. Just jog a lot, go on a diet, or don't eat dinner on some days. You could also try to speed things up by taking some diet **pills**, but I'm not sure if they really work or not.

我不懂減重有什麼困難。這個原則很簡單：少吃多運動。多慢跑，節食或某幾天不吃晚餐。你也可以試試快速的方法，例如吃減肥藥，但我不確定這是不是真的有效。

令人印象深刻的答案
小劉——另類的作答方式，提供您各式充滿創意的絕妙好句。

I have a friend who is always on a diet, usually the latest **fad** diet she's read about. The thing is, she's not even fat. She just thinks she should be really **skinny** like the models you see in magazines. **Anyway**, my advice to someone like her is just to avoid junk food, find a fun way to get some exercise, and stop **obsessing**!

我有一個朋友總是在減肥，通常是用她從雜誌上讀到的那些最新流行減肥法。但問題是，她根本一點都不胖。她只是想要變得像雜誌上那些模特兒一樣瘦到皮包骨。總之，我給這類人的建議是少吃垃圾食物，找個有趣的方式做些運動，而且停止被這些事煩擾！

安全過關的標準答案
葉教授——充分展現自己的深度，用難度較高的單字，為您示範條理分明的應答。

Basically, you should eat fewer carbohydrates and fats and more fruit, vegetables, and protein. And of course, you should exercise **frequently**. But a crash diet won't work either, it's better to take it slowly and develop a healthy **lifestyle**. Eating one piece of cake won't make you fat, and going to the gym once won't make you thin. But over time, those habits will really **affect** how you look.

基本上，你應該少吃碳水化合物及脂肪，多吃一點蔬菜水果及蛋白質。當然，你也要經常運動。但是，減肥代餐不會有效，慢慢建立起健康的生活方式才是正確的方法。吃一小片蛋糕不會馬上讓你變胖，只上一次健身房也不會馬上讓你變瘦。但是假以時日，這些習慣會影響你的外型的。

Unit 07

健康 Health

Key Point

作答方向分析整理，讓你的談話內容更有深度。

1. 其他減重的建議：

★ **take an aerobics/dance/yoga class** 上有氧舞蹈／舞蹈／瑜伽課

★ **get a personal trainer** 找私人健身教練

★ **get acupuncture** 針灸

★ **avoid/cut out (sugar)** 不吃／降低（糖）的攝取

★ **drink more water/green tea** 多喝水／綠茶

2. 必背片語＝ **lose weight** 減重（**lose a number of pounds/kilograms** 減幾磅／幾公斤）

★ **Chris has lost fifteen kilograms since I saw him last. He looks great!**
從我上次見到克里斯，他已經減了十五公斤。他看起來好極了。

3. 必背片語＝ **go on a diet** 開始節食計劃

★ **I'll go on a diet soon, but not today. There's too much good food at this party!** 我快要開始減肥了，但過了今天再說。派對上有太多美食了。

4. 必背片語＝ **be on a diet** 正在節食中

★ **I'd love to try the cake, but I'm on a diet.** 我很想來點蛋糕，但我正在減肥。

5. 必背片語＝ **the thing is** 問題是

★ **I'd like to go to the party, but the thing is, my ex-girlfriend might be there.** 我很想參加那個派對，但問題是，我的前女友也可能在那邊。

6. 必背片語＝ **crash diet** 輕食餐；代餐

★ **Bill lost five kilos by going on a crash diet for three weeks, but he gained it back quickly.**
比爾靠吃代餐在三週內瘦了五公斤，但他很快地就復胖了。

7. 必背片語＝ **over time ＝ eventually ＝ in the long run** 最後；終究

★ **Over time, Jane made friends at her new school.**
過了一段時間，珍在新學校交到了一些朋友了。

8. Have you had a **checkup** recently?
你最近有做身體檢查嗎？

MP3
07-08

 與眾不同的高分答案
小陳——逆向思考的宅男角度，為您示範較簡單且有點搞笑的回答。

Yes. My friends say I'm a **hypochondriac** because I get checkups at least twice a year. Actually, my mother makes me go because my family <u>has a history of</u> heart disease. Last time, I was **shocked** when the doctor told me my **blood pressure** was a little too high. She said I should exercise more and eat less salt. Hopefully, it's back to **normal** now.

有，我朋友說我根本是憂鬱症患者，因為我一年至少檢查兩次。事實上，是我媽要我去的，因為我們家族有心臟病的<u>病史</u>。上次當醫生跟我說我的血壓有點偏高的時候，我真是嚇到了。她說我應該多運動，少攝取鹽分。希望現在我的血壓已經回復正常了。

 令人印象深刻的答案
小劉——另類的作答方式，提供您各式充滿創意的絕妙好句。

Hmm… No, my last checkup was when I started university almost three years ago. All the new students had to do a basic health check and blood test. But I think that was just to make sure we didn't have anything serious or **contagious**. I should probably go and get a more **thorough** checkup.

嗯…沒有，我上一次健檢是三年前進入大學的時候。所有的學生都要做基本的健康檢查還有驗血。但我想那只是為了確定你沒有什麼嚴重或傳染性的疾病。也許我應該去做個全面徹底的檢查。

 安全過關的標準答案
葉教授——充分展現自己的深度，用難度較高的單字，為您示範條理分明的應答。

Yes, last year. I agree with the saying, "An **ounce** of **prevention** is worth a pound of cure." So, along with trying to have a healthy lifestyle, my family and I all get **annual** checkups. So far, we're all very healthy. But if we do have any health problems, at least we'll find out about them early.

有，去年。我同意俗話說的，「預防勝於治療」。所以，除了盡量過著健康的生活方式之外，我跟我的家人每年都會做健康檢查。到目前為止，我們都非常健康。但，即便我們有任何健康方面的問題，至少我們可以及早發現。

Unit 07

健康 Health

183

重點解析 **Key Point**
作答方向分析整理，讓你的談話內容更有深度。

1. 如果你在報章雜誌上讀過跟健檢有關的報導，你可以提出來。例如：

★ **According to doctors, people who are over forty should get annual checkups.**
根據醫生指出，超過四十歲的人每年都應該接受健康檢查。

2. 如果你認為你還年輕沒有必要做檢查，也可以這麼說：

★ **I'm only twenty-six so I don't think I need a checkup yet.**
我才二十六歲，所以我認為我還不需要檢查。

3. 健康檢查的英文也可以說physical。

4. 健康檢查可能包含的項目：

★ **height and weight** 身高體重

★ **body fat ratio** 體脂肪值

★ **blood** 血液

★ **bone density** 骨質密度

★ **vision** 視力

★ **heart rate** 心跳率

★ **reflexes** 反應能力（膝反射）

★ **hearing** 聽力

★ **cholesterol level** 膽固醇指數

★ **blood pressure** 血壓

5. 必背片語= have a history of 有…的紀錄（歷史）

★ **If you want to date Sherry, be careful. She has a history of breaking men's hearts.**
如果你想約雪莉出去的話，請務必小心。她的記錄是傷了很多男人的心。

問答練習 Questions and Answers

練習從各種角度思考判斷，找到最適合自己的作答方式。

9. Do you worry about diseases that have been on the news, like the H1N1 virus?

MP3 07-09

你是否擔心新聞上提到的那些疾病，例如H1N1病毒？

與眾不同的高分答案

小陳——逆向思考的宅男角度，為您示範較簡單且有點搞笑的回答。

Yes! I got really worried when <u>SARS</u> came to Taiwan. I wore a mask every day and avoided crowded buses. I was so **relieved** when the scare was finally over. Then, when H1N1 was in the news, I actually thought I had it! I was very nervous because I had some of the **symptoms**, but the doctor said it was just the flu.

是的！當嚴重呼吸道症候群波及到台灣的時候，我非常擔心。我每天都戴口罩，並且避免搭人多擁擠的公車。恐慌結束的時候，我真是鬆了一口氣。後來，當新聞報導新型流感的時候，我真的覺得我也感染了！當時我非常緊張，因為我有某些症狀，不過醫生說那只是流行性感冒。

令人印象深刻的答案

小劉——另類的作答方式，提供您各式充滿創意的絕妙好句。

Not really. When SARS was the big story in the news, I was quite young and didn't <u>give it much thought</u>. My mom worried about us though. H1N1 was a little scary at first because it **spread** so fast. But now it has all disappeared.

不太會。當嚴重呼吸道症候群在新聞上掀起軒然大波的時候，我年紀還很小，也沒有想很多。雖然我媽很擔心我們。新型流感在一開始的時候就比較恐怖，因為它傳染的速度很快。不過現在它已經消失了。

安全過關的標準答案

葉教授——充分展現自己的深度，用難度較高的單字，為您示範條理分明的應答。

Well, <u>swine flu</u>, <u>mad cow disease</u> and the recent e. coli **outbreak** make me worry about modern **agriculture** and where our food comes from, but I don't **panic** about getting sick. More people died of the **seasonal** flu than of swine flu even when it was making **headlines** in 2009. However, I do pay attention to the advice from the **experts** to see if there are any **precautions** I should take.

嗯，禽流感、狂牛症跟最近的大腸桿菌疫情爆發讓我對現在的農業及食物來源相當憂心，但是還不至於到對於得病感到恐慌。即使在2009年，豬流感成為新聞頭條的時候，死於季節性流感的人還是比豬流感還多。然而，我確實會注意專家的建議，遵從我應該做的預防措施。

Unit 07

健康 Health

重點解析 Key Point
作答方向分析整理，讓你的談話內容更有深度。

1. 雖然這是個是非題，但你可以不必一定要二分法的回答是或不是。你可以解釋你擔心的程度以及原因。然後接續談到你對新聞報導有什麼反應。例如，你是否開始戴口罩，或避免出入公共場所？

2. 必背片語= give something (some/a lot of/much) thought
　　　　　　對於某事多想

★ After giving it a lot of thought, Hank decided to quit his job and travel the world.
在深思熟慮過後，漢克決定要辭職去世界各地旅行。

3. 曾出現在新聞上的流行性疾病：

★ SARS (Severe Acute Respiratory Syndrome) 嚴重呼吸道症候群

★ H1N1 = swine flu (pig flu) 新型流感＝豬流感

★ H5N1 = avian influenza (bird flu) 禽流感

★ BSE (Bovine Spongiform Encephalopathy) = mad cow disease
牛海綿狀腦病＝狂牛症

★ E. coli (Escherichia coli) 大腸桿菌（一種食源性細菌）

4. 必背片語= make headlines 上頭條新聞

★ The actor made headlines when he was seen kissing a woman who was half his age.
那個男演員因為被直擊跟只有他一半年紀的女人接吻而登上新聞頭條。

★ An earthquake in Taiwan doesn't make headlines unless it's quite strong or there is some damage.
除非很強烈或是有些損害，否則台灣的地震不會上頭條。

10. What is the most common health problem in Taiwan?

MP3
07-10

在台灣，什麼是最常見的健康問題？

與眾不同的高分答案
小陳——逆向思考的宅男角度，為您示範較簡單且有點搞笑的回答。

I really don't know. I guess it might be **asthma** or **lung** cancer. It's really humid here, and there is a lot of pollution in the cities. Besides that, a lot of people smoke. I know a few people who have **respiratory** problems, and I imagine there must be many others, too.

我實在不清楚。我猜有可能是氣喘或肺癌。台灣的氣候非常潮濕，城市裡的污染也很嚴重。除此之外，有很多人抽菸。我認識幾個人有呼吸道疾病，所以我猜其他人可能也有類似的問題。

令人印象深刻的答案
小劉——另類的作答方式，提供您各式充滿創意的絕妙好句。

Well, it could be **obesity**, which of course increases the risk of a **heart attack** and other problems. Junk food and fast food are really popular these days and I've been seeing many more overweight people than I used to. It seems to be a real problem amongst young people. I think they're so busy studying that they don't have time to exercise.

嗯，我想可能是肥胖，這當然是造成心臟病跟其他疾病風險增加的可能。近來垃圾食物跟速食非常流行，我可以看到比以前更多體重過重的人。看來是年輕人的大問題。我想他們可能太忙著念書都沒有時間運動吧！

安全過關的標準答案
葉教授——充分展現自己的深度，用難度較高的單字，為您示範條理分明的應答。

Unit 07

健康 Health

I'm quite sure that cancer is the leading cause of death in Taiwan. I read that **cervical** cancer is common among women. I think **liver** cancer and lung cancer are also common. **Treatments** exist, but more education is needed so that people understand how to **reduce** their risk of getting cancer, and how to **detect** it early on.

我蠻確定癌症是台灣人主要死因。我也讀到子宮頸癌在女性中很常見。我想肝癌及肺癌也很普遍。治療的方法有，但需要更多教育讓民眾瞭解如何降低罹癌的風險，以及如何在早期偵察症狀。

Key Point
作答方向分析整理，讓你的談話內容更有深度。

---

1. 一般人較少去記一些疾病的名字。為了延展你的答案，也為了在口試中得到較高的分數，你需要背幾個常見的症病（也要知道該如何正確發音喔！）：

★ **heart disease** 心臟病

★ **stroke** 中風

★ **HIV/AIDS** 人類免疫缺陷病毒／愛滋病

★ **cancer** 癌症

★ **Alzheimer's/dementia** 阿茲海默症／痴呆

★ **bad teeth/eye sight** 牙齒不好／視力不好

★ **respiratory infection** 呼吸道感染

★ **malaria** 瘧疾

★ **tuberculosis (TB)** 肺結核

★ **mental illness** 心理疾病

---

2. 必背單字= could = might = may 有可能…（情態助動詞可以表達有可能的情況，弱化說話者的武斷感）

★ **I'm not sure why Jim didn't answer his phone. He could/might/ may be sleeping.**
我不確定為什麼吉姆沒有接電話。他可能在睡覺吧！

★ **The boss isn't here today. He could be sick again.**
老闆今天不在，他可能又病了。

Extended Questions

想想看，下列問題你會如何回答？試著從三種角度思考問題，並找身邊的外國朋友練習一下吧！

 Do you have good sleeping habits? How many hours a night do you usually sleep?

你有良好的睡眠習慣嗎？你通常一天睡幾小時？

 與眾不同的高分答案　　 令人印象深刻的答案　　 安全過關的標準答案

 Do you take vitamins? Why or why not?

你吃維他命嗎？為什麼吃或為什麼不吃？

 與眾不同的高分答案　　 令人印象深刻的答案　　 安全過關的標準答案

 To what extent does your state of mind affect your health?

人的心理狀態會如何影響到健康？

 與眾不同的高分答案　　 令人印象深刻的答案　　 安全過關的標準答案

Unit **08**

職業
Career

內頁圖示說明：

適用考試項目—

雅 IELTS 雅思

托 TOEFL 托福

多 NEW TOEIC 新多益

檢 GEPT 全民英語能力分級檢定測驗

面 INTERVIEW 各大企業及入學考試英語面試

單字詞性標示—

n. 名詞　　　　　　int. 感嘆詞

v. 動詞　　　　　　prep. 介系詞

a. 形容詞　　　　　conj. 連接詞

ad. 副詞　　　　　 phr. 片語

Warm up

透過下面的互動練習，進入本單元學習主題。

Rank the following in order (from 1 to 10) according to what you think is most important in a job. 你覺得一份工作最重要的是什麼，請依重要性從1排到10。

___ a good salary　好的薪水

___ not having to work too hard　工作不用太努力

___ a lot of paid vacation time　很多假期

___ good bonuses and other benefits　有好的紅利跟其他福利

___ a comfortable working environment　舒適的工作環境

___ friendly co-workers　友善的同事

___ a good boss　好的老闆

___ challenging and interesting work　覺得工作有挑戰，對這工作有興趣

___ prospects for future promotion　有升遷機會

___ paid education or training programs　有公司付費的教育或訓練課程

Vocabulary

聽 MP3，跟著外國老師一起朗讀並熟記這 100 個單字，以便在口試中活用。

08-00

❶ **software** [ˋsɔftˏwɛr] n. 軟體

❷ **analyze** [ˋænḷˏaɪz] v. 分析

❸ **properly** [ˋprɑpəlɪ] ad. 運作良好的

❹ **figure out** phr.v. 想出；理解；明白

❺ **visual** [ˋvɪʒuəl] a. 視覺的

❻ **graduate** [ˋgrædʒuˏet] v. 畢業

❼ **cash** [kæʃ] n. 錢

❽ **jewelry** [ˋdʒuəlrɪ] n. 珠寶；首飾

❾ **sociology** [ˏsoʃɪˋɑlədʒɪ] n. 社會學

❿ **challenge** [ˋtʃælɪndʒ] n. 挑戰

⓫ **advertise** [ˋædvəˏtaɪz] v. 登（徵人）廣告

⓬ **classified ad** n. 分類廣告

⓭ **résumé** [ˋrɛzjuˏme] n. 履歷表

⓮ **apply** [əˋplaɪ] v. 申請

⓯ **response** [rɪˋspɑns] n. 回答；答覆

⓰ **discouraging** [dɪsˋkɝdʒɪŋ] a. 令人沮喪的

⓱ **persistent** [pəˋsɪstənt] a. 堅持不懈的

⓲ **network** [ˋnɛtˏwɝk] v. 建立關係網絡

⓳ **field** [fild] n. 領域

⓴ **referral** [rɪˋfɝəl] n. 指點；推薦

㉑ **employee** [ˏɛmplɔɪˋi] n. 雇員；員工

㉒ **perk** [pɝk] n. 額外津貼

㉓ **headquarters** [ˋhɛdˋkwɔrtəz] n. 總公司

㉔**studio** [ˋstjudɪˏo] n. 工作室
㉕**display** [dɪˋsple] v. 展出
㉖**gallery** [ˋgælərɪ] n. 畫廊
㉗**salary** [ˋsælərɪ] n. 薪資
㉘**benefit** [ˋbɛnəfɪt] n. 津貼
㉙**dread** [drɛd] v. 懼怕；擔心
㉚**fortunate** [ˋfɔrtʃənɪt] a. 幸運的
㉛**qualification** [ˏkwaləfəˋkeʃən] n. 資格；證照
㉜**crucial** [ˋkruʃəl] a. 重要的
㉝**count** [kaunt] v. 算數；有價值
㉞**option** [ˋapʃən] n. 選擇
㉟**tend to** phr v. 傾向
㊱**educated** [ˋɛdʒuˏketɪd] a. 受過教育的
㊲**impress** [ɪmˋprɛs] v. 給⋯極深的印象
㊳**employer** [ɪmˋplɔɪɚ] n. 雇主
㊴**over-qualified** [ˋovɚˋkwaləˏfaɪd] a. 超過合格之最低要求
㊵**demand** [dɪˋmænd] v. 要求；請求
㊶**unless** [ʌnˋlɛs] conj. 除非
㊷**stage** [stedʒ] n. 階段；時期
㊸**expense** [ɪkˋspɛns] n. 支出
㊹**apprenticeship** [əˋprɛntɪsʃɪp] n. 學徒
㊺**internship** [ˋɪntɝnˏʃɪp] n. 實習
㊻**art** [art] n. 藝術
㊼**satisfaction** [ˏsætɪsˋfækʃən] n. 滿意
㊽**wealth** [wɛlθ] n. 財富
㊾**obligation** [ˏabləˋgeʃən] n. 義務
㊿**condition** [kənˋdɪʃən] n. 環境
(51)**incompetent** [ɪnˋkampətənt] a. 無能力的
(52)**credit** [ˋkrɛdɪt] n. 功勞
(53)**demanding** [dɪˋmændɪŋ] a. 苛求的
(54)**relaxed** [rɪˋlækst] a. 鬆懈的；放鬆的
(55)**atmosphere** [ˋætməsˏfɪr] n. 氣氛
(56)**creative** [krɪˋetɪv] a. 有創造力的
(57)**process** [ˋprasɛs] n. 過程
(58)**discount** [ˋdɪskaunt] n. 折扣
(59)**motivated** [ˋmotɪvetɪd] a. 有積極性的
(60)**frustrating** [ˋfrʌstretɪŋ] a. 令人洩氣的；使人沮喪的
(61)**get fired** phr v. 被炒魷魚
(62)**get laid off** phr v. 被裁員
(63)**get promoted** phr v. 升遷
(64)**opportunity** [ˏapɚˋtjunətɪ] n. 機會
(65)**achievement** [əˋtʃivmənt] n. 成就
(66)**fulfilling** [fulˋfɪlɪŋ] a. 能實現個人抱負的
(67)**figure out** phr v. 想出
(68)**indefinitely** [ɪnˋdɛfənɪtlɪ] ad. 無限期地
(69)**retirement** [rɪˋtaɪrmənt] n. 退休
(70)**pursue** [pɚˋsu] v. 追求
(71)**tutor** [ˋtjutɚ] v. 當家教
(72)**complaint** [kəmˋplent] n. 抱怨
(73)**unreasonable** [ʌnˋriznəbl̩] a. 不合理的
(74)**decent** [ˋdisn̩t] a. 還不錯的
(75)**flyer** [ˋflaɪɚ] n. 傳單
(76)**bossy** [ˋbasɪ] a. 對人頤指氣使的
(77)**menial** [ˋminɪəl] a. 卑賤的；卑微的
(78)**task** [tæsk] n. 困難的工作；苦差事
(79)**greasy** [ˋgrizɪ] a. 油膩的
(80)**errand** [ˋɛrənd] n. 差事
(81)**attractive** [əˋtræktɪv] a. 有吸引力的
(82)**qualified** [ˋkwaləˏfaɪd] a. 具備必要條件的
(83)**reluctant** [rɪˋlʌktənt] a. 不情願的；勉強的

⑧emotional [ɪˋmoʃən][a.] 情緒激動的

⑧pregnant [ˋprɛgnənt][a.] 懷孕的

⑧maternity leave [n.] 產假

⑧managerial [͵mænəˋdʒɪrɪəl][a.] 管理人的

⑧position [pəˋzɪʃən] [n.] 地位

⑧statistics [stəˋtɪstɪks][n.] 統計資料

⑨earnings [ˋɜnɪŋz][n.] 收入

⑨independently [͵ɪndɪˋpɛndəntlɪ][ad.] 獨立地

⑨competent [ˋkɑmpətənt][a.] 有能力的

⑨teamwork [ˋtim͵wɝk][n.] 團隊運作

⑨detail [ˋditel][n.] 瑣事；枝節

⑨vision [ˋvɪʒən][n.] 洞察力；想法

⑨execute [ˋɛksɪ͵kjut][v.] 執行；履行

⑨take advantage of [phr v] 利用

⑨faculty [ˋfæk!tɪ][n.] 全體教職員

⑨committee [kəˋmɪtɪ][n.] 委員會

⑩input [ˋɪn͵put][n.] 投入

Tips for Discussion

釐清各種易混淆的觀念，掌握口試高分祕訣。

❶ 在談論工作時，你可以問對方的產業、職稱跟工作內容，可是千萬不要問到薪水。在西方國家的文化裡，問別人薪水是很不禮貌的。

❷ Job，vocation跟profession都是指「工作」。在任何社交場合中或是面試時，工作常是第一個碰到的問題，所以隨時要準備好清楚、有邏輯的描述你的職業。看看以下的例子：

★I'm a sales agent.（我是銷售代理／經銷商。）→這樣回答也太短了吧！

★I'm a sales agent. I work for a computer hardware company. I have to sell and install computer components to clients all over the world. Most of the time, I'm on the phone or on the road. I go to work at 9 a.m. and usually don't get home until 8 p.m.（我是代理／經銷商。我在一間電腦硬體公司上班。我把電腦原件販售到世界各國並且幫客戶安裝。大部分的時間，我都是在講電話或是在外面跑業務。我早上九點去上班，通常回到家都已經晚上八點了。）→這樣回答也太長了吧！

★I work as a sales agent in a computer company. We manufacture computer components and export to the US and Europe. It's an exciting job.（我是一間電腦公司的銷售代理／經銷商。我們生產電腦原件出口到美國及歐洲。這是一份很讓人興奮的工作。）→這個回答最恰當！

問答練習 **Questions and Answers**

練習從各種角度思考判斷，找到最適合自己的作答方式。

1. What do you do <u>for a living</u>?
你以什麼<u>維生</u>？

 與眾不同的高分答案

小陳——逆向思考的宅男角度，為您示範較簡單且有點搞笑的回答。

I'm a **software** engineer for a computer company. Sometimes I write computer programs, but most of the time I have to **analyze** programs that aren't running **properly** and **figure out** what's wrong with them. I know it sounds like a boring job, but it's not that bad.

我在一家電腦公司當軟體工程師。有時候我寫電腦程式，但大部分的時間，我必須分析運作不正常的程式，找出程式出錯的地方。我知道這聽起來像是個無聊的工作，但是其實沒有那麼糟。

 令人印象深刻的答案

小劉——另類的作答方式，提供您各式充滿創意的絕妙好句。

I'm a college student. My major is **visual** arts. After I **graduate**, I'll probably look for a job as an art teacher. Maybe some day I'll be able to <u>make a living</u> from my art. For now, I make a little **cash** by selling the **jewelry** I make, and by doing some other <u>odd jobs</u>.

我是個大學生。我主修視覺藝術。我畢業後大概會去找份美術老師的差事。或許有一天我會有辦法靠我的藝術來養活我自己。現在，我賣我自己做的珠寶首飾還有打零工來賺一點小錢。

 安全過關的標準答案

葉教授——充分展現自己的深度，用難度較高的單字，為您示範條理分明的應答。

I teach international relations and **sociology** classes at a small university. I've been working at the university for more than ten years. Every year, there are new **challenges**, new things to learn, and new students to get to know, so that keeps me interested. I can't really imagine doing anything else.

我在一間小間的大學教國際關係和社會學。我已經在大學工作超過十年了。每年都有新的挑戰跟新的事情要學，還有新的學生需要我去瞭解，這些事讓我感到興趣。我無法想像做其他的工作。

重點解析 Key Point
作答方向分析整理，讓你的談話內容更有深度。

---

1. 如果你的工作有點難解釋，或是你覺得光講一個工作職稱無法讓人瞭解你的工作，你可以利用動詞來表達：

★ I run a small art studio and teach art to children.
我開一間小型的藝術教室，教小朋友藝術。

★ I train volunteers and match them up with charities that need their help.
我訓練義工，然後把他們跟需要幫助的慈善機構配對。

2. 若不想講細節，你也可以大略的說出你的產業：

★ I'm in the (food service) industry.　我在（餐飲）業。

★ I work in (advertising).　我在（廣告業）。

3. 沒有在上班的人可以說 I'm unemployed.（我現在失業／沒有工作。）I'm between jobs right now.（我目前在兩份工作中的空檔。）是比較委婉的說法。你也可以說 I'm currently looking for a job.（我正在找工作。）

4. 必背片語= for a living　維生

★ My father sold cars for a living before he started his own business.
我爸在開自己的公司之前是以賣車子維生。

5. 必背片語= make a living = earn a living = earn money to live
　　　賺錢養活自己

★ You're lucky if you can make a living doing something you love.
如果你可以做你喜愛的事來養活自己，那你真幸運。

6. 必背片語= odd job　打零工（通常是指不需要什麼技能，臨時性的工作）

★ Mark is an accountant, but he also does odd jobs for his father's company for extra money.
馬克是個會計師，但他也在他爸的公司打點零工賺取額外的錢。

Questions and Answers
練習從各種角度思考判斷，找到最適合自己的作答方式。

2. What's the best way to find a job nowadays?
現今找工作最好的方法是什麼？

08-02

 與眾不同的高分答案

小陳——逆向思考的宅男角度，為您示範較簡單且有點搞笑的回答。

I think the Internet is the best place to start. It's free and that's where most companies **advertise**. I found my job on a popular career website. I don't think newspapers are very useful anymore. They only seem to advertise jobs for KTV girls and dancers!

我想網際網路是最容易開始的地方。它是免費的而且大部分的公司都在上面登徵才廣告。我就是在一個熱門的人力銀行網站找到我的工作的。我不覺得報紙還有什麼用耶！上面似乎都盡登一些卡拉OK公關和舞者的廣告！

 令人印象深刻的答案

小劉——另類的作答方式，提供您各式充滿創意的絕妙好句。

Hmm… you can check the **classified ads** in newspapers and on the Internet, then send out your **résumé** to each one. I looked for a part-time job after high school, but I had to **apply** to about ten different places before I got a single **response**. It can be **discouraging**, but you have to be **persistent** and never give up!

嗯，你可以看看報紙和網路上的分類廣告，然後把你的履歷寄給每一個地方。在高中畢業後，我找了一份兼職的工作，但是我得寄到差不多十個不同的地方才得到一份回應。那會讓人很洩氣，但是你一定要堅持而且不要放棄。

 安全過關的標準答案

葉教授——充分展現自己的深度，用難度較高的單字，為您示範條理分明的應答。

These days, the Internet is a great tool, but quite often finding a good job is more about who you know. **Networking** is important, especially with people who work in your **field**. They can give you a good **referral** or let you know about job openings. Many good jobs are never advertised - they go by word-of-mouth.

在現在，網路是一個很好的工具，但很多時候找到一份好工作其實是和你認識什麼人有關。建立關係網絡是很重要的，特別是跟你工作領域有關的人。他們可以幫你推薦，或者讓你知道哪裡有空缺。許多好的工作從來不會登廣告，他們是靠口耳相傳的。

重點解析 **Key Point**
作答方向分析整理，讓你的談話內容更有深度。

1. 你已經在上班了嗎？你是怎麼找到現在這份工作的？如果你還沒有進入社會，想想看現在找工作的管道有哪些？說說你對每一種管道的看法。就算你覺得有些方式沒有效，也可以提出為什麼你覺得它沒有效。

2. Job hunting（找工作）時需要用到的單字：

   ★ cover letter 求職信（找工作時，除了寫履歷表、自傳和附上相關認證或資料外，你最好附上一封信，簡單地說明你為什麼對這份工作有興趣、你的能力、未來的努力方向，人生規劃等。目的是讓老闆覺得不用你的話對他就是損失的感覺。）

   ★ application 工作申請表

   ★ résumé（美）／C.V. (curriculum vitae)（英）履歷表

   ★ relevant experience 相關經驗

   ★ interview 面試（preliminary interview 初步面試，first/second interview 第一次／第二次面試，phone interview 電話面試，panel interview 小組面試－數個主管同時面試新人）

   ★ portfolio 作品集

   ★ shortlist 最後考慮的候選人名單

3. 必背片語= give up 放棄

   ★ Jason had to give up on his dream of getting his ex girlfriend back when he saw her engagement ring.
   傑森看到他前女友手上的訂婚戒指時，不得不放棄他想復合的夢想。

4. 必背片語= word-of-mouth 口耳相傳的

   ★ There was no Facebook event for the party, people just found out by word-of-mouth.
   這個派對沒有寫在臉書的活動上，人們是靠口耳相傳發現的。

Questions and Answers

練習從各種角度思考判斷，找到最適合自己的作答方式。

3. What is your <u>dream job</u>?
你的夢幻工作是什麼？

MP3
08-03

與眾不同的高分答案

小陳——逆向思考的宅男角度，為您示範較簡單且有點搞笑的回答。

Well, I think I'll always work in <u>IT</u>, but I would love to work for a company like Google. They have a fantastic work environment and their **employees** get so many **perks**! For example, I heard there are several restaurants at the Google **headquarters** where they can eat for free!

嗯，我想我會一直在資訊科技產業，但是我想要在像谷歌那樣的公司工作。他們有超棒的工作環境，還有他們的員工都有很多額外津貼！例如，我聽說谷歌總公司有好幾間餐廳是免費供餐給員工的！

令人印象深刻的答案

小劉——另類的作答方式，提供您各式充滿創意的絕妙好句。

My dream job is to be a successful artist! I'd love to have my own **studio** and paint all day. If I became famous, I could travel the world and meet other artists. My art would be **displayed** in the best art **galleries** and museums in the world. I get <u>goose bumps</u> just thinking about it!

我夢想中的工作就是要當一個成功的藝術家！我超想要有我自己的工作室和整天一直畫畫。如果我成名了，我就可以環遊世界，認識其他藝術家。我的藝術品會在全世界最好的藝廊和博物館展示。想到這裡我就已經起雞皮疙瘩了！

安全過關的標準答案

葉教授——充分展現自己的深度，用難度較高的單字，為您示範條理分明的應答。

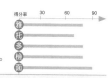

Actually, I'd say I already have my dream job. It may not be perfect, but it's the job I dreamed of doing when I was younger. I enjoy my work, earn a pretty good **salary** and receive some great **benefits** too. Some people **dread** going to work every day, so I consider myself very **fortunate**.

事實上，我會說我已經有我夢想的工作了。它也許不完美，但這是我年輕時夢想的工作。我愛我的工作，有相當好的薪水，也有一些很棒的福利。有些人很怕天天要去工作，所以我覺得自己是三生有幸。

重點解析 **Key Point**
作答方向分析整理，讓你的談話內容更有深度。

1. 這是一個假設性的題目，所以除了你心裡真正理想的工作外，還可以想想看有什麼工作是你可以不負責任的講你想做。但是不管你說什麼樣的工作，記得都要提出理由來支持自己的論點。

2. **My dream job is a guitar teacher.**（我夢想的工作是吉他老師）這種句型是中式英文，不能這樣說喔！正確的說法請看下面的例句：

★ **My dream job is to be a guitar teacher.**
我夢想的工作是當個吉他老師。

★ **My dream job is to teach people how to play the guitar.**
我夢想的工作是教別人彈吉他。

★ **My dream job would be teaching people how to play the guitar.**
我夢想的工作是教別人彈吉他。

3. 必背片語= dream job = ideal job　夢想／理想的工作
　　　　　類似意義的字：a cushy job；a plum job　錢多事少的好差事

★ **Andy is a huge Formula 1 fan. His dream job is to be a professional racecar driver.**
安迪是個超級F1賽車迷。他心目中的夢幻工作就是當個職業賽車選手。

4. 必背單字= IT = Information Technology　資訊科技

★ **Big companies have several IT people on staff to provide technical support, such as fixing computer problems.**
大公司都有好幾個資訊科技的員工以便提供技術支援，譬如修理電腦的問題。

5. 必背片語= goose bumps = goose pimples = chicken skin　起雞皮疙瘩

★ **Whenever I see the guy I like, I get goose bumps!**
每次看到我喜歡的那個男生，我就起雞皮疙瘩！

問答練習 Questions and Answers

練習從各種角度思考判斷，找到最適合自己的作答方式。

4. How important are educational **qualifications** for getting a good job?

MP3
08-04

要找到一份好的工作，教育證照有多重要？

與眾不同的高分答案

小陳——逆向思考的宅男角度，為您示範較簡單且有點搞笑的回答。

Education is **crucial**. The more education you've had, the better. If I didn't have a Bachelor's degree, I'd be working at McDonalds! I'm even thinking about doing an MA at some point in my life. It's not so much about what you learn at school, it's just having the right piece of paper that **counts**.

教育是很重要的。你受的教育越多，當然就越好。如果我沒有大學學歷，我就會在麥當勞工作了！我甚至想過在某個時間點去念碩士。你在學校學到多少東西不怎麼重要，真正算數的就是那張文憑。

令人印象深刻的答案

小劉——另類的作答方式，提供您各式充滿創意的絕妙好句。

It depends on what you want to do. If you have the talent to be a singer, or if you don't mind doing blue-collar work, you may not need much education. But a degree certainly gives you more career **options**. I'm getting mine so that I can be a teacher as well as an artist.

那要看你想做什麼樣的工作。如果你有當歌手的才華，或者你不在意做藍領的工作，那你可能不需要太多的教育。但是一個學位當然可以給你更多的生涯選擇。我正在念我的學位，以便我可以當老師跟藝術家。

安全過關的標準答案

葉教授——充分展現自己的深度，用難度較高的單字，為您示範條理分明的應答。

Education is quite important these days and Taiwanese people **tend to** be highly **educated**. That means having a Bachelor's degree won't necessarily be enough to **impress** an **employer**. On the other hand, having a Master's degree could make you **over-qualified** for some jobs. Companies might not hire you because they think you will **demand** a higher salary.

在現代，教育是相當重要的，台灣人傾向都受過高等教育。這代表只有大學學歷將來一定不夠讓雇主留下印象。另一方面來說，有一個碩士學歷可能會讓你的條件超過一些工作的要求。公司可能不會雇用你，因為他們覺得你會要求更高的薪水。

重點解析 Key Point
作答方向分析整理，讓你的談話內容更有深度。

1. 當然每個人都會說教育很重要，但是光說教育很重要是不夠的。你必須說出哪裡重要，為什麼重要。高等教育會讓你得到什麼？你也可以想想看，你的公司都在徵什麼樣教育程度的人？沒有某種教育程度，就會找不到什麼樣的工作？

2. 必學句型= the more... , the better　越…越好

   ★ You can't have too many friends, in my opinion. The more, the better!
   人的朋友不可能會太多，在我看來，越多越好！

3. 常見的文憑有下列幾種：

   ★ High school diploma 高中文憑

   ★ professional certification/license 專業證照

   ★ Associate's degree (AA) 副學士學位是一種由社區學院（community college）、專科學院（junior college）或某些具有學士學位頒授資格的學院和大學，頒授給完成了副學士學位課程的學生，該課程等同於四年制大學的首兩年課程。

   ★ Bachelor's degree (BA，BSc) 學士學位

   ★ Master's degree (MA，MBA) 碩士學位

   ★ Doctorate degree (PhD) 博士學位

4. blue-collar= labor job　勞工藍領階級
   white-collar job　白領階級（= professional 專業人士或office job 辦公室工作）
   pink collar job　粉領階級（通常是女性在做的工作）

   ★ My grandfather was a mechanic, but he didn't want his children to have blue-collar jobs so he made sure they all went to university.
   我阿公以前是個黑手，但他不希望他的孩子做藍領階級的工作，所以他要他們全都念大學。

5. 必背片語= on the other hand = conversely　相反的

   ★ On the one hand, I'd like to have a boyfriend; on the other hand, I'm really enjoying being single and free.
   一方面來說，我想要交個男朋友；但另一方面來說，我真的很喜歡單身跟自由自在。

Questions and Answers
練習從各種角度思考判斷，找到最適合自己的作答方式。

5. Would you accept a job with a low salary if you liked everything else about it?

你會願意做一份薪水低，但除了薪水以外你都喜歡的工作嗎？

 與眾不同的高分答案

小陳——逆向思考的宅男角度，為您示範較簡單且有點搞笑的回答。

No. Earning a salary is the main reason for people to work at all. I'd rather work hard and be rich than have a fun or easy job and be poor. **Unless** there was a good chance I could get a raise soon, I wouldn't take it. Or maybe I would, if I had a rich wife to pay the bills for me!

不，賺錢畢竟是人類工作的主要理由之一。我會寧願工作努力一點變有錢，而不是做一個好玩或者簡單的工作，然後很窮。除非有很大的機會可以讓我很快的加薪，否則我不會接受的。或者如果我有一個有錢的老婆幫我買所有的單的話，我可能會接受。

 令人印象深刻的答案

小劉——另類的作答方式，提供您各式充滿創意的絕妙好句。

Sure, especially in the early **stages** of my career. I'm single and don't have a lot of **expenses**, so experience is more important than money right now. I'm sure I won't make much money in my first year of teaching anyway. I'd also love to do an **apprenticeship** or an **internship** with an **art** gallery or studio.

當然，特別在我剛開始工作的初期。我單身而且花費又不高，所以現階段經驗會比錢還來得重要。反正我肯定在教書的第一年不會賺到很多錢。我也會想要在藝廊或者工作室當學徒或實習生。

 安全過關的標準答案

葉教授——充分展現自己的深度，用難度較高的單字，為您示範條理分明的應答。

Well, I do believe that job **satisfaction** is more important than **wealth**. However, I also have an **obligation** to provide for my family, so I wouldn't be able to accept too low a salary. On the other side of the coin, I wouldn't accept a job with poor working **conditions** just to make a little more money.

嗯，我是相信工作滿意度比財富更重要。不過，我也有責任供養我的家庭，所以我沒有辦法接受太低的薪水。反之，我不會接受一份工作環境很糟的工作，就只為了賺多一點點的錢。

重點解析 **Key Point**
作答方向分析整理，讓你的談話內容更有深度。

---

1. 在找工作的時候，薪水是很多人的第一考量。不要害怕承認你覺得薪水是你的**first priority**（優先考慮要素）。每個人的想法都不同，如果你不覺得薪水是你第一個會考慮的要素，那是什麼？你可以從本單元的**Warm up**中挑選其他的考慮因素來支持你的答案。

2. 一些薪水很高的工作：

★**dentists/orthodontists** 牙醫／牙齒矯正師

★**physician/surgeon** 內科／外科醫師

★**chief executive officer (CEO)** 首席執行官

★**engineering manager** 軟體專案主管

★**podiatrist** 足部醫師

★**computer and information systems manager** 電腦資訊系統經理

3. 你也可以這樣回答：

★**Absolutely not! Money is the most important thing in the modern world. I have so many bills to pay every month and after I pay for everything, I don't even have NT$5,000 in my bank! I'm willing to do anything to make more money, even to pick up a part-time job.**
絕對不會！錢是現代世界上最重要的事了。我每個月要繳的帳單很多，在我繳完全部的錢以後，我銀行裡連五千塊都沒有！為了賺更多錢，我願意做任何事，甚至再找一份打工也行。

4. 必背片語= would rather A than B 寧願選A而不選B

★**I would rather date a funny guy <u>than</u> a good-looking one.**
我<u>寧願</u>跟好笑的男生約會<u>也不會</u>想跟長得帥的約會。

5. 必背片語= on the other side of the coin 另一方面來說；反之（成語）

★**Listening to calm music can really help you to relax. <u>On the other side of the coin</u>, dance music can help you to work faster.**
聽平靜的音樂可以幫助你放鬆；<u>相反的</u>，舞曲可以幫你工作起來速度更快。

Questions and Answers

練習從各種角度思考判斷，找到最適合自己的作答方式。

6. What do you like and dislike about your job?
你喜歡跟不喜歡你工作的哪些部分？

08-06

與眾不同的高分答案

小陳——逆向思考的宅男角度，為您示範較簡單且有點搞笑的回答。

Don't tell anyone I said so, but my boss is **incompetent**. He doesn't know what he's doing, and he takes all the **credit** for our work. He can also be very **demanding** sometimes. The good thing is, he is often away, so most of the time there's a pretty **relaxed atmosphere** in the office.

不要告訴別人我說的，但是我上司很無能。他不知道他在幹嘛，而且還拿走我們所有工作的功勞。他有時候也非常的難搞。好處是，他常常不在，所以辦公室的氣氛大部分都是相當輕鬆的。

令人印象深刻的答案

小劉——另類的作答方式，提供您各式充滿創意的絕妙好句。

Well, since I don't really have a job, I'll talk about my jewelry business. I make all kinds of jewelry and sell it online or at art fairs. I really love the **creative process** of designing and making the jewelry. The part I hate, though, is trying to sell it. I don't think I'm a very good salesperson, because I'm not a smooth-talker and I give too many **discounts**.

嗯，因為我沒有真的在上班，那我說說我的珠寶生意好了。我做各種類的珠寶放在網路上或藝術市集上賣。我真的很喜歡設計和製作珠寶那具有創造力的過程。不過，我不喜歡的地方，就是要想辦法把他們賣掉。我不覺得我是一個非常好的銷售員，因為我不是一個花言巧語的人，而且我會給太多折扣。

安全過關的標準答案

葉教授——充分展現自己的深度，用難度較高的單字，為您示範條理分明的應答。

I enjoy working in education, because I can keep studying and learning as well as pass on my knowledge to others. I enjoy working with the students, but I have found that some of them aren't very **motivated** to learn. That can be **frustrating**, especially when they fall asleep in class or don't even bother to show up!

我喜歡在教育界工作，因為我可以一直做研究和學習，也可以把我的知識傳遞給其他人。我喜歡和學生們一起工作，但是我發現有一些學生並不是很積極的學習。這讓我覺得很洩氣，尤其是當他們在課堂上睡著或者根本懶得出現在課堂上的時候！

重點解析 Key Point

作答方向分析整理，讓你的談話內容更有深度。

---

1. 或許你真的很不喜歡目前的工作，但千萬不要話匣子打開了，就抱怨停不了。口試時或在社交場合中，不太適合抱怨某件事太多。請看以下的例子：

★ **My boss is an evil witch who treats us like slaves.**
我老闆是個邪惡的巫婆，把我們都當奴才。→這樣說人家不太好啦！

★ **My company is awful and I dread going to work every morning.**
我們公司糟透了，我每天早上都很害怕去上班。→這樣也很情緒化。

★ **I have to work long hours and deal with difficult customers.**
我必須長時間工作，處理難搞的客人。→合理的抱怨。

---

2. 必背單字= salesperson 業務員

★ **Mike applied to be a salesperson in his favorite shop so that he could get a staff discount.**
麥克去他最喜歡的商店應徵業務員，以便他可以有員工折扣。

---

3. 以前職業只有男人在做，所以英文的職業裡會出現性別用詞，譬如 **spokesman**（發言人），但現在時代已經改變了，為了避免性別歧視，英文開始出現許多中性的字來形容職業：

★ **salesman, saleswoman → salesperson** 業務員

★ **steward, stewardess → flight attendant** 空中服務人員

★ **actor, actress → actor** 演員（現在這個字已經包含男女演員了）

---

4. 必背單字= smooth-talker 花言巧語的人（smooth-tongued）

★ **Jeremy can get any woman to go out with him because he's such a smooth-talker.**
傑若米可以把任何女人約出去，因為他實在是太會花言巧語了。

---

5. 必背片語= show up = turn up 出現

★ **The concert was a waste of money. The band showed up forty minutes late and played for less than an hour!**
這場演唱會真是浪費錢。那個樂團遲了四十分鐘才出現，而且只表演不到一小時！

Questions and Answers

練習從各種角度思考判斷，找到最適合自己的作答方式。

7. Do you plan on keeping the same job for many years? What would make you look for a new job?

你計劃同一份工作做很多年嗎？什麼原因會讓你找新工作？

與眾不同的高分答案

小陳——逆向思考的宅男角度，為您示範較簡單且有點搞笑的回答。

I don't plan to look for a new job unless I **get fired** or **laid off**! Changing jobs doesn't look good on your résumé and it's a pain in the neck to look for a new one. Even though my job isn't perfect, I plan to keep it for a long time and try to **get promoted**.

我沒有計畫換新工作，除非我被炒魷魚或是被裁員！一直換工作在履歷上並不好看，而且找新工作真的是一件很煩人的事。雖然我的工作不是最完美的，但是我打算做很久，看看能不能升官。

令人印象深刻的答案

小劉——另類的作答方式，提供您各式充滿創意的絕妙好句。

I think it's important to keep looking for new and better **opportunities** and not get stuck in a rut. If you're not getting a sense of **achievement** out of your work, I don't see the point. But if I had a fantastic, **fulfilling** job, of course I'd stick with it for several years.

我認為持續找尋新的跟更好的機會，不要一成不變，這是很重要的。如果從工作上沒有得到成就感，我不知道這樣有什麼意思。但是如果我有一個很棒的，可以讓我實現抱負的工作，我當然會堅持下去很多年。

安全過關的標準答案

葉教授——充分展現自己的深度，用難度較高的單字，為您示範條理分明的應答。

I had many different jobs when I was younger. I think it was good experience because it helped me to **figure out** what I really wanted to do. If I had stayed in my first job, I'd be miserable! But I'm satisfied with my job now and I plan to stay **indefinitely**. I suppose I think more about **retirement** than I do about **pursuing** a different career.

我年輕的時候有過很多不同的工作。我覺得這是很好的經驗，因為它們幫助我明白我到底想做什麼。如果我一直留在我的第一份工作，我會很痛苦！但現在我很滿意我的工作，並且計劃要一直留在這裡了。我想我現在考慮到退休生活比追求一個不同的生涯更多了。

重點解析 Key Point

作答方向分析整理，讓你的談話內容更有深度。

---

1. 當經濟不景氣的時候，**layoffs**（裁員）常常是人們必須重新找新工作的理由。在這個情況下，人們通常會緊抱自己手上那份工作。但是其他時候，人們還是會因為很多原因而想換工作：

   ★ **burnout/fatigue** 職業倦怠

   ★ **boredom/lack of challenge** 厭倦／缺乏挑戰性

   ★ **no opportunities for advancement/promotion** 沒有晉升／升遷的機會

   ★ **conflict with a boss or with co-workers** 與老闆或同事間有衝突

   ★ **the need for a higher salary** 需要更高的薪水

   ★ **moving to a new city** 搬到新城市

   ★ **life-changes, like having children or going back to school**
   人生改變，像是生小孩或回學校念書

---

2. 必背片語= **a pain in the neck**　讓人感到痛苦；討人厭（成語）

   ★ **I love my white sneakers, but it's a pain in the neck to keep them clean.**　我很喜歡我的白色球鞋，但是要讓它們保持乾淨實在是件討厭的事。

---

3. 必背片語= **stuck in a rut**　墨守成規；一成不變（成語）

   ★ **Randy felt like he was stuck in a rut at work, so he decided to go back to school.**　藍弟在工作上感到了無新意，所以他決定回學校念書。

---

4. 必背片語= **stick with/to something**　堅持；堅守

   ★ **Jogging is hard when you first start, but it gets easier if you stick with it.**
   剛開始慢跑真的很不容易，但如果你堅持下去，你就會越跑越順了。

---

5. 必背片語= **not see the point**　看不到這件事的重點；不懂某事為什麼要這麼做

   ★ **Mom thinks I should make my bed every day, but I don't see the point. It's just going to get messy again.**
   我媽覺得我每天都應該要整理床鋪，但我不懂為什麼要這樣。反正它又會再被弄亂。

Questions and Answers

練習從各種角度思考判斷，找到最適合自己的作答方式。

8. What's the worst job you've ever had?
你最過最糟的工作是什麼？

MP3
08-08

與眾不同的高分答案

小陳——逆向思考的宅男角度，為您示範較簡單且有點搞笑的回答。

Actually, besides a few **tutoring** jobs which I had as a university student, my current job is the only job I've ever had. So you could say it's the best and the worst. My main **complaints** are my **unreasonable** boss and the long hours. Oh, and I wish I had more young single female co-workers. Other than that, it's a pretty **decent** job.

事實上，除了在大學時有過幾份家教的工作外，我現在的工作是我人生唯一做過的。所以你可以說它是最好也是最糟的。我主要的抱怨就是我那無理的老闆和超時工作。噢，還有我希望有更多年輕單身的女性同事。除了這些，這是一份相當不錯的工作。

令人印象深刻的答案

小劉——另類的作答方式，提供您各式充滿創意的絕妙好句。

I'm saving money for a trip to Europe, so every summer I get a part-time job. I've answered phones and delivered food, but probably my least favorite job of all was passing out **flyers** on a street corner. It was just so hot and boring and no one wanted to take them anyway! I got through it by reminding myself that I could quit at the end of the summer.

我正在為了我的歐洲之旅存錢，所以每個暑假我都有打工。我曾接過電話和外送食物，但是我最不喜歡的工作大概是在街角發傳單吧！我又熱又無聊，而且根本沒有人想要拿那些傳單！我一直提醒自己暑假結束的時候就可以不用做了才撐過來的。

安全過關的標準答案

葉教授——充分展現自己的深度，用難度較高的單字，為您示範條理分明的應答。

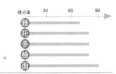

Hmm… I'd say my first job was the worst. I worked in the kitchen of a fancy restaurant. The chefs in that kitchen were really **bossy** and mean. I did the most **menial tasks**, like washing **greasy** pans and running **errands** for people. It wasn't fun but it taught me the value of hard work.

嗯，我會說我第一份工作是最糟的。我在一個高級餐廳的廚房裡工作。廚房的主廚們很愛叫人做事而且超兇的。我做了最卑微的工作，像是清洗油膩的平底鍋跟替他們跑腿。很不好玩，但是這教導了我辛苦工作的價值。

重點解析 Key Point

作答方向分析整理，讓你的談話內容更有深度。

---

1. 如果你很幸運，都沒碰過什麼不開心的工作，或是你還沒有開始上班的話，想想看有什麼樣的工作情況會讓你覺得無法忍耐的？譬如：

★ **A bad working environment is unbearable.**
一個不好的工作環境會讓人無法忍耐。

---

2. 你也可以這樣回答：

★ **I've been really lucky, I guess. The first job that I ever found was a job that I really liked, and I've been working there ever since! It's not difficult or boring at all.**
我想我很幸運。我找到唯一的一份工作就是我很喜歡的工作，而我就一直做到現在！這工作一點也不困難，也不會無聊。

★ **It's hard to pick the worst one because I hate every job I've ever had. I seem to have the worst luck, and I've worked with some of the least friendly people in the world.**
要我選一份最糟的工作來講實在很困難，因為我恨我做過的每一份工作。我好像是最倒楣的人，跟全世界最不友善的人們一起工作過。

★ **I worked at a call center for three months and it was the most terrible job imaginable. I had to call at least a hundred people a day trying to sell them products. Most people hung up the phone right away. Some people even shouted at me.**
我在一間客服呼叫中心做過三個月，那是可以想像中最糟的工作了。我一天至少要打給一百個人，嘗試賣東西給他們。大部分的人都立刻就掛掉電話。有些人甚至對我鬼叫。

---

3. 必背片語= other than that = besides that　除此之外

★ **I check my email every morning. Other than that, I don't use the Internet much.**
我每天早上都會檢查我的電子信箱。除此之外，我不太使用網路。

問答練習

Questions and Answers

練習從各種角度思考判斷，找到最適合自己的作答方式。

9. Do you think women and men have equal career opportunities?

 MP3 08-09

你認為女人跟男人的工作機會平等嗎？

 與眾不同的高分答案

小陳——逆向思考的宅男角度，為您示範較簡單且有點搞笑的回答。

Back in the day, things weren't very equal. But I think men and women have the same opportunities now. In some cases, I think it's easier for a woman to get a job, especially if she's **attractive**. I'd probably prefer to hire a beautiful woman than a man if they were equally **qualified**.

在過去，事情不是非常平等。但是我想現在男人和女人有相同的機會了。在某些情況下，我想女人更容易得到一份工作，特別是如果她很吸引人的話。我大概會偏向雇用一個漂亮的女人而不是男人，如果他們都一樣符合資格的話。

 令人印象深刻的答案

小劉——另類的作答方式，提供您各式充滿創意的絕妙好句。

No, I don't. It's not bad, but I still think it's easier for a man to have a good career than for a woman. Some companies are **reluctant** to hire women because they think we are too **emotional**. Some fear that we will get **pregnant** and either quit or take a long **maternity leave**.

不，我不覺得。情況不算很糟，但我是覺得男人比女人更容易有好的職業生涯。有一些公司很不願意雇用女人，因為他們覺得我們女人太情緒化了。有些人擔心我們會懷孕就辭職或者請很長的產假。

 安全過關的標準答案

葉教授——充分展現自己的深度，用難度較高的單字，為您示範條理分明的應答。

No, I wouldn't say things are completely equal. Women can now work in almost any field, but they are often paid less. They are also less likely to get promoted to a **managerial position**. According to **statistics**, women's **earnings** are still lower than men's in most societies. Although things are improving, there is still a glass ceiling.

不會，我不會說情況是完全平等的。女人現在幾乎可以在任何領域工作，但是她們通常薪資比較少，也比較不容易升到管理階層。根據統計資料，在大多數的社會中，女人的收入還是低於男人。雖然有在改善了，但還是有個無形的升遷阻礙在那裡。

重點
解析

Key Point
作答方向分析整理，讓你的談話內容更有深度。

1. 你有女性好像賺比較少錢的感覺嗎？或者是有因為身為女性而覺得因此沒有被錄取甚至是因為懷孕而被為難的經驗嗎？這個題目不難發揮，想想自身或週遭朋友們的經驗。可能你自己不覺得，但你媽、你姊、你太太有類似的遭遇。說說看是什麼樣的情況。

2. 必背片語= back in the day　在以前；想當年

★Angie and John dated <u>back in the day</u>, but they're both married to other people now.
安琪跟強在以前曾約會過，但現在他們兩個人都跟別人結婚了。

3. 必背片語= in some cases　在某些情況下

★<u>In some cases</u>, going the long way can actually be quicker because you avoid traffic.
在某些情況下，繞遠路事實上可以更快，因為你避過了塞車。

4. 必背片語= according to something/somebody　根據某事／某人

★<u>According to</u> Jenny, there's going to be a big party this weekend.
根據珍妮的說法，這個週末會有一個大派對。

5. 必背片語= glass ceiling　玻璃天花板效應（指女性或有色人種在職場升遷上受到阻礙的情形）

★Many women have found ways to break through the <u>glass ceiling</u> in politics and become senators.
在政治圈，很多女人已經找到方式打破無形的升遷阻礙而成為參議員。

問答練習 Questions and Answers

練習從各種角度思考判斷，找到最適合自己的作答方式。

10. Do you prefer to work **independently** or as part of a team?

你偏好獨立工作，還是團隊工作？

與眾不同的高分答案

小陳——逆向思考的宅男角度，為您示範較簡單且有點搞笑的回答。

Teams only work well if all the members are **competent** and get along well, so it depends who I have to work with. I'd be happy to work with a smart friend or a woman that I was interested in, for example. But in general, I think **teamwork** is slow. It takes too long to agree on every **detail**.

團隊合作只在所有的團員都很能幹以及相處愉快的條件下才能運作良好，所以這取決於我要跟誰合作。譬如說，我會很樂意和一個聰明的朋友或者是一個我感興趣的女人一起工作。但是，一般來說，我覺得團隊合作效率慢，需要花很多時間才能讓每個人同意每個細節。

令人印象深刻的答案

小劉——另類的作答方式，提供您各式充滿創意的絕妙好句。

It depends on what the task is. If I have a **vision** for a painting, for example, I'd rather just **execute** it by myself. But if I'm planning an event or working on a school project, it would be great to have a team to work with. You can **take advantage of** everyone's different skills and ideas.

那要看是哪種任務。譬如說，如果我對一幅畫有想法，我會寧願自己去執行。但是如果我在正計畫一場活動或者一筆學校專案，有個團隊一起工作會比較好。你可以善用每個人不同的技巧跟意見。

安全過關的標準答案

葉教授——充分展現自己的深度，用難度較高的單字，為您示範條理分明的應答。

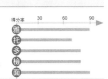

I enjoy both, really, and I think it's important to be able to work both ways. I like working independently in teaching my classes but I also enjoy working as part of a team and practicing my interpersonal skills. This year, I'm on some **faculty committees**. Hearing everyone else's **input** really helps me to think outside the box.

我其實兩個都喜歡，而且我認為有能力用這兩種方式去工作是很重要的。教課時我喜歡獨立工作，但是我也喜歡當團隊的一分子，練習人際關係的技巧。今年，我有參加教職人員委員會。聽到每個人的意見真的幫助我跳脫平常的思維模式。

Key Point

作答方向分析整理，讓你的談話內容更有深度。

---

1. 在現代的職場上，就像葉教授說的，具備獨立工作的能力以及團隊合作是一樣重要的。你在公司都是一個人做事，還是常常要開會團體合作呢？如果你兩種經驗都有，你可能還是有個人偏好。可以比較這兩種方式各自的優缺點，再提出自己的看法。

---

2. **It depends (on...)**（看…情況）是在碰到困難的問題時一個圓融的說法。上面三個人的答案其實都用了這種方法。只是如果你提出了 **It depends**，那後面記得要補充是「看什麼情況」。不能每個答案都回答都是「看情況」喔！

---

3. 你也可以這樣回答：

★Well, I don't want to sound arrogant, but I think I'm better off if I work alone. I'm a perfectionist and I make sure that I finish everything quickly and correctly. Working with other people only slows me down. I secretly think that, in this company, no one is as hardworking or as smart as I am!

嗯，我不想聽來自大，但我自己一個人工作是最好的。我是個完美主義者，我會確保我做每件事又快又正確。跟別人一起工作只會拖慢我。我偷偷認為，這間公司沒有一個人跟我一樣努力工作，或跟我一樣聰明！

★I like working in a team provided I'm the team leader. Sometimes I'm a bit bossy, but it's only because I know that I'm right.

只要我是團隊領導人，我就喜歡團隊合作。有時候我有一點對人頤指氣使，但那是因為我知道我是對的。

★I get shy when I'm in a big group, so I do better on my own.

當我在一群團體中，我會害羞，所以我自己一個人做事做得比較好。

★I like to work at my own pace and get credit for my own work.

我喜歡以我自己的速度做事，功勞當然也是我自己的。

---

4. 必背片語= think outside the box　跳脫平常的思維模式

★Darren is good at thinking outside the box. He came up with a new way to present the information.

戴倫很會跳脫一般的思維模式。他想出了一個新的方式來呈現資訊。

Extended Questions

想想看，下列問題你會如何回答？試著從三種角度思考問題，並找身邊的外國朋友練習一下吧！

Q1 Do you think it's beneficial for students to work part-time?

你覺得學生去打工是有益的嗎？

Q2 Would you like to work as a freelancer or consultant?

你會想當一個自由工作者或是顧問嗎？

Q3 Would you like to be an entrepreneur? What kind of business would you start?

你會想當企業創辦家嗎？你會想開創什麼樣的事業？

Unit 09

關係
Relationships

內頁圖示說明：

適用考試項目—

雅 IELTS 雅思
托 TOEFL 托福
多 NEW TOEIC 新多益
檢 GEPT 全民英語能力分級檢定測驗
面 INTERVIEW 各大企業及入學考試英語面試

單字詞性標示—

n. 名詞　　　　　int. 感嘆詞
v. 動詞　　　　　prep. 介系詞
a. 形容詞　　　　conj. 連接詞
ad. 副詞　　　　　phr. 片語

Warm up
暖身操

透過下面的互動練習，進入本單元學習主題。

What qualities do you look for in a partner? Number the following in order of importance.

在找尋伴侶時，什麼是你心儀的伴侶需具備的條件？請打勾。

_____ He/She is good-looking.
長得好看。

_____ He/She is funny.
人很好笑。

_____ He/She is smart.
很聰明。

_____ He/She has rich parents.
爸媽有錢。

_____ He/She is easy to be with.
相處容易。

_____ He/She has similar interests to you. 有共同興趣。

_____ He/She has a good job.
有好的工作。

_____ He/She has a car/house.
有車子／房子。

_____ He/She would make a good parent.
能夠當個好家長。

_____ Other: _____
其他

Vocabulary
關鍵字彙

聽 MP3，跟著外國老師一起朗讀並熟記這 100 個單字，以便在口試中活用。

MP3 09-00

❶ **break up** phr v. 分手
❷ **date** [det] v. 約會
❸ **in common** phr. 共同的
❹ **online** [ˌɑnˋlaɪn] a. 網路上的
❺ **marriage** [ˋmærɪdʒ] n. 婚姻
❻ **sociology** [ˌsoʃɪˋɑlədʒɪ] n. 社會學
❼ **expectation** [ˌɛkspɛkˋteʃən] n. 期待
❽ **fling** [flɪŋ] n. 短暫的戀曲
❾ **milestone** [ˋmaɪlˌston] n. 里程碑
❿ **anniversary** [ˌænəˋvɝsərɪ] n. 結婚週年紀念日
⓫ **acquaintance** [əˋkwentəns] n. 點頭之交；認識的人
⓬ **entire** [ɪnˋtaɪr] a. 全部的；整個

⓭ **argument** [ˋɑrgjəmənt] n. 爭吵
⓮ **aside from** prep. 除了
⓯ **extended family** n. 大家庭
⓰ **divorced** [dəˋvɔrst] a. 離婚的
⓱ **intimate** [ˋɪntəmɪt] a. 親密的
⓲ **unconditionally** [ˌʌnkənˋdɪʃənəlɪ] ad. 無條件的
⓳ **relative** [ˋrɛlətɪv] n. 親戚
⓴ **peer** [pɪr] n. 同輩；同儕
㉑ **have a crush on** phr v. 對…有愛意
㉒ **assistant** [əˋsɪstənt] n. 助理
㉓ **nerve** [nɝv] n. 勇氣
㉔ **mysterious** [mɪsˋtɪrɪəs] a. 神秘的
㉕ **magical** [ˋmædʒɪkḷ] a. 魔幻的；奇妙的

㉖ **connection** [kəˋnɛkʃən] n. 關係；連結
㉗ **be attracted to** phr v. 被…吸引
㉘ **truly** [ˋtrulɪ] ad. 真實地
㉙ **lust** [lʌst] n. 性慾；渴望
㉚ **genuine** [ˋdʒɛnjuɪn] a. 真誠的
㉛ **advisable** [ədˋvaɪzəbḷ] a. 適當的；明智的
㉜ **conservative** [kənˋsɝvətɪv] a. 保守的
㉝ **complicated** [ˋkɑmpləˏketɪd] a. 複雜的
㉞ **possibility** [ˏpɑsəˋbɪlətɪ] n. 可能性
㉟ **by and large** ad. 大體上來說
㊱ **cohabitation** [koˏhæbəˋteʃən] n. 同居
㊲ **precede** [priˋsid] v. 在…之前
㊳ **open-minded** [ˋopənˋmaɪndɪd] a. 思想開放的
㊴ **committed** [kəˋmɪtɪd] a. 忠誠的
㊵ **mature** [məˋtjur] a. 成熟的
㊶ **arranged marriage** n. 媒妁之言／由別人安排的婚姻
㊷ **desperate** [ˋdɛspərɪt] a. 絕望的；情急之下的
㊸ **matchmaking** [ˋmætʃˏmekɪŋ] n. 交友服務；婚友社
㊹ **spouse** [spauz] n. 配偶
㊺ **professional** [prəˋfɛʃənḷ] n. 專業人士
㊻ **generation** [ˏdʒɛnəˋreʃən] n. 世代
㊼ **old-fashioned** [ˋoldˋfæʃənd] a. 過時的；老套的
㊽ **soul mate** n. 靈魂伴侶
㊾ **right** [raɪt] n. 權力
㊿ **status** [ˋstetəs] n. 身分；地位
(51) **divorce rate** n. 離婚率
(52) **nowadays** [ˋnauəˏdez] ad. 現今
(53) **acceptable** [əkˋsɛptəbḷ] a. 可被接受的
(54) **alcoholic** [ˏælkəˋhɔlɪk] n. 酒鬼
(55) **behavior** [bɪˋhevjɚ] n. 行為
(56) **financial** [faɪˋnænʃəl] a. 財務的
(57) **independence** [ˏɪndɪˋpɛndəns] n. 獨立
(58) **rush** [rʌʃ] v. 趕著；匆忙
(59) **foundation** [faunˋdeʃən] n. 基礎
(60) **unfaithful** [ʌnˋfeθfəl] a. 不忠誠的
(61) **personality** [ˏpɝsṇˋælətɪ] n. 個性
(62) **in spite of** prep. 儘管；雖然
(63) **fault** [fɔlt] n. 錯誤
(64) **sacrifice** [ˋsækrəˏfaɪs] n. 犧牲
(65) **upset** [ʌpˋsɛt] a. 鬱悶的
(66) **compromise** [ˋkɑmprəˏmaɪz] n. v. 妥協
(67) **factor** [ˋfæktɚ] n. 原素；因素
(68) **background** [ˋbækˏgraund] n. 背景
(69) **communicate** [kəˋmjunəˏket] v. 溝通
(70) **solution** [səˋluʃən] n. 解決方案
(71) **ideal** [aɪˋdiəl] a. 理想的
(72) **supportive** [səˋpɔrtɪv] a. 支持的
(73) **lifelong** [ˋlaɪfˏlɔŋ] a. 終身的
(74) **passion** [ˋpæʃən] n. 熱情
(75) **explore** [ɪkˋsplor] v. 探險
(76) **exotic** [ɛgˋzɑtɪk] a. 異國的
(77) **failure** [ˋfeljɚ] n. 失敗
(78) **mate** [met] n. 伴侶
(79) **disagree** [ˏdɪsəˋgri] v. 反對；不同意
(80) **bicker** [ˋbɪkɚ] v. 吵嘴

(81) **race** [res] n. 人種
(82) **culture** [ˋkʌltʃɚ] n. 文化
(83) **foreigner** [ˋfɔrɪnɚ] n. 外國人
(84) **challenge** [ˋtʃælɪndʒ] n. 挑戰
(85) **nationality** [ˏnæʃəˋnælətɪ] n. 國籍
(86) **relate to** phr v. 相處
(87) **cross-cultural** [ˋkrɔsˋkʌltʃərəl] a. 跨文化的
(88) **suffer** [ˋsʌfɚ] v. 受苦；受罪
(89) **language barrier** n. 語言障礙
(90) **misunderstanding** [ˋmɪsʌndɚˋstændɪŋ] n. 誤會
(91) **unfortunately** [ʌnˋfɔrtʃənɪtlɪ] ad. 不幸地；遺憾
(92) **require** [rɪˋkwaɪr] v. 需要
(93) **patience** [ˋpeʃəns] n. 耐心
(94) **situation** [ˏsɪtʃuˋeʃən] n. 狀況；環境
(95) **gay** [ge] a. 同性戀（男女適用，不是只能指男同志）
(96) **volunteer** [ˏvalənˋtɪr] v. 擔任志工
(97) **charity** [ˋtʃærətɪ] n. 慈善機構
(98) **aggressive** [əˋgrɛsɪv] a. 強勢的
(99) **casual** [ˋkæʒuəl] a. 輕鬆的
(100) **romance** [ˋromæns] n. 羅曼史

交談祕訣 Tips for Discussion

釐清各種易混淆的觀念，掌握口試高分祕訣。

❶ 說到戀愛關係，兩個人交往的時候，會經歷不同的交往階段。以下是描述對方的說法：

★ The guy/girl I'm seeing/dating　我正在約會的對象
★ My boyfriend/girlfriend　我男朋友／女朋友
★ My fiancé/fiancée　我的未婚夫／未婚妻
★ My (life) partner　我的（同居）伴侶
★ My husband/wife　我先生／我太太

❷ 在任何英文口試中，或跟剛認識的老外交談時，他們絕對不可能會問你感情生活的細節。他們會問的通常是family relationship（家庭關係）的問題較多。如果真的要問到感情生活或感情觀，這些問題也通常會是general（籠統）或hypothetical（假設性的）。第1題跟第8題都是這樣的例子。

❸ 形容詞子句非常適合用來描述約會的對象：

★ The girl (who) I had a date with last night was really hot.
昨天晚上跟我約會的女生超辣的。

★ I hate the guy who's dating my ex-girlfriend.
我恨那個現在在跟我前女友約會的男生。

★ I like guys who have musical talent.
我喜歡有音樂天分的男生。

問答練習 **Questions and Answers**

練習從各種角度思考判斷，找到最適合自己的作答方式。

1. Are you married? If not, are you <u>seeing</u> anyone?

你結婚了嗎？如果沒有，那你有<u>約會</u>的對象嗎？

09-01

與眾不同的高分答案

小陳——逆向思考的宅男角度，為您示範較簡單且有點搞笑的回答。

| | 得分率 | 30 | 60 | 90 |

No, I'm <u>free</u> as a bird at the moment. I **broke up** with my last girlfriend about a year ago after **dating** for five months. She was cute, but we really didn't have much **in common**. I'm thinking about trying **online** dating next.

沒有耶，我現在像小鳥一樣自由自在。差不多一年前，我和交往了五個月的前女友分手了。她很可愛，但是我們沒有什麼共同點。我下次想嘗試交友網站看看。

令人印象深刻的答案

小劉——另類的作答方式，提供您各式充滿創意的絕妙好句。

I'm not married. I think I'm too young for **marriage**! I also don't really have a boyfriend, but I'm seeing a guy from my **sociology** class. We've been hanging out a lot and we have fun together. But I have no **expectations** that it will turn into a <u>long-term</u> thing. It's probably just a **fling**.

我未婚。我想結婚對我來說太早了吧！我也不算真的有男朋友，但我現在在跟一個我社會學班上的男生約會。我們常常一起出去，在一起很開心。但是我並沒有期待這個關係會轉變成穩定的長期關係。這應該只是短暫戀情而已！

安全過關的標準答案

葉教授——充分展現自己的深度，用難度較高的單字，為您示範條理分明的應答。

Yes, I'm happily married, with two children. My wife and I recently celebrated a huge **milestone** - our twentieth wedding **anniversary**. We met back when we were still in our twenties, and I haven't dated anyone since!

是的，我是個快樂的已婚者，有兩個小孩。我太太和我最近慶祝了一個重大里程碑－我們的二十週年結婚紀念日。我們是在二十幾歲時相遇的，從那以後我就沒有跟其他人約會過了！

Key Point

作答方向分析整理，讓你的談話內容更有深度。

1. 有些人比較敏感，可能不喜歡回答這樣的問題。如果不想深談，你可以說 **Sorry, that's personal information.**（抱歉，這是私人資訊）或是只簡短回答 **I'm seeing someone.**（我有約會對象）就可以了。通常在口試或是任何社交場合裡，西方人是不會死纏爛打的追問的。

2. 正式文件上常見的**marital status**（婚姻狀況）欄：

   ★ **single** 單身　　　　　　　★ **separated** 分居

   ★ **married** 結婚　　　　　　　★ **widowed** 寡婦

   ★ **divorced** 離婚

3. 其他戀愛關係：

   ★ **I (don't) have a girlfriend/boyfriend.** 我沒有女／男朋友。

   ★ **I'm not seeing anyone at the moment.** 我目前沒有約會的對象。

   ★ **I'm playing the field.** 我是情場玩咖。

   ★ **I'm in a (serious/long-term) relationship.** 我正在一段穩定的關係中。

   ★ **I'm in an open relationship.**
   我跟某人是開放式交往關係。（註：也就是可以跟別人發生關係）

   ★ **I'm engaged.** 我訂婚了。　　★ **It's complicated.** 一言難盡。

4. 必背片語= **free as a bird**　像小鳥一樣自在

   ★ **Fiona was free as a bird after finishing all of her exams and projects.**
   費歐娜結束所有考試和報告後終於解脫了。

5. 必背單字= **long-term**　長期的

   ★ **Bill never makes long-term plans. He prefers to take it one day at a time.**　比爾從來不做長期計畫。他喜歡隨遇而安。

2. Are you closer to your friends or your family?
你和朋友或家人親近嗎？

09-02

Unit 09

關係 Relationships

與眾不同的高分答案

小陳——逆向思考的宅男角度，為您示範較簡單且有點搞笑的回答。

I have a lot of **acquaintances** and a few close friends. But I'd say I'm closest to my family because they've known me for my **entire** life. That doesn't mean we always get along, though. I had a big **argument** with my sister just the other day.

我有很多點頭之交跟幾個親密的朋友。但是我可以說我跟家人最親了，因為他們認識我一輩子了。不過，那並不表示我們永遠都處得很好。我跟我姊幾天前才大吵一架。

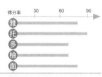

令人印象深刻的答案

小劉——另類的作答方式，提供您各式充滿創意的絕妙好句。

Aside from my mother, I'm not very close to my family. My **extended family** live all over Taiwan and I don't see them very often. In fact, I haven't seen anyone on my father's side of the family since my parents got **divorced** twelve years ago. I have some very good friends who have become like family to me. We share all the **intimate** details of our lives.

除了我媽之外，我跟家人不是很親近。我的其他家人們散布在台灣各地而且不太常見面。事實上，自從十二年前我爸媽離婚後，我再也沒見過我爸那邊的親戚了。我有一些已經跟我好到像家人的好朋友。我們會分享我們生活中所有私密的細節。

安全過關的標準答案

葉教授——充分展現自己的深度，用難度較高的單字，為您示範條理分明的應答。

As a teenager and young adult, I suppose I was closer to my friends. But as an adult with my own family, I really place a high value on family relationships. I love my wife and children **unconditionally**. I think it's best to have close ties with both **relatives** and **peers**.

我想我青春期和年輕的時候跟我的朋友們比較親。但長大後現在有了自己的家庭，我是非常重視我的家庭關係的。我無條件的愛著我的妻子和小孩。我認為跟親戚還有朋友們都維持密切的關係是最好的。

Key Point
作答方向分析整理，讓你的談話內容更有深度。

---

1. 你可能跟你的朋友和家人都非常親近。可以想想看你花最多時間跟誰在一起？誰最瞭解你？你的祕密會告訴誰？

---

2. 你也可以這樣回答：

★ I barely talk to my parents. They are control freaks who want me to do everything that they tell me to. I much prefer talking to my friends than spending even a minute with my parents.
我幾乎不太跟我爸媽說話。他們是控制狂，每件事都要照他們的意思做。我寧願跟我朋友們說話，也不願意花一分鐘跟我父母在一起。

★ My parents are my best friends. Ever since I was a child, I've shared everything with them. They get along with my good friends too. I know I'm very lucky in this regard.
我爸媽是我最好的朋友。從我小時候開始，就一直跟他們分享我所有的事。他們跟我的好朋友們也都處得很好。我知道在這方面我非常幸運。

---

3. 必背片語= get along　相處；處得來（**get on** 英式英文）

★ My brother and I fought a lot when we were younger, but now we get along well.　我弟跟我小時候常常吵架，但現在我們處得很好。

---

4. 必背片語= on one's mother's/father's side (of the family)
　　　　我媽／爸那邊的親戚

★ I have three cousins on my mother's side and six on my father's side.　我媽那邊我有三個表兄妹，我爸那邊則有六個。

★ My grandparents on my father's side of the family live in Toronto.
我爸那邊的祖父母住在多倫多。

3. Do you believe in <u>love at first sight</u>?
你相信<u>一見鍾情</u>嗎?

09-03

與眾不同的高分答案
小陳──逆向思考的宅男角度，為您示範較簡單且有點搞笑的回答。

Yes. I **have a crush on** almost every hot girl I see! I remember <u>having butterflies in my stomach</u> when I saw the CEO's new **assistant** last year. I spent all summer trying to find the **nerve** to speak to her. Before I ever did, I found out she was already married!

相信。幾乎每個我看到的辣妹我都會煞到她們!我記得去年我看到執行長的新助理時，心裡小鹿亂撞忐<u>忑不安</u>。我整個夏天都在試著鼓起勇氣和她說話。在我行動前，我發現她早就已經結婚了!

令人印象深刻的答案
小劉──另類的作答方式，提供您各式充滿創意的絕妙好句。

It doesn't happen to everyone, but it can happen! Love is a **mysterious** thing. You never know when or how you'll fall in love with someone. There could be a **magical connection** when you first see someone or it could develop over many years.

這並不是每個人都會發生，但它是可能發生的!愛情本來就是件不可思議的事。你永遠不會知道你會在什麼時候或怎麼和另一個人墜入愛河。那可以是在你第一次看到某人時一種奇妙說不上來的連結，也有可能經過好幾年才發展出來。

安全過關的標準答案
葉教授──充分展現自己的深度，用難度較高的單字，為您示範條理分明的應答。

Yes and no. I think you can **be** very **attracted to** someone when you first see them, and think that you are in love. But I don't think you can **truly** love someone you've just met. When you get to know someone, those feelings of attraction or **lust** may later <u>turn into</u> **genuine** love.

我算相信，也算不相信。我認為你可能會被第一次見面的人深深吸引而認為你愛上他了。但是我不認為你可以真正的去愛剛剛認識的人。當你越來越瞭解某人時，那些吸引和慾望的感覺才會<u>轉化為</u>真正的愛。

Key Point
作答方向分析整理，讓你的談話內容更有深度。

---

1. 你也可以這樣回答：

★ When I was younger, I did. But actually, I just had a crush on all of those guys and it never lasted very long. Now I don't even believe in love anymore!

我年輕的時候相信。但事實上我只是對那些男生一時心動，那感覺沒有持續很久。現在，我根本就不相信愛情了！

★ No. It's a nice idea, but I don't think you can really love a stranger.

不相信。這個想法是很好，但我不認為你可以真的愛一個陌生人。

★ Sure, I read an article that said men decide if they'll fall in love with a woman when they first see her. I believe it because I'm like that too.

當然。我讀過一篇文章說，男人在他們第一次看到一個女人的時候就決定他們會愛上她了。我相信這個說法，因為我就是這樣。

★ Yes. It hasn't happened to me, but I have friends who say they fell in love at first sight. They've been happily married for about ten years. It sounds so romantic.

相信。這種事還沒發生在我身上，但我有朋友說他們就是一見鍾情的。他們已經結婚差不多十年了。聽起來好浪漫。

---

2. 必背片語= love at first sight　一見鍾情

★ Their eyes met across the room and it was love at first sight.
他們的眼睛望過房間四目交接，他們一見鍾情了。

---

3. 必背片語= have butterflies in one's stomach　忐忑不安

★ Hank had butterflies in his stomach before giving his big speech, but he did a good job.
漢克在演講前忐忑不安，但他講得很好。

---

4. 必背片語= turn into = become　轉化為

★ The princess kissed the frog, and it turned into a handsome prince!
公主親吻了青蛙，青蛙就變成一個英俊的王子！

問答練習 Questions and Answers
練習從各種角度思考判斷，找到最適合自己的作答方式。

4. Do you think it's OK to move in with your boyfriend/girlfriend? 你同意男女朋友同居嗎？

09-04

 與眾不同的高分答案
小陳——逆向思考的宅男角度，為您示範較簡單且有點搞笑的回答。

I don't think it's **advisable** at all. My sister made plans to move in with her boyfriend a few years ago and my **conservative** parents almost killed her. In the end, my sister broke up with her boyfriend so I think my parents were right. It would have made things even more **complicated** if they had been living together.

我覺得這樣一點都不明智。幾年前我姊姊計劃跟她男友同居，我那保守的爸媽幾乎殺了她。結果，我姊跟她男朋友分手了，所以我想我爸媽是對的。如果他們那時候住在一起，事情會變得更複雜許多吧！

 令人印象深刻的答案
小劉——另類的作答方式，提供您各式充滿創意的絕妙好句。

Sure, why not? When you're in love, you want to spend as much time together as possible. And if there was a **possibility** of getting married, I think I'd want to know what it's like to live together first. You wouldn't buy a car without taking it for a test drive first!

當然，為什麼不行？當你沈溺在愛河裡時，你只想花最多時間跟對方在一起。而且如果有結婚的可能，我覺得我會先想知道住在一起是什麼樣子。你不可能在沒有試車前就買一台車吧！

 安全過關的標準答案
葉教授——充分展現自己的深度，用難度較高的單字，為您示範條理分明的應答。

My wife and I waited until after we got married. **By and large**, I agree with the traditional view that **cohabitation** should follow marriage, not **precede** it. However, I also consider myself **open-minded**. Moving in together before marriage might work if the couple is **committed** and **mature**.

我太太跟我等到我們結婚才住在一起。一般來說，我同意傳統的觀念，也就是同居應該在結婚之後，而不是之前。不過，我同時也認為我是個思想開放的人。如果這對伴侶忠誠又成熟，婚前就先住在一起可能行得通。

Key Point

作答方向分析整理，讓你的談話內容更有深度。

1. 你也可以這樣回答：

★ No, because living with someone often creates more tension and conflict and could ruin the relationship. I would say at least wait until you're engaged because that means the relationship is serious and you're willing to work through any hardships.
不同意，因為跟某人住在一起通常會產生更多緊張情勢還有衝突，這樣可以毀了這段關係。我會說至少要等到你們已經訂婚了，因為這樣代表這個關係是認真的，你們願意一起努力度過難關。

★ No. That goes against my (religious values/traditional beliefs/principles). Couples shouldn't even be sleeping together until after they're married. 不同意，這樣是違反我的（宗教信仰／傳統價值觀／原則）。還沒結婚時，情侶不應該睡在一起。

★ It depends on how old you are. I think men and women over thirty have a good idea of what they want and who they can live with.
那要看你幾歲。我想超過三十歲的男女應該知道自己要什麼還有他們可以跟誰住在一起。

★ Yes. Otherwise, you're always traveling to each other's homes and annoying each other's roommates or families. It's better just to get your own place for the two of you.
同意。否則的話，你就永遠都在往返彼此的家中，打擾到彼此的室友或家人。兩個人自己找地方比較好。

★ Some couples will never get married. For example, gay couples aren't allowed to legally marry in many countries. Other couples just don't want to. As long as you're in a committed relationship, it doesn't matter if you're married or not. Moving in together is fine.
有些情侶永遠不會結婚。譬如說，在很多國家同性戀的伴侶沒辦法合法的結婚。其他則是不想結婚。只要你們對這段關係忠誠，你有沒有結婚沒有關係。一起住是沒問題的。

2. 必背片語= test drive 試乘；試用

★ After a test drive of the computer systems, they made a few changes. 在試用新的電腦系統之後，他們做了一些改變。

★ Jackie test-drove several cars before finally deciding on the BMW. 傑克試駕了好幾台車，終於決定那台寶馬。

5. Are **arranged marriages** popular in this society?
媒妁之言／別人安排的婚姻在這個社會常見嗎？

09-05

Unit 09

關係
Relationships

與眾不同的高分答案
小陳——逆向思考的宅男角度，為您示範較簡單且有點搞笑的回答。

Not as much as before. But I have a few friends and co-workers who got **desperate** and used a **matchmaking** company to find a girlfriend or **spouse**. I think arranged marriages are still popular among busy **professionals** like computer engineers and doctors.

沒有以前那麼多了。但我有幾個朋友跟同事著急了，用交友公司找女友或老婆。我想這種安排式的婚姻在像電腦工程師跟醫師這種忙碌的專業人士中仍然是相當受歡迎的。

令人印象深刻的答案
小劉——另類的作答方式，提供您各式充滿創意的絕妙好句。

I know they used to happen, but not in my **generation**. I think the idea is so **old-fashioned**! I believe in finding your **soul mate** and marrying for love. I can imagine the type of guy my mom would choose for me, and I don't think I would like him!

我知道以前有這樣的事，但我這一代沒有了吧！我覺得這個想法好老套喔！我堅信你可以找到你的心靈伴侶，因為愛而結婚。我可以想像我媽會幫我選什麼樣的男生，而且我不覺得我會喜歡他！

安全過關的標準答案
葉教授——充分展現自己的深度，用難度較高的單字，為您示範條理分明的應答。

My parents' marriage was arranged, but I think they also had the **right** to back out if they wanted to. In those days, it was important to marry someone of the right **status**. Times have changed now. Although I'd like to have a say in who my children marry, I won't arrange their marriages unless they want me to!

我爸媽的婚姻就是別人安排的，但我想他們如果想取消，是有權利那麼做的。在那個時代，跟同樣身分地位的人結婚是很重要的。現在時代已經改變了。雖然我希望對於我小孩結婚的對象可以有發言權，但是我不會去安排他們的婚姻的，除非他們要我這麼做！

重點解析 **Key Point**
作答方向分析整理，讓你的談話內容更有深度。

1. 今天的世界，這種婚姻在亞洲南方的國家（印度、巴勒斯坦、孟加拉跟斯里蘭卡）、非洲、中東、東亞以及東南亞都在某種程度上相當普遍。現代的西方人對於這種「媒妁之言」或「別人安排的婚姻」概念不太熟悉，聽到有些台灣人仍然是透過安排的方式找到結婚對象，他們可能會大感驚訝。

2. 安排婚姻，幫人找對象的公司在西方雖然少見，但其實online matchmaking（線上交友）的網站或公司在全世界可是越來越受歡迎了。人們可以透過網站或這些公司的服務，找到適合他們條件的伴侶。這種做法跟傳統的**arranged marriage**唯一的差別只是你可以自己慢慢挑選你喜歡的對象，但**arranged marriage**則是由別人幫你安排及挑選對象，因為這樣**arranged marriage**才會給現代人一種比較負面好像有強迫人的感覺。

3. 你也可以這樣回答：

★ Well, I wouldn't say it's popular, but I certainly have heard about it. My aunt, for example, kept introducing guys to my cousin when she was in her late twenties and still single. She's very shy and I don't think it is easy for her to make friends or find a boyfriend. I think she didn't like it at first, but eventually she did find a husband who is a dentist and makes good money. I guess she and her mom are both happy now.
嗯，我不會說它很常見，但我絕對有聽過。我阿姨，譬如說，不斷的介紹男生給我那快三十歲但還單身的表姊。她很害羞，我不覺得她交朋友或找到男朋友會很容易。我想她一開始也不喜歡，但是最後她的確找到一個牙醫丈夫，很會賺錢。我想她跟她媽兩人現在應該都很高興。

4. 必背片語= **back out** 取消

★ If you want to back out of your contract, you'll lose out on the year-end bonus. 如果你想要取消合約，你就會失去年終獎金。

5. 必背片語= **have a/any say** 有發言權；可以發表意見

★ My parents chose this school for me. I didn't have any say in the matter. 我爸媽幫我選了這間學校。在這件事上面，我沒有發言權。

6. Why is the **divorce rate** so high **nowadays**?
今天的離婚率為什麼這麼高？

 MP3 09-06

關係 Relationships

 與眾不同的高分答案
小陳——逆向思考的宅男角度，為您示範較簡單且有點搞笑的回答。

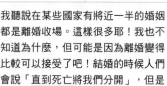

I heard that in some countries nearly half of all marriages end in divorce. That's a lot! I'm not sure why, but maybe it's just that divorce has become more **acceptable**. When you get married, you say it's "'til death do us part," but some couples seem to think it's really just until they get tired of each other.

我聽說在某些國家有將近一半的婚姻都是離婚收場。這樣很多耶！我也不知道為什麼，但可能是因為離婚變得比較可以接受了吧！結婚的時候人們會說「直到死亡將我們分開」，但是有些夫妻似乎都覺得「直到我們厭煩彼此」才是真的吧！

 令人印象深刻的答案
小劉——另類的作答方式，提供您各式充滿創意的絕妙好句。

My parents were divorced when I was young and it was because my dad was an **alcoholic**. Women in the past often put up with their husbands' bad **behavior**. Maybe they didn't have the **financial independence** or the guts to leave. But women nowadays are more willing to end an unhappy marriage, I think.

我爸媽在我很小的時候就離婚了，因為我爸是個酒鬼。在過去，女人通常會忍耐她們先生的惡形惡狀。或許她們經濟不獨立或是沒有那個膽離開吧！但是，現代的女人就會比較願意結束一段不快樂的婚姻吧，我想。

 安全過關的標準答案
葉教授——充分展現自己的深度，用難度較高的單字，為您示範條理分明的應答。

Some people **rush** into marriage without a good **foundation** on which to build their relationship. Sometimes, after a few years, they just don't get along anymore. Sadly, quite often it's because one of them is **unfaithful**. When problems come up, many couples give up.

有些人勿忙的進入婚姻之中，沒有一個好的基礎讓他們去建立他們的關係。有時候過了幾年，他們就再也處不來了。很遺憾的是，通常這都是因為其中一個人有外遇。當問題來了，很多夫妻就放棄了。

重點解析 Key Point

作答方向分析整理，讓你的談話內容更有深度。

1. 你可能不太知道為什麼越來越多人離婚，這時候可以想想看你有沒有聽過誰離了婚。如果你很年輕，朋友中連結婚的都還沒有很多，那就想想國內外的藝人或名人吧！他們都是為了什麼原因呢？

2. 你也可以這樣回答：

   ★ It's too easy to get divorced these days. People don't even need a good reason.　現在要離婚太容易了。人們甚至不需要一個好理由。

   ★ So many celebrities are getting divorced that I think they've started a trend. It used to be taboo, but now it's widely accepted.
   很多名人都在離婚，多到我覺得他們在帶動這個潮流。以前離婚是個禁忌，但是現在它已經被大家接受了。

3. 必背片語= 'til death do us part　直到死亡將我們分開（西方婚禮上說的誓言）

   ★ I promise to love you 'til death do us part.
   我保證愛你直到死亡將我們分開。

4. 必背片語= get tired of　對某人／事／物感到厭煩了

   ★ Rick quit his job because he got tired of being yelled at by his annoying boss.
   瑞克離職了，因為他對於被他那討人厭的老闆吼來吼去感到厭煩了。

5. 必背片語= put up with something　忍耐某人／事／物

   ★ I'd rather put up with the mess a little longer than clean up my room.　我寧願再忍耐一下我房間裡的髒亂也不想打掃。

6. 必背單字= guts 勇氣（字意本是指「腸子」）

   ★ Lisa is really shy. It took a lot of guts to walk up to the guy she likes and start a conversation with him.
   麗莎非常害羞。走到她喜歡的男生那裡開始跟他講話需要很大的勇氣。

問答練習 Questions and Answers

練習從各種角度思考判斷，找到最適合自己的作答方式。

7. What do you think are the keys to a successful relationship? 你覺得什麼是成功戀愛關係的關鍵？

MP3
09-07

 與眾不同的高分答案

小陳——逆向思考的宅男角度，為您示範較簡單且有點搞笑的回答。

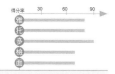

I've only had two girlfriends in my life and each relationship lasted less than six months, so I don't think I'm the right person to answer this question. I don't think you really make a relationship work. Instead, you should find a person who has a very similar **personality** and shares the same hobbies with you. That way, you won't argue too much.

我這輩子只有交過兩個女朋友，而且每一段關係都不到六個月，所以我不覺得我是回答這個問題最恰當的人耶！我不覺得你真的可以想辦法讓一段關係成功。反之，你應該找到一個跟你有著非常相似的個性，並且跟你有著一樣嗜好的人。這樣的話，你們就不會太常吵架了。

 令人印象深刻的答案

小劉——另類的作答方式，提供您各式充滿創意的絕妙好句。

Well, first of all, you have to find the right person and love them **in spite of** their **faults**. Before you act or say something, think about the other person and consider their feelings. Sometimes you have to put their needs first and make **sacrifices**. But don't be a doormat either. If you're **upset** about something, you should speak up in a calm, loving way.

嗯，第一，你要找到對的人，不計較他們缺點地愛他。在你做某個動作或說某件事之前，替對方設想，並且考慮對方的感受。有時候你必須把他們的需要放在你前面，並且做出犧牲。但是也不要就當個阿信。如果你對某件事不開心，你應該用冷靜、關懷的方式說出來。

 安全過關的標準答案

葉教授——充分展現自己的深度，用難度較高的單字，為您示範條理分明的應答。

I think love and **compromise** are the main **factors** in a successful relationship or marriage. There could be any number of problems between two people from different **backgrounds**. The only way to make things work is to **communicate**, try to find **solutions** to the problems, and both be willing to compromise a little.

我想愛跟妥協是一段成功的關係或婚姻的首要原素。來自兩個不同背景的人之間可能會有蠻多問題的。讓事情成功唯一的方式就是溝通，試著找到問題的解決辦法，然後兩邊都要願意妥協一點。

重點解析 **Key Point**
作答方向分析整理，讓你的談話內容更有深度。

---

1. 你也可以這樣回答：

★ My brother and his wife had some problems in their marriage and they went to a marriage counselor. Seeking outside help seemed to work for them.
我哥跟他老婆的婚姻有些問題，他們去找了婚姻諮商師。去尋求外界的幫忙似乎對他們有效。

★ If you're with the right person, you don't need to try too hard to be happy together. If you have to sacrifice a lot, then he or she is probably not right for you.
如果你跟到對的人，你不需要太努力去讓兩個人開心。如果你得犧牲很多，那他或她可能就不是對的人。

---

2. 必背片語= doormat 出氣筒；受氣包（凡事默默忍耐的人）

★ Jean is such a doormat- she lets her boyfriend tell her what to wear, what to cook, and who to speak to.
珍真是個阿信——任由男朋友叫她穿什麼、煮什麼，還有可以跟誰講話。

---

3. 必背片語= speak up 說出來；為自己發聲

★ Speak up now if you want any more cake. I'm putting it away.
如果誰還要蛋糕快說。我要收起來了。

---

4. 必背片語= any number of 任何數字（這個片語真的是照字面翻譯的，any number of代表的數字可大可小，完全要根據上下文。它有一點像a number of，但是，a number of永遠是指數字很大，沒有像any number of這麼有彈性）

★ I can give you any number of excuses for being late, but the truth is I just overslept.
我可編出無數個遲到的理由，但其實我只是睡過頭了。

問答練習 Questions and Answers

練習從各種角度思考判斷，找到最適合自己的作答方式。

8. Describe your **ideal** partner.
請描述你理想的伴侶。

09-08

與眾不同的高分答案

小陳——逆向思考的宅男角度，為您示範較簡單且有點搞笑的回答。

They say that most men are looking for a wife who is similar to their own mother. That's true for me in the sense that I need someone who is very **supportive** and a good cook. But I don't want her to look anything like my mom! She should be young and beautiful inside and out.

人們說大部分的男人是在找尋一個跟他媽媽很像的老婆。這對我來說是真的，特別是我需要一個可以支持我以及很會煮飯的人這件事上。但我可不希望她長得跟我媽有任何相似的地方！她從裡到外都必須年輕貌美才是。

令人印象深刻的答案

小劉——另類的作答方式，提供您各式充滿創意的絕妙好句。

Most importantly, I hope my **lifelong** partner shares the same **passion** for life as me. I love traveling and **exploring** new places, art, and **exotic** food, and he needs to like those things too. But I won't consider myself a **failure** if I never get married - although my family might.

最重要的是，我希望我的人生伴侶跟我共享對於人生的熱情。我熱愛旅行以及探索新的地方、藝術跟異國美食，他必須也要喜歡這些事情。但是就算我一輩子都沒有結婚，也不會覺得我是個失敗者－雖然我的家人可能會這麼覺得。

安全過關的標準答案

葉教授——充分展現自己的深度，用難度較高的單字，為您示範條理分明的應答。

I'm happily married, so I'd have to say that my wife is my ideal **mate**. That doesn't mean she is perfect, but I think we have a great relationship. We're a good match because we're so comfortable together and we really respect each other. If we **disagree** about something we talk about it calmly, and we rarely **bicker**.

我是快樂的已婚者，所以我會說我太太就是我理想的配偶。這不代表她很完美，但我覺得我們的關係很棒。我們兩個很配，因為我們在一起的時候很自在，也很尊重彼此。如果我們對某事意見相左，我們會冷靜的討論，我們很少吵嘴。

Key Point

作答方向分析整理，讓你的談話內容更有深度。

1. 如果你已經找到你理想的伴侶，你可以說說這個人身上有什麼你特別喜歡的特點，或是你決定跟他／她在一起的某個特定原因。如果你還沒找到你的 **Mr./Ms. Right**，也可以說說自己想跟什麼樣的人在一起。一個人的外型當然可以是吸引人的原因，但這一題如果只針對外型來回答，聽起來是膚淺了一點。所以務必記得找出幾個人格特質來延伸你的答案。

2. 你也可以這樣回答：

   ★ He/She needs to be attractive.　他／她需要很有魅力。

   ★ He/She must be tall and thin.　他／她要又高又瘦。

   ★ He/She has to be loyal.　他／她必須忠誠。

   ★ He/She should have a lot of patience.　他／她應該要很有耐性。

3. 必背片語= they say = people say = some say = it is said that　有人說

   ★ They say money can't buy happiness, but I always feel happy on payday!
   有人說錢買不到快樂，但我在發薪日那天總是很快樂！

4. 必背片語= inside and out　從裡到外

   ★ We searched the house inside and out, but we couldn't find the letter.　我們把房子從裡到外都翻過一遍了，但就是找不到那封信。

5. 必背片語= a good match　絕配

   ★ I'm not surprised that Katy and Thomas broke up. They weren't a good match.
   凱蒂跟湯瑪士會分手我一點都不意外。他們並不相配。

Questions and Answers

練習從各種角度思考判斷，找到最適合自己的作答方式。

9. Would you date or marry someone from a different **race** or **culture**?

你會跟不同種族或不同文化的人交往或結婚嗎?

與眾不同的高分答案

小陳——逆向思考的宅男角度，為您示範較簡單且有點搞笑的回答。

I might date a girl from another culture, because some Japanese and Korean girls are really sexy. But my family would prefer that I marry a Taiwanese or Chinese girl. My sister once dated an American and they freaked out! Anyway, I need a wife who speaks my language, understands my culture, and cooks the food that I like, so that rules out most **foreigners**.

我可能會跟不同文化的女孩交往，因為有些日本跟韓國妹長得實在很正。但我家人會希望我還是娶台灣或中國的女生。我姊曾經跟一個美國人約會，我爸媽整個大發飆！總而言之，我需要一個會說我的語言、懂我的文化跟會煮我喜歡的食物的老婆，所以我想大部分的外國人就已經不可能了。

令人印象深刻的答案

小劉——另類的作答方式，提供您各式充滿創意的絕妙好句。

So far, I've only dated Taiwanese guys, but I would definitely date a foreigner. I'm sure there would be **challenges**, but I also think it would be exciting and interesting. I'm attracted to some Europeans. I could be wrong but they seem more romantic than most guys I know!

到目前為止，我只有跟台灣男生約過會，但我絕對會想跟外國人約會。我想挑戰是一定會有的，但我也覺得這樣很刺激跟有趣。我很被某些歐洲人吸引。我這樣想可能是錯的，但他們看起來好像比我認識的大多數男生更浪漫！

安全過關的標準答案

葉教授——充分展現自己的深度，用難度較高的單字，為您示範條理分明的應答。

Sure, I would if I were single. A person's **nationality** or skin color is not important. What is important, however, is how the two people **relate to** each other and how well they communicate. A lot of **cross-cultural** relationships **suffer** because of a **language barrier** or cultural **misunderstandings**.

當然，如果我單身，我會。一個人的國籍跟膚色不重要。重要的是兩個人彼此不處得來跟好不好溝通。很多跨國戀情受苦是因為語言障礙或是文化間的誤會。

重點解析 **Key Point**
作答方向分析整理，讓你的談話內容更有深度。

---

1. 除非你目前就正在跟一個外國人交往，不然這個問題只是純假設性的，所以回答的時候，就必須用到假設語氣第二型，也就是**would**這個字在句型裡。譬如：

★ If I met the right person, it wouldn't matter where they were from.
如果我遇到對的人，他們是從哪裡來的沒差。

★ I might date a foreigner. It would depend on how well we get along.
我可能會跟外國人約會。要看我們處得好不好。

★ I think marrying someone from a different culture is asking for a lifetime of trouble. I wouldn't do it.
我覺得跟不同文化的人結婚是自找一輩子的麻煩。我不會這麼做。

★ I dated a foreigner once before. It didn't work out, but I learned a lot from the experience. I'd certainly try it again if I met the right person.
我跟一個外國人約會過一次。結果是沒有成功，但我從這個經驗中學到很多。如果我遇到對的人，絕對會再試一次。

---

2. 必背片語= freak out　發飆；發瘋；嚇死

★ Nancy freaked out when she saw her boyfriend with another girl in a fancy restaurant.
南茜看到她男朋友跟另一個女生在一間高級餐廳裡時整個嚇傻了。

---

3. 必背片語= rule out　排除掉

★ I don't think this is the job I want, but I haven't ruled it out yet.
我不覺得這份工作是我要的，但我還沒把它排除在外。

10. What advice would you give a friend who is looking for a partner?
你會給想找伴的人什麼樣的建議？

09-10

與眾不同的高分答案

小陳——逆向思考的宅男角度，為您示範較簡單且有點搞笑的回答。

I wish I knew because I'm looking for a girlfriend at the moment! I guess I would suggest some dating websites. I think I might give that a try myself. And you can ask your friends and family to introduce you to any available women that they know. **Unfortunately**, I think it **requires** some **patience** and a lot of luck.	我真但願我知道，因為我現在就在找女朋友！我猜我會建議一些約會網站。我想我自己也會試試看。你也可以請你朋友或家人介紹他們認識的單身女性給你。很可惜的是，我想這件事需要一些耐性跟很多很多的好運。

令人印象深刻的答案

小劉——另類的作答方式，提供您各式充滿創意的絕妙好句。

Well, you have to put yourself in the best **situation** to meet the kind of person you're looking for. For example, if you're **gay** you might want to go to the Gay Pride Parade. If you're looking for someone intelligent, sign up for a difficult class and then ask a smart student to help you.	嗯，你必須讓自己處在一個可以認識你在尋找的對象的場合中。譬如說，如果你是同志，你可能要去同志遊行。如果你想找一個很聰明的人，那就報名去上一些困難的課程，然後請聰明的同學幫忙。

註：gay在台灣被廣泛的誤以為只能指男同性戀，在英文裡，你也可以說She's gay（她是同性戀）。

安全過關的標準答案

葉教授——充分展現自己的深度，用難度較高的單字，為您示範條理分明的應答。

That's difficult because it's been such a long time since I was on the market! I'd suggest joining a club or **volunteering** for a **charity** event to meet more people with similar interests to you. Don't be too **aggressive**, but be friendly with everyone you meet. A **casual** friendship could blossom into a beautiful **romance**.	這問題很困難，因為我已經離單身太久了！我應該會建議去參加一些社團俱樂部或者是去慈善活動當志工，去認識更多跟你有類似興趣的人。不要太強勢，和善一點的對待你遇見的人。一段輕鬆的友誼有可能開花結果成一段美麗的羅曼史。

重點解析 Key Point
作答方向分析整理，讓你的談話內容更有深度。

---

1. 想想看大部分你自己交往的對象或是你朋友們交往的對象都是怎麼認識的。你的答案可以很八股，也可以很有創意。

★ **use a dating service** 使用交友服務

★ **meet friends of friends on (Facebook/Twitter)**
在臉書／推特上認識朋友的朋友

★ **take a (dance/language) class** 去上（跳舞／語言）課

★ **go to a night club** 去夜店　　★ **go on a blind date** 相親

---

2. 必背片語= might want to　應該要…（委婉的向人提出建議）

★ **You might want to drink some water. You've had a lot of beer tonight.**
你可能應該喝一點水。你今天晚上喝了很多啤酒。

---

3. 必背片語= Gay Pride Parade　同志驕傲遊行（在歐美國家常見的歡樂遊行，通常是六月份舉行。目的是為了頌揚男女同志、雙性戀以及變性人的人權以及推廣同志婚姻的被接受度。）

★ **The annual Gay Pride Parade starts at 5th Avenue and 36th Street and ends at Christopher and Greenwich Streets.**
一年一度的同志遊行從第五大道跟第36街開始，一直到克里斯多福街跟格林威志街。

---

4. 必背片語= on the market　單身（在經濟學上on the market也可以用指某物件現在可以被販售）

★ **After a couple of months, Ken was over his breakup and ready to be back on the market.**
過了幾個月，肯已經走出分手的陰霾，準備好回到單身市場了。

---

5. 必背片語= blossom into　開花結果；長成

★ **I remember her as a shy little girl, but Betty has certainly blossomed into a confident young woman!**
我記得她是一個害羞的小女孩，但貝蒂無疑地已經出落成一個充滿信心的小女人！

Extended Questions

想想看，下列問題你會如何回答？試著從三種角度思考問題，並找身邊的外國朋友練習一下吧！

Q1 **Do you prefer to be single or in a relationship?**

你比較喜歡單身還是跟人交往？

Q2 **Do you believe that there is one perfect partner for each of us?**

你相信每個人都可以找到一個完美的伴侶嗎？

Q3 **Do you think two men or two women should be legally allowed to get married?**

你覺得兩個男人或兩個女人可以合法的結婚嗎？

241

Unit **10**

環境
Environment

內頁圖示說明：

適用考試項目—

雅 IELTS 雅思

托 TOEFL 托福

多 NEW TOEIC 新多益

檢 GEPT 全民英語能力分級檢定測驗

面 INTERVIEW 各大企業及入學考試英語面試

單字詞性標示—

n. 名詞   int. 感嘆詞

v. 動詞   prep. 介系詞

a. 形容詞   conj. 連接詞

ad. 副詞   phr. 片語

Warm up

透過下面的互動練習，進入本單元學習主題。

Find 8 environmental issues in the puzzle below.
從字謎中找出表示下列八個環境問題的英文單字。

人口過剩／砍伐森林／污染／偷獵／保育／絕種／乾旱／廢棄物

R	I	C	D	A	T	E	P	R	X	W	E	S	E
E	X	O	E	R	S	P	O	A	C	H	I	N	G
A	T	N	F	U	T	K	L	L	M	I	S	E	E
W	A	S	O	B	L	O	L	W	E	T	E	I	R
O	V	E	R	P	O	P	U	L	A	T	I	O	N
X	M	R	E	L	O	E	T	N	C	S	N	P	L
E	W	V	S	S	D	E	I	T	O	D	T	U	H
Y	L	A	T	T	E	N	O	H	K	R	I	E	T
N	I	T	A	S	H	W	N	R	L	O	J	R	N
O	V	I	T	B	I	E	E	O	C	U	D	F	I
P	E	O	I	R	X	O	R	F	K	G	L	O	W
Q	U	N	O	M	O	S	H	X	S	H	I	D	E
A	I	L	N	E	X	T	I	N	C	T	I	O	N

解答：
overpopulation
deforestation
pollution
poaching
conservation
extinction
drought
waste

Vocabulary

聽 MP3，跟著外國老師一起朗讀並熟記這 100 個單字，以便在口試中活用。

10-00

❶ **(recycling) bin** [bɪn] n. 回收桶

❷ **recyclable** [rɪˋsaɪkləbl̩] a. 可回收的

❸ **sort** [sɔrt] v. 分類

❹ **accidentally** [͵æksəˋdɛntl̩ɪ] ad. 不小心地

❺ **gross** [gros] a. 令人噁心的

❻ **guilty** [ˋgɪltɪ] a. 有罪惡感

❼ **harm** [hɑrm] v. n. 破壞；傷害

❽ **landfill** [ˋlænd͵fɪl] n. 垃圾掩埋

❾ **dump** [dʌmp] n. 垃圾場

❿ **incinerator** [ɪnˋsɪnə͵retɚ] n. 焚化爐

⓫ **carbon footprint** n. 碳足跡

⓬ **download** [ˋdaʊn͵lod] v. 下載

⓭ **litter** [ˋlɪtɚ] v. 亂丟

⓮ **cloth** [klɔθ] n. 布

⓯ **reusable** [riˋjuzəbl̩] a. 可重覆使用的

⑯ **industry** [ˋɪndəstrɪ] n. 產業；工業

⑰ **light bulb** n. 電燈泡

⑱ **unplug** [ˏʌnˋplʌg] v. 拔掉（插頭）

⑲ **charger** [ˋtʃardʒɚ] n. 充電器

⑳ **hybrid** [ˋhaɪbrɪd] a. 混合的

㉑ **climate change** n. 氣候變遷

㉒ **optimistic** [ˏaptəˋmɪstɪk] a. 樂觀的

㉓ **solution** [səˋluʃən] n. 解決方法

㉔ **natural disaster** n. 天然災害

㉕ **priority** [praɪˋɔrətɪ] n. 優先考慮的事

㉖ **carbon dioxide (CO_2)** n. 二氧化碳

㉗ **emission** [ɪˋmɪʃən] n. 排放物

㉘ **cycle** [ˋsaɪkḷ] n. 循環

㉙ **ignorance** [ˋɪgnərəns] n. 無知；愚昧

㉚ **prevent** [prɪˋvɛnt] v. 預防

㉛ **outdoorsy** [ˋautˋdɔrzɪ] a. 喜歡戶外的

㉜ **particularly** [pɚˋtɪkjələlɪ] ad. 尤其是

㉝ **peak** [pik] n. 山頂；高峰

㉞ **romantic** [rəˋmæntɪk] a. 浪漫的

㉟ **rainforest** [ˋrenˏfarɪst] n. 雨林

㊱ **species** [ˋspiʃiz] n. 物種

㊲ **survival** [sɚˋvaɪvḷ] n. 存活

㊳ **plains** [plenz] n. 平原

㊴ **wildlife** [ˋwaɪldˏlaɪf] n. 野生動植物

㊵ **vast** [væst] a. 廣大的；一望無際

㊶ **factory** [ˋfæktərɪ] n. 工廠

㊷ **urban** [ˋɝbən] a. 城市的

㊸ **overcrowding** [ˏovɚˋkraudɪŋ] n. （人口、車輛）擁擠

㊹ **inhale** [ɪnˋhel] v. 吸入（空氣）

㊺ **exhaust** [ɪgˋzɔst] n. 廢氣

㊻ **manufacturing** [ˏmænjəˋfæktʃərɪŋ] n. 製造業

㊼ **sector** [ˋsɛktɚ] n. 產業

㊽ **economy** [ɪˋkanəmɪ] n. 經濟

㊾ **store** [stor] v. 存放

㊿ **harm** [harm] n. 傷害

(51) **address** [əˋdrɛs] v. 對付（問題）

(52) **alternative energy** n. 替代性能源

(53) **hydroelectric** [ˏhaɪdroɪˋlɛktrɪk] a. 水力發電的

(54) **cost-effective** [ˋkastəˋfɛktɪv] a. 合乎成本效益的

(55) **nuclear** [ˋnjuklɪɚ] a. 核能的

(56) **(power) plant** [plænt] n. 發電廠

(57) **wind turbine** n. 風力發電機

(58) **solar panel** n. 太陽能板

(59) **export** [ɪksˋport] v. 出口

(60) **eliminate** [ɪˋlɪməˏnet] v. 淘汰；排除

(61) **fossil fuel** n. 石化燃料

(62) **individual** [ˏɪndəˋvɪdʒuəl] n. 個人

(63) **responsibility** [rɪˏspansəˋbɪlətɪ] n. 責任

(64) **practice** [ˋpræktɪs] n. 做法

(65) **require** [rɪˋkwaɪr] v. 要求

(66) **incentive** [ɪnˋsɛntɪv] n. 誘因

(67) **oil spill** n. 漏油

(68) **profit** [ˋprafɪt] n. 利益；利潤

(69) **consequence** [ˋkansəˏkwɛns] n. 後果

(70) **conserve** [kənˋsɝv] v. 保存

(71) **organic** [ɔrˋgænɪk] a. 有機的

(72) **issue** [ˋɪʃju] n. 議題

(73) **landslide** [ˋlændˏslaɪd] n. 土石流

(74) **flood** [flʌd] n. 淹水

(75) **endangered** [ɪnˋdendʒɚd] a. 瀕臨絕種的

(76) **extinct** [ɪkˋstɪŋkt] a. 絕種的

(77) **resident** [ˋrɛzədənt] n. 居民

(78) **horn** [hɔrn] n. 喇叭

(79) **construction** [kənˋstrʌkʃən] n. 工地；建築

(80) **stress** [strɛs] n. 壓力

❽ **loss** [lɔs] n. 損失；損害

❽ **willing** [`wɪlɪŋ] a. 願意的；樂意的

❽ **eco-friendly** [`iko͵frɛndlɪ] a. 保護生態的

❽ **afford** [ə`ford] v. 付得起

❽ **showerhead** [`ʃauə͵hɛd] n. 淋浴頭

❽ **reduce** [rɪ`djus] v. 降低

❽ **quality** [`kwɑlətɪ] n. 品質

❽ **suit** [sut] v. 適合

❽ **corporation** [͵kɔrpə`reʃən] n. 企業；公司

❽ **advocate** [`ædvə͵ket] v. 倡導；支持

❽ **inconvenient** [͵ɪnkən`vinjənt] a. 不方便

❾ **human nature** n. 人性

❾ **aggravating** [`ægrə͵vetɪŋ] a. 可惡的；惱人的

❾ **policy** [`pɑləsɪ] n. 政策

❾ **encourage** [ɪn`kɝɪdʒ] v. 鼓勵

❾ **short-sighted** [`ʃɔrt`saɪtɪd] a. 短視的；目光不長遠的

❾ **understandable** [͵ʌndə`stændəbl̩] a. 可以理解的

❾ **immediate** [ɪ`midɪɪt] a. 立即的；眼前的

❾ **benefit** [`bɛnəfɪt] n. 利益；好處

❿ **key** [ki] a. 關鍵的

Tips for Discussion

釐清各種易混淆的觀念，掌握口試高分祕訣。

Cause and effect（因果關係）的句型非常適合用在這個主題：

❶ A causes B = A results in B = A leads to B（A導致B）

Car and factory emissions <u>cause</u> air pollution.（車子跟工廠廢氣導致空氣污染。）

Car and factory emissions <u>result in</u> air pollution.（車子跟工廠廢氣導致空氣污染。）

Car and factory emissions can <u>lead to</u> air pollution.（車子跟工廠廢氣導致空氣污染。）

❷ B is caused by A = B is a result of A = B comes from A（B是A造成的）

Air pollution <u>is caused by</u> car and factory emissions.
（空氣污染是由車子跟工廠廢氣造成的。）

Air pollution <u>is a result of</u> car and factory emissions.
（空氣污染是由車子跟工廠廢氣造成的。）

Air pollution <u>comes from</u> car and factory emissions.
（空氣污染是由車子跟工廠廢氣造成的。）

1. Do you recycle?
你有在做回收嗎?

MP3
10-01

與眾不同的高分答案

小陳——逆向思考的宅男角度，為您示範較簡單且有點搞笑的回答。

Yes, usually I do. There are **recycling bins** at home and in my office, so it's no extra effort to recycle. Besides, in Taipei we have to pay for our garbage bags, so my mother yells at me if I throw something **recyclable** into the trash! Some old ladies in our neighborhood collect everyone's old plastic bottles, paper, and cans. I think they **sort** them and sell them for some extra money.

有，通常有。我家跟辦公室都有回收桶，所以回收起來不麻煩。此外，在台北我們得付錢買垃圾袋，所以如果我把可回收的東西丟到垃圾桶，我媽會鬼叫！我們附近有些老太太會收集大家的舊塑膠瓶、紙類跟瓶罐。我想他們分類後是拿去賣一點錢。

Unit 10

環境 Environment

令人印象深刻的答案

小劉——另類的作答方式，提供您各式充滿創意的絕妙好句。

Of course! I think it's important to recycle. It really bothers me when I see people <u>throw away</u> recyclable stuff. It's just lazy. Actually, the other day I **accidentally** threw my plastic bottle into the trash can. I had to reach in and pull it out! It was **gross**, but I would have felt too **guilty** leaving it in there!

當然！我覺得回收很重要。當我看到有人把可回收的東西丟掉，我真的覺得很煩。真是懶惰。事實上，有天我不小心把塑膠瓶丟進垃圾桶，結果我手伸進去再把它拿出來！有一點噁心，但是如果我把它留在那，我會覺得良心不安！

安全過關的標準答案

葉教授——充分展現自己的深度，用難度較高的單字，為您示範條理分明的應答。

Yes. It's one of the best and easiest ways to help the environment. We're really **harming** the Earth with our **landfills**, garbage **dumps** and **incinerators**. We need to reuse and recycle everything we can. I hope Taiwan will continue to develop and improve its recycling program.

有。這是幫助環境最好也是最簡單的方法。我們的垃圾掩埋、垃圾山跟焚化爐真的都在破壞地球。我們得盡量重新使用跟回收任何東西。我希望台灣可以繼續開發跟改善回收計劃。

Key Point

作答方向分析整理，讓你的談話內容更有深度。

---

1. 要不要回收是個人選擇，但回答 **I don't care about recycling.**（我不在乎回收。）聽起來有一點 **politically incorrect**（政治上不正確－意思是指你這樣說是不違法，但在道德上可能說不過去），而且也阻斷了這個話題的延續性。你可以說 **I recycle when it's convenient, but I don't go out of my way to find a recycling bin.**（如果方便我就會回收，但是我不會千辛萬苦的去找一個回收桶。）不然就是把責任推到政府身上了，**I think it's up to the government to deal with the problem of waste, not individuals.**（我覺得是政府要去處理廢棄物的問題，不是個人。）

---

2. trash跟**garbage**是可以交互使用的。**rubbish**是英式英文，而**garbage**是美式。英國人叫垃圾桶**rubbish bin**，而美國人則是用台灣學生較熟悉的**garbage/trash can**。美式英文的使用者通常只有在指比較大型的容器時才會用到**bin**這個字。

---

3. 在台灣需要被回收的東西：

★ **bulky waste (e.g. furniture, refrigerators, etc)**
大型廢棄物（傢俱、冰箱等）

★ **electronics (laptops, monitors, keyboards, etc)**
電子產品（筆電、螢幕、鍵盤等）

★ **plastic (bottles, containers)** 塑膠（瓶、容器）

★ **paper** 紙類　　　　　　　　★ **light bulbs** 電燈泡

★ **metal** 金屬　　　　　　　　★ **batteries** 電池

★ **glass (bottles)** 玻璃（瓶）

---

4. 必背片語＝ **throw away** = **throw out**　　丟棄

★ **Whenever Vickie buys new shoes, she <u>throws</u> the old ones <u>away</u>.**
每當維琪買新鞋的時候，她就把舊的鞋子<u>丟掉</u>。

2. Besides recycling, what do you do to help protect the environment?
10-02
除了回收之外，你還有做什麼來幫助保護環境？

與眾不同的高分答案
小陳——逆向思考的宅男角度，為您示範較簡單且有點搞笑的回答。

I'm not really a tree-hugger. I don't think about the environment very often, but I also don't do much to harm it. I don't have a car so that means I'm not leaving a large **carbon footprint** or making the air pollution any worse. And I guess **downloading** my music, games, and movies is better than buying plastic CDs or DVDs.

我不是個環保狂。我沒有常常去想環境這件事，但是我也沒有很破壞環境。我沒有車子，這代表我沒有留下很大的碳足跡或是讓空氣污染更糟糕。而且我想下載音樂、遊戲跟電影比去買那些塑膠唱片或是影帶來得好吧！

Unit 10

環境 Environment

令人印象深刻的答案
小劉——另類的作答方式，提供您各式充滿創意的絕妙好句。

I always try to be "green," so I never **litter** and I usually use a **cloth** bag when I go shopping instead of plastic bags. I also carry **reusable** chopsticks. Oh, and I rarely eat meat. The meat **industry**, especially raising cows for beef, uses lots of energy and water and the cows produce a greenhouse gas.

我總是盡量環保，所以我從來不會亂丟垃圾，而且我經常使用布做的袋子去買東西，而不是用塑膠袋。我也會攜帶可重覆使用的筷子。噢，還有我很少吃肉。肉品工業，尤其是養牛來提供牛肉這件事，使用大量的能源跟水，而且牛隻們會製造溫室效應氣體。

安全過關的標準答案
葉教授——充分展現自己的深度，用難度較高的單字，為您示範條理分明的應答。

I think it's our small day-to-day actions that can make a difference. For example, in our home, we use only energy-saving **light bulbs**, and cloth napkins instead of paper ones. I turn off my computer every night and **unplug** my cell phone **charger** when I'm not using it. And I always either walk to work or drive my **hybrid** car.

我認為我們每天小小的動作才是創造出差異的地方。譬如說，在家裡，我們只用省電燈泡，餐巾布而不用餐巾紙。我每天晚上都會將電腦關機，沒在用的時候，我會拔掉手機的充電器。還有我總是要嘛就用走的，不然就開我的油電混合動力車。

重點解析 **Key Point**
作答方向分析整理，讓你的談話內容更有深度。

---

1. 你可以說說你對保護環境的看法，你覺得重不重要，再提出幾樣你有在做的事。很多**eco-friendly choices**（對環境友善的選擇）其實也是在幫你省錢喔！

---

2. 其他保護環境的方式：

★ **turn off the lights/water when you're not using them**
沒有在用的時候就把燈／水關掉

★ **ride a bicycle instead of using a car** 騎腳踏車，不要開車

★ **receive and pay bills online** 在網路上收帳單跟繳費

★ **use your own cup at the coffee shop** 帶自己的杯子去咖啡店

★ **use both sides of the paper** 紙的兩面都使用（雙面影印）

★ **keep your car/scooter well-maintained** 好好保養你的車／機車

★ **use rechargeable batteries** 使用可重覆充電的電池

★ **buy local produce and products** 購買當地的農產品跟製品

★ **shop less or buy second hand items** 少購物或是多買二手商品

---

3. 必背單字= **tree-hugger** 抱樹的人，指環保人士

★ I don't care what those <u>tree-huggers</u> say. I can drive an SUV if I want to! 我才不管那些<u>環保狂</u>怎麼說。如果我要，我就是可以開我的休旅車！

---

4. 必背單字= **green** 關心生態的；環保的

★ Our company sells <u>green</u> clothing. We use only organic materials and natural dyes.
我們公司賣<u>環保</u>衣物。我們只使用有機的材料跟天然的染劑。

---

5. 必背片語= **greenhouse gas** 溫室效應氣體（常見的有CO_2二氧化碳、methane甲烷跟其他氣體）

★ Some of the most dangerous <u>greenhouse gases</u> come from burning coal for energy.
有些最危險的<u>溫室效應氣體</u>是來自人們為了得到能源而燒的炭。

Questions and Answers
練習從各種角度思考判斷，找到最適合自己的作答方式。

3. Are you worried about **climate change**?
你擔心氣候變遷嗎？

10-03

與眾不同的高分答案
小陳——逆向思考的宅男角度，為您示範較簡單且有點搞笑的回答。

No. I don't think climate change is as bad as some people say it is. Even if it is, I'm **optimistic** that things will improve before it's too late. Scientists are working on the problem and they will probably find a **solution** soon. If humans can survive the Ice Age, dealing with climate change should be a walk in the park.

不，我不覺得氣候變遷有像有些人說得那麼糟。就算是好了，我也是樂觀的認為事情會及時改善。科學家在設法解決問題了，他們很快就會找到解決方法。如果人類可以從冰原時期活下來，處理氣候變遷這件事應該是輕而易舉的才對。

Unit 10

環境 Environment

令人印象深刻的答案
小劉——另類的作答方式，提供您各式充滿創意的絕妙好句。

I wasn't so worried until I saw the movie *2012*. Now I'm scared that the world might really end like that! It already seems like we have been experiencing so many more **natural disasters**, such as typhoons and earthquakes, lately. I think we need to make it a top **priority** to deal with climate change.

一直到看了電影《2012》之前，我是沒那麼擔心。現在我有點害怕這個世界真的會那樣子結束！現在似乎我們最近以來已經有更多天然災害例如颱風跟地震。我想我們需要把處理氣候變遷當成是最首要處理的事務。

安全過關的標準答案
葉教授——充分展現自己的深度，用難度較高的單字，為您示範條理分明的應答。

Don't get me started. It's a huge problem, and I don't understand why some people say that there's no need to worry. I even have one friend who says people and our **carbon dioxide emissions** don't cause global warming - that it's just nature's normal **cycle**. I can't believe his **ignorance**! If we can stop polluting, we can **prevent** climate change and our children will have a much better future.

別讓我打開話匣子了。這是個大問題，我不懂為什麼有些人說這件事不需要擔心。我有一個朋友甚至說人類跟二氧化碳的排出沒有造成全球暖化，那是大自然自然的循環。我真不敢相信他的愚昧！如果我們可以停止污染，我們就可以預防氣候變遷，我們的孩子們就可以有更美好的未來了。

251

Key Point

作答方向分析整理，讓你的談話內容更有深度。

---

1. 我們來聽聽其他較極端的人的說法：

★ I don't think we need to worry about climate change at all. If the climate really is changing, I don't think there's anything we can do about it. It has only become a big issue recently because scientists need funding and the media needs something to talk about.

我不覺得我們需要擔心氣候變遷。如果氣候真的在改變，我不覺得我們可以做任何事。這件事最近變成一個大議題全都是因為科學家需要資金跟媒體需要某件事來談論。

★ I'm very worried about it. Every time I turn on the news, there's another hurricane or tsunami. The glaciers are melting and sea levels are rising, so polar bears and other animals are dying out. Soon, low-lying areas could be totally under water. I wonder what kind of world our children will have to live in.

我非常擔心。每次我打開新聞，就有另一個颶風或海嘯。冰河正在融解，海平面正在上升，所以北極熊跟其他動物正在滅絕。很快的，低窪地區就會完全淹沒在水裡了。我想知道我們的孩子將得住在什麼樣的世界。

---

2. 必背片語＝ Ice Age　冰原／河時期

★ Many humans died and some animals went extinct during the last Ice Age.　在上一次的冰原時期中，很多人死了，有些動物也絕種了。

---

3. 必背片語＝ a walk in the park　輕而易舉的小事

★ Danny was worried about the math test because he hadn't studied much, but it was a walk in the park.

丹尼很擔心數學考試，因為他都沒看什麼書，但是考得很簡單。

---

4. 必背片語＝ don't get me started　別讓打開話匣子了（指某人意見很多）

★ Terry's clothes are so old-fashioned, and don't even get me started on her hair.　泰瑞的衣服有夠俗的，更別讓我開始講她的頭髮。

---

5. 必背片語＝ global warming　全球暖化

★ Some scientists say that we're having more typhoons because of global warming.

有些科學家說因為全球暖化的關係，我們現在的颱風更多了。

4. What's your favorite natural environment?
你最喜歡的自然環境是什麼？

MP3
10-04

與眾不同的高分答案
小陳——逆向思考的宅男角度，為您示範較簡單且有點搞笑的回答。

I'm not exactly **outdoorsy**, but I do like to go hiking once in a while, especially if I have a girl to go with. Although I don't **particularly** enjoy the climb, it's nice when I make it to the **peak** where the air is fresh and I can look out on the city below. More importantly, it's a perfect **romantic** spot for me to steal a kiss! So I guess that's my favorite natural environment - at the top of a mountain.

我不是個戶外活動型的人，但是偶爾我是喜歡去健行，尤其是如果跟可愛的女生一起的話。雖然我沒有特別喜歡爬山，但是當我爬到山頂，享受新鮮空氣，可以往下看整個城市，是還蠻不錯的。更重要的是，這是索吻的完美浪漫地點！所以我想山頂是我最愛的自然環境。

Unit 10

環境 Environment

令人印象深刻的答案
小劉——另類的作答方式，提供您各式充滿創意的絕妙好句。

I really love the beach and the mountains, but I think I'd like to go to a **rainforest** like the Amazon even more. There's so much to see there - I think it would be really inspiring for me as an artist. It's exciting that scientists are still discovering new **species** there too. It's a really important place for the Earth's environment and for human **survival**.

我超愛海灘跟山，但是我想我更想去像亞馬遜那樣的雨林了。那裡有好多東西可以看－我想對像我這樣的藝術家，那會是真的很激發靈感。科學家們也在那裡發現新的物種，真令人興奮。雨林對於地球環境跟人類的生存真的是個很重要的地方。

安全過關的標準答案
葉教授——充分展現自己的深度，用難度較高的單字，為您示範條理分明的應答。

I think my favorite experience in nature was on the **plains** of East Africa. We could see **wildlife** all around us. The sky seems so big there, and the land seems so **vast**. The air was warm and dry. I like being in a place that reminds me of how small I am, and how beautiful our Earth is.

我想我最喜愛的自然經驗是在東非的平原了。我們可以看到附近全是野生動物。那裡的天空看起來超大的，所以土地看起來一望無際。空氣溫暖又乾燥。我喜歡在一個提醒我自己是多渺小，地球是多美麗的地方。

重點解析 Key Point
作答方向分析整理，讓你的談話內容更有深度。

1. 大部分的現代人都住在城市中，能夠離開鋼筋叢林去到大自然並不是天天都可以發生的事。想想看你最喜歡的大自然環境是哪一種，是山還是海？你也可以更清楚的指出某個地點，例如**Sun Moon Lake**（日月潭）或**snowy mountain**（下雪的山），描述一下你為什麼喜歡這些地方跟你可以在那裡做什麼？但是，大城市裡的一個小公園，例如台北的大安森林公園，可能還不夠格可以被稱上是大自然喔！

2. 其他大自然場所：

   ★ lake/pond 湖／池塘　　★ cave 洞穴

   ★ river 河　　　　　　　　★ meadow 草地

   ★ stream 小溪　　　　　　★ national park 國家公園

   ★ waterfall 瀑布　　　　　★ desert 沙漠

   ★ hot springs 溫泉　　　　★ beach 海灘

   ★ forest/woods 森林

3. 必背片語= once in a while　偶爾

   ★ I'm supposed to avoid sweets, but I think a little chocolate is OK once in a while.
   我其實應該要避免甜品，但我想偶爾來一小塊巧克力是沒問題的。

   ★ I'm not a big basketball fan, but once in a while I go to an SBL game with my boyfriend.
   我不是個大籃球迷，但偶爾我會跟我男朋友去看籃球聯賽。

4. 必背片語= steal a kiss　偷吻；冷不妨的親吻

   ★ Beth stole a quick kiss from Ben before she got out of the taxi.
   貝絲從計程車下車之前偷偷親了班一下。

   ★ Danielle and Jerry stole a kiss behind a book in the library.
   丹尼兒跟傑瑞在圖書館裡躲在一本書後面偷親了一下。

Questions and Answers

練習從各種角度思考判斷，找到最適合自己的作答方式。

5. Has the pollution in your country gotten better or worse since you were a child?

從你小時候到現在，你們國家的污染有改善還是惡化了嗎？

與眾不同的高分答案

小陳——逆向思考的宅男角度，為您示範較簡單且有點搞笑的回答。

| | | |
I think it's about the same. For a while, it was getting worse because our population was growing too quickly. Taiwanese people were buying lots of cars and building lots of **factories**. Now I think the problem is under control. We have laws and new technology to make sure cars and factories don't pollute the air too much.

我想是一樣吧！有一段時間它有變糟，因為我們的人口成長得太快。台灣人買了很多車，也蓋了很多工廠。現在我想這個問題已經得到控制。我們有法律跟新的科技讓車子跟工廠不要污染空氣太嚴重。

令人印象深刻的答案

小劉——另類的作答方式，提供您各式充滿創意的絕妙好句。

Sadly, I think it's worse, at least in **urban** areas. More and more people have moved to the cities. **Overcrowding** means more traffic, more pollution and more garbage. There are ten times more scooters now and **inhaling** scooter **exhaust** every day when I ride my bike to work isn't fun!

很遺憾的，我想是越來越糟，至少在城市區域是這樣。越來越多人搬到城市裡。人口擁擠代表著更多的交通、更多污染跟更多垃圾。現在有十倍多的摩托車，每天我騎腳踏車吸進摩托車廢氣可不是好玩的！

安全過關的標準答案

葉教授——充分展現自己的深度，用難度較高的單字，為您示範條理分明的應答。

It's worse now. Taiwan's **manufacturing sector** has been good for our **economy**, but bad for our environment. We also have a serious problem with nuclear waste. There isn't a safe place to **store** it where it won't cause **harm** to the land or to the people living nearby. The EPA needs to do more to **address** these problems.

現在是更嚴重了。台灣的製造業對經濟有幫助，但對我們的環境有害。我們同時還有嚴重的核廢料問題。沒有一個不會對土地或住在附近的人民造成危害的安全的地可以存放。環保局需要做更多事來對付這些問題。

重點解析 Key Point

作答方向分析整理，讓你的談話內容更有深度。

1. 為了讓這題的答案聽來更有力，你可以說說你曾經在新聞或報紙上看過的報導。例如：According to the news, the number of asthma patients has increased because of air pollution.（根據新聞，氣喘病人的數字因為空氣污染而增加了。）或是 I read an article which said that the EPA has some programs to reduce the amount of pollutants that are dumped into our rivers. They say the rivers are much cleaner now.（我讀了一篇文章說環保局有一些減少被排入河川的廢棄物的計劃。他們說現在河川乾淨多了。）

2. 若你真的不太瞭解台灣的環境污染問題，想想空氣有沒有變髒，河裡的魚有沒有減少，常見的污染源是哪裡。想想看是誰要為這些問題負責，他們應該做些什麼？

3. 必背片語= under control　得到控制

　★Justin tried to keep his emotions under control, but he cried a little when he said good-bye to his girlfriend.
　賈斯汀試著讓他的情緒得到控制，但他跟他女朋友說再見的時候，還是小哭了一陣。

4. 必背單字= EPA = Environmental Protection Agency　環保局

　★The EPA recently fined a plastics factory for dumping their waste into a river.
　環保局最近開罰了一間塑膠工廠，因為他們排放廢棄物到河川中。

　★Some people say the EPA is not doing enough to keep our lakes and rivers clean.
　有人說環保局在維護湖泊跟河川的乾淨這件事上做得還不夠。

6. Which type of **alternative energy** do you think should be developed more?

MP3
10-06

你認為哪一種替代性能源應該多被發展？

與眾不同的高分答案

小陳——逆向思考的宅男角度，為您示範較簡單且有點搞笑的回答。

Maybe **hydroelectric** power, but we should only develop alternative energy if it's **cost-effective**. I think the government has more important things to spend money on. We definitely shouldn't build any more **nuclear** energy **plants**, because we get so many earthquakes here. We should learn from Japan's recent experience.

或許是水力發電吧！但是我們應該只發展合乎成本效益的替代性能源。我想政府有更多重要的事情需要花錢。我們絕對不應該再蓋更多核能發電廠了，因為我們地震很多。我們應該從日本最近的經驗學習。

令人印象深刻的答案

小劉——另類的作答方式，提供您各式充滿創意的絕妙好句。

I'm in favor of any type of green energy, but I really like the idea of using wind energy. Wind is free, and it's almost always windy in Taiwan, especially in some areas like in Kenting. Plus, **wind turbines** aren't too noisy, dirty, or ugly. I think they look kind of cool.

我贊成任何形式的綠色能源，但我最喜歡風力發電的想法。風是免費的，而且在台灣幾乎永遠都風很大，尤其是在像墾丁這些地方。還有風力發電機也不會太吵、太髒或太醜。我想他們看起來還蠻酷的。

安全過關的標準答案

葉教授——充分展現自己的深度，用難度較高的單字，為您示範條理分明的應答。

Taiwan manufactures **solar panels** and wind turbines already. We **export** most of them, but we're starting to use them here too. However, neither one on its own can provide enough electricity for the whole island. So I'd like to see Taiwan continue to develop these and other types of clean energy with the goal of totally **eliminating** the use of **fossil fuels** some day.

台灣已經有製造太陽能板跟風力發電機了。他們大部分是出口，但我們也開始使用了。但是，它們兩種還沒有一種可以自己提供足夠的電力給整個島使用。所以我蠻想看到台灣繼續發展這些能源跟其他形式的乾淨能源，目標是有一天可以完完全全的排除石化燃料的使用。

重點解析 **Key Point**
作答方向分析整理，讓你的談話內容更有深度。

---

1. Alternative energy（替代性能源）也稱做green energy（綠色能源）、sustainable energy（永續能源）或是renewable energy（可再生能源）。它製造出來的污染比燃燒fossil fuels（石化燃料）之類的coal（煤炭）或oil（原油）少，而且能源的來源不像石化燃料會有用完的一天。

2. 最容易回答這題的方法就是選一樣你覺得最適合台灣的，也可以說說你的態度。你覺得我們應該多發展替代性能源嗎？還是你覺得那樣根本是浪費錢？

3. 常見的替代性能源的來源：

★ **sun** 太陽

★ **wind** 風力

★ **water (hydro)** 水力

★ **nuclear** 核能

★ **bio-fuels** 生物燃料

★ **geothermal heat** 地熱

★ **methane gas** 沼氣（來自牛隻或堆肥）

4. 必背片語= in favor of = in support of　贊成

★ I was in favor of going to a movie, but everyone else voted to go bowling instead.
我本來贊成去看電影，但其他人都投票打保齡球。

5. 必背片語= kind of = sort of　蠻…樣的
（在口語使用時，常省音為kinda或sorta）

★ Bill isn't exactly handsome, but he's kind of good-looking in his own way.
比爾算不上帥，但他有他自成一格的帥法。

7. Who is most responsible for protecting the environment: governments, businesses, or individuals? 誰應該為保護環境負責？政府，企業還是個人？

與眾不同的高分答案
小陳——逆向思考的宅男角度，為您示範較簡單且有點搞笑的回答。

Governments should take the most **responsibility** because they have the most power to change things. That's why we pay taxes! Companies and individuals aren't likely to change their **practices** until the government either **requires** them to or gives them some **incentives** to, like giving tax breaks for hybrid cars.

政府應該負起最多的責任，因為他們最有力量改變事情。這就是為什麼我們要繳稅！除非政府要求他們或是給更多的誘因，例如給買油電混合動力車的人賦稅減免，否則公司跟個人不太會去改變他們的做法。

令人印象深刻的答案
小劉——另類的作答方式，提供您各式充滿創意的絕妙好句。

In order to really turn things around, everyone should do their part, but I really wish businesses would take more responsibility. A lot of the environmental problems - such as the BP **oil spill** in the Gulf Coast in 2010 - are caused by big, rich companies. They're so focused on making a **profit** that they don't think about the long-term **consequences**.

為了要改變情況，每個人都應該做好該做的，但我真的希望企業可以負起更多責任。很多的環境問題，例如2010年在墨西哥灣發生的英國石油公司漏油事件是由大規格又有錢的公司造成的。他們太專注在賺取利潤，根本沒有想過長期下來的後果。

安全過關的標準答案
葉教授——充分展現自己的深度，用難度較高的單字，為您示範條理分明的應答。

I think it starts with individuals. Everyone can recycle and **conserve** energy. We can also influence the government by voting and making sure that our leaders know that we think that saving the environment is important. We can send a message to businesses in the ways in which we spend our money. For example, I shop mainly at **organic** food stores and try to buy things from green companies, as they take responsibility for the pollution which they create.

我想是從個人開始。每個人都可以回收跟節省能源。我們也可以用投票來影響政府，確保我們的領導人知道人民覺得保護環境很重要。我們可以用去那裡消費的方式傳達訊息給公司們。譬如說，我都在有機食品店裡買東西，盡量跟做環保的公司們購買產品，因為他們有為他們製造出來的污染負責。

Unit 10

環境 Environment

259

重點解析 **Key Point**
作答方向分析整理，讓你的談話內容更有深度。

---

1. 個人、公司跟政府，都有相當的能力可以改變做法，進而保護環境。你可以說說每一方面可以做些什麼還有哪一方面對環境造成了最大的衝擊因此需要負起最大的責任。

2. 政府可以做的事：

★ **establish stiffer emission laws** 制定更嚴格的法規

★ **impose mandatory recycling for all citizens** 強制所有市民回收

★ **invest more in research and development of clean energies**
投資更多資金在研發乾淨的能源

3. 企業可以做的事：

★ **reduce packing** 減少包裝

★ **use recycling materials in their products**
使用可回收的材料在產品上

★ **dispose of industrial waste responsibly** 負責的處理工業廢料

4. 必背片語= **turn (something) around** 扭轉情勢；改變事物

★ **Brenda used to party too much, but she really turned her life around after she met her new boyfriend.**
布蘭達以前常常去狂歡，但自從她認識了新的男友之後整個人都改變了。

5. 必背單字= **long-term** 長期來說（反義字 **short-term**）

★ **Annie is applying for a job at a coffee shop because her long-term goal is to open her own café.**
安妮正在應徵咖啡店的工作，因為她長遠的目標是開一間她自己的咖啡店。

8. Describe an environmental **issue** in Taiwan.
描述一個台灣的環境問題。

MP3
10-08

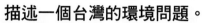

與眾不同的高分答案

小陳——逆向思考的宅男角度，為您示範較簡單且有點搞笑的回答。

Every year during typhoon season, you hear about whole villages being destroyed. It's not the wind or the rain that does the worst damage - it's the **landslides** and the **floods**. I read somewhere that we're having more landslides these days because we keep cutting down trees.

每年的颱風季節，你會又聽說有整個村莊被摧毀。造成最嚴重的災害的都不是風或雨，而是土石流跟淹水。我不知在哪讀到過因為我們一直砍樹，所以現在土石流更多了。

Unit 10

環境 Environment

令人印象深刻的答案

小劉——另類的作答方式，提供您各式充滿創意的絕妙好句。

Recently, I saw a show on TV about Taiwan's **endangered** species. They talked about the *clouded leopard*, which they say is already **extinct** in Taiwan. It's such a cool animal and it's really sad that it's gone! Other animals could be extinct soon too. People have slowly but surely been destroying the forests where they live, to make room for farms and factories.

最近我看到一個電視節目，是有關台灣的瀕臨絕種的物種。他們說台灣雲豹已經從台灣絕種了。台灣雲豹是那麼酷的一種動物，消失了真的很令人捥惜！其他的動物也都可能很快就會絕種了。人們慢慢持續的破壞他們居住的森林，就為了蓋農場與工廠。

安全過關的標準答案

葉教授——充分展現自己的深度，用難度較高的單字，為您示範條理分明的應答。

We **residents** of Taipei deal with a lot of noise pollution, mostly from traffic. I always hear motorcycles, cars, and buses with loud engines or **horns. Construction** and factories create a lot of noise too. Noise pollution may seem harmless, but it can actually cause health problems such as **stress** and hearing **loss**.

我們這些台北市的居民要應付很多噪音污染，大部分來自車輛。我永遠都可以聽到摩托車、汽車跟公車的大引擎聲跟喇叭聲。工地跟工廠也製造大量的噪音。噪音污染可能看來無害，但它確實會造成健康問題譬如壓力跟聽力受損。

重點解析 Key Point

作答方向分析整理，讓你的談話內容更有深度。

---

1. 下面是一些常見的環境問題，你可以選一個你覺得衝擊台灣最大的來討論一它是如何影響我們的？哪些人被影響到？會有什麼樣的後果？要怎麼樣才能解決這個問題？

★ **air pollution** 空氣污染

★ **noise pollution** 噪音污染

★ **water pollution** 水污染

★ **land degradation** 土地惡化／退化

★ **toxic waste/garbage disposal** 有毒廢棄物／垃圾處理

★ **endangered plants and animals** 動植物瀕臨絕種

---

2. 台灣瀕臨絕種的動植物：

★ **Formosan rock monkey** 台灣彌猴

★ **Formosan flying bat** 台灣狐蝠

★ **Formosan black bear** 台灣黑熊

★ **Black-faced spoonbill** 黑面琵鷺

★ **Green turtle** 綠蠵龜

★ **Taipei green tree frog** 台北樹蛙

★ **Taiwan trout** 櫻花鉤吻鮭

★ **Broad-tailed swallowtail** 寬尾鳳蝶

★ **Taiwan beech** 山毛櫸

---

3. 必背片語= **slowly but surely** 緩慢但堅定的

★ **Mandy's English is improving** <u>slowly but surely</u>.
蔓蒂的英文緩慢但持續的在進步。

9. Are you **willing** to pay more for **eco-friendly** products? 你願意為了環保產品而多付費嗎？

MP3
10-09

與眾不同的高分答案

小陳——逆向思考的宅男角度，為您示範較簡單且有點搞笑的回答。

No. I think those products are a rip-off. My mother bought some organic, eco-friendly shampoo once. It was terrible. It didn't get soapy at all. I can't believe some people are willing to pay so much just to feel like they're doing something good for the Earth. I don't think the Earth really cares!

不會！我覺得那些產品根本就是搶錢！我媽買過一次有機的環保洗髮精。那真的很難用。一點都沒辦法起泡。我真不敢相信居然有人會願意因為感到有在照顧地球而花那麼多錢。我不覺得地球真的在乎！

令人印象深刻的答案

小劉——另類的作答方式，提供您各式充滿創意的絕妙好句。

Yes, if it's not too much more and I can **afford** it. I buy tissues made from recycled paper and all-natural cleaning products. Sometimes the eco-friendly stuff actually saves you money in the long run. For example, I bought a water-saving **showerhead** that has **reduced** my water bills.

會，如果不要貴太多，而我也付得起的話。我購買用再生紙做的面紙，還有全天然的清潔用品。有時候環保的產品事實上就長期來講還幫你省錢呢！譬如說，我買了一個省水用的淋浴頭，它已經幫我省了水費了。

安全過關的標準答案

葉教授——充分展現自己的深度，用難度較高的單字，為您示範條理分明的應答。

Yes, all things being equal. If the green product is the same **quality** as the regular one and **suits** my needs, I don't mind paying more for it. In fact, I think it's important to put your money where your mouth is. If you believe **corporations** should develop more green products and technology, you can **advocate** that by spending money on such things.

會，在其他條件不變的情況下。如果環保的產品跟一般的產品一樣的品質，而且也符合我的需求，我不介意多花一點錢買它。事實上，我覺得要拿出實際行動來。如果你認為企業必須開發更多環保的產品跟科技，你可以藉由花錢購買這樣的產品來支持他們。

Key Point

作答方向分析整理，讓你的談話內容更有深度。

1. 你也可以這樣回答：

★ No, I wouldn't spend more money, but sometimes you don't have to. Recycled paper, for instance, is actually cheaper than the other stuff.

不會，我不會想花更多錢，但有時候其實你不見得花更多錢。回收紙，譬如說，就比其他的東西便宜。

★ To be honest, I don't really consider that. When product labels say "all natural" or "eco-friendly," I feel like it's just another advertising gimmick. Who knows how green they really are?

老實說，我不會考慮耶！當產品上寫著「全天然」或「愛護環境」時，我只感覺那是另一種廣告的花招而已。誰知道他們到底有多環保？

★ As long as they don't charge twice or three times the price, I do feel a bit better when I buy eco-friendly products. I've done research online to find the best companies and products that really try not to harm the environment.

只要他們不要比平常的價格貴上兩到三倍，我是覺得如果我購買環保產品，感受是會好一點沒錯。我有在網路上做過一些研究，找出最努力不要傷害環境的公司們。

2. 必背片語= all things being equal
　　　　　 在其他各點都相同的情況下；在等同條件下

★ All things being equal, the more attractive person is more likely to get the job.

在其他能力都相同的條件下，比較有吸引力的人比較有可能得到工作。

3. 必背片語= put one's money where one's mouth is　不要說大話；身體力行

★ The mayor finally put his money where his mouth is and started improving the roads in our town.

市長終於說到做到，開始改善我們城鎮裡的道路。

10. Most people agree that it's important to protect the environment, so why don't more people take the necessary actions to do so?

MP3
10-10

大多數人同意保護環境很重要，那為什麼沒有更多人付諸行動？

Unit 10

環境 Environment

與眾不同的高分答案
小陳——逆向思考的宅男角度，為您示範較簡單且有點搞笑的回答。

Doing the environmentally-friendly thing can be expensive or **inconvenient**. I can't afford to buy an electric car or put solar panels in my roof. And I won't take the MRT to work when it's faster to drive my scooter. It's **human nature** to just do the easiest thing.

做環保有可能代價昂貴，或者會帶來不便。我買不起電車，也沒錢在屋頂裝太陽能板。我也不可能會搭捷運去上班，當我明明騎車就比較快時。想最不費力的做事本來就是人的本性。

令人印象深刻的答案
小劉——另類的作答方式，提供您各式充滿創意的絕妙好句。

I think it's either ignorance or laziness, and I find it really **aggravating**. I know I'm not perfect, but at least I try. I guess we need more **policies** that **encourage** people to make better choices. For example, now that you have to pay for plastic bags in most supermarkets, more people bring their own recyclable bags.

我想可能是因為無知或是懶惰吧！而且我真的覺得這樣很可惡。我知道我並不完美，但至少我有盡力。我猜我們需要更多政策來鼓勵人們去做更好的選擇。譬如說，因為現在大部分的超市塑膠袋都要錢，越來越多人會帶自己的可重覆使用的袋子。

安全過關的標準答案
葉教授——充分展現自己的深度，用難度較高的單字，為您示範條理分明的應答。

Well, it's **short-sighted**, but **understandable**. We get caught up in our daily lives and don't think about long-term environmental problems. We don't see **immediate benefits** from recycling or immediate consequences from using an air conditioner, for example. Education is **key,** but it takes time to change people's thoughts and habits.

嗯，沒有往長遠去想吧！但這是可以理解的。我們都只關心每天的生活，沒有去想過長遠的環境問題。譬如說，回收又沒帶來眼前的好處，吹冷氣也沒有立即的後果。教育是關鍵，但是改變人們的想法跟習慣是需要時間的。

Key Point

作答方向分析整理，讓你的談話內容更有深度。

---

1. 其實laziness（懶惰）跟ignorance（無知）真的是道盡大部分不在乎環境保護的人的心情。或者，你也可以這樣回答：

★ Actually, I think a lot of people still don't realize how important it is. More education is needed.
事實上，我覺得很多人尚未瞭解它有多重要。更多教育是必要的。

★ Some people are really tree-huggers, but others care about different causes. I think it's more important to help the homeless, for example, than to plant a tree.
有些人真的是環保狂，但其他人在乎的是不同的事情。譬如說，我覺得幫助無家可歸的人比種一棵樹來得更重要。

★ People are basically self-centered. The government will need to make more laws to force people to take care of the environment.
人們基本上都是以自我為中心的。政府需要立更多法律來強迫人們照顧環境。

★ It's not really our responsibility. It's the government that should do more, along with scientists and corporations.
這不真的是我們的責任。應該做更多的是政府，還有科學家跟企業們。

---

2. 必背片語= be/get caught up in something　過分注重某事

★ Sorry I'm late. I was so caught up in the video game I was playing that I didn't notice the time!
抱歉我遲到了。我太專注於我在打的電動，導致我沒注意到時間！

★ I was so caught up in my own little problems that I didn't even realize my friends really needed my help.
我之前太過注意我自己的小問題，都沒意識到我的朋友們需要我的幫助。

Extended Questions

想想看，下列問題你會如何回答？試著從三種角度思考問題，並找身邊的外國朋友練習一下吧！

Q1 Do you think drivers will be filling their gas tanks with bio-fuels in the future?

你覺得未來駕駛人們會加生物燃料到他們的油箱裡嗎？

Q2 What can be done to help save endangered species?

要怎麼做才能幫助拯救瀕臨絕種的動物？

Q3 Which countries do you think will suffer the most if the global environment keeps deteriorating?

如果全球的環境繼續惡化下去，你覺得哪些國家會最遭殃？

雅思、托福、新多益、全民英檢、各類面試，
面試官最常問的題目大公開！

Unit 11

政治
Politics

內頁圖示說明：

適用考試項目一

雅 IELTS 雅思

托 TOEFL 托福

多 NEW TOEIC 新多益

檢 GEPT 全民英語能力分級檢定測驗

面 INTERVIEW 各大企業及入學考試英語面試

單字詞性標示一

n. 名詞　　　　　int. 感嘆詞

v. 動詞　　　　　prep. 介系詞

a. 形容詞　　　　conj. 連接詞

ad. 副詞　　　　　phr. 片語

Warm up

透過下面的互動練習，進入本單元學習主題。

How many of these former world leaders do you know? Match the President or Prime Minister to their country.　你認識這些歷史上有名的領導人嗎？他們是哪個國家的領導人呢？

Indira Gandhi
英迪拉・甘地　　　　　　　　　　　　　　　U. S. A. 美國

Margaret Thatcher
柴契爾夫人　　　　　　　　　　　　　　　　England 英國

Corazon Aquino
柯拉蓉・艾奎諾　　　　　　　　　　　　　　France 法國

Nelson Mandela
納爾遜・曼德拉　　　　　　　　　　　　　　India 印度

Jacques Chirac
雅各・席哈克　　　　　　　　　　　　　　　Philippines 菲律賓

Ronald Reagan
隆納・雷根　　　　　　　　　　　　　　　　South Africa 南非

Vocabulary

聽 MP3，跟著外國老師一起朗讀並熟記這 100 個單字，以便在口試中活用。

11-00

❶ election [ɪˋlɛkʃən] n. 選舉

❷ annoying [əˋnɔɪɪŋ] a. 惱人的；討厭的

❸ loudspeaker [ˋlaʊdˋspikɚ] n. 擴音器；喇叭

❹ flyer [ˋflaɪɚ] n. 傳單

❺ research [rɪˋsɝtʃ] n. 研究

❻ represent [ˌrɛprɪˋzɛnt] v. 代表

❼ ideal [aɪˋdiəl] n. 理想

❽ take something for granted phr. v. 把…視為理所當然

❾ candidate [ˋkændədet] n. 候選人

❿ contribute [kənˋtrɪbjut] v. 貢獻

⓫ politician [ˌpɑləˋtɪʃən] n. 政客

⓬ involved [ɪnˋvɑlvd] a. 涉入；牽扯到

⓭ controversy [ˋkɑntrəˌvɝsɪ] n. 受爭議的人事物

⓮ affair [əˋfɛr] n. 婚外情

⓯ pretend [prɪˋtɛnd] v. 假裝

⓰ issue [ˋɪʃju] n. 議題

⓱ related [rɪˋletɪd] a. 相關的

⓲ field [fild] n. 領域

⓳ abstract [ˋæbstrækt] a. 抽象

⑳ **aspect** [ˋæspɛkt] n. 方面
㉑ **view** [vju] n. 看法
㉒ **supporter** [səˋportɚ] n. 支持者
㉓ **opposition** [͵ɑpəˋzɪʃən] n. 反對
㉔ **sway** [swe] v. 影響；動搖
㉕ **biased** [ˋbaɪəst] a. 有偏見的
㉖ **propaganda** [͵prɑpəˋgændə] n. （洗腦式的）宣傳活動
㉗ **party** [ˋpɑrtɪ] n. 黨派
㉘ **critically** [ˋkrɪtɪklɪ] ad. 批判性地
㉙ **shape** [ʃep] v. 塑造
㉚ **conviction** [kənˋvɪkʃən] n. 信念
㉛ **corruption** [kəˋrʌpʃən] n. 貪污；舞弊
㉜ **impression** [ɪmˋprɛʃən] n. 印象
㉝ **investigate** [ɪnˋvɛstə͵get] v. 調查
㉞ **abuse** [əˋbjuz] v. 濫用
㉟ **bribe** [braɪb] n. 賄賂
㊱ **prison** [ˋprɪzn̩] n. 監獄
㊲ **agency** [ˋedʒənsɪ] n. 機構
㊳ **situation** [͵sɪtʃʊˋeʃən] n. 情形
㊴ **scandal** [ˋskændl̩] n. 醜聞；醜事
㊵ **campaign** [kæmˋpen] n. （競選）活動
㊶ **poster** [ˋpostɚ] n. 海報
㊷ **commercial** [kəˋmɝʃəl] n. （電視）廣告
㊸ **celebrity** [sɪˋlɛbrətɪ] n. 名人；名流
㊹ **promote** [prəˋmot] v. 宣傳
㊺ **limit** [ˋlɪmɪt] n. 限制
㊻ **reasonable** [ˋriznəbl̩] a. 合理的
㊼ **donation** [doˋneʃən] n. 捐款
㊽ **exchange** [ɪksˋtʃendʒ] n. 交換
㊾ **generosity** [͵dʒɛnəˋrɑsətɪ] n. 慷慨
㊿ **worth** [wɝθ] a. 值得的
(51) **invade** [ɪnˋved] v. 侵略
(52) **justifiable** [ˋdʒʌstə͵faɪəbl̩] a. 可證明為正當的
(53) **self-defense** [͵sɛlfdɪˋfɛns] n. 自我防衛
(54) **casualty** [ˋkæʒjʊəltɪ] n. 傷亡
(55) **independence** [͵ɪndɪˋpɛndəns] n. 獨立
(56) **persecute** [ˋpɝsɪ͵kjut] v. 迫害
(57) **religion** [rɪˋlɪdʒən] n. 宗教
(58) **natural resource** n. 天然資源
(59) **self-interest** [ˋsɛlfˋɪntrɪst] n. 自我的利益
(60) **protest** [ˋprotɛst] n. 示威抗議
(61) **petition** [pəˋtɪʃən] n. 請願
(62) **signature** [ˋsɪgnətʃɚ] n. 簽名
(63) **ignore** [ɪgˋnor] v. 忽視
(64) **effective** [ɪˋfɛktɪv] a. 有效果
(65) **organize** [ˋɔrgə͵naɪz] v. 組織
(66) **march** [mɑrtʃ] n. 遊行
(67) **committed** [kəˋmɪtɪd] a. 忠誠的
(68) **citizen** [ˋsɪtəzn̩] n. 市民
(69) **revolution** [͵rɛvəˋluʃən] n. 革命
(70) **combine** [kəmˋbaɪn] v. 結合
(71) **child support** n. 子女扶養費
(72) **job security** n. 工作保障
(73) **bride** [braɪd] n. 新娘
(74) **luxury** [ˋlʌkʃərɪ] n. 奢侈品
(75) **afford** [əˋford] v. 負擔得起
(76) **tuition** [tjuˋɪʃən] n. 學費
(77) **subsidy** [ˋsʌbsədɪ] n. 津貼
(78) **unbiased** [ʌnˋbaɪəst] a. 公正的；不偏頗的
(79) **funding** [ˋfʌndɪŋ] n. 資金
(80) **programming** [ˋprogræmɪŋ] n. 節目
(81) **govern** [ˋgʌvɚn] v. 管理

❽❷ soap opera n. 連續劇；肥皂劇

❽❸ relevant [ˋrɛləvənt] a. 相關的

❽❹ ridiculous [rɪˋdɪkjələs] a.
可笑的；荒謬的

❽❺ coverage [ˋkʌvərɪdʒ] n. 新聞報導

❽❻ advantage [ədˋvæntɪdʒ] n. 好處；優勢

❽❼ constituent [kənˋstɪtʃuənt] n. 選民

❽❽ status [ˋstetəs] n. 狀態；身分

❽❾ merit [ˋmɛrɪt] n. 長處

❾⓪ principle [ˋprɪnsəpl] n. 原則；節操

❾❶ democracy [dɪˋmɑkrəsɪ] n. 民主

❾❷ oppressive [əˋprɛsɪv] a. 專制的

❾❸ democratic [ˌdɛməˋkrætɪk] a. 民主的

❾❹ deserve [dɪˋzɝv] v. 值得；應該有

❾❺ role [rol] n. 角色

❾❻ consideration [kənsɪdəˋreʃən] n. 考量

❾❼ ruthless a. 殘忍的

❾❽ dictatorship n. 獨裁制

❾❾ basically ad. 基本上來說

❿⓪ impose v. 強加…在（別人）身上

交談祕訣　Tips for Discussion

釐清各種易混淆的觀念，掌握口試高分祕訣。

❶ 政治是個很敏感的話題。千萬不要在不知道對方政治立場或觀點時就公開的批評甚至污辱某政黨、政客或支持某政黨的人，這樣很容易冒犯別人。你可以學幾句話來表達你的政治立場或觀點，譬如說 This is just what I think, but you're free to have your own opinion.（這只是我的想法，但你也有表達自己意見的自由）：

　★ From my point of view...（就我的看法…）

　★ In my (humble) opinion...（就我個人淺見…）

　★ It seems to me that...（我覺得…）

　★ To my way of thinking...（就我的看法…）

　★ To me, it makes sense that...（對我來說，…是有道理的。）

❷ 如果你是個政治狂，你可以說說你為何這麼熱衷政治。相反的，如果你對政治很感冒，你也可以直接說你就是沒有興趣。

❸ 討論這個話題時，一個好的延展方式是提出你認為政府應該要做，但是卻沒有在做的事情。如果你覺得政府應該多聆聽人民的聲音，也可以提出是哪方面的事情。

❹ 選舉是民主之鑰。人民有權利也有義務要投票。為了要增加這個話題的豐富性，你也可以說說選舉，包含過去發生的以及即將來到的選舉。

Questions and Answers

練習從各種角度思考判斷，找到最適合自己的作答方式。

1. Do you pay much attention to **elections**? Do you always vote? 你關注選舉嗎？你都有去投票嗎？

11-01

與眾不同的高分答案

小陳——逆向思考的宅男角度，為您示範較簡單且有點搞笑的回答。

I'm not very interested in the elections because I don't think my vote makes much of a difference. I find election time very **annoying** because trucks drive around with **loudspeakers** and people are always trying to give me **flyers**. If I do vote, I just go with whatever my parents say.

我對選舉沒什麼興趣，因為我不覺得我的選票會帶來什麼不同。我覺得選舉時期很擾人因為載著擴音機的卡車到處開，一直有人要發傳單給我。如果我真的有投票，也都是照我爸媽說的做而已。

令人印象深刻的答案

小劉——另類的作答方式，提供您各式充滿創意的絕妙好句。

I don't pay as much attention as I should, but I do try to vote, especially in the presidential elections. Sometimes I just do a little **research** online to decide who **represents** me and my **ideals** the best. I think it's great that we have the freedom to choose our leaders. We shouldn't **take that for granted**.

我沒有那麼關心，但我都有試著去投票，尤其是總統大選。有時我會上網做一點研究，決定誰最代表我跟我的理想。我覺得我們能夠決定我們的領導人是很棒的。我們不應該把這件事視為理所當然。

Unit 11

政治
Politics

安全過關的標準答案

葉教授——充分展現自己的深度，用難度較高的單字，為您示範條理分明的應答。

Yes, I find the elections very interesting. I always listen to the **candidates'** speeches to hear their views before I vote. Voting is the best way to make your voice heard and to **contribute** to history. If you don't bother to vote, then you shouldn't complain about your government.

是，我覺得選舉非常有趣。投票前，我總是聆聽候選人們的演講，聽他們的看法。投票是讓你的聲音被聽見以及對歷史有貢獻最好的方法。如果你不想投票，那你就不應該抱怨你的政府。

重點解析 **Key Point**
作答方向分析整理，讓你的談話內容更有深度。

---

1. 有人非常熱衷選舉，有人則從來不投票，當然也有人偶爾投一票。想想看你是哪一種人，還有為什麼你這麼做。

2. 你也可以這樣回答：

★ I think voting is just a waste of time, because nothing ever changes - no matter who gets elected.
我覺得投票只是浪費時間，因為什麼都沒有改變過－不管是誰當選。

★ I live very far away from home and in Taiwan you need to go back to your birthplace to vote, which makes it quite difficult for me to vote at all. Usually, I just can't be bothered.
我住在離家很遠的地方，而在台灣你一定要回到你的出生地去投票，這樣讓我去投票變得很困難。通常我根本就懶得投。

★ Oh yeah, I definitely vote whenever there's an election, even if it's just an election for my neighborhood magistrate. Voting is what makes us a democratic country and I'm proud to be a part of that.
噢，當然。只要有選舉，我就一定去投票，即便只是選里長。投票讓我們成為一個民主國家，能夠成為民主的一部分我引以為傲。

3. 選舉的種類：

★ referendum 全民公投

★ primary elections 黨內選舉（選出代表自己黨派的候選人）

★ general presidential elections 總統大選

★ parliamentary/congressional elections 國會選舉

★ county/state elections 郡／州選舉

★ city/municipal elections 市政選舉

Questions and Answers

練習從各種角度思考判斷，找到最適合自己的作答方式。

2. Do you enjoy discussing politics?
你喜歡談論政治嗎？

11-02

與眾不同的高分答案

小陳——逆向思考的宅男角度，為您示範較簡單且有點搞笑的回答。

Not usually because I know very little about politics. I actually don't even know who the vice president is right now! The only **politicians** I really know about are the ones **involved** in some sort of **controversy**. It's all over the news when someone is caught having an **affair**. Then politics is a little more interesting to discuss than usual!

通常不喜歡，因為我對政治知道的很少。我甚至不知道現在的副總統是誰！我唯一知道的政客都是有點受爭議的。當某人因為婚外情被抓時，整個新聞都會報。那時候政治就會比平常討論起來更有趣了！

令人印象深刻的答案

小劉——另類的作答方式，提供您各式充滿創意的絕妙好句。

Sometimes. I don't **pretend** to understand everything about politics, but there are some **issues** that I think are important and that interest me. I don't like to get into serious debates about politics though. Some people are so pig-headed that they won't listen to anyone else's point of view.

有時候。我是不會去假裝我對政治什麼都懂，但有一些議題是重要的並且引起我興趣的。不過我不喜歡捲入嚴肅的政治討論。有些人實在固執到不願意聽任何一個人的看法。

Unit 11

政治 Politics

安全過關的標準答案

葉教授——充分展現自己的深度，用難度較高的單字，為您示範條理分明的應答。

Yes. It's closely **related** to International Relations, which is my **field** of study. I lived in the U.S. for a while and it was very interesting to compare their politics with ours. Politics may seem **abstract**, but the actions of politicians directly affect many **aspects** of our lives. So it's important to follow what's going on.

喜歡。它跟國際關係有緊密的關係，而國際關係是我的研究範圍。我在美國住了一陣子，比較他們跟我們的政治是很有趣的。政治看來似乎很抽象，但政客們的行動直接影響到我們生活的很多方面。所以注意週遭發生什麼事是重要的。

Key Point

作答方向分析整理，讓你的談話內容更有深度。

1. 你也可以這樣回答：

★ I can't stand politics. Politicians are the best actors and actresses in the world. It's hard to believe anything they say. They're full of promises, but lacking in action.

我受不了政治。政客們是全世界最棒的演員了。要相信他們說的任何事情是很困難的。他們充滿承諾，但缺乏行動。

★ Some of my colleagues are passionate about politics and they're always talking about it over lunch. They ask me which party I support. To be honest with you, I'm a bit tired of it and I really couldn't care less about politics.

我有些同事對政治非常熱衷，吃午餐時永遠都在討論政治。他們問我支持哪一黨。老實說，我有一點厭煩，而且我真的完全不在乎政治。

★ Talking about politics is a good way to start an argument, so I generally avoid the topic unless I'm with people who think that same way as I do. 討論政治是個引發爭論的好方法，所以我通常都避免這個話題，除非我跟和我有一樣想法的人在一起。

2. 必背單字= pig-headed　固執

★ My manager is too pig-headed to listen to anyone's suggestions.
我的經理固執得聽不進任何人的建議。

3. 必背片語= point of view　看法

★ His point of view is that everyone should pay equal taxes.
他的看法是每個人都應該付均等的稅。

4. 政府官的職務（每個國家的稱謂有所不同）：

★ President/Prime Minister 總統／總理　　★ Senator 參議員

★ Vice President 副總統　　★ Governor 州長

★ Premier 首相／總理　　★ Mayor 市長

★ Defense Minister 國防部長　　★ Council Member 市議會成員

★ Foreign Minister 外交部長　　★ Cabinet member 內閣成員

3. Are your political **views** influenced by your parents and by your friends? What about by the media? MP3 11-03
你的政治立場會被你父母或朋友影響嗎？還是媒體？

 與眾不同的高分答案

小陳——逆向思考的宅男角度，為您示範較簡單且有點搞笑的回答。

Mostly by my family. I don't really have strong political views, but my parents are die-hard **supporters** of the **opposition** party. My dad watches political talk shows every night and I find that I'm starting to agree with a lot of what they say. I'm not sure if it's my father's influence or the power of the media that is **swaying** me.

大部分是我家人。我不太有強烈的政治觀，但我爸媽是死忠的反對黨支持者。我爸每晚都看政論節目，我發現我開始同意很多他們的說法。我不知道這是我爸的影響還是媒體的力量在影響我。

 令人印象深刻的答案

小劉——另類的作答方式，提供您各式充滿創意的絕妙好句。

Unit 11

政治 Politics

Hmm… Yes, I would say so. I agree with my friends more often than with my family, so I guess they influence me more. I try not to be influenced by the media. Many shows are so **biased** that they're really just **propaganda** for one **party** or another. I'm not interested in being brainwashed.

嗯…我會說會。我同意我朋友的情況比家人多，所以我想他們影響我比較多。我盡量試著不要被媒體影響。很多節目都存有偏見，根本只是這個黨或那個黨的宣傳活動。對於被洗腦我沒興趣。

 安全過關的標準答案

葉教授——充分展現自己的深度，用難度較高的單字，為您示範條理分明的應答。

I came to most of my political views in college, through studying politics and history and thinking **critically** about what I was learning. Family, friends and the media have helped to **shape** my views, but my main **convictions** have never changed. I hope to pass on some of my beliefs to my children, but I also want them to be able to make up their own minds.

我大部分的政治立場是從大學開始形成的，透過研究政治跟歷史，以及批判性的思考我在學什麼。家人、朋友跟媒體都促成塑造我的看法，但我主要的信念從來沒有改變過。我希望可以傳遞一些我的信念給我的小孩，但我也要他們有能力決定自己的想法。

Key Point

作答方向分析整理，讓你的談話內容更有深度。

1. 想想看你的政治想法來自哪裡？你總是同意父母、某些朋友、某個政論節目主持人甚至是某些名人的看法嗎？

2. 你也可以這樣回答：

★ When I was a teenager, I rebelled against everything my parents said, including their political views. I still think their views are old-fashioned, so I guess they only influence me in a negative way.
我還是青少年的時候，我爸媽說什麼我都反抗，包含他們的政治觀。我還是覺得他們的看法很老套，所以我想他們只是負面的影響我而己。

★ I think reading some political articles and blogs has helped me to work out what I believe now. Those experts spend a lot more time thinking about politics than I do. I'm not saying I agree with everything I read, but they do make some good points.
我想讀一些政論文章或部落格讓我產生我今天的信念。那些專家花比我多的時間思考政治。我不是說我相信所有我讀的東西，但他們的確是提出一些好的觀點。

★ Not much. I rarely discuss politics with my friends and family, and I rarely watch or listen to political shows. I just vote for the party that I've always voted for.　還好。我很少跟我朋友和家人討論政治，而且我很少看或聽政論節目。我反正就是投給我一向支持的政黨。

3. 必背單字= die-hard　死忠的

★ Katie is a die-hard Elephants fan. She goes to all the games and cheers louder than anyone else!
凱蒂是個死忠的象迷。她每一場比賽都去，而且歡呼得比任何人都大聲！

4. 必背單字= brainwash　洗腦

★ Vince quit the health club because he felt like they were trying to brainwash him into become a vegetarian.
凡斯離開他的健康俱樂部了，因為他感到他們試著給他洗腦，要他變成素食者。

5. 必背片語= make up one's mind　決定；下定決心

★ Gil got two job offers but he hasn't made up his mind which one to take.　吉爾得到兩份工作的邀約，但他還不能決定要選哪一個。

4. Is **corruption** a serious problem in Taiwan?
貪污在台灣嚴重嗎？

11-04

與眾不同的高分答案

小陳——逆向思考的宅男角度，為您示範較簡單且有點搞笑的回答。

I guess it is. I mean, I don't read the newspaper or watch TV news much but my **impression** is that when I do, I always see a politician being caught or **investigated** for **abusing** his or her power. I don't believe that Taiwan is on the list of the most corrupt countries in the world, but corruption seems quite common to me.

我想是吧！我是說，我沒有常看報紙或電視新聞，但是我的印象是每次我看的時候，就會看到有政客因為濫用職權而被抓或是被調查。我不認為台灣被列在世界上貪污最嚴重的國家裡，但在我看來貪污似乎是蠻常見的。

令人印象深刻的答案

小劉——另類的作答方式，提供您各式充滿創意的絕妙好句。

Unit 11

政治
Politics

I don't think it's a big problem, but it happens. I mean, you hear about corruption and some politicians accepting **bribes**. It happens everywhere in the world, not just here. Power and greed seem to go hand in hand. I'm just happy some of them get caught and end up in **prison**.

我不覺得這是個大問題，但真的有發生。我是說，你常聽到貪污還有有些政客收賄。這種事發生在全世界，並不是只有在這裡。權力與貪婪似乎總是連在一起。不過我很高興有些人被抓而且最終被關了。

安全過關的標準答案

葉教授——充分展現自己的深度，用難度較高的單字，為您示範條理分明的應答。

Any form of corruption is a serious problem, and I believe that quite a bit of corruption goes on in our government **agencies** behind closed doors. However, I also think that the **situation** is improving. Every country has its **scandals**, but we should continue to learn from countries that are good at uncovering and fighting corruption.

任何形式的貪婪都是嚴重的問題，而且我認為有蠻多貪污在我們的政府機構裡祕密進行。但是，我也認為這個情形在改善了。每個國家都有自己的醜事，但我們應該繼續向擅長揭發以及對抗貪污的國家們學習。

Key Point

作答方向分析整理，讓你的談話內容更有深度。

1. 想想看你多麼常聽見貪污發生。貪污案常是一場羅生門，我們當然永遠不可能知道真相，但你可以說說就你知道的事。試著跟別的國家比比看，你覺得台灣比他們貪污更嚴重嗎？世界上哪個國家貪污最嚴重呢？

2. 你可以討論不同型式的貪污：

- ★ bribery 行賄
- ★ political patronage 政治獻金
- ★ election fraud/vote buying 選舉舞弊／選票造假
- ★ embezzlement 挪用公款
- ★ money laundering 洗錢
- ★ kickbacks 回扣
- ★ abuse of authority 濫用職權

3. 你也可以這樣回答：

- ★ I think (bribery) is the most common form of corruption in Taiwan. There was recently a story on the news about politicians (accepting bribes).
  我覺得（行賄）是台灣最常見的貪婪。最近有新聞說政客（收賄）。

- ★ I don't think corruption is too bad here. I've never heard of (election fraud) happening in Taiwan, but it is a problem in other countries. 我不覺得這裡貪污很嚴重。我從來沒聽過台灣有（選舉舞弊），但在別的國家這是個問題。

4. 必背片語= hand in hand 互相關連

- ★ Poverty and poor health often go <u>hand in hand</u>.
  貧窮跟健康不良常有<u>相互關</u>係。

5. 必背片語= behind closed doors 私底下；祕密地

- ★ I think celebrities should try to be role models in public, but what they do <u>behind closed doors</u> is their own business.
  我覺得名人們在公共場合應該做榜樣，但<u>關起門來</u>他們在做什麼則是他們家的事。

5. Do you think too much money is spent on political campaigns? 你覺得競選活動花費太多金錢嗎？

MP3 11-05

與眾不同的高分答案

小陳——逆向思考的宅男角度，為您示範較簡單且有點搞笑的回答。

No. It doesn't seem like they spend very much at all. The **posters** and **commercials** I've seen all look pretty cheap. If anything, they should spend more money and get **celebrities** or models to help **promote** the politicians. That would be much more interesting and attention-grabbing.

不會，他們好像看起來沒有花太多。我看到的海報跟電視廣告看起來都很廉價。就算是要的話，他們應該花更多錢請名人或模特兒來幫他們宣傳政客們。這樣就會更有趣也更吸睛了。

令人印象深刻的答案

小劉——另類的作答方式，提供您各式充滿創意的絕妙好句。

Yeah. It seems like a waste of money to me. Of course, candidates need to let people know that they're running for office and what they stand for. But there should be **limits** on how this is done and how much money they spend. There's no need to spend hundreds of millions on political campaigns.

是。在我看來好像是浪費錢。當然，候選人需要讓人們知道他們在競選跟他們的主張。但是要怎麼做跟要花多少錢應該有限制。沒有必要花數十億元在造勢活動上。

Unit 11

政治 Politics

安全過關的標準答案

葉教授——充分展現自己的深度，用難度較高的單字，為您示範條理分明的應答。

I think in the U.S. and other countries, campaign spending has really gotten out of hand. In Taiwan, it's at a more **reasonable** level. The main problem is not so much the amounts of money, but where it comes from. Some **donations** come from powerful groups that expect something in **exchange** for their **generosity**.

我認為在美國或其他國家，造勢活動支出真的已經失控了。台灣則是在比較合理的範圍。主要的問題不是錢數字這麼大，而是錢是從哪裡來的。有些捐款來自有影響力的團體，他們可能會期望他們的慷慨可以換取什麼東西。

重點解析 **Key Point**
作答方向分析整理，讓你的談話內容更有深度。

---

1. 針對這題你可以有兩個看法。如果你覺得傳達訊息給選民很重要，那支出是必要的。但如果你覺得錢可以花在更好的地方，你也可以提出來。

★ 小知識：2008年總統選舉，國民黨募到政治獻金6億7740萬餘元，民進黨是4億403萬餘元。國民黨競選經費花了6.4億元，民進黨是4.2億元。美國的總統造勢活動是全世界最貴的。2008年的選舉，歐巴馬募到了7億4千5百萬美元，花了7億3千萬美元。

---

2. 必背片語= if anything　如果有的話

★ Mark rarely cleans his room. If anything, he just moves things from one place to another.
馬克很少打掃他的房間。就算有，他也只是把東西從一個地方搬到另一個地方。

---

3. 必背單字= attention-grabbing　吸睛

★ Jill always wears attention-grabbing clothes like shiny tops and shorts skirts.　吉兒總是穿著閃亮的上衣跟短裙那種引人注目的衣服。

---

4. 必背片語= run for office　競選

★ After working in the mayor's office for a few years, Nancy decided to run for office herself.
在市長辦公室上班幾年後，南茜決定自己出來競選。

---

5. 必背片語= stand for　主張；代表

★ Conservationists stand for the protection of the forests and all the animals that live in them.
保育專家們主張保護森林以及住在裡面的動物們。

★ R.O.C. stands for the Republic of China.　R.O.C.代表中華民國。

---

6. 必背片語= (get) out of hand　失控；無法掌控

★ He knew the party had gotten out of hand when the police showed up.　當警方出現的時候，他知道派對已經無法掌控了。

6. What do you think is **worth** fighting for? What would be a good reason for a country to go to war?

MP3
11-06

什麼東西值得為它而戰？一個國家若要參戰有什麼樣的好理由？

與眾不同的高分答案

小陳——逆向思考的宅男角度，為您示範較簡單且有點搞笑的回答。

Well, countries have a right to protect their land and their way of life. I believe that if one country **invades** other countries and tries to take away their freedom, they should go to war. Other than that, I don't think people should start war.

嗯，國家有權利保衛它們的土地以及生活方式。我認為如果一個國家侵略別的國家，而且想奪走他們的自由，那他們就應該參戰。除此之外，我不認為人們應該開始戰爭。

令人印象深刻的答案

小劉——另類的作答方式，提供您各式充滿創意的絕妙好句。

I can't think of any reason that would really be **justifiable** other than **self-defense**. Peace is more valuable than the things countries usually fight over. There are always so many **casualties** of war, and it's terrible!

我想不出任何可以被證明正當的理由，除了自衛之外。和平比國家之間開戰爭取的任何東西都更實貴。戰爭總是有很多傷亡，很可怕！

Unit 11

政治 Politics

安全過關的標準答案

葉教授——充分展現自己的深度，用難度較高的單字，為您示範條理分明的應答。

I believe a country should be able to fight for its own **independence** or to protect people who are being **persecuted**. Usually the reasons are not that simple, however, and may involve **religion** or control of **natural resources** such as oil. Sometimes some countries say they are fighting to help others when they are actually working for their own **self-interest**.

我認為一個國家應該有能力為自己的獨立或是保護被迫害的人民而戰。但是通常理由都不是那麼簡單，而且可能會牽扯到宗教或是對於像是石油這種天然資源的控制。有時候有些國家會說他們是為了幫助別人而戰，但其實他們是為了自己的利益。

重點解析 **Key Point**
作答方向分析整理，讓你的談話內容更有深度。

---

1. 戰爭當然是壞事，所以大家一般都是同意人們要避免戰爭的。有可能會被人們認為是開戰的原因有：

★ **to defend its borders** 為了保衛邊界

★ **to expand its territory** 為了拓展疆土

★ **to aid an ally** 為了援助同盟國

★ **to protect innocent people** 為了保護無辜的人們

★ **to oust a corrupt dictator or government**
為了驅逐腐敗的獨裁者或是政府

---

2. 戰爭的負面影響：

★ 戰場上的士兵通常會有心理跟身體上 **(psychological and physical effects)** 的影響，例如憂鬱症 **(depression)**、創傷後壓力失調 **(Post Traumatic Stress Disorder)**、疾病 **(disease)**、受傷 **(injury)** 甚至死亡 **(death)**。

★ 戰爭會導致一個國家的人口減少 **(depopulation)**，伴隨而來的還有嚴重的基礎建設跟資源損害 **(damage to infrastructure and resources)**，這可能會導致饑荒 **(famine)**、疾病跟死亡。

★ 戰區 **(war zones)** 的人民可能會成為暴力或集體屠殺 **(genocide)** 的受害者 **(victims)**，而存活下來的人可能會因為這些可怕的經驗而產生心理上的不良影響。

---

3. 必背片語= way of life = lifestyle   生活方式

★ **I've always lived in the city, but I think I would enjoy a more rural way of life.**
我一直都住在城市裡，但我想我會喜歡一個較鄉村的<u>生活方式</u>。

7. Do you think **protests** and **petitions** can really make a difference?

你認為示威抗議跟請願真的可以帶來差異嗎？

與眾不同的高分答案

小陳——逆向思考的宅男角度，為您示範較簡單且有點搞笑的回答。

Not usually. Sometimes I get emails from my friends asking me to sign petitions. I usually don't even look at them. I don't think politicians will look at them either, no matter how many **signatures** they get. Protests are a little harder to **ignore**, but I don't think they're more **effective**.

沒有吧！有時候我收到我朋友寄來要求我簽請願書的電郵。通常我連看都沒看。我也不覺得政客會看，不管他們上面有多少簽名。示威遊行比較難忽視吧！但是我不覺得那比較有效。

令人印象深刻的答案

小劉——另類的作答方式，提供您各式充滿創意的絕妙好句。

Yes! I took part in a successful protest last month. Our university needs a new gym and they wanted to cut down a row of trees that are more than a hundred years old in order to build it. My classmates and I **organized** a protest. About fifty of us **marched** around the campus. Finally, they agreed to put the gym in another spot.

可以！我上個月參加了一次成功的抗議活動。我們的大學需要新的體育館，他們想要把一排超過一百年的樹砍掉，以便興建。我的同學跟我組織了一場抗議活動。我們差不多有五十個人在校園裡遊行示威。最後，他們同意把體育館蓋在另一個地點。

安全過關的標準答案

葉教授——充分展現自己的深度，用難度較高的單字，為您示範條理分明的應答。

Yes. As Margaret Mead, one of my heroes, once said, "Never doubt that a small group of thoughtful, **committed citizens** can change the world." If you look at history, many **revolutions** started with just a small protest, and it still happens today. It's hard for one person to have his or her voice heard, but petitions and protests **combine** many voices to get a message across.

可以！就像瑪格莉特·米德，我的英雄之一曾經說過，「千萬不要懷疑，少數有想法的、堅定的志士可以改變世界」。如果你檢視歷史，很多革命都是由一場小小的抗議開始的，而且到今天都還在發生。一個人的聲音要被聽到很難，但是請願書跟抗議結合了很多人的聲音讓訊息傳遞出去。

重點解析 Key Point
作答方向分析整理，讓你的談話內容更有深度。

1. 示威跟請願在台灣相當常見。如果你有參加過，說說你的經驗。如果你沒有，也可以講一下為什麼－是你沒興趣，還是到目前還沒有碰到過你有興趣的議題。你也可以提出你在電視上看到的新聞，或是你朋友們參加這些活動的經驗。

2. 你也可以這樣回答：

★ Many people like to join protests and petitions because they believe that actions speak louder than words.
很多人喜歡參加示威跟請願因為他們相信行動勝於雄辯。

★ Protests mainly create a lot of noise and nothing really changes anyway!
示威就是製造很多噪音而已，而且根本沒什麼改變！

★ I haven't been to any protests, but I often sign online petitions when I agree with the cause. I don't know if they make a big difference, but I would hope the politicians pay attention when they see that so many people care about the issue.
我沒有參加過任何示威活動，但是我常簽署線上請願書，當我同意那件事的時候。我不知道有沒有任何差別，但是我希望當政客看到有那麼多人在乎某個議題時，他們能夠關注一下。

3. 如果你知道一些跟這個主題有關的名言（像葉教授的答案），說出來可以讓你的答案聽起來很有知識水平，也可以得到高分（但是當然是不要離題，背了一句跟這個問題不太相關的句子出來）！引用別人的話，一定要講得一模一樣。如果考試的時候你不確定說法，可以試試用自己的句子釋義。譬如：

★ Margaret Mead said that small groups of determined people can really change the world.
瑪格莉特‧米德說一小群堅定的人可以改變世界。

4. 必背片語= no matter　不管如何

★ No matter what diet I try, I never seem to lose much weight.
不管我嘗試哪一種飲食，我就是似乎都沒辦法減重。

問答練習 **Questions and Answers**
練習從各種角度思考判斷，找到最適合自己的作答方式。

8. If you could ask the government to do one thing to improve your country, what would it be?

若你能要求政府做一件事來改善你的國家，你會要求什麼？

 與眾不同的高分答案
小陳——逆向思考的宅男角度，為您示範較簡單且有點搞笑的回答。

A lot of Taiwanese women don't want to get married and have kids because they're afraid of losing their jobs. I think the government could help by providing more **child support** and **job security** for women. Otherwise, I might have to look for a foreign **bride** on the Internet, and I really don't want to do that!

很多台灣女生不想結婚跟生小孩，因為他們害怕失去工作。我想政府應該提供給女性們更多的子女扶養費跟工作保障。不然的話，我可能就要去網路上找外籍新娘了，我真的不想這樣！

 令人印象深刻的答案
小劉——另類的作答方式，提供您各式充滿創意的絕妙好句。

Education is becoming more and more expensive nowadays. For some of my friends, going to university is a **luxury** they can't **afford**. I'm lucky enough to be able to pay my **tuition** with some help from my family, but I know many families are just too poor. So, I would ask the government to increase education **subsidies**.

現在教育越來越貴了。對於我的一些朋友來說，上大學是一個他們負擔不起的奢侈品。我很幸運有家人的一些幫忙能夠付得起我的學費，但是我知道有些家庭就真的是太窮了。所以我會要求政府增加教育津貼。

Unit 11

政治 Politics

 安全過關的標準答案
葉教授——充分展現自己的深度，用難度較高的單字，為您示範條理分明的應答。

I'm really tired of the media and their propaganda. Taiwanese television channels and newspapers are usually run by political parties, which means that it is hard to find **unbiased** news. I think the government should put a stop to it and provide **funding** for good, unbiased **programming**.

我真的對於媒體跟它們的宣傳很厭煩了。台灣的電視節目跟報紙通常是由政黨經營的，也就是說要找到沒有偏頗的新聞是很難的。我認為政府應該停止這件事，並且提供資金給好的公正的節目。

Key Point

作答方向分析整理，讓你的談話內容更有深度。

---

1. 想想看有什麼問題是政府可以解決的。你也可以這樣回答：

★ I would ask the government to set up a complete pension scheme and medical care for elderly people. My parents are getting old and my mom's health is declining. I can't afford to pay for their medical expenses. I'm starting to worry about it so much that it's driving me crazy!

我會要求政府幫老年人設立一個完整的退休金制度以及醫療。我的父母年紀大了，我媽的健康在走下坡。我沒辦法負擔他們的醫療支出。我開始擔心這些事，都快要把我搞瘋了！

★ Housing costs have been skyrocketing and no one has enough money to buy a house anymore. There should be regulations in place to make housing more affordable.

房價一直都在飆高，再也沒有人買得起房子了。應該要有適合的規定讓房價讓人負擔得起。

★ My brother graduated from a good university but he's been looking for a job for six months. I believe that he's a hard-working person so I don't think it's because he's lazy. I wish the government would create more job opportunities for university graduates.

我弟剛從一間好的大學畢業，但他已經找工作找了六個月了。我相信他是個努力工作的人，所以我不覺得沒工作是因為他很懶惰。我希望政府可以創造更多就業機會給大學畢業生。

---

2. 必背片語= put a stop to　終止某事

★ More and more people dump their trash on this street corner. Someone needs to put a stop to this!

越來越多人把垃圾丟在這個街角。要有人阻止吧！

9. What do you think about celebrities such as actors who run for political office? Would you vote for them?

你對於像演員這樣的名流參政有什麼看法？你會投給他們嗎？

MP3
11-09

與眾不同的高分答案

小陳——逆向思考的宅男角度，為您示範較簡單且有點搞笑的回答。

| 得分率 | 30 | 60 | 90 |

Well, it would certainly make politics more interesting, but I don't know if they would be good at **governing** the nation or not. Some celebrities are sexy and talented, but maybe not smart enough to be in government. However, if the celebrity seemed intelligent, I might vote for him or her!

嗯，這樣絕對讓政治有趣多了，但我不知道他們會不會治理好國家。有些名人很性感，也很有天分，但可能沒有聰明到可以從政。不過，如果那個名人看來有聰明才智，我可能會投給他／她！

令人印象深刻的答案

小劉——另類的作答方式，提供您各式充滿創意的絕妙好句。

| 得分率 | 30 | 60 | 90 |

Unit 11

政治 Politics

Hmm… Celebrities are used to acting and creating drama, and that's not something we need more of in politics. I wouldn't want our politics to become even more of a **soap opera**. In general, I don't think celebrities make good leaders or have any **relevant** experience. It's really **ridiculous** that people vote for them just because they're fans.

嗯…名人習慣於演戲跟製造戲碼，而這不是我們在政治上需要更多的。我不會希望我們的政治整個變成連續劇。一般來說，我不覺得名人們可以是好的領導人或是有任何相關的經驗。人們因為是他們的粉絲而投給他們實在是太荒謬了。

安全過關的標準答案

葉教授——充分展現自己的深度，用難度較高的單字，為您示範條理分明的應答。

| 得分率 | 30 | 60 | 90 |

Celebrities such as actors and singers enjoy wide media **coverage** so they definitely have an **advantage** when running in an election. Many don't <u>have what it takes</u> to represent their **constituents** well, but there have been a few successful cases in Taiwan and the U.S. I would try to ignore their celebrity **status** and vote for them based on their **merits** and **principles**.

名人們譬如演員或歌手們享有大幅的媒體報導，所以他們在競選時絕對有優勢。很多人也沒有具備代表選民的必要條件，不過在台灣跟美國有幾個成功的案例。我會盡量試著忽略他們的名人身分，而是以他們的長處跟節操來投給他們。

重點解析 **Key Point**
作答方向分析整理，讓你的談話內容更有深度。

---

1. 有些人反對藝人或名人從政是因為他們可能沒有相關的經驗，或是覺得除了他們的魅力跟吸引人的外型之外就是個空殼子。相反的，有人可能覺得他們有新鮮的想法跟能力去激發選民。想想看你知道哪個明星當了政客的例子，或是直接說：

★ **Celebrities should be judged by the same standards as anyone else.**
名人們應該要跟任何其他人一樣用共同的標準來判定。

2. 名人成功轉行當政客的例子：

★ **Ronald Reagan** 羅納德‧雷根（演員→美國總統）

★ **Arnold Schwarzenegger** 阿諾‧史瓦辛格（演員→美國加州州長）

★ **Jesse "the Body" Ventura** 傑西‧溫圖拉（摔角手→美國明尼蘇達州州長）

★ **Manny Pacquiao** 曼尼‧帕奎奧（拳擊手→菲律賓人國會議員）

★ **Yeh, Hsien-Hsiu** 葉憲修（歌手→台灣立法委員）

★ **Kao Chin, Su-Mei** 高金素梅（歌手→台灣立法委員）

3. 必背片語= **have what it takes** 需要具備必要條件

★ **Arthur wants to see if he has what it takes to make it in fashion, so he's moving to New York to go to fashion school.**
亞瑟想知道他是不是具備時尚需要的特質，所以他要搬到紐約念時尚學校。

Questions and Answers

練習從各種角度思考判斷，找到最適合自己的作答方式。

10. Do you think **democracy** is the best type of government for all countries?

你認為民主制度是所有國家政府最好的形式嗎？

MP3
11-10

與眾不同的高分答案

小陳──逆向思考的宅男角度，為您示範較簡單且有點搞笑的回答。

It's not something I think about much, but I'm glad our government isn't **oppressive**. A friend of mine married a Chinese woman and I sometimes talk to his wife. She wishes China were more **democratic** and dreams of the day when she'll be allowed to vote.

這不是我時常思考的事情，但是我很高興我們的政府不是專制的。我一個朋友娶了一個中國籍女子，我有時候會跟他老婆說話。她希望中國可以更民主一點，她也夢想她可以投票的那天。

令人印象深刻的答案

小劉──另類的作答方式，提供您各式充滿創意的絕妙好句。

Yes. I think every citizen **deserves** to have a right to vote. The **role** of government is to support its people, so it needs to take people's opinions into **consideration**. I'm not sure that people can really be free unless they live under a democracy. I can't imagine living under a **ruthless dictatorship**.

是，我想每個市民都應該有投票的權利。政府的角色是支持人民，所以他們要考量人民的意見。我不確定人們是不是真的自由，除非他們有民主制度。我不能想像在殘忍的獨裁政府下生活是什麼樣子。

Unit 11

政治 Politics

安全過關的標準答案

葉教授──充分展現自己的深度，用難度較高的單字，為您示範條理分明的應答。

Democracy can take on many different forms. But every government should **basically** follow Sun Yat Sen's three principles of the people or Abrahams Lincoln's idea that the government is "of the people, by the people, and for the people." However, I don't agree with America trying to **impose** its own system of government on other countries, as they have done in the past.

民主可以有很多種形式。但是基本上每個政府都應該信奉孫中山先生的三民主義或是亞伯拉罕‧林肯的概念－政府應該是「民有、民治、民享」的。不過，我不認同美國企圖把自己的政府形式強加在別的國家上，他們在過去有這麼做過。

重點解析 **Key Point**
作答方向分析整理，讓你的談話內容更有深度。

1. 現今大部分的國家都有某種形式的民主政府，有時稱作republic（共和政體）。他們通常有民選的總統／總理跟代表人民以及跟人民共享政權的國會（美國：congress；英國：parliament）。但也有很多國家仍然採用非民主形式的政府：

   ★ **Monarchy** 君主制
   由國王、女王或皇室治理（例如：沙烏地阿拉伯）

   ★ **One-party governments** 一黨獨政
   一個黨控制國家，並且不容許反抗（例如：中國）

   ★ **Dictatorships** 獨裁
   一個不是透過公平選舉得來的總統或統治者來統治（例如：緬甸）

2. 別擔心上面那些有點咬文嚼字的專有名詞，如果不知道那些字，你還是可以用別的方法來解釋你對民主的看法的：

   ★ I don't know. I think each country should do what works best for them. If a system is working, then there's no need to change it.
   我不知道。我想每個國家都應該做對他們最好的事。如果一個系統有用，那就沒有必要改變它。

   ★ Democracy seems to be the best type of government for our time. I don't think it would have worked so well in other periods of history though. In the future, maybe we'll come up with something even better.
   民主似乎是我們這個年代最好的政府形式。不過我不覺得在歷史上的其他時期民主可以運作得這麼好。在未來，我們或許可以再想出更好的。

3. 必背片語= three principles of the people　三民主義是由孫中山先生在1905年的演講中提出。這個「the nationalism（民族），democracy（民權）及 livelihood（民生）of the people」的概念是被林肯啟發的。

4. 必背片語= of the people, by the people, and for the people「民有、民治、民享」是亞伯拉罕・林肯在1863年美國內戰時期時，在蓋茲堡演說中提出的概念。他認為美國的統一民主政府是可以永垂不朽的。

Extended Questions

想想看，下列問題你會如何回答？試著從三種角度思考問題，並找身邊的外國朋友練習一下吧！

Q1 Would you be interested in becoming a politician if you had the chance?

若有機會，你會想從政嗎？

Q2 Are people in Taiwan generally interested in politics?

台灣人普遍來說對政治有興趣嗎？

Q3 Do you think minority groups such as aboriginals are adequately represented in government?

你認為像原住民這樣的少數族裔的聲音在政府中有被足夠的代表出來嗎？

Unit 11

政治 Politics

雅思、托福、新多益、全民英檢、各類面試，
面試官最常問的題目大公開！

Unit 12

科技
Technology

內頁圖示說明：

適用考試項目一

雅 IELTS 雅思

托 TOEFL 托福

多 NEW TOEIC 新多益

檢 GEPT 全民英語能力分級檢定測驗

面 INTERVIEW 各大企業及入學考試英語面試

單字詞性標示一

n. 名詞

v. 動詞

a. 形容詞

ad. 副詞

int. 感嘆詞

prep. 介系詞

conj. 連接詞

phr. 片語

Warm up
透過下面的互動練習，進入本單元學習主題。

These are some of the major inventions of the 20th century. Number them from 1 to 8, according to when they were invented (with 1 being the oldest invention and 7 being the newest). 以下是20紀發明的科技產物。猜猜看它們發明的順序？最早發明的是1，最後發明的是8。

___ television	___ robot
___ mp3 player	___ photocopier
___ cell phone	___ video games
___ World Wide Web	___ airplanes

解答：
1. airplanes (1903)
2. robot (1921)
3. television (1927)
4. photocopier (1937)

5. cell phone (1947)
6. video games (1962)
7. World Wide Web (1990)
8. mp3 player (1998)

 Vocabulary
聽 MP3，跟著外國老師一起朗讀並熟記這 100 個單字，以便在口試中活用。

MP3
12-00

❶ **network** [ˋnɛt͵wɝk] v. 交際；聯繫

❷ **log in/out** phr v. 登入／登出

❸ **irritating** [ˋɪrə͵tetɪŋ] a. 討人厭的

❹ **addict** [ˋædɪkt] n. 成癮者

❺ **delete** [dɪˋlit] v. 刪除；關閉

❻ **account** [əˋkaunt] n. 帳號

❼ **interact** [͵ɪntəˋrækt] v. 互動

❽ **privacy** [ˋpraɪvəsɪ] n. 隱私

❾ **online predator** n. 線上掠食者

❿ **security** [sɪˋkjurətɪ] n. 安全性

⓫ **decent** [ˋdisn̩t] a. 良好的；像樣的

⓬ **photographer** [fəˋtɑgrəfə] n. 攝影師

⓭ **digital camera** n. 數位相機

⓮ **scenery** [ˋsinərɪ] n. 景色；風景

⓯ **photogenic** [͵fotəˋdʒɛnɪk] a. 上相的

⓰ **upload** [ʌpˋlod] v. 上傳

⓱ **record** [ˋrɛkəd] n. 記錄

⓲ **photography** [fəˋtɑgrəfɪ] n. 攝影

⓳ **lens** [lɛnz] n. 鏡頭

⓴ **artistic** [ɑrˋtɪstɪk] a. 藝術性的

㉑ **effect** [ɪˋfɛkt] n. 效果；影響

㉒ **drawback** [ˋdrɔ͵bæk] n. 缺點

㉓ **stiff neck** n. 脖子僵硬

㉔ **harm** [hɑrm] v. 傷害

㉕ **brain** [bren] n. 大腦

㉖ **ringtone** [ˋrɪŋ͵ton] n. 來電鈴聲

㉗ **overdo** [͵ovɚˋdu] v. 使用過度

㉘ **sedentary** [ˋsɛdn̩͵tɛrɪ] a. 久坐的

㉙ **obesity** [oˋbisətɪ] n. 過胖

㉚ **isolated** [ˋaɪsḷ͵etɪd] a. 離群索居的；孤立的

㉛ **program** [ˋprogræm] v. 寫程式

㉜ **download** [ˋdaʊn͵lod] v. 下載

㉝ **virtual** [ˋvɝtʃʊəl] a. 虛擬的

㉞ **assignment** [əˋsaɪnmənt] n. 作業

㉟ **blog** [blɑg] n. 部落格

㊱ **distracting** [dɪˋstræktɪŋ] a. 使人分心的

㊲ **disconnect** [͵dɪskəˋnɛkt] v. 斷線

㊳ **research** [rɪˋsɝtʃ] n. 研究

㊴ **article** [ˋɑrtɪkḷ] n. 文章

㊵ **appointment** [əˋpɔɪntmənt] n. 約會

㊶ **application** [͵æpləˋkeʃən] n. 應用程式

㊷ **ability** [əˋbɪlətɪ] n. 能力

㊸ **connect** [kəˋnɛkt] v. 連繫

㊹ **link** [lɪŋk] n. 網址；連結

㊺ **panic** [ˋpænɪk] a. 驚慌焦慮；恐慌

㊻ **emergency** [ɪˋmɝdʒənsɪ] n. 緊急狀況

㊼ **annoyance** [əˋnɔɪəns] n. 擾人的人／事

㊽ **tend** [tɛnd] v. 傾向

㊾ **inconvenient** [͵ɪnkənˋvinjənt] a. 不方便的

㊿ **telemarketer** [͵tɛləˋmɑrkɪtɚ] n. 電話行銷人員

(51) **rely on** phr v. 依賴

(52) **manually** [ˋmænjʊəlɪ] ad. 手動地

(53) **typewriter** [ˋtaɪp͵raɪtɚ] n. 打字機

(54) **software** [ˋsɔft͵wɛr] n. 軟體

(55) **entertainment** [͵ɛntɚˋtenmənt] n. 娛樂；消遣

(56) **benefit** [ˋbɛnəfɪt] v. 得益

(57) **integral** [ˋɪntəgrəl] a. 不可或缺的

(58) **pace** [pes] n. 步調

(59) **immensely** [ɪˋmɛnslɪ] ad. 全面的；大量的

(60) **not necessarily** ad. 不見得；不完全

(61) **eventually** [ɪˋvɛntʃʊəlɪ] ad. 最終地

(62) **replace** [rɪˋples] v. 取代

(63) **highlight** [ˋhaɪ͵laɪt] v. 強調

(64) **definition** [͵dɛfəˋnɪʃən] n. 定義

(65) **laptop** [ˋlæptɑp] n. 筆記型電腦

(66) **tragedy** [ˋtrædʒədɪ] n. 悲劇

(67) **reference** [ˋrɛfərəns] n. 參考資料

(68) **printed** [ˋprɪntɪd] a. 印刷的

(69) **popularity** [͵pɑpjəˋlærətɪ] n. 受歡迎度；普及度

(70) **device** [dɪˋvaɪs] n. 設備；裝置

(71) **gadget** [ˋgædʒɪt] n. 小玩意

(72) **geek** [gik] n. 宅男；怪胎；電腦玩家

(73) **video game console** n. 電視遊戲主機

(74) **status** [ˋstetəs] n. 身分地位

(75) **combine** [kəmˋbaɪn] v. 結合

(76) **communication** [kə͵mjunəˋkeʃən] n. 通訊；溝通

(77) **entertainment** [͵ɛntɚˋtenmənt] n. 娛樂

(78) **afford** [əˋford] v. 負擔

(79) **espresso machine** n. 義式咖啡機

(80) **mediocre** [͵midɪˋokɚ] a. 中庸的；平淡的

(81) **technological** [tɛknəˋlɑdʒɪkḷ] a. 科技的

(82) **innovation** [͵ɪnəˋveʃən] n. 創新；革新；發明

⑧ **graphics** [ˋgræfɪks] **n.** 圖像

⑧ **realistic** [rɪəˋlɪstɪk] **a.** 寫實的；像真的

⑧ **life-like** [ˋlaɪfˌlaɪk] **a.** 栩栩如生的

⑧ **available** [əˋveləbl] **a.** 可取得的

⑧ **satellite** [ˋsætlˌaɪt] **n.** 衛星

⑧ **practical** [ˋpræktɪkl] **a.** 實用的

⑧ **forecast** [ˋforˌkæst] **v.** 預測

⑨ **exemplify** [ɪgˋzɛmpləˌfaɪ] **v.** 例證

⑨ **reality** [rɪˋælətɪ] **n.** 真實

⑨ **hologram** [ˋholəˌgræm] **n.**
　　3D立體投影技術

⑨ **teleportation** [ˋtɛlɪˌportˋteʃən] **n.**
　　瞬間移動

⑨ **commute** [kəˋmjut] **n.** 通勤

⑨ **household appliance** **n.**
　　（大型）家電用品

⑨ **consider** [kənˋsɪdə] **v.** 考慮；考量

⑨ **development** [dɪˋvɛləpmənt] **n.** 發展

⑨ **commonplace** [ˋkamənˌples] **a.**
　　司空見慣的

⑨ **consequence** [ˋkansəˌkwɛns] **n.** 後果

⑩ **artificial intelligence** **n.** 人工智慧

Tips for Discussion
釐清各種易混淆的觀念，掌握口試高分祕訣。

❶ 看看下面這些問題，想想看答案，你就可以大概瞭解你需要知道哪些事跟單字來回答科技類的問題了：

★ What has been the greatest invention of the past few years?
你認為過去幾年內最重要的發明是什麼？

★ What new inventions do you think you will see in your lifetime?
你認為哪些是在你有生之年可能會見到的新發明？

❷ 這些句型可以幫我們描述科技可以為人類帶來什麼貢獻：

★ (The Internet) allows us to (connect to the world more easily).
（網際網路）使我們（更容易與世界連結）。

★ (Skype) enables users to (make free phone calls and send messages via the Internet). （Skype）讓使用者（可以透過網路撥打免費電話或傳送簡訊）。

❸ 許多有關科技的討論跟問題涉及對於未來的推測。依據你對這些預測的信心指數來決定你的助動詞：

★ We might/may have household robots to do most of the cleaning for us.
我們可能會有家用機器人來作家務。（確定程度約五成）

★ There could be flying cars. 可能會有會飛的汽車。（確定程度低於五成）

★ We're probably going to send another spaceship to Mars.
我們可能會發射另一艘太空船到火星。（大約八成確定）

Questions and Answers

練習從各種角度思考判斷，找到最適合自己的作答方式。

1. Do you use any social **networking** sites, like Facebook?

你有使用任何的社交<u>網站</u>，例如臉書嗎？

12-01

與眾不同的高分答案

小陳——逆向思考的宅男角度，為您示範較簡單且有點搞笑的回答。

Actually, I have a Facebook <u>profile</u>, but I rarely **log in**. I only have a few friends who use it. I was hoping to meet some single women on it, but I think it's mainly for teenagers. Plus, I've been getting some **irritating** <u>spam</u> on my <u>wall</u>. I prefer to use regular email.

事實上，我有臉書的帳號，但我幾乎不太登入。我只有少數幾個朋友有在玩。我本來是希望在臉書上可以遇到一些單身女性，但我想那網站主要是給青少年用的吧！再加上，我的<u>塗鴉牆</u>上有愈來愈多煩人的<u>垃圾訊息</u>。我比較喜歡使用一般的電子郵件。

令人印象深刻的答案

小劉——另類的作答方式，提供您各式充滿創意的絕妙好句。

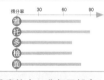

I'm a Facebook **addict**. I check it several times a day. It's my favorite way to <u>stay in touch</u> with everyone, share photos, and plan events. I don't know what we ever did without it. I'm also on Twitter and Myspace, but I might **delete** those **accounts**. I don't use them as much as Facebook.

我是個對臉書成癮的人。我每天都會上好幾次。這是我最喜歡跟大家保持聯繫的方式，分享照片或計畫活動。沒有臉書我不知道我們以前是怎麼過日子的。我也有推特跟聚友的帳號，但我可能會刪除它們。我用它們沒有像臉書這麼頻繁。

安全過關的標準答案

葉教授——充分展現自己的深度，用難度較高的單字，為您示範條理分明的應答。

I actually joined Facebook mostly to <u>keep an eye on</u> my daughter. I like to see what's happening in her life and how she **interacts** with her friends. Not only that, but when she first started using Facebook, I was concerned about her **privacy** and the dangers of **online predators**. Now that I'm satisfied with the **security** and privacy of the site, I actually enjoy having my own profile.

事實上我加入臉書是為了要監督我女兒。我想知道她的生活中發生了些什麼事，還有她與朋友如何交往。不只這樣，當她剛開始使用臉書的時候，我對個人隱私還有網路掠食者造成的危險感到擔心。但我現在對網站的安全性及隱私權控管感到滿意，其實我也挺享受有我自己的個人頁面。

重點
解析

Key Point
作答方向分析整理，讓你的談話內容更有深度。

---

1. 你也可以這樣回答：

★ **It helps me to keep in touch with people.** 它幫我跟人們保持連絡。

★ **I've reconnected with some old friends.** 我跟老朋友們重新聯繫上了。

★ **It helps me to organize my social life.** 它幫我安排社交生活。

★ **I can "stalk" my ex-boyfriend/ex-girlfriend.** 可以偷偷追蹤我的前男友／前女友。

2. 一些讓人不去使用社群網站的原因：

★ **It's such a waste of time.** 它很浪費時間。

★ **People leave boring updates about what they're doing.**
大家都在更新無聊的即時動態。

★ **I don't want everyone to know about my personal/private life.**
我不希望每個人都知道我的私生活。

3. 必背單字= site = website　網站

★ **I found a great <u>site</u> that shows you all the plastic surgery that the stars have had! What a relief to see that nobody's perfect!**
我找到一個超棒的<u>網站</u>，你可以看到明星做過的所有整形手術！知道沒有人是完美的真是讓我鬆了一口氣！

4. 必背單字= spam　廣告信／垃圾信

★ **Tom closed his old email account because he was getting too much <u>spam</u>.** 湯姆關閉了舊的電郵帳號，因為他收到太多的<u>垃圾信</u>了。

5. 必背片語= keep/stay in touch　保持連絡

★ **Bella moved away to go to college in Tainan, but she <u>stayed in touch</u> with most of her friends from high school.**
貝拉因為上大學搬到台南，但她仍然跟大部分高中的朋友們<u>保持聯繫</u>。

6. 必背片語= keep an eye on　照顧；特別留意

★ **Could you <u>keep an eye on</u> my bicycle for me while I go into the bank?** 我去銀行的時候，可以請你幫我<u>留意</u>一下腳踏車嗎？

Questions and Answers

練習從各種角度思考判斷，找到最適合自己的作答方式。

2. Do you often take pictures?
你經常拍照嗎？

MP3
12-02

與眾不同的高分答案

小陳——逆向思考的宅男角度，為您示範較簡單且有點搞笑的回答。

Not very often, but I think I would take pictures more if I had a **decent** camera. The last time I took pictures was at a car show. I have lots of pictures of the sexy girls who were showing the cars - and only a few of the actual cars! Come to think of it, I think I would love being a **photographer**. Then I could always be around beautiful models!

不是很常，但我如果有一台好相機的話，我會多拍一點照片。上一次我拍照的時候是去看車展。我有超多車展辣妹的照片，只有兩三張真的拍了車子。現在我再想一想，我覺得我會很樂意當個攝影師。這樣一來我身邊就一直有美女環繞了！

令人印象深刻的答案

小劉——另類的作答方式，提供您各式充滿創意的絕妙好句。

Yes. I almost always have my **digital camera** with me. I take pictures of beautiful **scenery** when I go somewhere new and of course, of my friends. I'd much rather be behind the camera than in the pictures because I'm not very **photogenic**. I usually **upload** my pictures online as a **record** of my life and the places I've been.

是的，我幾乎隨時都帶著數位相機在身上。每到新的地方，我就會拍下那些美麗的風景，當然，我也會幫朋友拍照。我寧願當拍照的那個人，也比較不想出現在相片裡，因為我其實不太上相。我通常會把照片上傳到網路上，當作是生命以及我造訪過的地方的記錄。

Unit 12

科技 Technology

安全過關的標準答案

葉教授——充分展現自己的深度，用難度較高的單字，為您示範條理分明的應答。

I took a **photography** class in college and I have a camera with special **lenses** that I spent quite a bit of money on. I don't take pictures quite as much as I used to, but I still bring my camera to special events or whenever I travel. I'm not a talented artist, but taking pictures allows me to express my **artistic** side.

我大學的時候上過攝影課，也花了不少錢買了一台特殊鏡頭的相機。現在我已經不像以前那麼常拍照了，但有特殊場合的時候或每當我去旅行時，我還是會帶著相機。我不是個有天賦的藝術家，但是拍照可以展現我藝術性的一面。

重點解析 Key Point

作答方向分析整理，讓你的談話內容更有深度。

---

1. 你有很多照片嗎？想想看你都什麼時候拍照，還有你喜歡拍些什麼。如果你不常拍照，有特別原因嗎？

2. 不常拍照的原因：

★ I don't have a camera./My camera's not very good.
我沒有相機。／我的相機不好。

★ I always forget to bring my camera./I always forget to charge the battery. 我總是忘了帶相機。／我總是忘了充電。

★ I'm not a very good photographer./I don't really enjoy taking pictures. 我對攝影不在行。／我其實不太喜歡拍照。

★ Sometimes I'd rather just enjoy the experience, instead of taking pictures of it. 有時候，我只想享受那些經驗，而不是拍下相片。

★ All my friends take pictures and post them on Facebook anyway, so I don't really need to.
我的朋友們全都已經拍照並且上傳到臉書了，所以我其實不需要再做同樣的事了。

3. 必背片語= come to think of it = now that I think about it
現在我再想想這件事

★ You should try the Thai restaurant on Main Street. <u>Come to think of it</u>, there are lots of good restaurants in that area.
你應該試試大街上那間泰國菜餐廳。<u>這樣一想</u>，那一帶有很多好餐廳。

4. 必背片語= quite a bit 相當多（用於不可數名詞）
quite a few 相當多（用於可數名詞）
小心這兩個用法，乍看之下好像是指數量「很少」，但其實不是喔！是蠻多的喔！

★ It was surprising that Gina didn't get the job, because she has <u>quite a bit</u> of experience.
吉娜沒有錄取那份工作實在令人驚訝，因為她有<u>相當多</u>的工作經驗。

★ Rick has been to England <u>quite a few</u> times because he has relatives there. 瑞克已經去英國<u>好幾次</u>了，因為他有親戚住在那邊。

3. What negative **effects** can technology have?
科技可能帶來什麼負面影響？

MP3
12-03

得分率　30　60　90
雅
托
多
檢
面

與眾不同的高分答案
小陳——逆向思考的宅男角度，為您示範較簡單且有點搞笑的回答。

Are you kidding me? Technology has really improved our lives. There are hardly any **drawbacks**. The only negative thing I can think of is that I sometimes get a **stiff neck** from sitting in front of the computer. But that only happens if I work at a computer all day and then play computer games until three a.m.

你在開玩笑嗎？科技大大地改善了我們的生活，它幾乎沒有任何缺點吧！我可以想到的唯一缺點是，有時候我因為在電腦前面坐太久而脖子僵硬。但這只有在我在電腦前工作一整天，然後又打電玩到凌晨三點的時候才會發生。

得分率　30　60　90
雅
托
多
檢
面

令人印象深刻的答案
小劉——另類的作答方式，提供您各式充滿創意的絕妙好句。

I heard that cell phones might cause cancer! If you hold the phone next to your ear too much, the waves can **harm** your **brain**. I don't know if that's true or not, but it's scary to think about! Another problem with cell phones is that some people have such annoying **ringtones**!

我聽說手機可能會導致癌症！如果你太常讓手機接近耳朵，電磁波可能會傷害大腦。我不知道這是真的還是假的，但想起來就是很嚇人！另一個手機的問題就是，有些人的手機鈴聲真的有夠煩的啦！

Unit 12

科技 Technology

得分率　30　60　90
雅
托
多
檢
面

安全過關的標準答案
葉教授——充分展現自己的深度，用難度較高的單字，為您示範條理分明的應答。

Technology is definitely a double-edged sword. Some people **overdo** it and spend most of their lives looking at their phone, computer or TV. This leads to a **sedentary** lifestyle and sometimes **obesity**. They may also become **isolated**, only communicating with others online or by phone.

科技無疑是把雙刃刀。有些人過度使用科技，絕大多數的時間都花在盯著手機、電腦或電視。這會導致習慣久坐的生活型態或甚至有時候會導致肥胖。他們也可能變得離群索居，只使用網路或電話跟人聯繫。

重點解析 Key Point

作答方向分析整理，讓你的談話內容更有深度。

1. 科技通常被認為是正面的。但是，每樣東西都會有正負兩面。就算你是個科技愛好者，也應該可以想出一兩樣科技可能帶給人類的不良影響。

2. 其他負面影響：

★ **eye strain** 眼睛疲勞

★ **hearing loss** 聽力減退

★ **carpal tunnel syndrome** 腕隧道症候群

★ **technology addiction** 科技上癮症

★ **too much reliance on technology** 過度依賴科技

★ **strained relationships** 緊張的（不佳的）人際關係

3. 在英文的對話中，當你聽到不可思議的事情時，你可以用以下句型表示懷疑：

★ **Are you kidding me?** 你在開什麼玩笑？

★ **You've got to be kidding me.** 你一定是在開玩笑。

★ **You must be joking.** 你一定是在開玩笑。

★ **Are you serious?** 你說真的嗎？

★ **You can't be serious!** 你一定不是認真的！

★ **That's ridiculous!** 這太荒謬了！

★ **No way!** 不會吧！

★ **Get out of here/town!** 少來了！（少騙我！）

4. 必背片語= hardly any = very little = almost none 非常少數，幾乎沒有

★ **Who ate all of my birthday cake? I hardly had any!**
誰把我的生日蛋糕全部吃完了？我幾乎都沒有吃到！

5. 必背片語= double-edged sword 雙面刃；正反兩面

★ **Fame is a double-edged sword, you gain power and status but lose privacy.** 成名是雙面刃，在你得到名利的同時，也失去了隱私。

Questions and Answers

練習從各種角度思考判斷，找到最適合自己的作答方式。

4. What do you use a computer for the most?
你最常用電腦來作什麼？

MP3
12-04

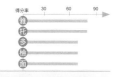

與眾不同的高分答案

小陳——逆向思考的宅男角度，為您示範較簡單且有點搞笑的回答。

I sit in front of a computer at work all day **programming** and writing reports. But at home I use a computer for surfing the Internet and **downloading** movies. I played a lot of online games when I was younger, and there is one RPG I still play. In the game, I have a really hot **virtual** girlfriend and a red BMW.

我在上班的時候整天都坐在電腦前寫程式及寫報告。但在家的時候，我用電腦來上網以及下載電影。我以前花很多時間玩線上遊戲，現在我還是會玩一個角色扮演的遊戲。在遊戲的世界裡，我有一個超辣的虛擬女友跟一台鮮紅色的寶馬。

令人印象深刻的答案

小劉——另類的作答方式，提供您各式充滿創意的絕妙好句。

Well, I mainly use it for homework **assignments**, but I also use the Internet a lot. I like shopping online, checking Facebook and Twitter, looking at pictures, and reading people's **blogs**. Actually, I find these kinds of websites so interesting and **distracting** that I have to **disconnect** my computer when I'm trying to get an assignment done!

嗯，我主要是用電腦來做作業，但我也花很多時間上網。我喜歡網路購物，上臉書跟推特，看照片及別人的部落格。事實上，我發現這些網站太有趣也太讓我分心了，我必須中斷網路連線才能把作業做完！

Unit 12

科技 Technology

安全過關的標準答案

葉教授——充分展現自己的深度，用難度較高的單字，為您示範條理分明的應答。

I probably spend most of my time on the computer doing **research** and writing **articles**. I also have all my lesson plans and my **appointment** calendar on my computer. Other than work, I do a lot emailing and I sometimes read news articles and check Facebook.

我花在電腦上最多時間的可能是拿來做研究還有寫文章。我的電腦裡也存有我所有的授課計畫跟行事曆。除了工作之外，我也花很多時間在電子郵件上，有時候也會用電腦來看新聞跟上臉書。

重點 解析　**Key Point**
作答方向分析整理，讓你的談話內容更有深度。

---

1. 電腦的多才多藝讓人幾乎可以用它做所有的事情。雖然這個問題是問你「最常」用電腦做什麼，但你還是可以提出好幾項你用電腦來完成的事：

★ **surf the Internet** 上網瀏覽

★ **shop online** 網路購物

★ **play online games** 玩線上遊戲

★ **play RPGs (role-playing games)** 玩角色扮演遊戲

★ **watch videos** 看影片

★ **chat with friends** 跟朋友聊天

★ **read/write emails** 讀／寫電子郵件

★ **read/write articles/blogs** 讀／寫文章／部落格

★ **make phone/video calls** 打電話／視訊通話

★ **conduct business** 商務聯繫

★ **enter data** 輸入資料

---

2. 你也可以大致提到你花多少時間在每項活動上：

★ <u>Half of my computer time</u> is spent checking email. <u>The other half</u> is for chatting and listening to music.
有<u>一半</u>的時間花在電子郵件上。<u>另一半</u>用來聊天還有聽音樂。

★ Every morning I <u>spend about an hour</u> reading news. Then when I get to work I <u>spend most of my time</u> writing reports.
我每天早上<u>大約花一小時</u>讀新聞。然後我在上班時，我<u>大部分</u>的時間都花在寫報告。

★ I don't work in an office, so I only use a computer <u>in the evenings</u>. I <u>mainly</u> do fun things like playing games and watching videos.
我不在辦公室裡工作，所以我只有<u>晚上</u>用電腦。我<u>主要</u>都做些有趣的事，例如玩電腦遊戲或看影片。

Questions and Answers

練習從各種角度思考判斷，找到最適合自己的作答方式。

5. Would you mind not having a cell phone?
你會介意沒有手機嗎？

 MP3 12-05

 與眾不同的高分答案

小陳——逆向思考的宅男角度，為您示範較簡單且有點搞笑的回答。

Yeah, I would be really bored if I didn't have a cell phone. It's not the calls that I would miss - it's all the **applications** and the **ability** to **connect** to the Internet wherever I am. I play games on my iPhone when I'm bored and my friends sometimes send me **links** to funny videos or pictures of girls.

會，如果我沒有手機的話，那我會很無聊。我會想念的不是那些未接來電－而是那些應用程式跟隨時隨地都可以上網的能力。我無聊的時候會用蘋果手機玩遊戲，有時候朋友們會傳有趣的影片連結或正妹照片給我。

 令人印象深刻的答案

小劉——另類的作答方式，提供您各式充滿創意的絕妙好句。

I love my cell phone and I can't live without it. Last Friday, I forgot it at home, so I didn't have it all day. I **panicked**! Even when I realized it was at home, I kept reaching in my bag for it without thinking. When I finally got home, I had fifteen text messages and six missed calls!

我愛我的手機，沒有它，我會活不下去。上週五我沒帶手機出門，所以一整天都沒有電話。我簡直快要抓狂了！即使我知道手機忘在家裡，我還是下意識地一直伸手進包包裡要拿手機。當我終於到家的時候，我有十五封簡訊跟六通未接來電！

 安全過關的標準答案

葉教授——充分展現自己的深度，用難度較高的單字，為您示範條理分明的應答。

No, I wouldn't mind. It wasn't that long ago that most people didn't carry phones in their pockets. A cell phone is great for **emergencies** and I like my family to be able to reach me easily. But it's also an **annoyance** because people **tend** to call at **inconvenient** times. I especially hate getting calls and messages from **telemarketers**.

不會，我不介意。不久之前我們也都還沒有人手一機。手機在緊急狀況發生時很方便，我也喜歡讓家人容易聯繫到我。但它同時也很惱人，因為有些人就是會在不恰當的時間打來。我尤其討厭接到推銷電話或簡訊。

重點解析 **Key Point**
作答方向分析整理，讓你的談話內容更有深度。

1. 不要說沒有手機的生活了，大部分現代人只要沒帶手機或電池沒電的一天，就立刻可以感受到沒有手機的痛苦。你的痛苦程度有多大？當然，也有可能有人會因為時常被奪命連環扣，所以沒有手機可能還會竊喜。

★My boss calls me all the time, even on my days off, and he gets angry if I don't answer right away. I would be relieved not to have a cell phone for a while. It would feel like a vacation!
我老闆一天到晚打電話給我，即便在我休假時，如果我沒有馬上接電話，他就會不爽。如果可以有一陣子沒有手機的話，那會是一種解脫。應該會覺得像在度假一樣！

2. 問題5、6跟7都是假設性的，所以回答時要用**would**來表示可能性。

★I would be annoyed/bored/fine.
我可能會覺得厭煩／無聊／還好。

★I would hate it/not mind/freak out.
我可能會很討厭／不介意／抓狂。

★It would be boring/inconvenient/difficult/OK/peaceful.
可能會很無聊／不方便／難辦事／還好／很平靜。

3. 必背片語= missed call 未接來電

★Kevin says he tried to call me but I didn't have any missed calls.
凱文說他有打電話給我，但我沒看到任何未接來電。

Questions and Answers

練習從各種角度思考判斷，找到最適合自己的作答方式。

6. How would your life be different if there were no computers?

MP3
12-06

如果沒有電腦，你的生活是否會有不同？

與眾不同的高分答案

小陳——逆向思考的宅男角度，為您示範較簡單且有點搞笑的回答。

It would be very different! I **rely** so much **on** computers that I wouldn't know what to do if I had to do everything **manually**. Can you imagine going back to using **typewriters**? All of my knowledge about **software** would be useless and I wouldn't be able to play computer games! I think life would be terrible if we didn't have computers.

會有很大的不同！我太依賴電腦了，我根本不知道如果每件事都要手動操作的話該怎麼辦。你能想像回去用打字機嗎？我所有關於電腦軟體的知識都將會一文不值，而且我就再也不能打電動了！如果沒有電腦的話，生活將會糟透了。

令人印象深刻的答案

小劉——另類的作答方式，提供您各式充滿創意的絕妙好句。

It would be less convenient. For example, I'd have to write all of my assignments by hand. It would also be kind of boring because computers provide a lot of **entertainment**. In some ways, though, it might be better. Some people - like my cousin, for example - might **benefit** from not being able to play online games all day!

是會有一點不方便。譬如說，我所有作業就必須手寫。也可能會蠻無聊的，因為電腦提供了很多娛樂。不過，在某種程度上，沒有電腦也可能比較好。有些人，例如我表弟，可能會因為不能再整天打線上遊戲而受惠！

安全過關的標準答案

葉教授——充分展現自己的深度，用難度較高的單字，為您示範條理分明的應答。

Computers have become such an **integral** part of everyday life - everything from ATMs to traffic lights rely on computers. It would be like traveling back in time. I think the **pace** of life would slow down **immensely**, but that's **not necessarily** a bad thing. I think I might even enjoy writing letters with paper and ink, and driving a car without GPS!

電腦已經變成日常生活中不可或缺的部分了－從提款機到交通號誌每件事都仰賴電腦。沒有電腦的話就會像時光倒流。生活步調會大幅地減慢，但這也不見得是件壞事。我想我甚至可能會享受用紙筆跟墨水寫信，或是不用導航系統開車！

Unit 12

科技 Technology

309

Key Point

作答方向分析整理，讓你的談話內容更有深度。

---

1. 電腦可以做的事：

★ **online shopping** 網路購物　　★ **social networking** 建立社交網絡

★ **video games** 電腦遊戲　　★ **e-banking** 網路銀行交易

★ **digital cameras** 數位攝影　　★ **photo editing** 編修照片

★ **smart phones** 智慧型手機　　★ **mp3 players** 音樂播放器

★ **cash registers** 收銀機　　★ **air traffic control** 航空交通管制

★ **high speed rail** 高鐵　　★ **modern cars** 新型汽車

★ **accounting systems** 會計系統

★ **CGI (computer generated images)** 電腦影像生成技術／電腦動畫

2. 現在試著描述看看，如果沒有了上面這些東西，你的生活會被影響嗎？

★ **If we didn't have computerized air traffic control systems, plane crashes would probably happen more often.**
如果沒有電腦化的航空交通管制，墜機事件可能會更頻繁地發生。

★ **Without CGI, we wouldn't have fantastic animated movies to watch!**
如果沒有電腦影像生成技術，我們就看不到這麼了不起的動畫電影了！

★ **If computers disappeared, so would many other things. I think I'd miss video games the most.**
如果電腦消失了，很多東西都會跟著消失。我想我最想念的會是電腦遊戲。

3. 必背單字= ATM = Automatic Teller Machine　自動提款機

★ **I'll meet you at the store. I just have to go to the <u>ATM</u> to get some cash first.**
我跟你在店裡碰面吧！我得先去提款機領一些現金。

4. 必背單字= GPS = Global Positioning System　全球定位系統

★ **Eric would often get lost if it weren't for the <u>GPS</u> on his smart phone.**
如果沒有智慧手機裡的<u>全球定位系統</u>的話，艾瑞克一定會常常迷路。

7. Do you think e-books will **eventually replace** paper books?

MP3
12-07

你覺得電子書最後會取代紙本書嗎？

與眾不同的高分答案

小陳——逆向思考的宅男角度，為您示範較簡單且有點搞笑的回答。

Yes, I think so. E-books are cool and convenient. They're good for studying because you can **highlight** text and look up **definitions**. They're also cheaper if you already have an e-reader. It's not so common yet, but it won't be long before you see people everywhere reading on their **laptops**, iPads or Kindles.

會的。電子書很酷也很方便。它們是很好的學習工具，你可以標記內容並且同時查單字。如果你已經有一個電子閱讀工具的話，電子書也會便宜一點。雖然目前還不普及，但不久後你就會到處看到人們用筆記型電腦、蘋果平板電腦或亞馬遜出的金讀在閱讀了。

令人印象深刻的答案

小劉——另類的作答方式，提供您各式充滿創意的絕妙好句。

I hope not! It would be a **tragedy** if all the libraries closed down. There's just something about holding a book and turning the pages that I love. And I know I'm not the only one. Some people just like to have lots of books on their shelves, whether they're for **reference** or just to show off.

我希望不要！如果所有圖書館都關門的話，那將會是個悲劇。我喜歡把書拿在手上還有翻頁的感覺。而且我知道我不是唯一這樣想的人。有些人就是喜歡放很多書在架上，無論它們是被拿來當參考書或只是用來炫耀。

Unit 12

科技 Technology

安全過關的標準答案

葉教授——充分展現自己的深度，用難度較高的單字，為您示範條理分明的應答。

I saw on the news that the online bookshop Amazon.com is now selling more electronic books than **printed** ones. I'm sure e-books will continue to increase in **popularity**, but I hope the libraries never close down. Not everyone has a computer or some other **device** that can be used for reading e-books, but anyone can read a paper book.

我看到新聞說亞馬遜網路書店售出的電子書已經比紙本書還要多了。我相信電子書的受歡迎度會持續增加，但我也希望圖書館永遠不要關閉。不是每個人都有電腦或其他的工具可以用來看電子書，但紙本書籍則是每個人都可以讀。

Key Point

作答方向分析整理，讓你的談話內容更有深度。

---

1. 在表示預測未來會發生的情況時，用**will**或**be going to**都可以。例如：**The party will be fun**跟**The party is going to be fun**意思相同。但若想表示較確定，有根據的事情時，則用**be going to**。例如：

★ **According to the weather report, it's going to rain tomorrow.**
根據氣象報導，明天會下雨。

---

2. 你也可以提出你對電子書未來使用的預測來延展你的回答：

★ **I don't think e-books will fully replace paper books, but I think they should at least be used in schools. It would be great for students to just carry an iPad instead of a heavy backpack.**
我不認為電子書會完全取代紙本書籍，但我覺得它們至少應該在學校裡被使用。如果學生們只帶一個蘋果平板電腦而不是背著沈重的書包，那將會是一件很棒的事。

---

3. 必背單字= **e-book, e-reader**　電子書；電子閱讀器

---

4. 市面上受歡迎的電子閱讀工具：

★ **Kindle (Amazon)** 亞馬遜書店出的金讀

★ **Nook (Barnes & Noble)**　邦諾書店出的電子閱讀器

★ **PRS Reader (Sony)** 索尼出的電子閱讀器

---

5. 平板型電腦也可以用來閱讀電子書：

★ **iPad** 蘋果平板電腦　　　　★**HP Touchpad** 惠普平板電腦

---

6. 必背片語= **look up**　調查

★ **Every time Karen sees a handsome guy in a movie, she looks him up on IMDB.com right away.**
每次凱倫看到電影裡帥氣的男星，就會立刻在電影資料庫網站搜尋他。

---

7. 必背片語= **show off**　炫耀

★ **Timmy learned how to skateboard so that he could show off in front of the girls.**
提米去學玩滑板，這樣他就可以在女孩們面前炫耀。

8. What new electronic device would you like to own?
你想要擁有哪些新的電子設備？

MP3 12-08

與眾不同的高分答案

小陳——逆向思考的宅男角度，為您示範較簡單且有點搞笑的回答。

Hmm… there are so many! Electronic **gadgets** are like toys to a technology **geek** like me. I can never get enough! I guess a **video game console** would be at the top of my list, like a Play Station or Xbox. I would also like a 70-inch flat screen TV to play the games on!

嗯…實在是太多了！對於像我這樣的科技宅男來說，電子小產品就像是玩具一樣，永遠都嫌不夠！我猜第一名我最想要的是電玩遊戲主機，例如PS家用遊戲主機或Xbox遊戲主機。我也想要一個七十吋的平面電視來打電玩！

令人印象深刻的答案

小劉——另類的作答方式，提供您各式充滿創意的絕妙好句。

I would definitely get a smartphone, but not because I want it to be fashionable or to have as a **status** symbol. It's simply because I need one! Smartphones **combine communication** and **entertainment**. Plus I've seen some really cool apps that my friends downloaded. I wish I could **afford** to buy one now!

我想要一台智慧型手機，不是因為要追求流行或表示身分地位。我只是單純地需要它！智慧型手機結合了通訊跟娛樂。加上我看到朋友們下載了很多超酷的應用程式。我真希望我現在就可以買得起一支了！

Unit 12

科技 Technology

安全過關的標準答案

葉教授——充分展現自己的深度，用難度較高的單字，為您示範條理分明的應答。

I'm a coffee lover, so I would love to have an **espresso machine**. I think a good coffee machine can really make a difference in the taste of the coffee. I'm tired of drinking **mediocre** coffee. I saw a fancy new model in the shop but I doubt my wife would agree that it's worth spending NT$12,000 on a coffee machine.

我是個愛喝咖啡的人，所以我想要有要一台義式濃縮咖啡機。我想一台好的咖啡機會讓咖啡的味道嚐起來不同。我受夠了喝那些不怎麼樣的咖啡。我在店裡看到一台超棒的新機種，但我懷疑我太太會同意花一萬二台幣買一台咖啡機是值得的。

重點解析 Key Point

作答方向分析整理，讓你的談話內容更有深度。

---

1. 當想描述你目前沒辦法買，或還沒擁有但你很希望現在就擁有的東西時，你可以用wish。任何跟現在事實相反的事，也可以wish來描述：

★ I wish I could buy a sports car.
我真希望我可以買一台跑車。

★ I wish someone had told me not to get the first iPad. IPad 2 is so much better.
我真希望有人當初叫我不要買第一代的蘋果平板電腦，第二代蘋果平板電腦棒多了。

★ I wish I had better speakers for my computer.
我希望我的電腦有好一點的喇叭。

---

2. 必背單字= smartphone　智慧型手機

★ Gary is always checking Facebook on his smartphone.
蓋瑞總是一直在用他的智慧型手機上臉書。

---

3. 必背單字= fashionable　流行的；時髦的

★ Oh my god, he's still wearing high-waist jeans. They're totally not fashionable anymore!
我的天啊，他竟然還在穿高腰牛仔褲。那已經完全不流行了！

---

4. 必背單字= app　應用程式（application的縮寫）

★ May has a lot of apps on her phone, but she uses "Angry Birds" the most.
梅的手機裡有很多應用程式，但她最常玩的是「憤怒鳥」。

---

5. 必背片語= be tired of = be sick of　厭倦於

★ She's always making up stories about people. I'm tired of her lies.
她總是在造別人的謠。我實在是厭倦了她的謊言。

Questions and Answers

練習從各種角度思考判斷，找到最適合自己的作答方式。

9. In your opinion, what has been the best technological innovation of your lifetime?

你認為你有生之年中最棒的科技新發明是什麼？

與眾不同的高分答案

小陳——逆向思考的宅男角度，為您示範較簡單且有點搞笑的回答。

Well, for me personally, I'd have to say video game technology. It has improved by leaps and bounds in my lifetime. The games are more interesting and the **graphics** are much more **realistic** - especially the people. Now you can even use your body movements to control what your character does. It's very **life-like** and exciting.

嗯，我個人認為是電玩遊戲。它們從我出生到現在突飛猛進的進步。遊戲愈來愈有趣，圖像也愈來愈逼真了—尤其是人物。現在你甚至可以用肢體動作來控制遊戲人物。這實在是很擬真，很刺激。

令人印象深刻的答案

小劉——另類的作答方式，提供您各式充滿創意的絕妙好句。

That's a difficult question because there have been so many. I guess I'd have to say the Internet. I know it was invented before I was born, but it wasn't **available** to the public until the 1990s. I think the Internet is a great innovation because it really changed the world in so many ways. It created jobs and made communication easier. Plus, it's really fun to use!

這是個很困難的問題，因為實在有太多了。我想我會說是網際網路。我知道網際網路在我出生之前就發明了，但是它是一直到90年代才開始普及的。我覺得網際網路是最重要的發明，因為它在很多方面改變了全世界。它增加了工作機會，讓溝通更容易，而且，使用網路實在很有樂趣！

安全過關的標準答案

葉教授——充分展現自己的深度，用難度較高的單字，為您示範條理分明的應答。

I think **satellite** technology is amazing. Not only did we figure out how to create something that we can send into space, but satellites have very **practical** uses too, like communication, or **forecasting** the weather. Without satellites, we wouldn't have GPS, Google Earth or satellite TV. They really **exemplify** human innovation to me.

我覺得衛星科技真的很了不起。它不但讓我們瞭解如何傳送訊息到太空，衛星還有其他非常實用的用途，像是通訊，或是氣象預測。如果沒有衛星的話，我們就沒有全球定位系統，谷歌地球或衛星電視。這些對我來說都是人類新發明最好的例子。

Key Point

作答方向分析整理，讓你的談話內容更有深度。

1. 當你碰到不好回答的問題時，你可以像小劉一樣利用一些句子先擋一下，然後利用這多出的幾秒鐘時間來想接下來要說些什麼。但你當然不能每個問題都這麼做，這樣會讓聽你回答的人覺得有點不誠懇。這些拖時間專用的句型有：

★ That's a hard/difficult/interesting/good question... 這是一個困難的／有趣的／好問題…

★ Oh, wow, I've never thought about that... 噢，哇，我從來沒想過這件事耶…

★ I'd have to think about that, but the first thing that comes to mind is... 我得想想看，但我腦子裡的第一個念頭是…

2. 必背片語= for me personally = for me = personally　我個人認為

★ For me personally, that's a very low salary, but I bet Jojo will accept it. 我個人認為那薪水很低，但我打賭啾啾會接受它。

3. 必背片語= by leaps and bounds　大躍進

★ Your English abilities have grown by leaps and bounds since you started using this book!
從你開始用這本書以來，你的英文程度已經飛快地提升了！

4. 你也可以提到的其他發明及例子：

★ transportation (space/air travel, high speed rail)
運輸（太空／空中運輸、高速鐵路）

★ communication (text messaging, video conferencing)
通訊科技（簡訊、視訊會議）

★ entertainment (special effects, smartphone applications)
娛樂（特效、智慧型手機應用程式）

★ green technology (wind turbines, solar panels)
綠色環保科技（風力發電、太陽能板）

★ medicine (artificial organs, vaccines)
醫藥（人工器官、疫苗）

Questions and Answers

練習從各種角度思考判斷，找到最適合自己的作答方式。

10. What do you think technology will be like in fifty years?

MP3
12-10

你認為五十年後科技會如何變化？

得分率　30　60　90

與眾不同的高分答案

小陳——逆向思考的宅男角度，為您示範較簡單且有點搞笑的回答。

I'm a huge *Star Trek* fan. I hope I'll get to see some of the technology from that show become **reality** in my lifetime. They're already developing virtual reality and **holograms**. Soon we'll be able to go on dates without leaving the house! Or, if you do want to go somewhere, you'll be able to say "Beam me up, Scotty!" and get there by **teleportation**!

我是個超級星際爭霸戰迷。我希望在我有生之年可以看到電影中的某些科技成真。虛擬實境跟3D立體投影技術一直在進步中。不久之後我們也許不出門就可以跟別人約會！或者，如果你真的想要出門，你只需要說「傳送我，史考提！」，就可以被光子化瞬間移動了！

得分率　30　60　90

令人印象深刻的答案

小劉——另類的作答方式，提供您各式充滿創意的絕妙好句。

I think technology has the power to improve our lives in terms of convenience and comfort. Transportation will certainly improve, making **commuting** much easier. **Household appliances** such as washing machines and microwave ovens will become smarter. Maybe doing housework will become a thing of the past!

我認為就方便及舒適度來說，科技可以大大的改善我們的生活。交通運輸也一定會進步，讓通勤更容易。家電產品例如洗衣機及微波爐也會變得更聰明。做家事也許會成為歷史名詞了！

Unit 12

科技 Technology

得分率　30　60　90

安全過關的標準答案

葉教授——充分展現自己的深度，用難度較高的單字，為您示範條理分明的應答。

Considering all the **developments** of the past fifty years, I expect that there will be many new innovations. Perhaps we'll have flying cars, and space travel will become **commonplace**. But I sometimes worry about the negative **consequences** which technology may bring. For example, maybe someday **artificial intelligence** will become too advanced for us to control. Or maybe I've just been watching too many sci-fi movies!

就過去五十年來的發展而言，我預計未來還會有許多新發明。也許會有會飛的汽車，太空旅行會變得普遍。但有時候我也擔心科技可能帶來的負面影響。譬如說，也許有一天人工智慧會過度發展到人類無法掌控。還是我看太多科幻電影了！

重點解析 **Key Point**
作答方向分析整理，讓你的談話內容更有深度。

---

1. 其他未來可能會發明的科技產品：

★ **home robots** 家用機器人

★ **time machines** 時光機

★ **cure for AIDS/cancer** 治療愛滋病／癌症的解藥

★ **more green energy** 更多綠色能源

---

2. 必背片語= household appliances 大型家電

★ **I bought all the furniture in this apartment, but most of the household appliances belong to my landlord.**
我公寓裡所有的傢俱都是自己買的，但大部分的家電是房東的。

---

3. Beam me up, Scotty! 是從美國電視劇「星際爭霸戰」裡流傳出來的一句口頭禪。影集中的角色史考提負責操縱傳送系統，只要組員們在外太空的某星球上遭遇到敵人或困難，就會向史考提呼救。這句話已經成為美國流行文化的一部分，連非星球迷都知道。但好笑的是，這句話從來沒有在影集中出現過！

---

4. 必背片語= be/become a thing of the past 成為歷史

★ **Now that everyone uses a computer, typewriters are/have become a thing of the past.**
現在大家都用電腦，打字機已經成為歷史名詞了。

---

5. 必背單字= sci-fi = science fiction 科幻（電影）

★ **Emma is a huge sci-fi fan. She always makes her friends watch alien movies with her.**
艾瑪是科幻電影的超級粉絲。她總是要朋友陪她一起去看外星人電影。

Extended Questions

想想看，下列問題你會如何回答？試著從三種角度思考問題，並找身邊的外國朋友練習一下吧！

Q1 Do you still write or receive letters? Do you think email has replaced/will replace letter writing?

你還有在寫信或收到信嗎？你覺得電子郵件是否已經或將會取代傳統信件？

 與眾不同的高分答案　　 令人印象深刻的答案　　 安全過關的標準答案

Q2 How has technology affected the way that people communicate with each other?

科技如何影響人類相互之間的溝通方式？

 與眾不同的高分答案　　 令人印象深刻的答案　　 安全過關的標準答案

Q3 Are you someone who usually buys the latest gadgets as soon as they come out or do you wait until the price drops?

你是那種會在新科技產品一上市就要馬上購買的人嗎？還是你會等它們降價？

 與眾不同的高分答案　　 令人印象深刻的答案　　 安全過關的標準答案

Unit 12

科技 Technology

Unit 13

口試常用表達語
Special Phrases

01　食物 Food ···················· 322

02　旅遊 Travel ···················· 323

03　音樂 Music ···················· 324

04　電影 Movies ···················· 325

05　購物 Shopping ···················· 326

06　運動 Sports ···················· 328

07　健康 Health ···················· 329

08　職業 Career ···················· 330

09　關係 Relationships ···················· 331

10　環境 Environment ···················· 332

11　政治 Politics ···················· 333

12　科技 Technology ···················· 334

精選片語　食物 Food

❶ not know the first thing about 一竅不通
I don't know the first thing about scuba diving, but it looks fun, so I'd really like to try it! 我對於水肺潛水一竅不通，但它看起來很好玩，所以我真想試試看！

❷ win somebody over 贏得…
Angie brought doughnuts to work on her first day in order to win over her new co-workers. 安姬第一天上班時帶了甜甜圈，為了要贏得同事們的心。

❸ thanks to 由於；拜…所賜
Thanks to modern technology, it's easier and cheaper than ever to keep in touch. 拜科技所賜，與人保持聯繫容易多了，也便宜多了。

❹ gross out 讓人快吐出來／想到就噁爛
Danny could never be a doctor because he gets grossed out whenever he sees blood. 丹尼永遠不可能當醫生，因為他一看到血就想吐。

❺ be used to 習慣於
There's a lot of noise in my neighborhood, but I'm used to it now.
我家附近有很多噪音，但我現在已經習慣了。

❻ when it comes to 當提及到…／涉及到…時
Olivia loves having a dog, except when it comes to picking up its poop!
奧莉薇亞很喜歡有隻狗，除了要幫牠清理便便的時候！

❼ no way 怎麼可能
You want me to lend you NT$50,000? No way! 你要我借你五萬台幣？怎麼可能！

❽ tons of 爆多
Peter and Jane bought tons of food for the barbecue! We'll never eat it all.
彼得跟珍為了烤肉買了爆多食物的！我們根本不可能吃得完。

❾ be to die for 死都要…
Try the grilled fish. It's to die for! 試試這道烤魚！死都要吃！（好吃得不得了！）

❿ be seated 請坐
Ladies and gentlemen, please be seated. The show is about to begin.
各位先生女士，請坐。節目馬上就要開始了。

❶ up close and personal 　親眼看到

At this zoo, you can get up close and personal with some of the animals.

在這個動物園裡，你可以親自靠近看一些動物。

❷ in a new light 　用全新的角度看待事物

This book about that celebrity really shows him in a new light.

這本有關那個名人的書真的會讓人以全新的角度來看待他。

❸ put (a place) on the map 　讓某個地方出名

The mayor is hoping that our town's new science museum will put us on the map.

市長希望我們城鎮的新科學博物館會讓我們有點名氣。

❹ be somebody's thing 　合某人的口味／個性

Sales is my thing. I just seem to be naturally good at selling stuff.

推銷是我的興趣。我好像就是天生就很會賣東西。

❺ play it by ear 　隨機應變；見機行事

I'm not sure if we should meet at home or at the restaurant. Let's just play it by ear. 　我不確定我們應該是在家碰面還是在餐廳。我們就見機行事吧！

❻ language barrier 　語言隔閡

One of the most difficult things about traveling is dealing with the language barrier. 　旅行最困難的事之一就是要應付語言隔閡。

❼ out of one's comfort zone 　覺得緊張；不自在

Being in a smoky bar is way out of Kate's comfort zone, but she is hoping to meet some cute guys tonight.

待在一個煙霧迷漫的酒吧裡讓凱特不舒服，但她今晚希望能夠遇見帥哥。

❽ live out of a suitcase 　靠（行李箱／箱子）裝物品過活；旅居外地

Eason broke up with his girlfriend last month and moved out. Now he's still living out of a suitcase. 　伊森上個月跟他女友分手，搬出去了。現在他還在靠行李箱過活。

❾ find one's way 　找到路／找到方向

I've been to Charlie's place several times, but I can never find my way there on my own! 　我已經去過查理家好多次了，但我永遠都沒辦法自己找到路去！

❿ just in case 　以防萬一

It's always a good idea to pack some underwear in your carry-on bag, just in case your other bag gets lost!

裝幾件內衣褲在手提行李永遠是個好主意，以防你的其他行李搞丟了！

精選片語　音樂 Music

❶ Brit pop 英式搖滾

Brit pop was most popular in the 90's, but it still has a lot of fans.
英式搖滾在九０年代時最受歡迎，但它仍然有很多粉絲。

❷ on a (weekly) basis 每（週）

Patricia cleans her house on a weekly basis.　派翠西亞每週打掃她家一次。

❸ be into something 對某事非常熱衷／有興趣

Anya is really into fashion. She wants to be a designer some day.
安雅對時尚非常有興趣。有朝一日她想當設計師。

❹ be somebody's cup of tea 是某人喜歡的東西

Sailing is not my cup of tea. I get sick easily on boats.
帆船不是我的興趣。我很容易暈船。

❺ put somebody off 讓人卻步／讓人倒胃口

Victoria wanted to try stinky tofu, but the smell put her off too much.
維多利亞想要試試臭豆腐，但那味道實在太讓她倒胃口了。

❻ a variety of 各種各樣的

There are a variety of activities to choose from, including hiking and flying kites.
有很多活動可以選擇，包括健行跟放風箏。

❼ Pirate Kingdom 海盜王國

You can easily buy copied DVDs in China. That's one reason it's known as a Pirate Kingdom.
在中國你可以容易的買到盜版的光碟片。這就是為何她以海盜王國聞名的原因。

❽ intellectual property 智慧財產

Copying books instead of buying them is like stealing someone's intellectual property.　抄襲書而不買它就像偷竊別人的智慧財產。

❾ for hours on end 連續好幾（小時）

Molly loves reading. She can sit on the sofa and read a novel for hours on end.
茉莉喜歡閱讀。她可以坐在沙發上連續讀一本小說好幾個小時。

❿ undivided attention 不可分割的專注力

I'm working on a very complex project that needs my undivided attention.
我現在在進行一個需要完全的注意力的專案。

電影 Movies

❶ go to the movies 上電影院

When the tickets were cheaper, I went to the movies more often.
電影票價還比較便宜的時候，我較常上電影院。

❷ second-run theater 二輪片電影院

Alan went to the second-run movie theater because they were showing a movie
he had missed when it first came out.
艾倫去了二輪片戲院，因為他們在播一部他在上映時錯過的一部片。

❸ on full blast （將電器）開大最大

Peter loves listening to the radio on full blast when he's driving his car.
彼得喜歡在開車時將收音機開到最大聲。

❹ wrapped up in 沈浸在…

I've been so wrapped up in my work lately that I haven't seen my friends much.
我最近太集中注意力在工作上了，所以我不太常見到我的朋友。

❺ strong selling point 大賣點

This property's strongest selling point is its location. It's in a great neighborhood.
這間房產最大的賣點是它的地點。它在一個很棒的社區。

❻ Academy Awards 奧斯卡金像獎

Many people think that George Clooney will win an Academy Award this year.
很多人認為今年喬治・克隆尼會得奧斯卡金像獎。

❼ myself included 包含我自己

Most people, myself included, get nervous when they have to speak to a big
crowd. 大部分的人，包含我自己，要在很多人面前說話時都會感到緊張。

❽ common ground 共同點

Terry and I don't agree about everything, but we always find common ground in
our love of good food. 泰瑞跟我不見得每件事的看法都一致，但我們在對於美食
的熱情上總是可以找到共同點。

❾ open somebody's mind 打開心胸；開拓視野

The people Gordon met in university opened his mind to new ideas and beliefs.
高登在大學時遇見的人在新想法跟信仰上開拓了他的視野。

❿ chick flick 給馬子看的電影或言情片

The girls enjoyed Jennifer Aniston's latest chick flick, even though they knew how
it would end. 女孩們很喜歡珍妮佛・安妮斯頓最新的愛情浪漫喜劇片，即便她們
知道結局會怎麼樣。

精選片語　購物 Shopping

❶ in need of　需要

I've bought so many new clothes that now I'm in need of a new closet!
我買了太多新衣服了，現在我需要一個新衣櫃！

❷ everything from A to B　從A到B應有盡有

I've done all kinds of jobs. I've been everything from a waitress to a teaching assistant.　我什麼工作都做過。從女服務生到助教都有。

❸ try on　試穿

Colin tried on six pairs of jeans before he finally found a pair that fit well.
柯林試穿了六條牛仔褲才終於找到一條很合身的。

❹ gift card　禮物卡

Gift cards are great gift to choose if you're too lazy to go shopping.
禮物卡對懶得逛街的人來說是很棒的禮物選擇。

❺ It's better to give than to receive.　施比受更有福

Every winter, Betty buys blankets and coats to give to the poor. She really believes it's better to give than to receive.
每年冬天，貝蒂都會買毛毯與外套給窮人。她真心地相信施比受更有福。

❻ cost a fortune　所費不貲

That diamond is huge. The ring must have cost a fortune.
那顆鑽石超大的。那枚戒指一定貴鬆鬆。

❼ gift certificate　現金禮券

Let's go to the Italian place for dinner soon. We need to use our gift certificate from there by the end of the month.
我們快找時間去那個義大利餐廳吃飯吧！我們得在月底前把我們的禮券用掉。

❽ come true　美夢成真

Dreams can come true, but it usually takes a lot of hard work to make it happen.
夢想是可以成真的，但它通常需要很多的努力才會發生。

❾ down payment　頭期款

I'm saving money for a big down payment on a new car. Then my monthly payments will be low.
我現在正為了新車的那一大筆頭期款存錢。這樣我每個月的款項就會低一點。

⑩ on the rise 增加中

Paula is a successful new singer. Her album sales are on the rise.
寶拉是一個成功的歌手。她專輯的銷售量持續上升。

⑪ save for a rainy day 未雨綢繆；做某事以備不時之需

Most Chinese people believe that you need to save for a rainy day.
大部分的中國人認為凡事應該未雨綢繆。

⑫ do without 不要也沒關係

We're out of sugar at the moment. You'll just have to do without.
我們沒有糖了。你只好將就一下了。

⑬ shop around 看看；逛逛

I'm shopping around for a used car. Let me know if you hear of anyone selling
one.　我在找二手車。如果你有聽說有人在賣，讓我知道一下。

⑭ live within one's means 量入為出

Sarah decided to destroy her credit cards and really try to live within her means.
莎拉決定把信用卡都剪掉，真的要試試能不能量入為出。

⑮ a third of 三分之一

I spend almost a third of my monthly salary on rent.
我有將近三分之一的月薪是花在房租上。

⑯ in great condition 狀況良好

Get a good case for your cell phone if you want it to stay in great condition.
如果你要你的手機狀況維持得很好，買個好的套子。

⑰ marketing strategy 市場行銷策略

Convenience stores in Taiwan usually use toys and cartoon characters in their
marketing strategies.
台灣的便利商店通常都是用玩具或公仔來當他們的市場行銷策略。

⑱ buy one, get one free 買一送一

I know we can't eat two pizzas, but they were buy one, get one free!
我知道我們吃不了兩個披薩，但他們買一送一耶！

⑲ product placement 置入性行銷

There is a lot of product placement in this movie. You can easily see brand
names on the cars and T-shirts.
這部電影裡有很多置入性行銷。你可以很容易看到品牌的名字出現在車子跟T恤上。

⑳ in a positive light 用正面／好的態度

The article doesn't paint the actor in a very positive light - it's written by his ex-
wife.　這篇文章並沒有把這個演員寫得很好聽－這是他前妻寫的。

口試常用表達語 Special Phrases

精選片語　運動 Sports

❶ once in a blue moon 久久一次；難得一次

Tom rarely eats sweets, but once in a blue moon he has an ice cream sundae.
湯姆很少吃甜食，但久久一次他會吃冰淇淋聖代。

❷ if you can call that/it 如果稱得上是…的話

The first job I ever had was walking my neighbors dogs, if you can call that a job.
我做過的第一份工作是幫我鄰居蹓狗，如果那也稱得上是份工作的話。

❸ the Olympics 奧林匹克運動賽

Jessica is a great swimmer. Her dream is to compete in the Olympics some day.
潔西卡是個很棒的游泳選手。她的夢想是有一天在奧運中競賽。

❹ Super Bowl 超級盃足球賽

Ed is a huge football fan. He paid over NT$2,000 for his ticket to the Super Bowl.
艾德是個超級大足球迷。他花了超過兩千塊台幣買超級盃球賽的票。

❺ weight class 重量級別

Manny Pacquiao is the first boxer to have won four world titles in four different weight classes.
曼尼‧帕奎奧是第一個在四種不同的重量級別贏得四個世界冠軍的拳擊手。

❻ make a fool of 被耍；出糗；裝笑維

Doug made a fool of himself when he asked Diane on a date in front of her boyfriend! 道格在黛安的男友面前約她去約會，他當場出糗了！

❼ burn up 燃燒

Exercise helps you burn up excess fat and energy.
運動幫助你燃燒多餘的脂肪與能量。

❽ hyped up 非常興奮；嗨翻天

The fans were already hyped up when A-Mei walk onto the stage.
當阿妹走上舞台時，歌迷們都早已嗨翻天了！

❾ behind the wheel 駕駛

It's my dream to get behind the wheel of a Ferrari some day.
我的夢想是有一天可以駕駛一台法拉利。

❿ freak somebody out 把某人嚇死

I never watch horror movies because they freak me out and give me bad dreams!
我從來不看恐怖片的，因為它們把我嚇得半死，害我做惡夢！

健康 Health

❶ I'm not one to 我不是會做…的人

I'm not usually one to stay up late, but my novel was so interesting, I kept reading until three a.m.

我通常不是個會熬夜很晚的人，但我的小說實在太有趣了，我一直讀到凌晨三點。

❷ put on weight 變胖

The doctor told Grace that she was too thin and needed to put on a little weight.

醫生跟葛蕾絲說她太瘦了，需要增胖一點。

❸ stress(ed) out 感到壓力很大／抓狂

When I think about the presentation I have to give next Monday, I stress out.

當我想到我下週一要做的簡報時，我就很頭大。

❹ sweet tooth 嗜吃甜食

Let's buy Grandma some chocolates for his birthday. She has a sweet tooth.

我們買一些巧克力給奶奶過生日吧！她最愛吃甜的了。

❺ compared to 相較於

The airport is crowded today, but not compared to last week, when it was a national holiday.　今天的機場很擠，但跟上禮拜的國定假日比起來還好。

❻ better safe than sorry 防患未然

I always pack some stomach medicine when I travel. I don't often get sick, but better safe than sorry!

旅行時我總會帶一些胃藥。我沒有常不舒服，但防患未然總是好的！

❼ lose weight 減重

Evan has lost a lot of weight since he started exercising every day.

伊凡已經減重不少，自從他開始天天運動以後。

❽ go on a diet 開始節食計劃

I gained five kilograms when I was on vacation. Now I have to go on a diet.

我在度假的時候胖了五公斤。現在我得開始節食計劃了。

❾ be on a diet 正在節食中

You're just having a salad for lunch? You must be on a diet!

你午餐只吃沙拉？你一定在節食吧！

❿ crash diet 輕食餐；代餐

Laura's getting married in two weeks, so she's trying a crash diet.

蘿拉兩星期後就要結婚了，所以她在吃代餐。

精選片語 職業 Career

❶ for a living 維生

My father used to fix cars for a living, but I don't even know how to drive.
我爸以前是做修車維生的，但我連車都不會開。

❷ make a living 賺錢養活自己

Sandy makes a good living as an electric engineer.
珊蒂當電機工程師生活過得還不錯。

❸ odd job 打零工

Larry did odd jobs on campus to support himself through college.
賴瑞念大學時靠在校園裡打零工來支持生活。

❹ dream job 夢想／理想的工作

Darlene couldn't believe it when she was offered her dream job with a high salary! 達玲得到她那份夢想的高薪工作時她簡直不敢相信！

❺ get a raise 加薪

After working at the same company for four years, Andrew finally got a small raise. 在同一間公司做了四年後，安德魯總算加了一點小薪。

❻ on the other side of the coin 另一方面來說；反之

If I accept the job, I'll make more money. On the other side of the coin, I'd also have more stress.
如果我得到這份工作，我會賺更多錢。反之，我也會有更多壓力。

❼ a pain in the neck 讓人感到痛苦；討人厭

It's a pain in the neck to find parking downtown. I'll just take the bus.
要在市中心找到停車位真的很痛苦。我就搭公車吧！

❽ stick with/to something 堅持；堅守

Kyle was glad he had stuck with his guitar lessons when he found out that Emily loves musicians! 凱爾發現艾蜜莉喜歡音樂家時，他很高興他有堅持上吉他課！

❾ not see the point 看不到這件事的重點；不懂某事為什麼要這麼做

I really don't see the point in going to this meeting. No one seems to care anyway.
我真不懂去開這個會的重點是什麼。反正好像也沒有人在乎。

❿ glass ceiling 玻璃天花板效應

This company doesn't seem to have a glass ceiling. Men and women from various backgrounds work in management.
這間公司好像沒有玻璃天花板效應。管理部門有來自不同背景的男性跟女性。

關係 Relationships

❶ see somebody 有約會對象

I'm not seeing anyone right now, but I don't mind being single.
我現在沒有約會對象，但我不介意單身。

❷ free as a bird 像小鳥一樣自在

Bill felt free as a bird after quitting his job.　比爾離職後感到自由自在。

❸ get along 相處；處得來

Helen doesn't get along with her new roommate very well, so she might move.
海倫和她的新室友處得並不好，所以她可能會搬走。

❹ love at first sight 一見鍾情

Mark and Lisa met in college. They say it was love at first sight.
馬克跟麗莎在大學認識。他們說他們是一見鍾情。

❺ get tired of 某人／事／物感到厭煩了

Ronda likes her job, but she sometimes gets tired of doing the same thing every
day.　羅恩達喜歡她的工作，但她有時候對每天做一樣的事感到厭煩。

❻ put up with 忍耐某人／事／物

Charlene's cats are cute, but I don't know how she puts up with all that cat hair on
her furniture.　夏琳的貓很可愛，但我不知道她是如何可以忍耐傢俱上全是貓毛。

❼ give up 放棄

Don't give up now! You've almost finished your project.
不要現在放棄！你幾乎都快把案子完成了！

❽ a good match 絕配

The manager hired Veronica because he thought her skills would be a good
match for the company.
經理雇用薇若妮卡因為他認為她的技巧跟公司將會是很好的搭配。

❾ on the market 單身

Kim has a new boyfriend, but the rest of us are still free and on the market!
金交了新男友，但我們其他人都還是自由又單身的！

❿ blossom into 開花結果；長成

Sometimes a good idea can blossom into a profitable business.
有時候一個好的想法可以開花結果成一個賺錢的事業。

Unit 13

口試常用表達語 Special Phrases

環境 Environment

❶ throw away 丟棄

Please don't throw away my sandwich. I'll eat the rest later.
請不要把我的三明治丟掉，我等一下會吃完。

❷ greenhouse gas 溫室效應氣體

Greenhouse gases like CO_2 cause the Earth's average temperatures to rise.
像二氧化碳這樣的溫室效應氣體會造成地球的平均溫度升高。

❸ Ice Age 冰原／河時期

Some animals didn't survive the last Ice Age because they couldn't find enough food to eat. 有些動物沒辦法撐過冰河時期，因為他們找不到足夠的食物可以吃。

❹ a walk in the park 輕而易舉的小事

That meeting was a walk in the park. I thought it would be much more difficult to explain what we need.
那場會議真是小事一椿。我還以為要解釋我們需要什麼會更困難一點。

❺ global warming 全球暖化

Sea levels will rise and low-lying areas will flood if global warming continues.
如果全球暖化繼續下去，海平面會上升，低窪地區將會淹水。

❻ under control 得到控制

The new teacher could never get the class under control.
那個新老師永遠沒辦法好好控制那個班級。

❼ in favor of 贊成

Please raise your hand if you're in favor of going to the art museum for our field trip. 如果你贊成去藝術博物館實地考察，請舉手。

❽ kind of 蠻…樣的

This book has some good information, but it's kind of boring.
這本書是有一些好資訊，但就是有點無聊。

❾ turn something around 扭轉情勢；改變事物

Warren used to drink too much and get into fights, but he's really turned his life around. 華倫以前常喝很多酒跟鬧事，但他真的改變了他的生活了。

❿ all things being equal 在其他各點都相同的情況下；在等同條件下

All things being equal, you should accept the job that you think you'll enjoy more.
在其他條件都差不多的情況下，你應該接受一份你做起來會比較開心的工作。

❶ presidential elections 總統大選

The presidential elections take place every four years, but there are smaller elections every two years. 總統大選每四年一次，但每兩年就有比較小型的選舉。

❷ point of view 看法

From my point of view as a non-smoker, I don't think smoking should be allowed in any public space. 從我這個非吸煙者的看法，我不認為任何公共空間可以吸煙。

❸ make up one's mind 決定；下定決心

Which tour do you think I should take? I'm having trouble making up my mind. 你覺應該參加哪一種旅遊行程？我很難決定。

❹ behind closed doors 私底下；祕密地

I was surprised that Al and Trina broke up, but I guess no one knows what goes on behind closed doors.
我好驚訝艾爾跟崔娜分手了，但我想沒人知道私底下到底發生什麼事。

❺ run for office 競選

I hope the president keeps all the promises he made when he was running for office. 我希望總統可以遵守他在競選期間許下的所有承諾。

❻ stand for 主張；代表

"GMT" stands for Greenwich Mean Time. 「GMT」代表的是格林威治時間。

❼ out of hand 失控；無法掌控

Kelly's shopping habits have gotten out of hand. She really needs to take a break from all the shopping sprees.
凱莉的消費習慣已經失控了。她真的要停止無止盡的瘋狂大血拼。

❽ way of life 生活方式

Protecting the environment is a way of life. You can't just plant a tree and say you've done your part.
保護環境是一種生活方式。你不能只種一棵樹就說你盡了你的本份。

❾ have what it takes 需要具備必要條件

Gene is young, but I think he has what it takes to be a manager.
吉恩很年輕，但我想他有當經理的條件。

❿ three principles of the people 三民主義

We're studying Sun Yat Sen's three principles of the people in history class.
我們的歷史課正在學孫中山先生的三民主義。

精選
片語 科技 Technology

❶ stay in touch 保持連絡

Even though they broke up and moved to different cities, Alex and Sammie have stayed in touch.

雖然他們分手了，也搬到不同的城市了，艾立克斯跟珊米還是一直保持連絡。

❷ keep an eye on 照顧；特別留意

Deborah's mother always asks her to keep an eye on her little sister.

黛博拉的媽媽總是要求她留意她的小妹妹。

❸ quite a bit 相當多

Although a lot of people ate the buffet dinner, there was quite a bit of food left over. 雖然很多人吃了自助式晚餐，但還是有很多食物剩下來。

❹ look up 調查

I have John's phone number right here, but I'll have to look up his address for you. 我這裡有強的電話號碼，但他的地址我就要幫你查了。

❺ missed call 未接來電

Hi, I just saw that I had a missed call from you earlier. What did you want?

嗨，我剛看到稍早我有一通你打的未接來電。你要幹嘛？

❻ show off 炫耀

Rick was looking forward to the party because he wanted to show off the sexy girl he was dating! 瑞克很期待派對的來臨，因為他想要炫耀他正在約會的性感辣妹！

❼ be tired of 厭倦於

I'm tired of the noise and traffic of the city. I'm going to move to the country next year. 我對城市裡的噪音及交通感到厭煩。我明年要搬到鄉下去了。

❽ for me personally 我個人認為

For me personally, James Bond movies are always fun to watch.

我個人認為007的電影總是很好看。

❾ by leaps and bounds 大躍進

The gray wolf population has grown by leaps and bounds since the government introduced laws to protect them.

自從政府立法保護牠們以後，灰狼的數量就增加許多了。

❿ be/become a thing of the past 成為歷史

Some people think that cash will soon become a thing of the past.

有人認為現金將很快成為歷史。

國家圖書館出版品預行編目資料

連面試官都讚嘆的英語口試應考大全／
May Lin、Amy Lovestrand 著.
-- 初版. -- 臺北市：我識, 2012. 04
　　面；　公分
ISBN 978-986-6163-57-9（平裝附光碟片）
1.　英語 2. 讀本
805.18　　　　　　　　　　　101004659

連面試官都讚嘆的 英語口試應考大全

書名／連面試官都讚嘆的英語口試應考大全
作者／May Lin、Amy Lovestrand
審訂者／Hanni Vardy
發行人／蔣敬祖
副總經理／陳弘毅
編輯顧問／常祈天
主編／戴媺凌
執行編輯／曾羽辰
美術編輯／林以雯
封面設計／許晉維
內頁插圖／橘子妹
版型設計／李宸葳設計工作坊
內頁排版／果實文化設計工作室
法律顧問／北辰著作權事務所蕭雄淋律師
印製／金漢印刷事業有限公司
初版／2012年4月
出版／我識出版集團－我識出版社有限公司
電話／（02）2345-7222
傳真／（02）2345-5758
地址／台北市忠孝東路五段372巷27弄78之1號1樓
郵政劃撥／19793190
戶名／我識出版社
網址／ www.17buy.com.tw
Email／iam.group@17buy.com.tw
facebook網址／www.facebook.com/ImPublishing
定價／ 新台幣349 元 ／ 港幣116 元（附1MP3）

總經銷／采舍國際有限公司
地址／新北市中和區中山路二段366巷10號3樓

港澳總經銷／和平圖書有限公司
地址／香港柴灣嘉業街12號百樂門大廈17樓
電話／(852) 2804-6687　傳真／(852) 2804-6409

I'm 我識出版社

I'm Publishing.